Gallmeister

LA COMÈTE

Claire Holroyde

LA COMÈTE

Roman

Traduit de l'américain
par Jacques Mailhos

Gallmeister

FICTION

Titre original : THE EFFORT

ISBN 978-2-35178-231-6
ISSN 1956-0982

Photo de l'auteur © David Wiskowski Photography
Illustration de couverture © Juanjo Gasull
d'après une idée originale de Jarrod Taylor
Conception graphique : Aurélie Bert

À mes premiers lecteurs, Chris, Bernadette et Matt…
et à cette belle planète bleue que nous partageons tous.

Tôt ou tard il y en aura un qui portera notre nom.
Cela se produira, c'est juste une question de temps.

ALAN DUFFY, DIRECTEUR SCIENTIFIQUE
DE LA ROYAL INSTITUTION OF AUSTRALIA*

* Allyson Chiu, "'It Snuck Up on Us': Scientists Stunned by 'City-Killer' Asteroid That Just Missed Earth" ("'Il nous a pris par surprise': Un astéroïde capable de raser une ville venant de frôler la Terre sidère les scientifiques"), *Washington Post*, 26 juillet 2019.

PROLOGUE

Territoire de la nation Tohono O'Odham, Kitt Peak, Arizona, 30 juillet

PLUS TARD, aucun des membres de l'équipe Spacewatch ne se rappellerait si c'était Jeff ou Jim qui l'avait repérée ; ils se ressemblaient beaucoup, et ni l'un ni l'autre ne revendiquait la paternité de cette découverte. Ils approchaient de la trentaine et étaient étudiants en post-doc au Lunar and Planetary Laboratory de l'université de l'Arizona. En ce matin du 30 juillet, ils étaient tous les deux arrivés tôt au labo vêtus de shorts cargo et de sandales Birkenstock. Après s'être frotté les yeux pour en évacuer le sommeil, ils s'étaient installés devant leurs ordinateurs afin d'examiner les données de la nuit.

Jim et Jeff étaient chasseurs d'astéroïdes, et comme la plupart des chasseurs confrontés à un champ de vision encombré, ils utilisaient le mouvement comme outil de pistage. Des logiciels automatisés contrôlaient les deux télescopes de l'université au sommet de Kitt Peak pendant vingt-quatre nuits par lunaison. Des images de la même portion de ciel étaient prises à plusieurs minutes d'intervalle afin de détecter des changements de position. Ces images numériques ressemblaient à des négatifs photographiques, où l'univers sombre moucheté de lumière se trouvait converti en quelque chose qui ressemblait à de la neige blanche parasitaire.

Priorité revenait au suivi des plus petits objets du système solaire sur les images fournies par le plus grand des deux télescopes, celui d'un mètre quatre-vingts, car ils risquaient moins d'être observés par d'autres chasseurs d'astéroïdes dans d'autres observatoires de la planète. Jeff et Jim travaillaient côte à côte, mais l'un d'eux dut le voir en premier : un nouvel objet qui n'était pas visible la nuit d'avant – un très gros objet qui venait juste d'émerger des franges aveuglantes du rayonnement solaire. *Est-ce que je vois vraiment ce truc, ou est-ce que je suis fou ?* dit sans doute l'un à l'autre. *Parce que je préférerais être fou…*

Ce dut être pire pour le propriétaire de la seconde paire d'yeux. Après s'être approché en roulant sur son fauteuil ergonomique puis s'être penché jusqu'à ce que son visage barbu ne soit qu'à quelques centimètres de l'écran de l'ordinateur, il fallut qu'il confirme l'infime point noir repéré près de l'orbite de Jupiter. Comprenant ce qu'il était en train de voir, et ce que cela signifiait, il dut reculer d'un bond, et renverser son fauteuil.

I

JAILLIE DE L'OMBRE DU SOLEIL

Pasadena, Californie
Le 31 juillet

UNE SEMAINE avant que la découverte de la comète noire UD3 ne soit rendue publique, le téléphone du Dr Ben Schwartz sonna au beau milieu de la nuit. Numéro inconnu. Ben bascula l'appel sur sa messagerie, mais son téléphone sonna de nouveau quelques minutes plus tard. *Qui est mort ?* se demanda-t-il. *Tante Rachel ? Maman ? Papa ?* Ben se dépêcha de chausser ses lunettes et de décrocher. Une voix grinçante avec un fort accent demanda à lui parler nommément.

— De la part du Jet Propulsion Laboratory de la NASA, ajouta l'homme.

Personne de ce labo ne prenait la peine de prononcer tous les mots. Ils se servaient de l'acronyme JPL, ainsi que de tous les autres acronymes conçus pour les personnes au discours efficace. *Est-ce qu'il y avait une urgence au labo ? Une intrusion ? Une explosion ?*

Amy, la petite amie de Ben, grogna lorsqu'il alluma la lumière punitive des appliques. Elle protégea ses yeux, révélant brusquement la plume de paon tatouée qui chatouillait la peau douce de son avant-bras. Les cheveux d'Amy étaient désormais blonds, mais ils avaient été d'un roux flamboyant, rabattus derrière des prothèses d'oreilles d'elfe pointues, lorsqu'elle et Ben s'étaient rencontrés à une convention de cosplay de science-fiction et de fantasy. *Dans ta face, Tolkien!* Ils avaient également été noirs pendant une phase steampunk, mais ils n'avaient jamais été bruns. Le brun était une couleur trop normale, et Amy n'avait que faire de la normalité.

— Ben à l'appareil, confirma-t-il. Et *vous*, qui êtes-vous?

Dans le monde de la science, on n'arrête pas d'entendre les gens lâcher des noms de vieux maîtres célèbres, et Ben eut quelques secondes d'hébétude avant de comprendre qu'il était en train de parler avec l'un d'eux.

— Bordel de merde! Vraiment? demanda-t-il.

Amy poussa un juron et lui lança un oreiller. Si elle mettait la main sur n'importe quoi de lourd ou de tranchant – un réveil, une lampe, un fléau d'armes –, elle lui briserait sûrement les dents. Ben éteignit les lumières de la chambre et sortit dans le couloir, marchant pieds nus sur une moquette qui avait la couleur et la texture du porridge. Son appartement de soixante mètres carrés était adapté aux années de vie de célibataire de sa vingtaine et du début de sa trentaine, mais il était maintenant trop petit pour deux. Amy avait besoin d'espace. Ben aurait aimé un appartement plus grand, mais le marché de l'immobilier était complètement délirant à South Pasadena, et Ben travaillait pour le gouvernement, pas pour Google.

— Pardonnez-moi, dit Ben, mais vous avez bien dit Tobias Ochsenfeld, l'astrophysicien? Je veux dire, *l'immense* astrophysicien?

— Oui, dit l'homme. J'écris aussi vaguement des livres, mais on dirait bien que tout le monde s'en fout.

En fait, ce vieux grincheux avait gagné un prix MacArthur pour son recueil d'essais sur la symétrie. Né en Autriche, professeur à Oxford, c'était un mathématicien aussi brillant qu'il est possible de l'être sans trop céder de terrain sur le spectre de l'autisme. La rumeur le disait aussi bien amoureux de Proust que du dernier théorème de Fermat.

— Je n'y crois pas, dit Ben en lâchant un rire creux. J'ai étudié vos théories à l'université. Je veux dire, quand j'ai pris cet appel, je n'aurais jamais deviné que c'était vous à l'autre bout du fil.

Le célèbre octogénaire parla d'une voix sérieuse.

— C'est bien dommage. On m'avait dit que vous étiez plutôt bon pour deviner les choses.

L'angoisse était de retour. Elle pesait lourdement sur le ventre de Ben, et ravivait son imagination. Il commença à poser des questions, mais n'alla pas bien loin.

— Je vais vous interrompre, Ben… Vous permettez que je vous appelle Ben ?

— Monsieur…

— Et vous pouvez m'appeler Professeur, si vous voulez. J'ai travaillé à l'université l'essentiel de ma vie, et je suis un vieux croulant. Écoutez, Ben, vous devez filer à l'aéroport de Los Angeles. Immédiatement.

Ben resta silencieux une seconde puis prononça le seul mot pouvant faire émerger un peu de sens de cette situation.

— Pourquoi ?

— Parce que l'ONU est en train de vous réserver un vol pour la Guyane française, répliqua le Professeur. Vous devrez vous vacciner contre la fièvre jaune avant de passer la sécurité.

Ben fit un pas hésitant dans son salon-cuisine.

— Pourquoi…

— Je vous appelle de Bruxelles, l'interrompit le Professeur, mais je serai moi-même dans un avion avant ce soir. Je vous promets de vous briefer en personne. Une voiture vous attend en bas de votre immeuble. Elle vous conduira tout droit à l'aéroport. Vous n'avez besoin que de votre passeport.

Après un moment de choc, Ben abaissa son téléphone et marcha lentement vers la baie vitrée coulissante qui donnait sur son balcon, au premier étage. La pelouse de la résidence avait l'air d'être exactement telle qu'elle était lorsqu'il s'était couché pour la nuit ; en dehors d'une allée éclairée de quelques spots, la cour était intégralement couverte d'AstroTurf*.

Quand Ben avait emménagé, il y avait des jardins de plantes vivaces et des pelouses d'herbe véritable avec un système d'arrosage automatique, mais la sécheresse historique qui frappait la Californie et les mesures d'économie de l'eau rendaient ce genre d'ornements impopulaires. Les jardins de pierrailles et les cactus à fleurs qui les avaient remplacés avaient ensuite été emportés par des inondations causées par El Niño. Les plaintes selon lesquelles la résidence pourrait faire également office de mini-golf par simple ajout de quelques trous et de quelques putters de-ci de-là se comprenaient fort bien.

Ben remarqua une berline garée le long du trottoir. Sous les lampadaires, il vit des ombres bouger derrière la vitre latérale du côté conducteur. Il eut la chair de poule. Puis tout le monde se mit à crier : Ben cria des questions ; le Professeur cria qu'ils n'avaient pas le temps de répondre à des

* Marque américaine de pelouse artificielle. (Toutes les notes sont du traducteur.)

questions ; Amy cria à Ben depuis la chambre de bien vouloir fermer sa putain de gueule afin qu'elle puisse dormir.

— Je n'irai nulle part, insista Ben, tant que vous ne m'aurez pas dit de quoi il s'agit.

— Je ne peux pas me permettre de vous laisser perdre la tête, prévint le Professeur. Parce que cette tête, j'en ai besoin.

— Allez-y, je suis solide.

Ben alla chercher un meilleur lieu de réflexion au centre de son salon et s'y planta, debout en caleçon et T-shirt blanc, les yeux fixés sur son écran plat mural. L'air conditionné se mit à bourdonner alors qu'il contemplait le torse mince et la charpente ossue de sa propre silhouette d'un mètre quatre-vingts dans le reflet de l'écran. Le cerveau extraordinaire de Ben se nichait dans un véhicule d'allure assez modeste.

— On a repéré une comète noire hier, dit le Professeur. Elle vient de débouler de derrière le soleil sur une orbite excentrique…

— Je *le savais* ! cria Ben.

À l'automne 2014, la question des comètes avait valu à Ben son quart d'heure de célébrité. La comète Siding Spring venait de frôler Mars à moins de la moitié de la distance Terre-Lune. Des astronomes en Australie l'avaient découverte seulement vingt-deux mois auparavant. En tant que responsable du Center for Near-Earth Object Studies* (CNEOS) de la NASA au JPL, Ben avait donné une conférence de presse et profité de l'occasion pour parler du danger que représentaient les comètes "noires", c'est-à-dire invisibles. Pour la première fois de sa vie, les mises en garde de Ben avaient été reprises par la plupart des médias grand public.

* Centre d'études des objets géocroiseurs.

— Félicitations, dit le Professeur avec un rien d'animosité dans la voix.

Ben se calma et s'efforça de se taire pour laisser le vieil homme continuer.

— Cette comète n'a pas de nom, seulement un code, UD3. Aucun membre de l'équipe Spacewatch n'a eu envie d'y apposer sa griffe.

— Attendez un instant, le coupa Ben. Vous voulez dire que ces types en Arizona vous ont d'abord appelé *vous* ?

— Non. Ils ont d'abord appelé l'administrateur de la NASA. Qui a appelé votre bureau.

Ben ne laissa passer que deux battements de cœur.

— Et ?

— Et les dirigeants de votre pays voulaient des certitudes, dit le Professeur. Ils voulaient une trajectoire certaine, des probabilités de collision fiables… toutes choses que nous ne sommes pas en mesure de fournir sur la base de ce simple premier repérage. Ce qu'ils *ne voulaient pas*, c'étaient des estimations rapides qui pourraient être fausses et ne servir qu'à déclencher une panique nationale.

Il fit un bruit, mélange de soupir et de grognement.

— Je suppose que l'extinction est… inconcevable, ajouta le Professeur. Pas seulement aux yeux des créationnistes du gouvernement, mais également aux yeux des autres. J'imagine que nous sommes tous au centre de notre propre univers…

— L'extinction ? Quelle taille fait cette comète ?

— Huit kilomètres*.

* À titre de comparaison, le corps céleste qui a très probablement provoqué l'extinction des dinosaures il y a quelque 65 millions d'années faisait sans doute une dizaine de kilomètres de diamètre.

Il y eut un silence sur la ligne.

— C'est bien pour ça, poursuivit le Professeur, que l'administrateur de la NASA m'a appelé *moi*. J'ai pu joindre les Nations unies et l'Union européenne. Nous pouvons compter sur leur coopération.

Réalisant qu'il était en train de retenir sa respiration, Ben inspira brutalement.

— Huit kilomètres, vous avez dit ? demanda-t-il.

— Oui. Très malheureusement.

Ben s'entendait haleter. Au bout de moins de vingt-quatre heures de suivi, on ne pouvait pas être sûr de grand-chose en dehors de la taille et de la vitesse de la comète, qui étaient déjà suffisamment terrifiantes.

— C'est quoi, le plan ?

— C'est pour ça que je vous appelle *vous*, dit le Professeur, qui perdait patience. Vous dirigez le CNEOS de la NASA. C'est vous l'expert, non ?

— Euh, oui, bégaya Ben, rectifiant sa posture pour se tenir plus droit. J'ai consacré ma vie aux astéroïdes et aux comètes.

Ben perdait souvent son souffle lorsqu'il parlait de collisions cosmiques. Même Amy, fan de *Star Wars*, amatrice de jeux de fantasy, lectrice de mangas, et figure sans doute la plus sexy du circuit des conventions de science-fiction, devait lui demander, *Tu ne la fermes* jamais *à propos des astéroïdes et des comètes ?* La réponse, en un mot, était non. Et Ben de rétorquer, *Comment peut-on se la fermer ?*

Son premier amour avait été pour les dinosaures. À l'âge de six ans, il collectionnait leurs figurines en plastique et orchestrait des combats épiques sur le tapis à longs poils de ses parents. En grandissant, Ben apprit l'existence d'une force de la nature bien plus phénoménale. Les dents terrifiantes d'un tyrannosaure n'étaient pas de taille contre un astéroïde de dix kilomètres de diamètre. Les cent cinquante millions d'années du règne des dinosaures s'étaient achevées à la suite d'une collision qui avait dégagé une énergie plus d'un milliard de fois supérieure à celle d'une bombe atomique. Rien ne représentait un danger plus grand pour la pérennité d'une vie complexe sur Terre que les collisions cosmiques… rien, en dehors des humains, bien entendu.

— Et je suis président de la Conférence de défense planétaire de l'AIA*, ajouta Ben. Nous avons étudié cent vingt-deux scénarios de collisions cosmiques possibles…

— Tant mieux. Parce que nous devons nous préparer au pire. Maintenant, à moins que vous n'ayez envie de continuer à perdre du temps, je vous suggère d'aller prendre cet avion et de commencer à dresser une liste des gens susceptibles de former votre équipe rapprochée.

Le Professeur éclaircit sa gorge des papillons de nuit et des toiles d'araignées qui l'encombraient, puis ajouta :

— On se voit sur l'équateur.

Il raccrocha. Hébété, Ben retourna dans sa chambre et ralluma les lumières.

— Bon sang, lança Amy d'un ton rageur, j'essaie de dormir. Je travaille, moi, demain.

Ben éteignit les lumières et resta immobile dans le noir. Il ne savait pas trop combien de temps s'était écoulé lorsqu'il les ralluma.

— Quoi ? hurla Amy. C'est quoi qui rend l'espace si important, bon sang ? C'est pas comme si on n'allait pas être encore là demain !

* Académie internationale d'astronautique.

Les paupières et les lèvres de Ben frémirent sous l'effet d'un excès de travail cérébral. Le voyant à la peine, Amy écarta la couette d'un geste vif et se leva d'un bond pour le rejoindre.

— Pardon, trésor, dit-elle. Dis-moi ce qui ne va pas.

Amy savait qu'elle ne pourrait jamais entrer de force à l'intérieur de son crâne. Elle devait l'en faire sortir avec douceur.

— Ben ?

Amy prit sa petite main dans les siennes, encore plus petites. Ben avait des doigts longs et fins, qu'il détestait et qu'elle adorait.

— Ben !

— Tu te rappelles il y a quelques années quand la comète Siding Spring est passée dans le coin ? Tu t'es mise en rogne parce que j'étais resté dormir au bureau pendant qu'on manœuvrait pour rassembler tous les orbiteurs martiens de l'autre côté de la planète…

— L'opération d'évitement, finit Amy.

Le petit sourire de Ben disparut à l'instant même où il gagna ses lèvres.

— Il y a une nouvelle comète noire, dit Ben lentement.

Amy tenta de l'interrompre pour exiger qu'il lui indique la trajectoire estimée, la probabilité et la date de l'impact, mais Ben l'en empêcha.

— On l'a repérée seulement hier soir… et elle est gigantesque, putain.

Il était hors de question pour Ben de ne pas parler franchement à Amy. Il n'avait jamais présupposé la moindre forme de supériorité liée à l'âge, ayant quarante-deux ans et elle trente-quatre, ou à l'intelligence. Ben disait toujours tout à Amy pour la simple raison que c'était ce qu'il voulait faire. Au plus profond de lui-même, c'était quelqu'un de solitaire et d'anxieux. Amy apportait du cuivre et de l'acier à son alliage complexe.

— Il faut que je file, dit-il. Il y a… une voiture qui m'attend, en bas.

Ils se regardèrent en silence pendant un bref moment avant qu'Amy lui demande où il allait.

— À l'aéroport. En Amérique du Sud, sur l'équateur. Nous devons nous préparer au pire. C'est de là qu'on lancera l'engin d'interception, si on en vient à ça. Mais je devrais peut-être dire *je* ? C'est de là que *je* lancerai l'engin d'interception. C'est moi qui suis chargé d'élaborer le plan.

Il se tut et laissa son imagination pousser la porte d'une pièce grouillant d'un nombre apparemment infini d'options, mais elle ne fit que se figer sous le coup de l'indécision. Une bile amère remonta l'œsophage de Ben et lui gâta la bouche. Des petites taches noires se formèrent aux marges de son champ de vision. Il s'approchait de ce moment dans ses rêves où il tombait et perdait l'équilibre, et se réveillait en sursaut juste avant de heurter le sol.

— Il m'a prévenu. Je ne peux pas me permettre de perdre la tête.

Ben s'assit au bord du lit et ferma les yeux, mais cela ne suffit pas. Il tituba jusqu'à la salle de bains adjacente et vomit dans la cuvette des toilettes. Amy entra à pas de loup alors qu'il achevait une quinte de spasmes gastriques. Elle sortit une trousse de toilette de sous le lavabo et y jeta sa brosse à dents, du fil dentaire, un déodorant et des tampons.

— Attends, dit Ben. Qu'est-ce que tu fais ?

Il s'affaissa sur le carrelage frais et essuya sa bouche et son menton proéminent.

— Ma valise, dit Amy en entrant dans la douche. Je t'accompagne.

Ben fit non de la tête et vacilla. Lorsqu'il tenta de discuter, Amy se retourna d'un geste brusque et le fusilla de ses yeux gris.

— Tu ne pars pas sans moi.

Amy avait été une vilaine gosse de militaire élevée sur plusieurs bases avant d'obtenir son diplôme de fin d'études secondaires et de devenir une adulte à l'âge de dix-huit ans. Elle avait eu plusieurs emplois et vécu avec plusieurs petits amis tout en suivant des cours du soir dans plusieurs universités publiques. À chaque fois que Ben disait qu'il avait envie de déménager pour un appartement plus grand, Amy le regardait droit dans les yeux et lui disait, *J'en ai assez de déménager*. Elle tenait à son idée d'un foyer stable dont Ben serait une composante permanente.

— Couvre-le.

— Hein ?

— Couvre ton rasoir, dit Ben en montrant le jetable rose qu'elle avait à la main. Ou tu risques de te couper.

Amy dominait sa silhouette recroquevillée, vêtue d'un T-shirt *Mystery Science Theater 3000** miteux et d'un caleçon qu'elle lui avait volé, et qu'il détestait pour la simple raison qu'il était plus seyant sur son ventre plat à elle.

— Allez, dit Amy d'une voix non totalement dénuée de douceur. Faut que tu surmontes le choc et que tu t'habilles.

Elle laissa la trousse de toilette sur le lavabo et prit Ben sous les bras. Se servant de son propre poids, Amy se pencha en arrière et remit Ben sur ses pieds.

* Série télévisée américaine de science-fiction des années 1990.

— Maintenant va chercher nos passeports, dit-elle afin de l'aiguillonner.

Ben savait d'ordinaire où les choses se trouvaient parce que c'était lui qui les avait rangées. S'appuyant aux murs, il suivit Amy dans leur chambre. Deux valises vides étaient déjà sur le lit, comme deux grandes bouches ouvertes. Amy attrapa des pleines brassées de vêtements dans leur penderie et les jeta dans les valises avec leurs cintres en plastique. Ben enfila un jean et fourra son portefeuille et leurs passeports dans ses poches de derrière. En bas, il y eut un coup de klaxon.

— Ho, hé, ça va, putain ! hurla Amy.

Ces bruyants éclats firent frémir Ben. Ses mains tremblaient, mais celles d'Amy étaient calmes et déterminées. Les innombrables heures qu'elle avait passées seule dans sa toute petite chambre à lire des romans et des BD de science-fiction l'avaient préparée à ce moment.

— Amy, tu sais que c'est pour de vrai, hein ?

Elle acquiesça. Amy attendait de sauver le monde depuis le CM2.

— Ça met en jeu tout ce qu'on connaît, tout ce qu'on comprend.

— Ouais, c'est bon, dit-elle en attrapant les poignées de leurs valises.

Ben la regarda peiner. Quelqu'un de plus brave, quelqu'un de plus simple, se serait précipité pour l'aider, mais Ben n'était ni brave ni simple. Son cerveau continuait à tourbillonner.

— Mon Dieu, murmura Ben. Qu'est-ce qui se passera quand on dira au monde ce qui va lui arriver ?

2

COMÈTE NOIRE

Nord-Ouest pacifique
Le 7 août
J-178 avant le lancement

JACK CAMPBELL était en transit à Seattle sur le chemin de l'Alaska lorsque ses yeux virent COMÈTE NOIRE défiler sur un écran accroché en hauteur. Le ruban d'information se réinitialisa tandis que Jack soufflait sur la vapeur de son café franchisé. Sa moue se figea lorsque le titre complet s'afficha : LE PROJET SPACEWATCH DÉCOUVRE LA COMÈTE NOIRE UD3. Il ignorait pourquoi ça lui semblait de mauvais augure, alors il chercha dans Google.

Des articles en ligne expliquaient que les comètes noires étaient des comètes qui restaient invisibles depuis la Terre. Selon un rapport de la NASA, UD3 était une comète à longue période qui se dirigeait vers nous depuis l'autre côté du soleil et s'était fait projeter, par effet de fronde autour de l'étoile, dans le champ de vision de nos télescopes. La NASA déclarait qu'on ne disposait pas d'informations suffisantes pour estimer sa trajectoire et faire de quelconques prévisions quant à la probabilité d'une collision. Jack leva les yeux de son téléphone et observa les autres voyageurs qui attendaient devant la porte 36. Le danger paraît plus réel lorsqu'on le partage avec d'autres personnes, mais là, tout avait l'air normal. Des hommes, des femmes et des enfants se tenaient penchés sur des téléphones, des ordinateurs portables, des livres ou des magazines, ou bien faisaient un petit somme en attendant qu'une hôtesse allume son micro pour inviter tous les passagers – et prioritairement les titulaires de la carte AAdvantage d'American Airlines – à procéder à l'embarquement.

Jack monta dans l'avion et rangea son sac de matériel photo dans le compartiment à bagages. Il était photoreporter et partait pour une mission à bord d'un navire d'exploration arctique. C'était la chance d'une vie, et il aurait dû être surexcité.

— Vous pensez quoi de cette comète ? demanda Jack à la femme aux cheveux argentés assise près du hublot. Celle dont ils viennent de parler aux nouvelles ?

Il essaya de lui montrer l'écran de son téléphone, mais elle le repoussa.

— Oh, je ne regarde jamais les informations, trésor. C'est trop déprimant. Ils fournissent à manger, sur ce vol, ou est-ce qu'il faut qu'on paye nos snacks ?

L'avion atterrit à Anchorage peu après 3 heures, heure de l'Alaska. Les autres passagers avaient le visage tendu par une espèce de sentiment d'urgence alors qu'ils se hâtaient vers leur travail, leur famille ou bien la suite de leur voyage. Un jeune garçon, les yeux rivés sur son téléphone, probablement en train de chasser des Pokémons, se cogna contre un mur, rebondit, et poursuivit son chemin. C'était un signe de plus de ce que la vie consistait pour l'essentiel à garder la tête basse, en ne saisissant que de fugaces et sporadiques visions du grand dehors et de toutes ses implications.

Les patrons de Jack au *National Geographic* lui avaient réservé une voiture avec chauffeur pour la dernière section de son trajet jusqu'à Seward. Dans sa profession, les temps de voyage pouvaient être harassants, mais c'était un prix que Jack, à trente-deux ans et sans attaches, était prêt à payer pour un boulot qu'il adorait. Il enleva ses baskets et étendit son corps dégingandé d'un mètre quatre-vingt-dix sur la banquette arrière de la berline, qui démarra.

Pendant le vol depuis Seattle, Jack avait continué à surfer sur le web et découvert que les collisions cosmiques n'avaient rien de nouveau. Ce qui était plus rare, c'étaient les gros objets célestes. Depuis soixante-six millions d'années, la Terre avait connu une longue période de chance… qui pouvait s'arrêter. Les probabilités disaient qu'elle s'arrêterait un jour.

Jack sortit son téléphone et ignora tous les nouveaux e-mails et SMS qu'il avait reçus des quatre coins du monde de la part de ses amis, de ses collègues ou de ses ex-amantes. Il n'avait pas répondu aux derniers e-mails de sa mère, et ne fut donc pas surpris qu'elle l'appelle à la fin de ses trois heures de trajet en voiture. Elle lui demanda s'il avait fait bon vol, et autres aimables banalités, mais Jack ne voulait parler que de la comète.

— Tu ne devrais pas croire tout ce que tu lis, lui conseilla sa mère.

— C'était sur CNN, maman.

— Justement !

Il savait où ça allait les mener.

— Qu'est-ce qui te fait croire que ça pourrait être un canular ? demanda Jack. Personne n'a politiquement intérêt à effrayer les foules… (Mais il savait que c'était faux, alors il changea de tactique.) Il y a un astéroïde gros comme un autobus qui est passé entre la Lune et nous, en mars, avança-t-il. On l'a repéré *cinq jours* avant qu'il nous frôle. Et en 2014, il y a eu une autre de ces comètes noires. Elle s'appelait Siding Spring. Elle a déboulé de notre point aveugle derrière le soleil et a failli aller se fracasser contre la planète Mars.

— Je n'en ai jamais entendu parler.

— Moi non plus, jusqu'à ce que je lise des trucs dessus aujourd'hui. Ce n'est pas parce qu'on n'y prête pas attention que ces choses-là ne se produisent pas, maman.

— Je t'entends soupirer. Ça te ferait plaisir, toi, si je soupirais comme ça à chaque fois que *tu* émets une opinion ?

— Ce sont des *faits*. Les faits ne sont pas des *opinions*.

— Je ne t'ai pas appelé pour qu'on se dispute.

Jack entendit son soupir trop tard pour le retenir.

— Tu comptes toujours partir ? demanda-t-elle.

C'était la question que sa mère posait sans cesse.

— Parce que si tu changes d'avis, ton père et moi pourrions venir te voir…

Jack mit l'appel sur haut-parleur pour pouvoir écouter en regardant quels sujets faisaient la une sur Internet :

1. Patriots *vs* New York Giants
2. Concert de Taylor Swift
3. Autisme et antidépresseurs pendant la grossesse
4. Coupe du monde de la FIFA

5. Shampoing et perte de cheveux
6. …

La comète UD3 arrivait en seizième position, juste après le club de foot de Manchester City. Visiblement, la mère de Jack n'était pas la seule à ne pas suivre les nouvelles.

— On ne te prendrait pas tout ton temps, lui promit-elle. On pourrait aller voir un spectacle en matinée puis te retrouver pour le dîner. Ça fait longtemps qu'on n'est pas venus en ville…

— Il faut que je te laisse, maman. Avec tous ces vols, je suis complètement crevé.

C'était vrai. Sur certaines choses, sa mère ne discutait pas. Jack lui dit qu'il l'aimait, ce qui était tout aussi vrai, et raccrocha.

Alors que sa voiture arrivait à Seward, Jack fit une dernière recherche Google. Certains des articles qu'il avait lus dans l'avion renvoyaient à un document officiel publié plusieurs années auparavant par le précédent gouvernement. Jack tapa quelques-uns des mots dont il se souvenait et cliqua sur la première proposition qui s'afficha : *National Near-Earth Objects Preparedness Strategy**. Le premier lien le renvoya vers une page non disponible sur le site actuel de la Maison-Blanche – supprimée indéfiniment, comme de nombreuses autres pages.

Merci pour l'intérêt que vous portez à ce sujet, lut Jack. *Un peu de patience : nous continuons à mettre à jour le site whitehouse.gov*. Très clairs sur la photo, contrastant violemment avec un drapeau américain flou à l'arrière-plan, deux

* Plan stratégique national face aux objets géocroiseurs.

microphones dressés sur un pupitre frappé du sceau présidentiel semblaient promettre que, d'une minute à l'autre, quelqu'un d'important allait s'y présenter avec quelque chose à dire.

Le chauffeur de Jack se gara sur le front de mer de Seward et posa ses valises sur le béton. Quand Jack s'en rendit compte, il ouvrit la portière mais il ne bougea pas. Il n'avait jamais ressenti une telle hésitation avant une longue mission. Il n'avait pas ressenti ça quand son père avait dû se faire opérer du cœur, ni quand une petite amie intermittente l'avait appelé en sanglots, ni quand une vieille blessure de sport s'était réveillée et l'avait fait boiter de douleur, le dos chargé de son lourd matériel de photographe. Jack n'était pas du genre à croire aux pressentiments, mais c'était pourtant ce qu'il éprouvait alors même que tous les gens qu'il croisait continuaient à se comporter comme s'ils s'attendaient à ce que le monde persiste dans la normalité.

Le chauffeur se pencha, décontenancé, puis vit le visage de Jack.

— Je peux vous ramener à Anchorage. Je suis sûr qu'ils comprendront, ajouta-t-il en faisant un signe de tête en direction du gros navire amarré le long du quai.

Jack se dépêcha de remercier le chauffeur pour sa patience, et lui serra la main. Il sortit dans l'air humide chargé d'odeurs de saumure pourrie. Le brouillard qui descendait des pentes veinées de neige autour de Resurrection Bay était aussi épais que de la fumée. Jack hissa ses sacs sur ses épaules, toujours soigneux de son appareil photo, et se mit en marche, tête baissée, sur le long quai étroit.

Il estimait que toutes ses missions étaient très importantes, et ce reportage sur la dernière expédition arctique de l'USCGC* *Healy* ne faisait pas exception. Il n'y avait que deux places libres pour des invités, et Jack avait pour ainsi dire supplié ses directeurs de rédaction pour qu'ils jouent de leurs réseaux et lui en obtiennent une. Ils s'étaient tous réunis en juin au siège de Washington DC, pour discuter de l'importance de cette mission. *C'est comme si tu immortalisais un dauphin du Yang-Tsé*, lui avait dit un de ses directeurs de rédaction. *Des aborigènes de Tasmanie. Le tigre de Java. Les Bo des îles Andaman. Des vols de pigeons migrateurs obscurcissant le ciel…* Le directeur de rédaction frémit et secoua la tête. *Tous magnifiques, tous disparus. Il ne nous en reste que des fossiles et des photos*. Jack avait pour mission d'immortaliser la beauté de l'Arctique avant qu'elle ne disparaisse.

Ce n'est qu'en arrivant près de l'eau que Jack vit la cinquantaine de grosses carcasses à plumes qui flottaient dans la baie. Il se rapprocha du bord du quai, se posta à côté d'une bitte enveloppée de cordages plus gros qu'un poing humain, et regarda bouche bée les oiseaux de proie morts. Un jeune homme de stature imposante qui marchait quelques mètres derrière lui posa soudain son gros paquetage et se joignit à Jack dans la contemplation de cet affreux spectacle. Il portait une casquette bleu marine et un sweat-shirt à capuche avec les mots HEALY CREW en lettres capitales jaunes tendues sur ses larges épaules.

— Ce sont des balbuzards pêcheurs, dit le jeune homme en fronçant les sourcils d'un air surpris. Jusque-là, on n'avait vu que des guillemots.

Il scruta l'eau et pointa un doigt en direction de la carcasse d'un oiseau qui ressemblait à un pingouin.

* US Coast Guard Cutter – brise-glace des garde-côtes américains.

— Ça, là-bas, c'est un guillemot de Troïl. Avec le changement climatique et toutes ces merdes, leur monde s'est déréglé et ils sont morts de faim. Par milliers.

Jack lui demanda ce qu'il en était des aigles, mais le jeune homme haussa les épaules et répondit qu'il ne savait pas.

— Ils ont peut-être vu la nouvelle au sujet de la comète, dit Jack en levant les yeux vers le ciel désormais vide de tout aigle. Ou ils savent peut-être quelque chose qu'on ignore.

— Ah, ouais, quelqu'un m'a dit que cette histoire de comète était un complot. Mais laissons tomber la politique… Je m'appelle Ned Brandt.

Le marin costaud avait la mâchoire, le cou et le torse d'un quarterback. Ses joues étaient rougies par le vent humide, et son visage exprimait l'honnêteté et l'ouverture d'esprit. Il était beau à la manière de Chris Pratt. Ned était lieutenant chez les garde-côtes et pilote d'hélicoptère de retour de permission.

Jack se présenta et lui serra la main.

— Je suis un des invités, expliqua-t-il.

— Le poète ?

— Non, l'autre. Le photoreporter.

— Ah ouais ? Bon, si vous avez envie de prendre des photos aériennes, je pourrai vous emmener faire un tour dans mon hélicoptère, proposa Ned.

Il eut soudain un petit sourire en coin.

— Sauf si votre fameuse comète nous met DLMBP.

— Pardon ?

— Dans la merde bien profond, expliqua Ned. On aime beaucoup les acronymes, dans l'armée.

Il retourna au petit trot vers son paquetage et le prit derrière l'épaule comme un sac de patates. Les deux hommes gagnèrent le bout du quai en marchant côte à côte. Au-dessus d'eux se dressait la silhouette massive de l'USCGC *Healy*, le brise-glace polaire le plus technologiquement avancé du pays. Il était plus long qu'un terrain de football, faisait huit étages de haut, et, pour ce qu'on en voyait, il devait y avoir encore dix mètres de coque sous l'eau. Malgré cela, Jack était sûr qu'il allait s'y sentir claustrophobe au cours de cette mission de fin d'été. Les choses finissaient toujours par le rendre claustrophobe en devenant familières.

Les deux hommes s'approchèrent de la coque de cent trente mètres de long du *Healy*, peinte en rouge vif pour être bien visible sur la banquise. Ned donna à Jack un coup de coude dans les côtes et lui fit signe de le suivre, passant devant la longue file de chercheurs civils qui attendaient de monter à bord avec leurs bagages. Une garde-côte accueillait les nouveaux arrivants au pied d'une passerelle escarpée. Elle salua Ned d'un grand sourire et vérifia le nom de Jack sur sa liste des passagers. Lorsqu'elle lui donna un pager, Jack lâcha un petit ricanement devant l'antiquité de l'engin.

— La dernière fois que j'ai vu un truc comme ça, j'étais en première année de fac et il pendait à la ceinture du short de mon dealeur de shit.

La jeune femme lui donna également un kit d'accueil à bord et une carte de passager neuve maintenus ensemble par un trombone. La carte indiquait quel radeau de sauvetage, quel numéro de pager et quelle cabine lui étaient assignés. Jack allait partager ses appartements avec l'autre passager invité, poète et prix Nobel de littérature. Les expéditions de ce genre s'encombraient rarement d'un poète, les places pour les invités étant généralement attribuées à des spécialistes de la faune, des documentaristes, des photographes ou des observateurs des tribus autochtones. Jack se dit que le comité de sélection était peut-être devenu sentimental pour cette dernière mission, et avait voulu faire en sorte que l'Arctique soit préservé par l'immortalité de la chose écrite.

Ned ouvrait la marche alors que les deux hommes charriaient leurs bagages vers le sommet de l'escalier métallique du *Healy* puis pénétraient dans les entrailles rouge vif du navire. Tout de suite à droite se dressait une échelle dotée d'un panonceau disant PONT PRINCIPAL. Ned la gravit avec la vivacité d'une chèvre des montagnes, mais Jack devait se montrer prudent sur ses barreaux étroits et raides, avec le poids de son sac de voyage et de son matériel photo qui le déstabilisait. Il s'enfonça dans le couloir du pont n°2 et trouva la porte de sa cabine fermée. Jack y frappa, puis entra dans la pièce sombre et sans hublot. Allumant la lumière, il sursauta et poussa un juron. Il y avait un petit homme assis devant un bureau.

— Pardonnez-moi, s'empressa de dire Jack, mais vous m'avez fait peur.

L'homme se leva ; il arrivait à peine aux épaules de Jack. De profondes rides arquées partaient du coin de ses yeux noirs, contournaient ses orbites décharnées et s'enfonçaient dans ses larges pommettes. Ses cheveux – en frange irrégulière sur le front, coupés droit sur la nuque – étaient encore noirs et fournis, bien que la peau de son visage fût burinée. Jack songea qu'il devait avoir la cinquantaine, un peu plus ou un peu moins, mais c'était dur à dire.

— Jack, enchanté.

— Gustavo, dit l'homme sans un sourire.

Une ceinture de cuir tenait son jean informe serré très haut sur sa taille affreusement fine. Jack ne fut pas surpris quand Gustavo ne tarda pas à s'excuser parce qu'il se sentait mal. Jack s'écarta pour le laisser passer ; ce n'était pas simple de s'écarter dans une si petite pièce. Gustavo enleva à coups de pieds ses vieilles chaussures de cuir et déboutonna sa chemise en lin. Se déshabillant jusqu'à ne plus laisser voir que son squelette saillant et ses sous-vêtements blancs miteux, le poète grimpa avec agilité sur la couchette du haut et tira le rideau pour préserver son intimité.

Jack regarda autour de lui, mais il n'y avait pas grand-chose à voir. Les placards, les couchettes et les penderies sommaires étaient faits de tôle bon marché. Sur la paroi à gauche de la porte il y avait un téléphone avec une liste des numéros de pagers. À côté de ça, il y avait un petit lavabo avec son petit placard et son petit miroir, deux bureaux et deux chaises. Jack ne vit rien sur le bureau de Gustavo – pas de téléphone, pas d'ordinateur portable, pas de livre, pas de magazine, pas de journal. Le poète devait être assis dans le noir à la merci de ses seules pensées.

Jack fourra ses sacs dans le placard qui se trouvait ouvert et vide. Il était encore fatigué par son voyage et le décalage horaire, et il se conforma à ce sage dicton de fantassin : Ne laisse jamais passer une occasion de dormir, de manger ou de chier. Jack enleva ses baskets et son jean, s'allongea sur la couchette du bas, et tira son rideau.

Il se réveilla un peu après 3 heures du matin. Il se tourna et se retourna sur sa couchette, mais le pressentiment d'un danger s'obstinait à le tenir éveillé. Derrière la porte, les couloirs du *Healy* étaient éclairés de rouge, comme les chambres noires où, jadis, Jack développait ses pellicules.

Un réseau de câbles et de tuyaux apparents filait sous les plafonds. Sous la lumière rouge d'après le couvre-feu, on eût dit les artères ou les intestins de quelque énorme monstre, et Jack se sentait comme Jonas dans le ventre de la baleine.

Au cours de son errance inquiète, Jack trouva le salon des chercheurs sur le pont n°2. Il était équipé de longues tables avec des ordinateurs et des fauteuils, de canapés bas de gamme et de grands écrans de télévision. Il n'y avait là qu'une seule autre personne : une femme assez jeune penchée sur le clavier d'un Mac Mini, sur un bureau calé contre le mur. Ses cheveux noirs et lisses étaient coiffés en une queue-de-cheval qui s'arrêtait juste au-dessus de la capuche flasque de son sweat-shirt sombre. Voyant qu'elle ne se retournait pas pour le saluer, Jack se dirigea vers un des ordinateurs portables HP moins sophistiqués posés sur une longue table au milieu de la pièce.

Il ouvrit une session d'invité et lança un navigateur web. Ses doigts tambourinèrent d'impatience tandis que les pages se chargeaient lentement, jusqu'à ce que la femme tousse d'un air agacé. Jack avait tapé COMPLOT UD3 dans la barre de recherche et il lisait en diagonale les commentaires sous les articles de presse. Un lecteur avait posté :

> *Fake news !* C'est une image de synthèse !

Jake scrolla pour voir l'image qui illustrait l'article et lut la légende qui l'accompagnait. Elle disait : *Comète dans l'espace, vision d'artiste.*

La seule théorie du complot plausible soutenait que cette comète avait été inventée de toutes pièces par la NASA après que son programme de recherche sur les stratégies de déviation des astéroïdes eut vu ses financements coupés, au mois de mars dernier. Jack finit par se déconnecter, et regarda la femme assise près du mur. S'il pouvait avoir une vraie conversation à propos de la comète, et extirper ce sujet de sa tête, peut-être arriverait-il alors à retrouver le sommeil.

La femme ne l'entendit pas approcher, et resta hypnotisée par la lueur bleue blanchâtre de son écran, qui inondait sa peau et se reflétait sur les verres de ses lunettes. Jack s'excusa de l'avoir fait sursauter, mais ne put s'empêcher de jeter un coup d'œil à son écran qui affichait une image en négatif de la voûte étoilée. Le plus gros des points noirs était marqué d'un cercle rouge étiqueté UD3.

— Elle n'a pas l'air trop effrayante, reconnut-il. Mais vous ne trouvez pas bizarre que la NASA n'ait publié aucun détail ?

Elle soupira et tourna son corps vers lui. Des lettres capitales sur le devant de son sweat-shirt écrivaient le mot BERKELEY.

— J'en sais rien, reconnut-elle en haussant une épaule.

— Mais vous êtes inquiète ?

— Je ne serais pas assise ici au lieu de dormir si je ne l'étais pas.

Elle ne voulait pas être grossière ; elle affirmait juste une évidence. La femme ajouta que bon nombre de chercheurs étaient restés pour lire jusque tard dans la nuit, mais qu'ils étaient partis les uns après les autres pour essayer de dormir un peu avant le lever du soleil. Jack lui souhaita bonne nuit et la laissa tranquille.

Il quitta le salon des chercheurs et s'en alla errer plus profondément dans les entrailles du *Healy*. Le salon de l'équipage était délicieusement bruyant. Jack y glissa la tête pour voir ce qui s'y passait, et les violents néons le firent cligner des yeux. Quelques ordinateurs de bureau s'alignaient le long du mur, et plusieurs ordinateurs portables étaient posés sur de longues tables, mais aucun des garde-côtes ne les utilisait. Une douzaine de membres de l'équipe de nuit profitaient de leur pause, et l'ambiance était plus légère et plus chaleureuse.

Deux hommes se tenaient devant un grand écran de télévision, faisant des gestes vifs avec leurs bras en regardant leurs avatars jouer à Mario Tennis Aces sur Nintendo Switch. D'autres avaient enlevé leurs chaussures et s'étaient allongés sur des canapés, ou jouaient aux cartes autour d'une table. Trois femmes rassemblées dans un coin tricotaient et papotaient joyeusement de leur boulot. L'équipage se connaissait déjà comme une famille, comme des amis. Jack aurait aimé pouvoir entrer, s'asseoir à la table, et demander à l'homme qui distribuait les cartes de lui servir une main.

De retour dans sa cabine, Jack s'efforça de se coucher en faisant le moins de bruit possible. Dans le silence précédant le sommeil, il entendit des sanglots étouffés produits par l'homme qui se trouvait allongé parallèlement à lui moins d'un mètre cinquante au-dessus de sa tête.

3

L'ARRIVÉE

Kourou, Guyane
Le 2 août

AMY TIRA le meilleur parti qu'elle put d'un lever très matinal à cause du décalage horaire. Elle venait de finir de repasser son plus beau chemisier en soie lorsqu'on frappa à la porte de sa chambre d'hôtel. Elle regarda par le judas et reconnut Chuck Maes, un des collègues de Ben. Il les avait accompagnés sur le vol de Los Angeles à Cayenne et était maintenant en train de bâiller dans le couloir, en short kaki froissé, T-shirt et tongs. Ben émergea de leur salle de bains embuée quelques instants après qu'elle eut ouvert la porte. Comme Chuck, il s'était habillé dans cet anti-style vestimentaire qu'adoptent les gens qui peuvent se foutre des apparences. En moins de cinq minutes, Amy se changea pour enfiler une jupe en jean, des sandales et un des T-shirts de colloques scientifiques de Ben noué sur sa taille fine. À Rome, fais comme César.

Avant l'aube, ils s'entassèrent tous les trois dans une navette avec leurs sacoches d'ordinateurs et du café dans des gobelets en carton. Leur hôtel était à la lisière de la ville de Kourou, à moins de cinq minutes en voiture du Centre spatial guyanais. Chuck demanda à Ben s'il avait reçu de quelconques informations récentes.

— Rien, dit Ben en regardant mécaniquement son téléphone une nouvelle fois. Le Professeur veut me briefer en personne.

Il y eut un silence nerveux avant que Ben ne reprenne leur discussion ininterrompue à propos du plan. Amy ouvrit son ordinateur et chaussa ses lunettes de lecture à monture en écailles de tortue. Elle écoutait Ben et cherchait dans Google des termes techniques, des organisations, et surtout des personnes, jusqu'à ce que le mal des transports la force à regarder le paysage qui défilait par la vitre de la navette.

Pendant le vol, Ben avait expliqué à Amy que la localisation équatoriale de la base de l'Agence spatiale européenne lui faisait profiter, pour ses lancements, de la plus grande vitesse de rotation de la Terre. Les trois Américains ne connaissaient cependant pas grand-chose à la géographie mondiale. Amy fixa l'écran de son ordinateur quelques instants avant d'abandonner et de taper "Putain c'est où la Guyane française ?" dans la barre de recherche.

Ce territoire français se trouvait sur la côte nord de l'Amérique du Sud, et partageait ses frontières avec le Suriname à l'ouest et le Brésil au sud et au sud-est. L'altitude était faible, et l'essentiel de la dense végétation avait été rasé pour ne laisser, le long de la route, que de piteux palmiers, de l'herbe et des touffes de buissons. Tout était remarquablement vert comparé aux paysages arides de la Californie. La température tropicale atteignait déjà les 31 °C, mais l'intérieur de la navette était glacial. Amy eut envie de demander au chauffeur de baisser la climatisation, mais Chuck était corpulent et Ben était une boule de nerfs ; tous deux avaient les tempes en sueur.

Amy frictionna la chair de poule de sa peau rose pâle et se massa un biceps encore endolori par les vaccins. Elle surprit Chuck en train de la regarder et lui adressa un sourire amical. C'était un bon gentil plein de sarcasmes qui s'efforçait d'être discret et ne matait jamais ouvertement, contrairement à une poignée d'autres trolls de la NASA. Chuck lui sourit d'un air penaud et se tourna vers Ben, qui se servait de lui pour tester le discours qu'il allait devoir adresser à un public d'ingénieurs et de physiciens. Amy essayait de ne rien louper des noms propres qu'il lâchait entre deux explications techniques.

— C'est qui, Ariane ? l'interrompit Amy.

— Pas *qui*, corrigea Ben, mais *quoi*. Ariane est une marque de fusée, comme Dr Pepper est une marque de soda.

Ben expliqua qu'on avait besoin d'une fusée porteuse pour lancer un engin spatial au-delà du champ gravitationnel de la Terre.

— La fusée Ariane sur ce pas de tir est la première partie de notre plan, dit Ben en préparant déjà les accessoires dont il allait se servir pour son explication complète.

Amy était la seule étudiante à qui Ben adorait vraiment enseigner, et il faisait toujours bien attention à ne pas la prendre de haut, et à ne pas non plus la noyer sous des discours incompréhensibles. C'était un peu comme marcher sur une corde raide, mais il était content de le faire. Ben sortit deux billets verts de son portefeuille et les froissa dans son poing gauche, qu'il appela "l'engin spatial" pour les besoins de sa démonstration. Ensuite, il montra sa main droite et l'appela "la fusée porteuse Ariane". D'un seul geste, Ben attrapa son poing gauche dans sa main droite et fit semblant de le jeter en l'air comme une balle.

— Arrivée à une certaine altitude, la fusée porteuse Ariane largue notre engin spatial, dit-il.

Chuck regarda la démonstration dans un silence stupéfait, sans doute frappé par la patience dont Ben faisait subitement preuve alors qu'il tenait son poing gauche levé et qu'il en extirpait un des billets.

— Ça, c'est le premier impacteur, dit Ben en donnant un billet d'un dollar à Amy. Notre engin va le tirer contre la comète, où il explosera en ouvrant un cratère. Puis, pour maximiser les effets destructeurs, l'engin lui-même ira se fracasser au cœur de ce cratère et déclenchera une bombe nucléaire.

Ben ouvrit son poing gauche, révélant un billet de vingt dollars. Amy l'empocha avant de demander à Ben comment il pouvait être sûr que ce plan était le bon alors qu'ils en savaient si peu sur la comète. Ben se mit à secouer la tête en grimaçant. Au cours de ces dernières quarante-huit heures de planification échevelée et de privation de sommeil, il avait plusieurs fois fait état de maux de tête. L'habitude qu'il avait de secouer la tête s'était aggravée sous l'effet de l'énormité de l'enjeu. *Je sens mon cerveau se contusionner*, dit-il pour plaisanter. Dans les dernières heures avant l'atterrissage en Amérique du Sud, il avait agrippé une pleine poignée de ses cheveux drus, sombres et ondulés et s'était tenu la tête d'une main pendant que l'autre répondait aux suggestions de Chuck, comme à un gladiateur, d'un pouce vers le haut ou d'un pouce vers le bas.

— Le pire des scénarios, ce serait une forte probabilité de collision et moins de dix ans pour l'éviter, dit Ben en un rapide staccato. Un impacteur nucléaire serait la seule option viable contre une comète aussi grosse et aussi rapide. Des modèles ont montré qu'une arme nucléaire pouvait faire dévier un géocroiseur d'un kilomètre de diamètre. Mais bon, avec tous les scénarios de collision…

Amy connaissait l'existence des cent vingt-deux scénarios de collision, dont certains avaient été joués en chair et en os lors de la Conférence de défense planétaire bisannuelle, et d'autres virtuellement, sur un forum en ligne. Ces scénarios aidaient à mettre le doigt sur ce qui risquait d'échouer – en théorie – par le biais de simulations numériques, de calculs de probabilité, et de jeux de rôle humains. Ben s'était déjà frotté à la majorité de toutes les actions, réactions et conséquences imaginables. Évidemment, ces scénarios n'étaient pas réels, et ils n'étaient pas non plus suffisamment actuels pour prendre en compte les changements de dirigeants et les nouveaux gouvernements.

— C'est la bonne stratégie, insista Ben.

Mais il semblait soudain malade et plein de doutes. Et qui pourrait lui en vouloir ? S'il y avait une forte probabilité de collision, même Amy ne voulait pas être celle qui demanderait : *Et si tu te trompes ?* La réponse était de toute façon évidente : Ben risquait d'échouer à éviter une extinction, point final.

— On est arrivés, dit Chuck en un quasi-murmure.

Le trajet de cinq kilomètres fut fini avant qu'ils aient le temps de boire leurs cafés. Le chauffeur de la navette s'engagea sur un rond-point planté de drapeaux de toutes les couleurs, avec un grand panneau disant BIENVENUE AU

CENTRE SPATIAL GUYANAIS en français et en anglais. Il passa devant l'entrée pour les touristes sur la droite et longea une immense clôture de sécurité coiffée de fil barbelé. Amy avait lu que les terrains du centre spatial s'étendaient sur une superficie presque aussi grande que la ville de New York.

À travers le pare-brise, elle vit un check-point droit devant, avec cinq gardes armés en uniformes sombres. Ben avait dû faire un scandale au téléphone avec les responsables de l'ONU pour qu'Amy puisse monter dans le vol de Los Angeles. Lui obtenir une habilitation de sécurité pour accéder au site risquait de s'avérer plus compliqué. Ils avaient beaucoup discuté dans l'avion pour mettre au point leur stratégie, jusqu'à ce qu'Amy s'énerve : *Tu peux dire à ce professeur Och-Ochsss…* Ce n'était vraiment pas un nom facile à prononcer. Ben l'interrompit tout de suite en lui donnant la bonne prononciation. *Ouais, lui !* Amy reprit sa phrase : *Dis-lui qu'un de nos présidents a obtenu des habilitations de sécurité pour sa fille et son gendre à la putain de Maison-Blanche. Tires-en la leçon : c'est le puissant qui décide. Et là, maintenant, le puissant, c'est toi, Ben.*

Le portail métallique du check-point coulissa pour s'ouvrir. Les gardes leur firent signe d'avancer de quelques mètres, puis ils levèrent la main, paume ouverte, pour leur dire de s'arrêter. Un garde s'adressa au chauffeur en français et le fit descendre de façon à pouvoir prendre le volant lui-même. La portière de la navette s'ouvrit, les exposant au soleil éclatant et à l'atmosphère chaude. Amy vit une femme en tailleur approcher, ses talons hauts crissant sur le bitume.

— Bienvenue, dit la femme en se penchant à l'intérieur. Je suis Marielena Acosta, je travaille pour l'ONU. J'ai cru comprendre qu'il y avait une passagère supplémentaire ?

Ses yeux noirs se fixèrent sur Amy.

— Peut-être voudra-t-elle patienter avec moi au poste de sécurité ?

Amy ouvrit la bouche pour répondre, mais Ben la devança.

— C'est Amy Kowalski, dit-il calmement. J'ai demandé au siège de vous transmettre son curriculum vitae avant notre arrivée. Mlle Kowalski possède son propre grand bureau à l'agence Modis de Burbank parce que c'est une des meilleures recruteuses de la côte Ouest dans le secteur de la haute technologie – et la seule en qui je puisse avoir confiance. Le Professeur a dit que je pouvais choisir ma propre équipe. Alors je vous présente ma directrice des RH, et vous saurez qu'elle boit son café noir.

La femme hocha la tête et parut réfléchir.

— Vous avez choisi Mlle Kowalski, clarifia-t-elle.

— Les yeux fermés, répliqua Ben de son ton le plus confiant.

Elle hocha de nouveau la tête puis elle fit signe aux gardes. Amy serra la main de Ben tandis que leur navette accélérait en passant devant un bâtiment frappé du mot SÉCURITÉ puis pénétrait dans un complexe de hauts bâtiments administratifs portant des noms de corps célestes. Une femme esseulée patientait devant l'entrée d'un bâtiment appelé Janus. Elle était très grande, avec un front large et des cheveux couleur cendre coupés court. Elle prit à peine le temps de se présenter avant d'inviter Amy, Ben et Chuck à entrer.

— Le directeur Durand et le Professeur Ochsenfeld vous attendent dans la salle de réunion Janus, dit-elle en les doublant à grands pas dans ses escarpins à hauts talons carrés.

Trois jours avaient passé depuis la découverte d'UD3 par l'équipe de Spacewatch. Dans le couloir, plusieurs employés regardèrent les trois nouveaux venus comme des automobilistes curieux regardent un accident de la route. Ces hommes et ces femmes savaient sûrement quelque chose.

— Docteur Schwartz ! murmura l'un des employés avant de se précipiter pour intercepter le groupe. Nous nous sommes déjà rencontrés, dit-il à Ben avec un lourd accent allemand. Je travaillais pour la NASA. J'étais là quand vous avez piloté les manœuvres d'évitement des orbiteurs martiens avant le passage de la comète Siding Spring !

Leur grande guide les fusilla d'un regard désapprobateur et leur rappela qu'ils étaient attendus, mais Ben l'arrêta.

— Pardonnez-moi, je ne me souviens pas de tous mes collègues, dit-il en serrant la main de l'homme. C'était un truc de fou, le passage de cette comète. J'ai pas beaucoup dormi cette nuit-là.

C'était la vérité, mais il était également vrai que Ben manquait grandement d'attention quand il rencontrait de nouvelles personnes. Ça, c'était le point fort d'Amy.

— Vous étiez incroyable, dit l'homme d'une voix saisie de respect.

Le visage de Ben rayonna de fierté, puis il remercia l'homme d'être venu vers eux, mais il le remerciait en fait d'avoir rappelé un moment du passé où Ben s'était montré exceptionnel. Rien ne pouvait effacer ni modifier cette séquence triomphale. Elle appartenait à Ben pour toujours. Il semblait respirer plus facilement tandis qu'ils s'éloignaient dans le couloir en direction d'un ascenseur. Leur guide utilisa son badge de sécurité pour obtenir l'accès au tout dernier étage. Amy parvint à y lire les mots DIRECTRICE

ADJOINTE avant qu'il ne soit rappelé par son cordon. Les portes de l'ascenseur se fermèrent derrière le groupe, les forçant à se regarder les uns les autres dans un silence gêné.

— Je n'arrive pas à situer votre accent, dit Amy pour combler le silence.

Les sourcils de la femme se haussèrent et ridèrent son large front. Amy avait une voix de couteaux rouillés qui surprenait les inconnus. Elle avait eu le croup quand elle était petite et avait hurlé à s'en blesser les cordes vocales. Et puis elle avait fumé comme une furieuse entre l'âge de treize ans et son installation en Californie, où elle s'était arrêtée tout net sans aucune aide.

— Je suis hollandaise, dit la directrice adjointe.

— Ah, le hollandais doit être une bien belle langue.

— Détrompez-vous.

L'ascenseur s'arrêta, mais Amy ne lâchait rien.

— À propos de langue, ajouta-t-elle, ça veut dire quoi, Janus ?

Ben se dépêcha de dire que Janus était un satellite de Saturne, mais la directrice adjointe ajouta :

— C'est le bâtiment principal du complexe. On reçoit des chefs d'État dans sa salle de réunion.

Elle sortit sans attendre la fin de l'ouverture des portes.

— Janus était le dieu romain des portes… Et aussi le dieu des débuts et des fins, et de la dualité. On le représentait avec deux visages, un visage de jeune et un visage de vieux.

Il y avait une double porte fermée au bout d'un petit couloir. La directrice adjointe l'ouvrit et fit un signe de tête à l'attention des nouveaux arrivants. Ben fut le premier à pénétrer dans une grande salle de conférences avec de longues tables formant un carré au périmètre ponctué de chaises toutes tournées vers le centre. Deux de ces chaises étaient occupées par des hommes assis l'un à côté de l'autre. Ils se levèrent tous deux, mais seul celui de gauche le fit avec prestance. Celui de droite luttait contre la gravité et peina pour se redresser. Les photos de lui qu'on pouvait voir sur Internet dataient toutes de plusieurs décennies. Amy n'était pas prête pour se confronter à l'état actuel de sévère déclin du Professeur Ochsenfeld.

— Monsieur, dit Ben. Je veux dire, Professeur. C'est un très grand honneur…

Ben continua à bavasser. Amy ne l'avait jamais vu faire preuve d'autant de respect à l'égard d'une personne vivante. Ce professeur devait être une vraie légende – même si, à le voir, rien ne l'indiquait. La canne très chic à pommeau de nacre qui soutenait son poids voûté était le seul signe extérieur trahissant son statut d'éminent professeur à Oxford. En dehors de ça, ses habits étaient mornes et démodés.

— Professeur, permettez-moi de vous présenter Chuck Maes, dit Ben en faisant un geste en direction de son ami. Chuck fait partie de mon équipe au JPL.

Chuck lui adressa un petit hochement de tête et sourit nerveusement. Puis Ben se tourna vers Amy. Il allait devoir lutter pour qu'elle se fasse accepter.

— Amy Kowalski, dit-elle en se dirigeant vers les deux hommes.

Les présentations étaient un moment important. Celles d'Amy incluaient toujours un sourire, un contact oculaire direct, et une poignée de main ferme – mais pas trop. Alors qu'Amy se rapprochait, ses narines furent frappées par une odeur de maladie. Un organe ou un fonctionnement interne devait être vicié, mais Amy prit tout de même la main noueuse du Professeur dans la sienne. La vieillesse et la maladie n'avaient jamais été vraiment présentes sur les bases militaires où Amy avait passé les dix-huit premières années de sa vie. Si ces rappels de la mortelle condition humaine étaient pour elle toujours étranges et terrifiants, elle était bien décidée à ne jamais les laisser prendre le dessus sur elle.

— C'est un très grand honneur, répéta-t-elle en suivant l'exemple de Ben exactement comme il suivait le sien quand la situation l'exigeait.

D'épaisses lunettes agrandissaient des yeux veinés de rouge drapés dans des paupières comme des origamis dépliés. Le visage du Professeur n'arborait aucune expression, mais était animé de légers frissons occasionnels. Seul son silence trahissait sa surprise passagère ; dans une file de prétendantes potentielles, personne n'aurait choisi Amy pour être la compagne de Ben.

Après avoir soigneusement refermé la porte, la directrice adjointe alla se poster à côté du directeur Durand. Amy le trouva bel homme pour son âge ; la soixantaine, avec un corps solide, des cheveux blancs fournis et des yeux d'un bleu saisissant. Ce n'est qu'en étudiant très attentivement son expression qu'elle sentit un danger.

— Qu'est-ce qui ne va pas ? demanda-t-elle tout de suite.

Le directeur prit une petite inspiration hachée et se présenta lui-même et la directrice adjointe comme Marcel Durand et Anneke Janssen.

— Mais qu'est-ce qui *ne va pas* ? répéta Amy d'un ton insistant.

Le Professeur se racla la gorge et déclara :

— La comète accélère encore plus que prévu.

Ben ne souriait plus, ne faisait plus de courbettes. Il était de nouveau en mode gestion de crise. Il se tenait de manière protectrice à côté d'Amy et fixait le visage imperturbable du Professeur.

— Combien d'années avons-nous, Professeur ?

Ben aurait bien dit des décennies, c'était son estimation optimiste, mais le Professeur secoua la tête.

— Comment ça, "Non" ? demanda Ben en haussant la voix.

Ils n'avaient pas des années, lui expliqua le Professeur. Le système de veille Sentry du JPL et le système CLOMON de l'Agence spatiale européenne avaient à eux deux calculé trois trajectoires très approximatives. La plus directe d'entre elles prévoyait une collision possible dès le mois de juin.

— Juin, répéta Ben. Vous voulez dire le mois de juin *qui vient* ?

Le Professeur frappa la moquette fine avec sa canne et s'exclama en retour :

— Oui, le mois de juin *qui vient* ! Vous devez lancer votre plan. Tout de suite !

Ben prit une respiration et fit quelques calculs mentaux avec la rapidité et la précision d'une calculette de poche. Il dit à l'assemblée qu'il fallait lancer un engin à propulsion solaire le 1er février. Les deux directeurs de la base de lancement protestèrent en même temps.

— Est-ce seulement possible, matériellement ?

— C'est ce qu'on va voir, hein ? dit Ben. Maintenant, lancez le compte à rebours.

4

L'EXPÉDITION DANS L'OUEST DE L'ARCTIQUE

Seward, Alaska
Le 8 août
J-177 avant le lancement

LE SOMMEIL FIT beaucoup de bien à Jack. Après tout, c'était fatigant de s'inquiéter, et il avait besoin d'une pause. Le rideau de la couchette de Gustavo était encore complètement fermé, alors Jack attrapa sa serviette, sa trousse de toilette et une paire de tongs sans faire de bruit. La douche de la salle de bains du couloir avait la taille d'un petit cabinet ; une affichette scotchée au mur donnait les instructions. Les passagers devaient tous se contenter d'une "douche de marin" pas plus d'une fois par jour, en appuyant seulement deux fois sur le bouton : une fois pour se mouiller, une fois pour se rincer. Jack savait qu'avoir de l'eau potable et chaude à la demande était encore un luxe pour la majorité de la population mondiale. Qui plus est, ça ne le dérangeait pas de se salir et de sentir comme le mammifère qu'il était ; c'était une autre forme de liberté et de vérité.

À 7 h 30, rasé de frais, ses cheveux courts et clairs savamment ébouriffés au gel, Jack trouva la cambuse aux allures de réfectoire. Des membres de l'équipage et des chercheurs mangeaient et bavardaient, assis autour de tables tout en longueur. Les deux groupes se distinguaient facilement : les garde-côtes portaient des sweat-shirts ou des polos de travail bleu marine, et les chercheurs arboraient des chemises à carreaux, des jeans, des visages mal rasés, des bagues de pouce et des polaires.

En tant que passager invité, Jack n'appartenait à aucun de ces deux groupes. Il se servit dans une pile de pancakes aux pépites de chocolat et alla s'asseoir seul. Ouvrant son kit d'accueil à bord, Jack lut l'introduction rédigée par le capitaine Weber :

> Bienvenue à bord du *Healy*. Merci de lire les documents ci-joints. Les risques inhérents à la vie en mer exigent que nous comprenions et que nous appliquions tous les règles de sécurité de base présentées dans…

Jack parcourut le reste en diagonale. Il était avant tout en quête d'informations sur les modalités d'accès à son compte e-mail. À partir du moment où le navire atteindrait les 75° de latitude Nord, le débit serait tellement limité que seule la passerelle serait autorisée à avoir un accès à Internet. Les ordinateurs des scientifiques ne permettraient de se connecter aux messageries que via le serveur du *Healy*.

Les garde-côtes et les chercheurs se dépêchaient plus que Jack de prendre leur petit déjeuner. Leurs matinées étaient remplies d'activités programmées visibles sur le planning de la journée affiché partout dans le bateau. L'équipage, et un malheureux mannequin du nom de Ralph destiné à jouer l'homme à la mer, allait être occupé par des exercices de sécurité. Les chercheurs devaient se scinder en deux groupes pour faire l'inventaire des casiers d'équipement et des espaces de laboratoire, et tester les grues sur le pont extérieur. Jack avait quartier libre.

Il faisait plus chaud que ce à quoi il s'attendait : pas loin de 20 °C, avec une maximale de 23 °C prévue dans l'après-midi, d'après les données météo figurant sur le planning. Jack fourra son bonnet et ses gants dans les poches de sa parka en se disant que c'était un temps étonnamment chaud pour l'Alaska. Ou peut-être n'était-ce pas si étonnant, vu que l'année précédente la planète avait connu, et de loin, son année la plus chaude jamais enregistrée. L'année en cours était déjà bien partie pour battre de nouveaux records. Jack pensait souvent à l'allégorie de la grenouille plongée dans l'eau d'une casserole qu'on faisait lentement bouillir – on n'a aucune raison de s'alarmer, jusqu'à ce qu'on se retrouve servi sur une assiette avec de l'ail et du citron.

Le soleil avait dispersé le brouillard et Jack voyait nettement les montagnes de Seward. Il marcha jusqu'à la poupe, puis revint vers la proue, testant divers points de vue dans le viseur de son appareil photo. Il y avait de nouveaux – de nombreux nouveaux – aigles morts dans l'eau, et pourtant le ciel grouillait d'infâmes goélands en parfaite santé qui tournoyaient autour des grands navires dans la baie.

Jack leva la tête vers les trois structures anguleuses qui se dressaient au-dessus de la coque du *Healy*.

La plus proche de la proue abritait les quartiers de vie : couchettes, salons, mess, salle de gym, laverie, etc. C'était la plus large et la plus haute des trois structures, et ses flancs étaient parsemés à intervalles réguliers de petits hublots qui remontaient jusqu'à la couronne de grandes vitres et d'antennes satellite de la passerelle, centre de commande du *Healy*. Dressé au-dessus d'elle, comme un nid-de-pie en haut d'un mât, se trouvait un petit poste d'observation. Ces vitres offraient sans aucun doute la meilleure vue panoramique.

Jack se glissa dans la cage d'échelle la plus proche et rencontra deux garde-côtes qui descendaient l'un derrière l'autre.

— Z'êtes dans le mauvais sens, m'sieur, lui dit l'un d'eux.

— Pardon ?

— Faut aller à tribord, si vous voulez monter.

La rationalité de la chose lui apparut immédiatement lorsqu'ils durent se contorsionner pour se croiser. Jack gravit quatre niveaux pour atteindre la passerelle située à la hauteur d'un bâtiment de cinq étages. Il admira bouche bée la vue qui s'offrait à lui de la pointe de la proue jusqu'à l'horizon couleur ardoise. Un membre de l'équipage s'approcha et se présenta à lui comme l'enseigne de vaisseau Sokolov. Trapue, formelle mais serviable, elle lui proposa une visite de la passerelle qu'il accepta joyeusement.

Les autres membres de l'équipage se montrèrent tous patients et prirent quelques instants pour se présenter – donnant leurs noms, leurs grades, leurs titres et la nature de leurs missions. Ils essayèrent d'expliquer les différentes fonctions d'une longue console de commande pleine de gros boutons, de voyants et d'écrans de radar. Le capitaine Weber vint même lui serrer la main. Il était grand et mince, comme Jack, mais son visage taillé au burin aurait tout à fait eu sa place sur le mont Rushmore. Ses yeux étaient d'un bleu couleur de jean usé, mais ils semblaient regarder dans le vague. Après s'être excusé, le capitaine se dirigea vers les fenêtres de la passerelle et se saisit d'une paire de jumelles. Il ne les braqua pas sur l'horizon, mais sur les aigles morts flottant à la surface de l'eau.

Le pager de Jack bipa. Il le sortit de son étui de ceinture et le regarda en plissant les yeux.

— Que signifie ce code ? demanda-t-il à l'enseigne Sokolov.

— Abandonnez le navire.

— On est encore au port !

Ses sourcils se haussèrent lorsqu'elle lui dit que les exercices de sécurité étaient tous expliqués dans le kit d'accueil à bord, et que le point de rassemblement d'urgence qui lui avait été assigné figurait sur sa carte de passager.

— Vous avez raison, reconnut Jack en sortant sa carte de sa poche de derrière avant de s'en servir pour la saluer.

La salle d'abandon du navire se trouvait sur un pont situé à mi-hauteur du *Healy* côté tribord. Un groupe de chercheurs se tenait amassé devant la porte. Jack reconnut la femme avec laquelle il avait discuté dans le salon des chercheurs. Elle avait une peau brun clair à la lumière naturelle du jour, et elle lui arrivait à peine à l'épaule.

— On ferait peut-être mieux de se présenter, dit Jack en s'approchant d'elle avec un sourire.

Il étudia son visage ovale aux joues, au nez et au menton arrondis. Sa bouche avait des lèvres douces et mauves, comme légèrement tachées de vin rouge. Des lunettes de soleil et des gants cachaient ses yeux et son annulaire gauche.

— Maya, dit-elle après un bref silence. Dr Maya Gutiérrez. Et voici une de mes camarades de cabine, le Dr Nancy Stevens.

Elle fit un geste en direction d'une femme de grande taille qui se tenait à côté d'elle, le visage éclaboussé de taches de rousseur sous une chevelure rousse qui cascadait en boucles autour de son menton.

— Je m'appelle Jack, dit-il en leur serrant la main. Monsieur Jack. Certainement pas docteur.

Un garde-côte muni d'un porte-bloc vint se placer au centre du groupe et cria pour se faire entendre au-dessus du bruit du vent.

— Bonjour, radeau de sauvetage numéro cinq !

Ils marmonnèrent un *bonjour* et levèrent tour à tour la main à l'appel de leur nom.

— Gustavo Wayãpi ?

Jack regarda autour de lui, mais ne vit pas son camarade de cabine.

— Gustavo Wayãpi une fois ? Deux fois ?

Le garde-côte fit une croix en face du nom de Gustavo. Après l'appel, il expliqua la procédure d'abandon du navire en vigueur sur le *Healy* : quel équipement chacun devait prendre avec soi, comment se vêtir, et comment on rationnerait la nourriture. Jack était en train de consulter ses e-mails, en s'efforçant de ne pas compter tous les nouveaux messages de sa mère. Il était discret, mais le garde-côte tenait son public à l'œil.

— Vous arriverez à vous souvenir de tout ça ? demanda-t-il à Jack.

— Ne vous inquiétez pas, le rassura Jack. Je ne peux pas mourir. Je ne suis qu'un enfant.

Cela ne le fit pas rire.

— Ça m'étonnerait que votre mère puisse venir vous secourir dans le coin.

— Vous ne connaissez pas ma mère ! dit Jack, mais il rangea son téléphone et adopta une posture plus attentive.

— Des questions, avant qu'on vous fournisse vos combinaisons de survie ?

Le garde-côte se hâta d'ajouter que personne ne savait ce qui causait la mort de tous ces aigles, mais que l'agence de protection de l'environnement avait déjà été alertée depuis des jours. Le Dr Nancy Stevens leva sa main gantée.

— Que se passera-t-il si le bateau doit faire demi-tour ? demanda-t-elle. À cause de la comète ?

Le garde-côte demanda à Nancy de répéter sa question, puis chercha de l'aide dans le regard des autres personnes présentes. Il n'avait entendu parler d'aucune comète noire, mais les chercheurs n'étaient pas décidés à lui ficher la paix si rapidement. Le garde-côte finit par appeler son supérieur, qui rejoignit le groupe dix minutes plus tard avec une réponse qui n'en était pas une.

— Apparemment, on n'en sait pas grand-chose parce qu'ils viennent juste de la repérer, expliqua-t-il.

L'objet n'avait toujours pas de nom, juste le code UD3.

— Et c'est la dernière mission scientifique du *Healy*, ajouta-t-il, visiblement ému, alors on a bien l'intention de la mener à terme.

Les expéditions du *Healy* en Arctique occidental avaient récemment perdu leur financement. Dans l'administration, de nombreuses personnes ne voyaient pas le changement climatique comme une menace réelle. Ceux qui ne niaient pas les données de la science comprenaient cependant que le budget des garde-côtes devait être amputé partout où la chose était possible pour financer la construction d'un mur à plusieurs milliards de dollars le long de la frontière sud du pays.

Tandis que le groupe du radeau de sauvetage numéro cinq se dirigeait vers la prochaine station de l'exercice d'abandon du navire, Jack se faufila entre ses membres pour se rapprocher de Maya. C'était une personne nouvelle dans un environnement radicalement nouveau, et Jack vivait pour ce genre de mission qui le parachutait comme un soldat d'élite sur un territoire inconnu qui requérait toute son attention. Nancy se retourna vers sa camarade de cabine pour lui adresser un regard interrogateur, mais, d'un infime mouvement de tête, Maya lui fit signe d'y aller sans l'attendre. Cet échange n'échappa pas à Jack. Les hommes étaient sources d'ennuis, cela ne faisait aucun doute. Jack se connaissait très bien, et il évitait d'avoir des relations sexuelles avec des femmes habitant près de chez lui à Brooklyn, parce qu'il n'aurait alors aucun plan de fuite. (Évidemment, il lui arrivait de trébucher salement en cas d'excès d'alcool ou d'anniversaire nostalgique ; les anniversaires nostalgiques fêtés par un excès d'alcool étaient *toujours* calamiteux.)

Jack avait prévu de jouer la sécurité sur cette mission. *Mon stock de capotes d'urgence sert exactement à ça : aux urgences*, promit mentalement Jack à Nancy, *parce qu'il ne peut y avoir aucun plan de fuite à bord d'un bateau au beau milieu de l'Arctique.* Si Jack adorait l'intensité des nouvelles amitiés et des nouveaux coups de cœur, le travail d'entretien que nécessitaient les relations durables s'était – jusqu'à présent, en tout cas – toujours avéré trop fatigant pour ce qu'il rapportait.

— Je peux prendre votre portrait ? demanda-t-il.

Maya secoua immédiatement la tête, balançant sa queue-de-cheval noire d'une omoplate à l'autre.

— J'ai horreur des appareils photo.

Jack fit semblant d'avoir reçu un coup de poing dans le ventre. Il aurait pu avoir une belle carrière de pitre de la classe s'il avait jamais éprouvé un besoin d'attention. La lèvre supérieure de Maya s'ourla sous ses dents alors qu'ils rattrapaient le reste du groupe : c'était un sourire à peine refoulé.

Les combinaisons de survie étaient rangées dans le hangar des hélicoptères au sommet de la deuxième superstructure carrée du *Healy*. C'était la plus grande salle du bateau, et elle abritait deux appareils stationnés près d'une cloison en métal télescopique donnant accès au pont d'envol. Sous son polo bleu marine, Ned Brandt, le pilote d'hélicoptère du *Healy*, avait un corps de culturiste. Il était flanqué d'un garde-côte du nom de Malcolm encore plus costaud, aux gros biceps bruns parcourus de veines comme un réseau de câbles.

Quand tout le groupe fut assemblé, Malcolm prit une combinaison de survie, que Ned désigna sous le surnom de Gumby*. Malcolm montra comment insérer ses pieds dans les chaussons très larges, comment enfiler les gants aux doigts énormes, comment rabattre la capuche, et comment fermer le long zip ventral. Il y avait même un rabat pour le visage, qui, une fois mis en place, ne laissait plus voir que les yeux, le nez et les sourcils, protégeant tout le reste. Ned montra les placards où les combinaisons de survie étaient rangées et dit au groupe :

— Allez-y, lâchez-vous.

Plusieurs chercheurs en enfilèrent, rirent, et firent quelques pas en se dandinant comme des balourds. D'autres

* Personnage de dessin animé aux contours très sommaires (jambes sans pieds, mains sans doigts, tête sans cou).

adoptèrent une attitude plus réservée à l'idée de flotter dans l'océan Arctique dans l'attente des secours. Jack avait glissé ses deux pieds dans les chaussons de sa Gumby quand Ned s'approcha de lui d'un pas détendu et tapota ses biceps de taille moyenne d'un air taquin. Il lança à la cantonade une invitation aux cours de CrossFit que lui et Malcolm donnaient le samedi après-midi.

— Il y a encore de nouveaux aigles morts, aujourd'hui, dit soudain Jack.

Ned acquiesça, mais ne dit rien.

Jack frappa doucement puis entra dans sa cabine. Gustavo était assis à son bureau métallique, mais cette fois-ci il n'était pas dans le noir.

— Vous avez loupé l'exercice d'abandon du navire, dit Jack avec un sourire qu'il espérait désarmant. Les garde-côtes ont noté les absents. Vous allez vous faire remonter les bretelles.

Gustavo continua à regarder fixement droit devant lui.

— Écoutez, je sais que c'est pas facile de vivre à plusieurs comme ça dans un petit espace, avança Jack. J'imagine que vous n'avez pas l'habitude d'avoir constamment quelqu'un sur le dos.

Gustavo cligna vivement des yeux, comme s'il émergeait d'un rêve ou d'un K.-O.

— Si, j'ai l'habitude, dit-il. Ou plutôt, je l'avais. (Gustavo peina pour prononcer ces mots tout simples :) J'avais un frère jumeau.

Lorsqu'il se pencha en avant pour se lever, une chaînette se libéra de son col de chemise et se balança autour de son cou. À son bout pendait un morceau de métal écrasé : une balle après impact. Gustavo traversa la petite pièce, grimpa sur sa couchette, et ferma les rideaux.

Jack ne pouvait pas imaginer ce que c'était que de perdre un frère jumeau, mais il comprenait le besoin de s'isoler pour faire son deuil.

Dans le silence qui suivit, les moteurs du remorqueur rugirent tandis qu'ils commençaient à tracter le *Healy* loin du quai. La dernière expédition en Arctique occidental était lancée.

Le *Healy* sortit de Resurrection Bay et s'engagea dans le golfe d'Alaska. Restant en vue de la terre, le capitaine Weber pilota le navire dans les eaux côtières pendant toute la nuit jusqu'au Parc national du Katmai, au départ de la longue péninsule d'Alaska. Jack resta sur le pont quelques heures avant le coucher du soleil. Les garde-côtes s'activaient à leurs tâches mais se montraient aimables lorsqu'on les interrompait. L'un d'eux indiqua à Jack la vue qui s'étendait sur tribord, et lui dit que le parc attirait de nombreux touristes du fait de son importante population d'ours bruns. Debout contre le bastingage, Jack braquait son objectif sur la roche volcanique noire, les forêts émeraude et les montagnes bleues aux sommets enneigés. Il regardait les paysages d'un œil professionnel, tel un joaillier inspectant un diamant. Avec les gens, c'était tout différent. Il tombait amoureux de quiconque se trouvait dans son viseur : femmes et hommes, jeunes et vieux. Le jour où il cesserait d'aimer ses sujets et d'éprouver de l'empathie à leur égard serait le jour où il devrait cesser de pratiquer le photojournalisme.

Jack entendit l'aigle tomber dans l'eau avant de le voir. Zoomant au maximum de son objectif, il vit un pygargue à tête blanche flottant à la surface. Avec ses plumes et ses os creux, il coulait lentement, et c'était très pénible à regarder. Jack crut voir l'oiseau cligner de l'œil avant de glisser juste en dessous de la surface. Des bulles d'air troublaient l'eau. L'aigle était vivant, mais il se noyait, immobile, sans faire le moindre mouvement pour tenter de survivre.

Jack trouva le Dr Maya Gutiérrez dans la salle de conférences, où s'étaient rassemblés plus de vingt chercheurs. L'un d'eux se tenait à l'entrée de la salle. C'était un homme trapu aux cheveux blancs, doté d'une barbe bien fournie qui ressemblait à un croisement entre une barbe de professeur d'université et celle du Père Noël.

— Je peux vous aider ? demanda-t-il à Jack.

Jack adressa un regard à Maya, qui se leva sans un mot et vint le rejoindre dans le couloir.

— On est un peu occupés, là, dit-elle à voix basse.

Jack contemplait les yeux noirs de Maya, ses sourcils non épilés et ses longs cils. Son regard calme semblait à la fois accueillant et intense.

— Vous êtes en train de me fixer.

— Pardon, bredouilla Jack. C'est la première fois que je vois vos yeux sans lunettes. Qu'est-ce… Qu'est-ce qui se passe, avec les aigles ? demanda-t-il. Pourquoi ils meurent comme ça ?

Quand Jack eut expliqué ce qu'il venait de voir, l'attitude de Maya changea. Elle secoua la tête d'un air navré.

— Vous devez pourtant avoir une petite idée… insista-t-il.

— Il y avait un port de pêche, sur une île du Japon... murmura-t-elle.

Puis elle lui décrivit l'écosystème jadis parfaitement sain de la baie de Minamata. Dans les années 1950, les mulets, les aloses et les homards commencèrent à disparaître. Les poissons morts remontaient à la surface les uns après les autres ; les oiseaux tombaient du ciel. Les chats du village se mirent à être pris de spasmes et à courir se fracasser contre les murs. Ils plongeaient dans la mer et s'y noyaient. Puis les pêcheurs et leurs familles – y compris leurs nouveau-nés – commencèrent à souffrir de lésions neurologiques. Ils étaient pris de convulsions qui les laissaient muets et inertes. Puis ils mouraient.

— On appelle ça la maladie de Minamata, dit Maya. Elle était causée par un grave empoisonnement au mercure qui détruisait le cervelet, pour commencer.

Les habitants de Minamata savaient tous que la cause en était les boues déversées par l'entreprise chimique locale Chisso. Mais ils étaient pauvres, et – aux yeux de Chisso, de l'industrie chimique et du gouvernement japonais – leur vie ne comptait pas. L'affaire fut étouffée, Chisso continua à augmenter sa production, ainsi, conséquemment, que ses rejets de boues toxiques. L'étrange maladie de Minamata continua à se répandre jusqu'à toucher près de dix mille personnes.

— J'ignore s'il y a un lien, se dépêcha de préciser Maya, mais on a déjà vu des phénomènes similaires à celui auquel nous assistons en ce moment même.

— Est-ce que ça pourrait être dû à la comète ? murmura Jack.

Maya le regarda en inclinant la tête et en plissant les yeux. Elle lui demanda *comment* un géocroiseur pouvait tuer des aigles depuis plus loin que Mars. Jack haussa les épaules et fit une petite moue dubitative. Il pensait à ses propres pressentiments.

— Il y a peut-être des choses que la science n'explique pas, dit-il pour se défendre.

— Tous les phénomènes ont des causes et des effets, déclara Maya, mais elle dut ajouter : C'est juste qu'on ne comprend pas toujours ce qu'ils sont.

Jack soupira et hocha la tête.

— Je vais vous laisser à votre réunion, dit-il à l'instant même où Maya s'apprêtait à faire un pas vers lui.

5

NOUVEAUX PASSAGES

À bord du Healy, *dans le golfe d'Alaska*
Le 9 août
J-176 avant le lancement

MAYA FUT SURPRISE de voir Jack attendre patiemment tout à l'avant de la queue du petit déjeuner, à 6 h 45. Son style vestimentaire et ses manières détendues ne l'identifiaient pas comme un lève-tôt, mais l'appareil photo qui pendait à son cou, si. Il était photographe : son emploi du temps était dicté par le soleil, et il ne pouvait pas se permettre de se lever tard.

Jack sourit lorsque leurs regards se croisèrent tandis qu'ils remplissaient leurs assiettes de nourriture. Le cœur et le ventre de Maya papillonnèrent mécaniquement. Elle salua Jack d'un signe de tête, mais elle battit en retraite vers le côté du réfectoire où les chercheurs s'étaient rassemblés autour de trois longues tables. Jack essaya de recroiser son regard, mais elle ne leva les yeux de ses œufs brouillés au Tabasco qu'une fois assise, seule, à l'autre bout de la pièce.

L'audace de cet homme pouvait s'expliquer par sa profession ; les photographes devaient mettre leurs sujets le plus à l'aise possible pour tirer d'eux ce qu'ils voulaient. Et ce n'était pas comme si Jack avait beaucoup de choix pour ce qui était de batifoler, entre les quatre-vingt-treize membres d'équipage et les cinquante et un chercheurs, si on excluait tous les hommes et toutes les femmes mariées (elle espérait que Jack excluait les femmes mariées). Quoi qu'il en soit, Maya se força à ne pas se sentir flattée.

Dès que Jack détourna son attention, Maya lui adressa un regard fugace et avide. Jack avait des traits anguleux bien proportionnés, et le menton carré. Ses cheveux couleur sable n'étaient ni tout à fait blonds, ni tout à fait roux, ni tout à fait châtains, mais de ces trois teintes à la fois. Il avait des pattes d'oie aux coins des yeux, plus pâles que le reste de sa peau sans rides. Il devait avoir trop l'habitude de plisser les yeux sous l'éclat du soleil pour regarder le monde.

De loin, Jack avait une façon très banale d'être bel homme, jusqu'à ce que ses traits s'illuminent d'un sourire ; là, il était stupéfiant. *¡Muy guapo!* aurait murmuré à voix haute la mère de Maya. Maya ne réagissait pas aux incitations de sa mère parce que les hommes beaux étaient souvent entreprenants. Les riches de bonne famille, avec leurs manières policées et leurs costumes-cravates, avaient encore moins besoin d'encouragements. Maya avait couché avec exactement trois représentants de cette catégorie inatteignable, et cela résumait l'ensemble de son activité sexuelle à l'âge de trente-six ans.

Ce n'était pas difficile d'éveiller l'intérêt des hommes pour un coup d'un soir. Maya était attirante dans le genre bien formée ; la plupart la disaient “mignonne”, certains la disaient “belle”. Elle était si petite et si réservée, à siroter son verre en posant sur le monde un regard attentif, que ces trois hommes furent chacun à son tour choqués de sentir son corps se frotter soudain contre une hanche alors qu'elle se hissait sur la pointe des pieds pour leur murmurer à l'oreille. Maya les laissait toujours avec un fantasme de moins à satisfaire.

Quant aux hommes décents qui recherchaient un peu plus que du sexe, ceux qui auraient pu être de bons partenaires de vie et de bons pères, Maya les tenait à distance respectueuse. C'était une Américaine de la première génération, et l'aînée de quatre sœurs. Comme elle était la plus prometteuse à l'école, ce fut elle qui attira le plus d'attention de la part de son père, qui pensait que l'éducation était le moyen le plus sûr et le plus honnête pour se sortir de la pauvreté. Il mit beaucoup de pression sur Maya, jusqu'à ce qu'elle s'en mette encore plus et fasse tous les sacrifices nécessaires. Ses sœurs cadettes avaient toutes des enfants qui étaient les petits amours gâtés de sa grand-mère, mais Maya n'en finissait pas de poursuivre ses études et de déraciner sa vie pour un master, un doctorat, un post-doctorat et, finalement, un grade de professeur.

Jack se leva brusquement et passa près de sa table. Maya essaya de mieux voir les cicatrices qu'elle avait remarquées lors de leur première rencontre. Ce n'étaient pas les traditionnelles cicatrices propres et presque effacées des hommes qui avaient jadis été des petits garçons et avaient fait une chute de vélo ou s'étaient blessés en tombant sur un radiateur. Une cicatrice au tracé irrégulier sur le cou de Jack semblait dangereusement proche de sa veine jugulaire. Maya avait soif d'en voir plus. Comme avec toutes ses envies, elle s'efforçait de faire preuve de modération. Maya s'autorisait quelques écarts à sa bonne conduite en récompense d'une vie très disciplinée, comme les paquets de chips qu'elle grignotait pendant ses nuits de révision. Elle courait huit kilomètres par jour pour rester menue plutôt que seulement petite, mais certaines choses valaient qu'on les paie cher. Fort heureusement, le *Healy* avait une salle de sport dotée d'un tapis de course.

Après le petit déjeuner, Maya fit un arrêt au salon des chercheurs. Plutôt que de s'enquérir des dernières nouvelles sur la comète, elle consulta la liste des passagers sur l'intranet du bord et trouva Jack, alias John S. Campbell. Maya fit une recherche sur son nom et farfouilla de-ci de-là, jusqu'à trouver son site web personnel, qui proposait un patchwork de photos de style documentaire. La plupart des photos montraient des gens dont le regard traversait l'appareil pour aller se poser sur l'homme qui le tenait. On ne voyait qu'un côté de l'objectif, mais c'était le côté important. Jack avait dû percevoir l'exceptionnelle vitalité qu'il y avait en ces gens, et la saisir pour la partager. Maya sentait ses défenses se fissurer.

Elle se dépêcha de se déconnecter et se prépara pour une journée de travail sur le pont. Le *Healy* imposait de nombreuses règles en matière d'équipements de sécurité : chaussures à coque en acier, chaussettes et gants isolants, combinaison d'hiver fluo, et casque. Ajoutez-y un cachet de Dramamine pour le mal de mer, et Maya était prête – plus que prête – pour aller prélever son premier échantillon d'eau.

Sur le pont, la température extérieure avoisinait les quinze degrés, avec un soleil éblouissant et beaucoup de vent. Maya s'autorisa une petite pause pour respirer l'air vif par son nez et sa bouche afin tout à la fois de sentir et goûter le sel et les algues. Bien qu’ayant grandi en Californie, Maya n’avait vu l’océan qu’à l’âge de dix-sept ans. Elle ne repensait jamais à sa vie loin de lui, et elle s’en réjouissait. L’approbation de ses parents et son ambition personnelle n’auraient pas suffi à la soutenir sur un chemin aussi long et aussi difficile. Au bout du compte, c’est son amour de l’océan qui lui avait permis d’être aujourd’hui en position de pouvoir espérer obtenir un jour un poste de professeur titulaire au sein du Marine Science Institute de l’université de Californie à Santa Barbara. C’était ce même amour qui la faisait se lever tous les matins, et qui l’avait fait monter à bord d’un navire en partance pour l’Arctique.

Le *Healy* venait de se faufiler entre deux îles Aléoutiennes orientales, passant du golfe d’Alaska à la mer de Béring. Les versants volcaniques abrupts, les ports hauts en couleur et les petites villes de pêcheurs de ces îles s’cffaçaient derrière eux. Devant eux s’étirait l’océan, et la première occasion d’y prélever des échantillons. Maya marcha jusqu’à la poupe et salua au passage une autre équipe de chercheurs. Ils s’étaient regroupés autour d’un appareil de carottage et prélevaient des sédiments mous – de la “boue délicieuse”, comme Charlie les appelait.

Le Dr Charles Brodie – “Appelez-moi Charlie” – était le directeur scientifique de l’expédition. C’était aussi quelqu’un d’important dans la vie de Maya, et leur histoire commune remontait à ses années de troisième cycle à l’université de Berkeley. En dehors de Charlie, qui avait sélectionné tous les candidats pour cette expédition, les cinquante autres chercheurs étaient pour la plupart des inconnus, ou de simples connaissances qui lisaient les publications les uns des autres et bavardaient ensemble dans les colloques. Si les garde-côtes étaient majoritairement des hommes jeunes, le groupe des chercheurs affichait une parité hommes-femmes à peu près parfaite, et une gamme d'âges beaucoup plus étendue, des étudiants de troisième cycle en milieu de vingtaine aux professeurs sexagénaires, mais ils vivaient dans la fraternité d'un but commun : étudier l'océan et collecter des données brutes.

Les scientifiques avaient besoin de données pour évaluer le changement et sonner l'alerte. Quarante ans d'imagerie satellite fournie par la NASA avaient montré que la superficie de la banquise arctique avait diminué de onze pour cent par décennie. Mais la chimie des eaux arctiques n'avait été cartographiée qu'en 2015, à bord de ce même navire. C'était un travail fondateur que Maya et quinze autres chercheurs présents sur le *Healy* allaient poursuivre durant cette expédition – à partir d'aujourd'hui.

Un groupe de sept chercheurs se tenait à côté d'une grande grue à la poupe du navire ; il était composé de la moitié de l'équipe chargée de ce travail de cartographie chimique qui s'était vu confier le premier quart de douze heures. Maya se morigénait d'arriver pile à l'heure plutôt qu'un peu en avance, mais c'était un prix qu'elle acceptait de payer pour avoir pris le temps de voir les photos de Jack.

La plupart des visages des membres de l'équipe lui étaient maintenant assez familiers après deux jours à bord. Maya se présenta brièvement aux autres – un professeur d'âge mûr avec un jeune post-doc, tous deux de l'université d'État de l'Oregon, tous deux dotés d'une barbe bien tenue autour de leur sourire, tous deux offrant une poignée de main tout en douceur. Maya repéra sa souriante camarade de cabine, le

Dr Nancy Stevens. Nancy venait de l'Institut océanographique de Woods Hole, dans le Massachusetts. Les deux femmes avaient rapidement fait connaissance, échangeant des anecdotes sur l'histoire de leurs familles, des blagues, et des inquiétudes au sujet de la comète.

Nancy et le Professeur d'OSU* étaient les deux chercheurs les plus chevronnés, avec de nombreuses expéditions scientifiques à leur actif. Ils prirent la direction des opérations et scindèrent l'équipe en deux groupes. Trois chercheurs suivirent Nancy, enlevèrent leurs chaussures et entrèrent en chaussettes dans les deux cellules de travail isothermes de six mètres de long. Le professeur d'OSU resta dehors et enleva la bâche qui protégeait le cadre cylindrique de la rosette d'échantillonnage. Maya et deux autres chercheurs formèrent derrière lui une file tournante pour entrer dans une des cellules de travail et recevoir d'un des chercheurs qui s'y trouvaient une bouteille de prélèvement Go-Flo de trente litres, qu'ils allaient ensuite fixer sur le cadre de la rosette. Maya se mouvait rapidement et sentait la décharge d'endorphines qui accompagnait l'arrivée au sommet d'une ascension de toute une vie. En cet instant, Maya n'aurait échangé sa place avec personne au monde.

Une fois la rosette chargée de tous ses contenants vides, l'équipe l'arrima à la grue à l'aide d'un câble. Un chercheur de l'équipe devait commander l'ouverture et la fermeture des bouteilles pour prélever des échantillons à certaines profondeurs spécifiques, mais c'était un garde-côte qui devait piloter la grue elle-même. Trois d'entre eux arrivèrent juste à temps. Avec son mètre cinquante-huit, Maya se sentait

* Oregon State University, université d'État de l'Oregon.

dominée par leurs tailles impressionnantes, mais elle avait cessé de se laisser intimider par ce genre de choses – ou, à vrai dire, par n'importe quoi d'autre.

— Bonjour, les savants ! cria le dénommé Malcolm. C'est moi qui piloterai la grue aujourd'hui. Alors, qui est prêt pour un peu d'action ?

Maya leva immédiatement ses deux mains, paumes ouvertes, au-dessus de sa tête. Malcolm rit et alla les lui claquer en deux ou trois petites foulées.

— Voilà un bon soldat, murmura-t-il.

Pour l'essentiel, Gustavo ne quittait sa cabine que pour aller aux toilettes. Au bout de deux jours, il s'aventura jusqu'au réfectoire pour y avaler quelques bouchées de nourriture, mais il perdait tout de même du poids. Alors qu'il était occupé à percer un nouveau trou dans sa ceinture de cuir à l'aide d'un canif, quelqu'un vint frapper à la porte. Il s'attendait à voir entrer Jack, mais la porte demeura fermée. Gustavo attendit qu'on frappe une nouvelle fois, plus bruyamment. Une voix étouffée l'appela.

— Gustavo Wayãpi ?

La femme qui se tenait dans la coursive recula vivement d'un pas lorsqu'il ouvrit sa porte. Elle répéta son nom brésilien jusqu'à ce qu'il en prenne acte d'un petit hochement de tête.

— Je suis l'enseigne Camila Ortiz, dit-elle. Nous nous sommes vus lors de votre arrivée à bord.

L'enseigne attendit que Gustavo hoche de nouveau la tête en scrutant son visage attentivement. Comme il ne le lui proposa pas, elle demanda la permission d'entrer.

— *¿Prefieres español, Gustavo?*

— Non, dit-il. Je ne parle pas bien l'espagnol. Je suis plus à l'aise en portugais et en français, mais c'est l'anglais que je maîtrise le mieux.

Elle étudia de nouveau son apparence physique, clairement décontenancée de ne pas savoir pourquoi elle le faisait. Gustavo, lui, savait qu'il était déroutant – même pour lui-même.

— Je sais que le *Healy* impose des tonnes de règles, poursuivit l'enseigne dans la langue indiquée par Gustavo, mais si elles existent, c'est qu'il y a une raison.

L'attention de Gustavo vacilla. Il aurait aimé qu'elle se contente de lui expliquer la raison de sa venue, pour qu'il puisse dire les mots, quels qu'ils soient, qui la feraient partir. Tout ce qu'il voulait, c'était qu'on le laisse tranquille.

— Le formulaire de présence permet à l'équipage de savoir que tous les membres du bord sont en vie, et en bonne santé, dit l'enseigne.

Gustavo hocha immédiatement la tête, mais elle se répéta tout de même.

— Alors vous *devez* vous connecter à l'intranet et remplir ce formulaire. Deux fois par jour, le matin avant 11 heures, l'après-midi avant 5 heures…

Il continuait à hocher la tête.

— *Sinon*, nous serons forcés d'avoir encore et encore cette même conversation, insista-t-elle.

Gustavo vit Jack entrer précautionneusement par la porte ouverte de la cabine.

— Vous voulez que je vous laisse ? demanda-t-il.

— Non, dit l'enseigne. On a fini, n'est-ce pas ?

Gustavo hocha la tête une dernière fois. Dès que la jeune femme eut quitté la cabine, il referma la porte avec soulagement.

— J'ai lu quelques-uns de vos poèmes sur Internet, dit Jack à l'adresse de son dos. Tirés d'un recueil intitulé *Majesté.*

Lorsque Gustavo se retourna, Jack le regardait d'un air chargé d'attente et de curiosité.

— Je ne les ai pas tous lus, reconnut Jack, mais presque. Ils sont magnifiques, et douloureux, aussi.

Il se tut.

— Je ne suis pas quelqu'un de violent, dit-il en souriant pour illustrer la chose, mais vos poèmes m'ont suscité… des envies de meurtres.

Gustavo hocha la tête. Jack avait compris ses mots, son intention.

— J'ai fait une mission au Brésil, l'an dernier, vous savez, dit Jack.

Il attrapa l'ordinateur posé sur son bureau.

— Ce sont des membres de la tribu des Guarani-Kaiowá.

L'image sur l'écran de Jack montrait trois hommes et une femme debout ou accroupis à côté d'une bâche en plastique tendue en guise de tente. Ils avaient des javelots en bambou et arboraient des peintures corporelles, mais ils portaient aussi des jeans et des tongs en plastique. La femme était entièrement vêtue, avec une chemise à manches longues.

— Ils se sont fait expulser de leurs terres et ont vu leurs ressources d'eau empoisonnées par les engrais et pesticides des fermes industrielles, expliqua Jack. Ces familles vivaient au bord d'une route très fréquentée. Ils ont un des taux de suicide les plus élevés au monde.

Gustavo connaissait déjà le triste sort des Guarani-Kaiowá. Il avait même fait un voyage en Europe en compagnie d'un de leurs chefs, Marcos Verón, avant que le vieil homme ne se fasse tabasser à mort par les sbires d'un grand propriétaire terrien. Gustavo demanda à Jack pourquoi il avait photographié les Guarani-Kaiowá.

— Pour éveiller l'opinion publique mondiale, dit Jack sans hésiter. C'est à ça que sert le bon journalisme.

— Et cet éveil a-t-il aidé les Guarani-Kaiowá ?

L'air dérouté de Jack fit sourire Gustavo. Maintenant, ils se comprenaient encore mieux l'un l'autre. Cela faisait du bien d'être compris par un jeune homme qui s'efforçait de se montrer humain en un lieu si hostile. Gustavo se détourna et saisit sa ceinture. Jack le regarda la passer autour de son jean lâche et la serrer au trou qu'il venait de faire.

— J'étais sur le point d'aller manger, dit Jack. Vous venez avec moi ?

— J'ai déjà mangé.

— J'ai l'impression que ça ne vous ferait pas de mal de manger encore un peu…

Gustavo lui dit de partir devant, fermement, mais gentiment. La faim, c'était pour les vivants. Pleurer la perte d'un être cher dans une boîte de métal flottant sur une mer de glace, ce n'était pas vivre ; c'était tout à la fois l'enfer et le purgatoire, où l'on ne pouvait rien faire qu'attendre. *Était-ce un rêve ?* se demandait souvent Gustavo. *Ou bien était-ce la mort ?* Serait-ce Gustavo, et non son frère jumeau, qui a trouvé la mort ? Ou est-ce que le chagrin l'a laissé engourdi et gelé comme la mer froide qui les entoure ?

6

L'OPÉRATION DE DÉFENSE

Kourou, Guyane
Le 9 août
J-176 avant le lancement

Love Mwangi n'avait jamais vu une pluie pareille. La base de lancement de Kourou, en Guyane, était noyée sous des flaques constamment martelées par l'averse incessante. À environ un kilomètre de distance, des gardes pataugeaient sous leurs imperméables jaune fluo. Love se tenait près de la porte ouverte de son avion et inhalait l'atmosphère poisseuse, ignorant l'équipage qui essayait de sortir en contournant sa charpente d'un mètre quatre-vingt-trois. Personne ne dit mot tandis que Love continuait à étirer ses muscles engourdis. Originaire d'Afrique orientale, grande femme svelte aux longues jambes vêtue d'un jean moulant, chaussée de bottes de motarde cloutées, portant des colliers de perles et de métal, ainsi qu'une plume rayée en boucle d'oreille, elle était d'une beauté imposante.

Un cortège de Humvee arriva sur la piste et se gara à plusieurs mètres de l'avion. Les hommes qui en sortirent étaient armés de fusils d'assaut, vêtus de treillis camouflage et coiffés de casques bleu ciel frappés de deux lettres blanches. Quand Love était toute jeune, la vue des Casques bleus de l'ONU signifiait à la fois la présence d'un danger grave et la seule protection sur laquelle elle pouvait compter. Lorsque Love commença à travailler au siège africain de l'ONU à Nairobi un peu avant l'âge de vingt ans, ces deux lettres – UN – prirent un sens tout nouveau : elles étaient son chemin pour fuir la pauvreté, la solitude, la violence et la honte.

Love alla rejoindre les autres passagers de l'avion : une trentaine de fonctionnaires civils de l'ONU qui étaient tous restés muets durant les quinze heures qu'avait duré le vol qui les avait amenés de New York. Le premier Casque bleu qui entra dans l'avion s'adressa à eux en tant que groupe.

— Bienvenue dans l'Opération de Défense contre la Comète UD3, dit-il. Vous faites désormais partie d'une collaboration internationale en vue d'une action collective pour défendre la planète.

Plusieurs autres Casques bleus entrèrent dans l'avion en secouant des gouttes de pluie. L'un d'eux demanda un interprète, et Love se fit connaître. Il lui tendit une pochette contenant le même poncho camouflage que celui que portaient les Casques bleus.

— Venez avec moi, dit-il.

Love enfila le poncho et prit ses bagages. Passant devant les hommes en armes, elle garda la tête basse sous sa capuche pour éviter de croiser le regard de ceux qui pouvaient mettre un terme à sa vie d'une simple pression sur la détente. Le Casque bleu l'emmena à un Humvee stationné à l'avant de la file. Love hissa son gros sac de voyage et sa valise cabine sur la banquette arrière puis monta à bord. Elle enleva son poncho, le posa en un petit tas dégoulinant, puis étira son grand corps longiligne. Les genoux de son jean étaient déjà trempés, et la collaient comme une peau humide.

Le Casque bleu monta à l'avant, sur le siège passager, et posa son fusil sur ses cuisses pendant que le chauffeur engageait une vitesse et desserrait le frein à main.

— Est-ce que je suis en danger ? demanda Love.

— Nous le sommes tous, dit simplement le Casque bleu. C'est pour ça que vous êtes là.

Son accent n'était pas dérivé du français mais probablement d'une autre langue romane. Sa peau était or clair, celle du chauffeur d'un noir aussi profond que celle de Love, et pourtant ils avaient l'air d'être compatriotes. Love resta silencieuse, et le chauffeur ne tarda pas à murmurer en portugais en faisant un petit signe de tête dans sa direction. Ses mots, grossièrement traduits, signifiaient "Je m'attendais pas à ça".

Love regarda par sa vitre tandis qu'ils sortaient du petit aérodrome. Derrière le rideau flou de la pluie, elle vit des milliers de casques bleu clair. Moins de deux kilomètres plus loin, le Humvee tourna pour s'engager le long d'un terrain de golf converti en campement militaire avec des rangées de tentes et de camions garés qui s'étiraient dans la brume grise.

Love se pencha en avant et posa d'autres questions aux soldats pour les distraire pendant qu'elle sortait discrètement son téléphone. Orientant l'écran vers le bas pour masquer sa lumière, elle tapa un message à sa compagne, Rivka :

Bien arrivée. N'oublie pas ce que je t'ai dit.

Love remit doucement le téléphone dans sa poche alors que le Humvee s'engageait sur un rond-point cerclé de drapeaux. Sur le fond des nuages gris, les drapeaux de l'Union européenne semblaient plus éclatants encore. Pour Love, ils clamaient *Bienvenue ! Bienvenue la France. Bienvenue le Portugal. Bienvenue l'Allemagne. Bienvenue la Norvège. Bienvenue la Croatie. Bienvenue les Pays-Bas...* Pour la première fois depuis soixante-douze heures, Love sourit. Elle était arrivée au bout de son périple : la base de lancement équatoriale de Kourou, désormais entièrement dévouée à cette entreprise internationale qu'était l'Opération de Défense contre la Comète UD3.

Les arbres et la végétation dense s'éclaircirent au coin d'une clôture de sécurité gardée par plus de cent Casques bleus en armes postés à intervalles de quelques mètres. À travers le pare-brise, Love vit un grand groupe de soldats amassé devant un check-point. Ils portaient des uniformes sombres avec le mot GENDARMERIE brodé sur leurs gilets pare-balles.

Le chauffeur du Humvee s'arrêta et baissa sa vitre blindée.

— C'est l'interprète ! cria-t-il.

Un des gendarmes s'avança avec un porte-bloc dans une pochette de plastique transparent. Avec un lourd accent français, il demanda à Love son nom complet et son pays d'origine.

— Love Mwangi, dit-elle en se penchant vers l'avant du véhicule. Je suis née au Kenya mais je vis à New York.

— Bienvenue, dit-il après avoir coché son nom sur sa liste.

Le Humvee passa lentement le portail métallique coulissant surmonté de barbelé du check-point à l'invitation du gendarme. Ils arrivèrent très vite au premier bâtiment, doté d'un panneau disant SÉCURITÉ. Le Casque bleu assis sur la banquette arrière se retourna.

— Excusez-moi, dit-il en montrant le poncho en bouchon. Vous en aurez besoin, aujourd'hui.

Mais Love avait déjà fait un pas dehors. Ça ne la dérangeait pas d'être trempée si ça lui permettait de s'évader d'un espace exigu. Frottant son crâne rasé ruisselant de pluie tiède, Love avait envie d'une douche et de vêtements propres après son long voyage. Elle prit son gros sac à l'épaule et traîna sa valise à roulettes sur l'asphalte inondé. Six gendarmes se tenaient en faction devant l'entrée du bâtiment de sécurité ; leurs casques dégoulinaient. Deux d'entre eux s'approchèrent pour escorter Love dans le bâtiment. Une femme en tailleur l'attendait juste à l'intérieur.

— Bienvenue. Je m'appelle Marielena Acosta, je travaille pour les Nations unies, dit-elle avec le même accent que les Casques bleus. Nous vous attendions.

Love se présenta dans un anglais américain parfaitement naturel, plat et nasal.

— J'arrive de New York, dit Love, très grande et très trempée.

Acosta enleva sa veste de tailleur et la lui proposa en guise de serviette. Love lui dit qu'elle était trop belle pour qu'on la froisse, mais Acosta tendit le bras et épongea doucement les joues mouillées de Love. C'était un geste tendre, mais qui ne l'exemptait pas des procédures de sécurité.

— Videz vos poches, s'il vous plaît, dit Acosta en montrant un plateau en plastique posé juste à côté.

Love obtempéra. Lorsque les gendarmes ouvrirent ses bagages et inspectèrent méticuleusement toutes ses affaires, elle leur lança un regard noir.

— C'est vraiment nécessaire ?

Acosta prit le téléphone portable de Love dans le plateau, le glissa dans une pochette en plastique et le donna à un des huit employés assis devant des ordinateurs portables.

— Hé ho, j'en ai besoin !

— Désolée, dit Acosta, mais l'Opération exige de vous une attention totale.

— Et comment je fais, moi, pour informer quelqu'un que je suis bien arrivée ?

Acosta secoua la tête, ne répondit pas, et fit signe à Love de la suivre jusqu'à un grand comptoir installé le long du mur du fond. Love insista pour prendre ses bagages avec elle.

— Levez la tête, s'il vous plaît.

Love entendit un déclic et vit une imprimante cracher sa photo. Acosta la glissa dans un étui en plastique tenu par une lanière qu'elle passa autour de la tête courbée de Love. Acosta l'informa qu'elle devait constamment porter son badge de sécurité. En tant qu'interprète, elle avait accès à tous les bâtiments, mais ne pouvait entrer dans les salles blanches, les labos et les hangars que lorsqu'elle y accompagnait un ingénieur.

— J'ai cru que c'était un attentat terroriste, marmonna Love en inspectant son badge neuf.

— Pardon ?

— Vous savez, quand j'ai reçu cet appel urgent du siège de l'ONU à New York, j'ai cru qu'al-Chabab avait décapité un journaliste américain, un membre d'une ONG ou je ne sais quoi.

C'était l'explication la plus sensée : Love parlait tous les dialectes régionaux du Kenya, elle n'avait pas de famille qui eût risqué d'être en danger dans le pays, et un coup de pouce pour la demande d'obtention de la citoyenneté américaine de Love était dans la balance.

— Je croyais avoir tout deviné, jusqu'à ce qu'on me dise qu'une catastrophe naturelle s'annonçait, quelque chose d'imprévu, dit Love.

Elle rit de bon cœur, dévoilant ses deux dents du bonheur.

Ce n'est que dans l'avion pour la Guyane que Love avait été complètement briefée.

— Sur l'aspect "imprévu", ils ne se sont pas trompés. C'est vrai, quoi, une comète, quand même…

Love frotta ses yeux secs et lourds. Cela faisait trente-deux heures qu'on l'avait réveillée au milieu de la nuit pour lui demander de partir.

— Vous avez pu dormir, dans l'avion ? demanda Acosta.

Love fit non de la tête. Elle ne comprenait pas comment les gens faisaient pour dormir en public, exposés et sans défense.

— Mon collègue peut vous amener à vos quartiers si vous avez vraiment besoin de dormir, dit Acosta d'un air visiblement déçu. Vous aurez quatre heures de repos avant qu'il vous conduise à Janus.

Love ne prit pas la peine de demander à quoi ou à qui Janus faisait référence. Personne n'expliquait jamais rien. Acosta sortit du comptoir un grand sac en plastique et le tendit à Love.

— Votre kit d'accueil à bord de l'Opération, dit-elle en poussant déjà Love vers la porte de derrière. S'il vous plaît, lisez ces documents dès que possible.

Le personnel de l'ONU en civil venu par le même avion que Love était arrivé au contrôle de sécurité. Un par un, ils pénétrèrent dans le bâtiment et vidèrent leurs poches.

— Si vous avez besoin de quoi que ce soit, ajouta Acosta, n'hésitez pas à me demander. Vous trouverez ma carte de visite dans votre kit.

Elle lui ouvrit la porte et lui fit signe de sortir en lui disant : "Bienvenue à bord de l'Opération."

Love fut découragée de voir qu'il y avait un Humvee garé sur le parking de derrière, prêt à l'emmener pour une étape de plus de son périple. Un petit homme vêtu d'un imperméable émergea du côté passager et se présenta comme s'appelant Bradley, sans préciser s'il s'agissait de son prénom ou de son nom. Love devina tout de suite que c'était un Américain, mais pas un New-Yorkais.

— Vous ne venez pas du siège.

— Je viens de Washington DC, dit-il en se dépêchant d'ouvrir un parapluie. Je suis un ancien de Georgetown.

Il attrapa la poignée de la valise à roulettes de Love. Love la secoua pour lui faire lâcher prise. C'était instinctif, mais elle ne céda pas.

— Merci, mais je m'occuperai moi-même de mes bagages, dit-elle d'un ton ferme.

Bradley était trop décontenancé pour répliquer. À bien y regarder, il n'était pas aussi jeune qu'il l'avait d'abord semblé ; il était juste petit, trapu, avec une coupe en brosse très courte qui faisait paraître ses grandes oreilles encore plus grandes. Marchant vers le Humvee, Bradley abrita Love avec son parapluie personnel. Elle n'eut pas le cœur de refuser son aide une seconde fois.

Sur le siège passager, Bradley se figea le temps d'écouter son oreillette.

— On vous emmène au camp des ingénieurs ? demanda-t-il.

Love hocha la tête et dit qu'elle avait besoin de dormir. Bradley eut une petite moue pincée, mais fit signe au chauffeur de démarrer. Pendant que le Humvee accélérait, Love examina le contenu du kit. Passant rapidement ses éléments en revue, elle vit une chemise brillante, une montre numérique, une boîte de médicaments contre la malaria, une barre protéinée, une bouteille d'eau de source et un nécessaire de toilette.

Love sortit la chemise et commença à lire les documents, mais faillit s'endormir. Alors elle ouvrit sa fenêtre et offrit son visage au vent et à la pluie. Clignant vivement des yeux, elle vit un gigantesque musée aux lignes conçues pour ne paraître futuristes qu'à des yeux d'architectes du passé. L'effet était poussif et kitsch. Le Humvee de Love s'arrêta devant la porte principale, et Bradley se précipita pour lui ouvrir sa portière passager.

— Les ingénieurs sont casernés dans un *musée de l'espace* ? demanda Love.

Bradley semblait sur la défensive lorsqu'il lui répondit que c'était un bâtiment pratique et bien situé. Love le suivit sur une allée en béton puis sous un large auvent qui ruisselait de pluie. Les deux portes de part et d'autre du guichet de l'entrée avaient été réaménagées en points de contrôle pour la sécurité.

— Je peux vous emprunter quatre euros pour payer mon entrée ? demanda Love.

Bradley ignora d'un même mouvement sa plaisanterie et les gendarmes en poste derrière le guichet. Ils l'ignorèrent en retour mais regardèrent attentivement Love lorsqu'elle passa avec sa valise à roulettes. La climatisation du musée pinçait sa peau mouillée et luisante. Bradley disparut par la porte de la boutique et revint avec une serviette éponge et un sac de couchage roulé.

— La boutique propose désormais toutes sortes d'articles, expliqua-t-il en lui tendant la serviette, ainsi que des médicaments. Vous en prenez ?

Love lui fit non de la tête mais accepta de bon cœur la serviette. Elle frissonnait.

— Est-ce que je peux au moins porter ce sac de couchage pour vous ? demanda Bradley.

Elle ne décela aucune pointe de sarcasme, mais cela n'aurait rien changé. Love n'avait pas l'intention de s'excuser pour ce qu'elle était, ou la personne qu'elle était. Ça agaçait Rivka au plus haut point.

Guidée par Bradley, elle traversa le hall puis pénétra dans une grande salle d'exposition caverneuse. L'odeur de corps humains était très nette, en dépit des ventilateurs industriels qu'on entendait tourner, à défaut de toujours les voir sur le fond noir des murs. Les vitrines rétroéclairées étaient éteintes, mais des ribambelles de petits spots de lumière qui couraient sur le sol, les escaliers et les rambardes des loggias illuminaient un espace encombré de valises, sacs de couchage et corps en position horizontale. Love distinguait à peine les contours des maquettes de satellites suspendues au plafond de douze mètres, avec leurs extensions planes et leurs modules emballés de feuille d'or.

— Je dois rêver, dit-elle à voix basse. Ça ne peut être qu'un cauchemar, ça sera fini demain.

Bradley porta son index à sa bouche en signe de respect pour les dormeurs. Puis il répondit en chuchotant :

— Vous n'êtes pas la première à être surprise. Vous ne serez pas la dernière.

Il pointa un doigt droit devant. Love plissa les yeux et vit un homme qui dormait avec un bout de tissu – une chaussette noire – étalé sur ses yeux. À sa droite se trouvait un petit espace libre où le corps et les bagages de Love pouvaient s'insérer.

— Non, dit Love d'une voix décidée. Ça ne va pas le faire.

Bradley essaya de lui faire comprendre qu'elle devait parler moins fort, mais il n'obtint que l'effet inverse.

— J'ai besoin d'une chambre qui ferme à clé.

À quelques mètres d'eux, un corps se redressa et s'extirpa d'un sac de couchage. Un joli corps féminin. La jeune femme enjamba délicatement des valises et des membres puis bâilla en s'étirant. Love regarda son T-shirt monter, exposant un ventre plat avec, en son centre, une délicate fossette involutée.

— C'est qui, elle ? murmura Love.

— Amy, dit Bradley en grognant. La petite amie.

Love jaugea "la petite amie" tandis qu'elle se dirigeait vers eux d'un pas léger : jeune trentaine, type caucasien, belle, sûre d'elle et de ses mouvements dont irradiaient la grâce et la maîtrise d'une lionne aux yeux gris. Amy fut moins subtile dans son jugement de Love, qui ne se démonta pas et resta immobile.

— Vous déparez vraiment, dit Amy avec un grand sourire.

Avant que quiconque ait le temps de s'offusquer, elle adressa un petit signe de tête au bureaucrate qu'était Bradley et ajouta :

— C'est un compliment.

Amy se lécha les doigts et s'en servit pour lisser la raie de ses cheveux blond platine.

— Dites, votre look, là, c'est quoi ? Afro-futuriste ?

Love haussa les épaules.

— C'est vraiment classe, dit Amy d'une voix sincère.

Love ne put s'empêcher de sourire. Elle était professeure assistante à l'université de Columbia, où elle avait un fan club dévoué d'étudiants de premier cycle – c'était du moins ce que Rivka clamait toujours. Love se disait que c'était sans doute vrai.

— Il y a une espèce de placard à balais à l'étage, poursuivit Amy. Il est fermé, là, mais vous n'avez qu'à demander à Bradley d'aller chercher la clé. (Sans cesser de parler à Love, elle se tourna vers le petit homme pour le fixer droit dans les yeux.) Parce que si vous n'étiez pas importante, vous ne seriez pas ici.

Bradley tenta de rendre à Amy son regard impérieux afin de lui faire comprendre qu'elle constituait elle-même une exception flagrante à cette règle, mais la jeune femme était déjà en train de se diriger vers une enseigne lumineuse indiquant une sortie. Lorsque Amy se retourna et vit que Love la fixait du regard, elle lui fit un clin d'œil.

7

LE DISEUR DE BONNE AVENTURE

Exactement quatre heures plus tard

BRADLEY DUT FRAPPER, puis tambouriner, à la porte du placard à balais fermé à clé, pour réveiller Love. Sans son téléphone, elle ne savait pas du tout si c'était encore le jour ou si c'était la nuit. Love persista à se pelotonner dans le cocon de son sac de couchage jusqu'à ce que Bradley parvienne à l'en faire sortir par la promesse alléchante d'une douche chaude.

Le code vestimentaire pour les interprètes de l'ONU était assez strict : tenue professionnelle, sans drapeau ni écusson du pays d'origine des personnes concernées. Love ôta tous ses bijoux et enfila un chemisier à manches courtes, une jupe et des ballerines à talon plat, puis elle drapa un châle en coton autour de son cou et de ses épaules : un modèle à motifs bleu roi, noir, brun et canari qu'elle avait acheté sur un marché de Nairobi une des rares fois où elle avait pu s'offrir un vol aller-retour pour rentrer au Kenya.

Love laissa ses bagages dans le placard à balais et le verrouilla derrière elle. Bradley était sur le point de s'impatienter, mais lorsque Love se rapprocha de lui, il ne put manquer de remarquer que son nez était très légèrement tordu, séquelle d'une vieille fracture. La texture de papier de verre de son crâne rasé était striée çà et là de sinueux traits de chéloïde cicatricielle, et une de ses pupilles noires était dilatée de façon permanente. Bradley ferma tout de suite sa bouche.

Il ne pourrait jamais savoir ce que c'était que d'être une femme célibataire, une orpheline qui se défend toute seule depuis trente-sept ans, gardant souvent secrète une vaste part d'elle-même – mais il voyait les traces que sa chair en portait. Love, quant à elle, trouvait plus simple de faire semblant d'être une personne intacte au passé immaculé, une personne dotée de racines, dotée d'attaches, dotée d'une famille. Quand Love se concentrait, elle pouvait parler l'anglais américain, dans toutes ses variantes familières, comme une vraie native. Cela rendait d'autant plus crédible son jeu de faux-semblants.

Bradley guida Love jusqu'au parking envahi de flaques d'eau. Sous la bruine, dans la pénombre du crépuscule, Love vit des files de gens qui faisaient la queue pour une douche chaude devant des camions de la Croix-Rouge. Bradley se lamenta du temps précieux que tous ces gens perdaient, mais Love lui répondit que le Dr Benjamin Schwartz et le Professeur Ochsenfeld (qui que ces fichues personnes puissent être) pouvaient attendre. Bradley finit par jouer de ses galons pour la placer en tête de file.

Love émergea d'un camion quinze minutes plus tard avec les yeux bouffis, épuisée, mais, au moins, elle était propre. Amy l'attendait avec un petit déjeuner acheté à la cafétéria du musée.

— Ne vous inquiétez pas, dit-elle avec un sourire en coin. Je me suis débarrassée de Bradley.

Love accepta de bon cœur un gobelet de café fumant.

— Je ne savais pas comment vous l'aimiez, ajouta Amy en lui tendant un petit sachet en papier kraft. Avec le muffin, je vous ai mis des édulcorants et de la crème. Ils n'avaient pas de lait de soja. Vous avez une intolérance au lactose ?

Love éclata de rire. C'était charmant de se faire prendre pour une bourgeoise difficile – un compliment pour ses talents de comédienne.

— Vous avez un CV très excitant, dit Amy. Vous avez travaillé pour le compte de l'ONU partout sur la planète.

Pour ce que Love en savait, l'excitation était un état auquel seul le monde riche et libre pouvait aspirer. Elle, elle aspirait à la stabilité.

— Je ne travaille plus comme interprète, répliqua Love, ou presque plus.

Elle enseignait à l'Institut de littérature et cultures comparées de Columbia et travaillait à côté en free-lance comme traductrice littéraire pour quelques grandes maisons d'édition.

— Je ne travaille plus pour l'ONU qu'en cas d'urgence, expliqua Love. Et là, c'est une urgence…

— La mère de toutes les urgences, la corrigea Amy, soudain sérieuse.

Les deux femmes marchèrent jusqu'à une jeep garée aux marges du parking. Plutôt que de monter à l'avant à côté du chauffeur, Amy prit place à l'arrière avec Love. Love essayait de manger son muffin aux myrtilles tout en renvoyant à l'autre femme ses attentions flatteuses. C'était agaçant de voir une parfaite inconnue connaître autant de choses sur elle.

— Et vous êtes… la petite amie de quelqu'un ? demanda Love.

— Qui vous a dit ça ? Bradley ? demanda Amy avec une moue pincée. Écoutez, je suis une femme autonome, j'en ai connu, des personnes pleines d'acrimonie, pleines de haine. J'ai appris à les ignorer et à laisser mes résultats parler tout seuls.

Quand Love hocha la tête en signe de compréhension, Amy en profita pour ajouter :

— J'ai toujours reconnu la valeur du capital humain, mais ce n'est qu'en devenant chasseuse de têtes dans le secteur de la haute technologie que j'ai trouvé ma véritable vocation.

Amy parla des recrutements qu'elle avait faits pour des grandes entreprises de la haute technologie – Google, Lyft, Slack, Automattic – et de l'aérospatiale – Boeing et Raytheon. Love acquiesçait de temps à autre en nettoyant avec sa langue la bonne pâte de muffin collée sur ses molaires. La jeep négocia le rond-point familier (*Bienvenue !*) et passa devant les portails de sécurité surveillés par des gardes. Love marmonna que, pour une fois, l'ONU s'était montrée vraiment très efficace dans l'envoi de milliers de Casques bleus.

— Oh, ils viennent d'une mission brésilienne en poste en Haïti, dit Amy en balayant leur importance d'un flash de vernis à ongles bleu à la pointe de la mode. Ce n'est rien en comparaison des ressources déjà mobilisées. Le Professeur a beaucoup de pouvoir.

— C'est lui que je suis censée rencontrer, l'interrompit Love. C'est qui, ce Professeur ?

Amy fut plus qu'heureuse de mettre ses recherches à profit. Elle expliqua à Love que le Professeur était un universitaire qui, depuis soixante ans, publiait des travaux de premier ordre dans le domaine de l'astrophysique tout en formant de nouvelles générations de théoriciens, d'ingénieurs et d'astronautes.

— Quant à Ben, c'est lui qui a prévenu tout le monde à propos de tout ça, dit-elle en faisant un geste, au-delà du toit de la jeep, vers les soupçons d'étoiles qui s'affirmaient à mesure que le ciel noircissait.

Au check-point, le chauffeur parla dans son micro pour justifier leur passage, puis il roula vers un groupe de grands bâtiments administratifs et se gara devant celui qui affichait le nom de Janus. Love descendit de la jeep alors qu'un chasseur de l'armée traversait le ciel à basse altitude. Amy ouvrit la porte d'entrée du bâtiment Janus et la tint pour Love. Dès qu'elle se fut refermée derrière les deux jeunes femmes, Love – c'était la première fois qu'elle se trouvait seule à seule avec un quelconque membre de l'Opération – rattrapa Amy et la doubla pour se poster face à elle.

— Où est-ce qu'elle va tomber ?

Amy bredouilla. Rougit. Fit un pas en arrière. Love fit un pas en avant et poursuivit son interrogatoire.

— La comète. Où est-ce qu'elle va tomber ?

— On ne sait ni si elle va nous toucher, ni où elle le ferait, dit Amy en levant le menton. On ne connaît pas sa trajectoire exacte. On n'a que des estimations.

Leurs visages étaient à moins de quinze centimètres l'un de l'autre ; leurs corps se touchaient presque.

— On sait juste qu'elle est grosse, et qu'elle va *vraiment* vite, dit Amy.

Love entendit un bruit, le claquement net d'une canne suivi d'un petit frottement de chaussures orthopédiques. Dans le couloir, quelqu'un marchait lentement vers elles. Quand Love se retourna, Amy fit prestement un pas de côté puis courut vers le couloir et y disparut. Elle en réapparut, un grand sourire aux lèvres, au bras d'un homme très âgé. C'était comme si elle et Love faisaient une partie de chat et qu'Amy venait tout juste de réussir à se percher.

— Love Mwangi ! s'écria le vieillard après avoir repris son souffle rauque.

Si sa voix était un vin, elle aurait eu des notes à la fois d'Europe centrale et d'Europe occidentale vieillies dans plusieurs décennies de fumée de tabac. L'homme ne fit aucun geste pour se présenter, mais il ne pouvait être personne d'autre que le Professeur.

— Célèbre traductrice, interprète et polyglotte, dit-il d'une voix émerveillée en dégageant son bras de celui d'Amy pour pouvoir faire signe à Love d'approcher. On va bientôt avoir terriblement besoin de vos talents de linguiste.

Le Professeur ne faisait pas que se mouvoir comme une tortue, il semblait littéralement en être une. Petit et voûté, il devait tendre le cou vers l'avant et vers le haut pour se hisser jusqu'à Love, étirant le pan de peau flasque qui lui pendait sous le menton. Love, quant à elle, se tenait droite et fière, tout en muscles effilés et peau tendue. Son long cou, sa mâchoire nette, ses lèvres sculptées, ses pommettes hautes, son front large et ses narines légèrement dilatées lui donnaient une stature de reine.

Ils s'étudièrent l'un l'autre avec la curiosité qu'on a pour les contraires.

— Love, répéta le Professeur. Jamais je n'oublierai un tel nom. Pas même quand je serai sénile.

Les nonnes qui tenaient l'orphelinat de Love l'avaient nourrie, l'avaient vêtue et l'avaient éduquée. Elles lui avaient appris leurs langues et lui avaient prêté leurs livres. Ces femmes sévères mais humaines et dévouées lui avaient inculqué très tôt l'idée d'un but – d'un but qui n'était ni le mariage ni la maternité. Ce but avait un nom : Love.

— Les noms de saints et de vertus étaient déjà tous pris dans mon orphelinat, dit Love en haussant les épaules (et il se trouve que c'était tout à fait vrai). À l'époque où j'y suis arrivée, les nonnes ont dû faire preuve de créativité.

Le Professeur lâcha un petit grognement.

— En Autriche, les nonnes avaient des moustaches et m'obligeaient à rester debout sous la neige sans mon manteau.

Dans un allemand parfait, Love lui demanda si c'était mérité. Le Professeur sourit en entendant sa langue natale et fit signe à Love de le suivre d'où il venait. Amy les laissa tous les deux à distance respectueuse, mais pas respectueuse au point de ne pas pouvoir entendre leur conversation.

— Vous êtes connue pour maîtriser au moins trente-six langues et dialectes, à l'oral comme à l'écrit, poursuivit le Professeur, mais vous vous êtes vous-même toujours refusée à en confirmer le chiffre exact.

Love ne dit rien. Elle n'avait jamais été intéressée par le genre de gloire que suscitait la quantité, et préférait plutôt se distinguer sur le terrain de la qualité. En grandissant, elle avait appris le swahili en même temps qu'un certain nombre de dialectes locaux au contact des autres enfants de son orphelinat. Les nonnes lui avaient enseigné le français, l'espagnol et l'allemand, et elle se chargeait de corvées supplémentaires afin de pouvoir emprunter leurs livres et magazines étrangers. Lorsqu'elle quitta l'orphelinat à l'âge de dix-sept ans, Love avait lu tout Achebe, tout Proust, tout Steinbeck et tout García Márquez dans le texte.

— Quel que soit ce chiffre, dit le Professeur, servez-vous de vos langues. Ce lieu va réunir des ingénieurs de tous les coins du monde. Vous devrez traduire tout ce que vous entendrez. Détails techniques, instructions, conversations, et même les insultes… Vous devrez aller de pièce en pièce… et faire tomber les murs.

Le Professeur dit qu'ils devaient tous se rassembler derrière une seule bannière, celle de l'Opération. Love jetait au passage un coup d'œil dans les bureaux et les box de travail de part et d'autre du couloir. Les gens qui s'y entassaient ne levaient pas la tête et restaient concentrés, murmurant en français, en anglais, en néerlandais. Lorsqu'ils arrivèrent tous les trois au bout du couloir, le Professeur avait le souffle court. Amy s'avança et se servit de son badge pour appeler l'ascenseur avant d'aider le Professeur à y entrer.

— Notre équipe rapprochée est dans la salle de réunion Janus, dit-elle à Love.

Love se dit qu'elle comprendrait le sens de ces mots bien assez tôt. Au dernier étage du bâtiment, d'un geste de la tête, Amy lui fit signe de sortir de l'ascenseur la première. Love marcha jusqu'à la double porte ouverte d'une vaste salle de réunion et la regarda depuis le seuil. Sur sa droite, neuf personnes se trouvaient assises à l'angle d'un grand carré formé par de longues tables, tandis que sur sa gauche, une trentaine d'autres avaient pris place autour du coin diagonalement opposé.

Amy aida le Professeur jusqu'à la porte. Visiblement, quelqu'un avait traîné un fauteuil rembourré du hall et l'avait installé contre le mur. Le Professeur se laissa choir sur les coussins.

— Love, dit-il entre deux respirations. Permettez-moi de vous présenter à… l'homme qui connaît cent vingt-deux scénarios de collision, l'homme qui sait lire dans les futurs probables… Ben Schwartz, notre diseur de bonne aventure.

Il se servit du bout de sa canne pour désigner un homme mince et chevelu d'une quarantaine d'années, portant d'épaisses lunettes, qui présidait le petit groupe de gens assis dans le coin droit.

— Asseyez-vous, dit Ben, s'interrompant un bref instant pour s'adresser à Love d'une voix rauque.

S'approchant de la table, Love manqua de trébucher sur une paire d'escarpins à talons hauts que quelqu'un avait laissée par terre. Des collants couleur chair gisaient juste à côté, comme une mue de serpent. Amy prit tout de suite possession de la chaise vide située immédiatement à la droite de Ben, égalisant les forces de sorte que cinq personnes se trouvaient maintenant assises de part et d'autre de l'angle.

Love s'assit sur la sixième chaise, près d'un Asiatique aux cheveux gris argent qui arborait des petites rides de sourire aux coins des yeux et de la bouche. Il avait l'air hagard, mais c'était le cas de toutes les personnes présentes. Toutes, sauf Amy. Dans un anglais peu naturel, il se présenta comme étant le Dr Jin-soo Lee, directeur de l'Asteroid Deflection Research Center* de l'université d'État de l'Iowa. Il avait parlé d'une voix puissante et fixait maintenant Ben d'un air

* Centre de Recherche en Déviation d'Astéroïdes.

interrogateur. Seule Amy saisit le signal social ; elle se tourna pour donner un coup de pied à Ben sous la table.

— Hé, qu'est-ce qu'il y a ?

Ben se massa le tibia et regarda Amy. Il suivit son regard jusqu'à Love et Jin-soo.

— Encore ? soupira-t-il. Ahh, d'accord.

Les pieds dans ses sandales, Ben se leva et fit un geste en direction des hommes et des femmes en costumes et tailleurs froissés qui se tenaient à l'autre bout de la salle.

— Ces gens là-bas sont les laquais de l'ONU, dit-il alors qu'ils continuaient à bavarder, parler au téléphone ou travailler sur leurs ordinateurs portables. Et leurs deux seigneurs et maîtres sont assis de part et d'autre, dit Ben en montrant du doigt d'abord une femme assise à l'extrême gauche, puis un homme assis à l'extrême droite.

— Nous autres, assis de ce côté, formons le noyau scientifique de l'Opération. Voici Chuck, à ma gauche, dit Ben en faisant un signe de tête en direction d'un homme corpulent, cheveux roux, barbe rousse, lunettes et taches de rousseur pâlies sur ses gros avant-bras. Il travaille avec moi au JPL, pour la NASA. À côté de lui, c'est Ed, des laboratoires Sandia. Et puis vous avez… désolé, vieux, j'ai déjà oublié votre nom. Bon sang, il faut que je suce qui, par ici, pour qu'on ait enfin tous des badges avec nos noms ?

À l'autre bout de la pièce, une employée de l'ONU décrocha le téléphone qui se trouvait devant elle pour avoir une réponse.

— Bon, c'est pas grave, Monsieur Queue-de-cheval, là, vient du Goddard Space Flight Center* de la NASA, et est

* Centre de vol spatial Goddard.

un ancien étudiant du Professeur. À côté de lui, c'est Jin-soo, que vous connaissez déjà…

Amy l'interrompit pour se déclarer directrice des ressources humaines. Ben acquiesça et se tourna vers les chercheurs assis à la droite d'Amy.

— Voici Julie, de Livermore. Ziggy, de Stanford, et de Los Alamos, dans le temps. Tout au bout, c'est Marcel, le directeur de la base de lancement, et sa très grande directrice adjointe, Anneke. Voilà, fin des présentations. Où est-ce qu'on en était ?

Les membres de l'équipe scientifique reprirent leurs discussions. Love remarqua une photo sur l'écran de l'ordinateur de Jin-soo. Le chercheur suivit son regard et murmura qu'il s'agissait d'une image récente prise par le télescope Hubble qui montrait la comète à 2,4 milliards de kilomètres du soleil. Son noyau glacé était d'un blanc très pur, et l'aura de poussière brumeuse qui l'entourait était d'un bleu étincelant – UD3 était mortellement belle.

Love essayait d'écouter les chercheurs, mais leur jargon bizarre était pour ainsi dire de l'hébreu pour elle. (C'est une image. Love parlait l'hébreu très couramment.) Jin-soo était trop poli pour ignorer sa frustration. Plutôt que de demander à Love si elle avait une question, il lui demanda par quelle question elle voulait commencer.

— C'est quoi, un *high civ* ? demanda-t-elle. Vous n'avez tous que ces mots à la bouche.

Ben lui répondit. Son attention était partout.

— Hypervelocity comet intercept vehicle*. HYCIV. Consultez le dossier qui vous a été remis avec le kit

* Engin d'interception de comète à haute vélocité.

d'accueil. Vous y trouverez un répertoire de tous les acronymes... Bon sang, on ne va tout de même pas prendre une interprète pour l'interprète !

Love avait laissé son kit avec ses bagages dans le placard à balais.

— Je viens d'arriver, dit-elle. Je n'ai pas eu le temps de mémoriser votre littérature.

Autour de la table, il y eut de nombreuses grimaces.

— Pas eu le temps ? demanda Ben d'un ton de fausse compassion. Waouh, je me demande quel effet ça peut faire.

Sa voix se brisa sur le dernier mot. Ben attrapa une bouteille d'eau minérale sur la table et but une longue gorgée. Amy croisa les bras et fusilla Ben d'un regard qu'il ignora sciemment. Jin-soo tenta de se montrer plus serviable.

— L'HYCIV est l'engin que nous devons construire pour dévier la comète, expliqua-t-il, puis il tourna son ordinateur pour qu'elle voie mieux l'écran.

À l'aide du trackpad, Jin-soo ouvrit une nouvelle fenêtre dans laquelle apparut ce qui ressemblait à une grosse pomme de terre flottant dans l'espace.

— Là, c'est un astéroïde, reconnut Jin-soo, mais pour une comète, c'est la même chose.

D'un clic sur le bouton PLAY, il lança une animation fruste montrant un engin spatial d'allure massive – un HYCIV – fonçant vers l'astéroïde en forme de pomme de terre. Love vit la tête de l'engin se détacher pour aller exploser à la surface de l'astéroïde, y creusant un cratère. Puis le reste de l'engin manœuvra pour se poser en son centre avant d'exploser à son tour, en une grosse détonation pixélisée faisant dévier l'astéroïde sur une nouvelle orbite.

— Il faut cinq ans pour construire le HYCIV que vous venez de voir sur l'écran de Jin-soo, lui dit Ben. Et devinez quoi ?

— Je croyais que c'était toi qui occupais le poste de devin, Ben ? dit Amy d'un ton faussement détendu. (Ses sourcils expressifs descendirent bas lorsqu'elle ajouta :) Toi, tu es le diseur de bonne aventure. Love, elle, est notre interprète étoilée.

— On n'a pas cinq ans, dit Ben sans se laisser distraire. Alors on ne peut pas se permettre de partir de zéro.

Il attrapa sur la table un dossier agrafé et le brandit à l'attention de Love.

— Voici un inventaire mondial de tous les engins spatiaux et de tous les satellites en phase finale de production. Nous allons reconcevoir le HYCIV de l'animation de Jin-soo de façon à pouvoir recycler et réutiliser des modules déjà construits, déjà testés.

Le chercheur qui s'appelait Chuck eut un sourire sarcastique qui fit bouger sa barbe.

— On va mendier pour obtenir des bonnes pièces détachées de Cadillac, dit-il. Et *vous* allez nous y aider.

— Dans ces tableaux figurent aussi, ajouta Ben, toutes les armes nucléaires présentes sur la planète, d'après des études faites dans le cadre du traité de non-prolifération…

— Ben ?

Les tables étaient équipées de micros de façon à ce que tout le monde puisse se faire entendre d'un bout à l'autre de la grande salle. Love repéra le laquais de l'ONU qui tapotait sur son micro spongieux en quête d'attention.

— Ben ? L'Iran insiste pour garder son satellite.

— Hein ? hurla Ben. Pourquoi ?

— Ils disent qu'il leur a coûté quatre cents millions.

Ben commença à secouer violemment la tête, mais se reprit, grimaça et pressa ses deux paumes sur son front. Un des seigneurs et maîtres de l'ONU de sexe féminin ne laissa paraître aucune hésitation ni aucune émotion lorsqu'elle prit la parole pour dire :

— La République islamique a voté un budget de défense de treize milliards l'an dernier. Notre HYCIV est un investissement de défense.

— Peut-être la seule défense qui eut jamais une quelconque importance dans toute l'histoire d'*Homo sapiens*, cria Ben.

Il pointa le doigt vers Love.

— Vous parlez… iranien ?

Love déclara calmement qu'elle parlait la plupart des dialectes persans et turcs, ainsi que le kurde et l'arabe.

— Je vous avais dit qu'elle était forte, dit le seigneur et maître de l'ONU de sexe féminin avec un sourire satisfait.

Ben avoua, en une rare expression de respect à l'égard d'un ou d'une spécialiste des lettres, langues ou sciences humaines, qu'il avait lamentablement échoué à son UV d'hébreu. L'autre seigncur et maître de l'ONU parla dans son micro :

— Troy Andrews, dit-il en levant la main.

C'était un bel homme de grande taille aux cheveux lissés vers l'arrière pour dévoiler des tempes argentées. Il avait remonté ses manches de chemise et déboutonné son col, mais il semblait encore plutôt frais et alerte. Il rappelait à Love le quartier de la finance dans le bas de Manhattan, où des membres de l'élite dans son genre se retrouvaient pour manipuler des capitaux et faire fortune.

— Nous parlons aux interprètes et aux chercheurs, dans les cas les plus difficiles, expliqua-t-il à Love. Mais nous devons nous adresser aux responsables politiques dans leur langue maternelle. Pouvez-vous nous aider ?

Love se leva de toute sa hauteur, prête à répondre à l'appel de l'ONU et à rembourser une vieille dette.

8

TORCHÈRES EN MER DE BÉRING

Le 13 août
J-172 avant lancement

ALORS QUE LE *HEALY* progressait dans la mer de Béring, le téléphone de Jack cessa de capter. Il s'activait à prendre des photos de plateformes pétrolières émergeant du brouillard. Leurs torchères s'élançaient de biais comme des becs de lampes à huile arabes, en autant de rappels visuels du rôle de la combustion des énergies fossiles dans le changement climatique. Les directeurs de rédaction de Jack lui avaient demandé d'être attentif à d'éventuels nouveaux chantiers depuis qu'un décret datant de l'ère Obama avait été abrogé afin de permettre la reprise des forages dans l'Arctique.

Jack déambula un peu partout dans le *Healy* jusqu'à ce qu'il repère les chaussures de Maya, reconnaissables à leurs lacets violets, posées devant la porte d'une grosse cellule isotherme rectangulaire. Il tergiversa quelques instants puis ôta ses propres chaussures et entra discrètement. Maya était assise sur un seau renversé devant un alignement de tubes en plastique. Elle portait des gants de chirurgien et tenait un flacon d'échantillon qu'elle étiquetait minutieusement. Jack prit un instantané de sa silhouette penchée et de sa queue-de-cheval en bataille. Le déclic la fit sursauter.

— Vous ne m'avez pas demandé la permission.

— Je n'ai pas pris votre visage, dit Jack d'une voix douce. Seulement votre dos et vos mains. Qu'est-ce que vous faites ?

Maya réfléchit un instant à ce qu'il venait de dire, puis répondit :

— Je mets en flacons et j'étiquette les échantillons d'eau de mer prélevés avec notre rosette. Dans ceux-là, je regarde s'il y a des traces de mercure.

— Comme le mercure qui paralyse les aigles ? demanda Jack.

Maya secoua la tête. Les niveaux de mercure qu'elle constatait étaient dangereux. Les exploitations de minerai et de combustibles fossiles avaient fait tripler la quantité de mercure présente dans l'océan depuis la révolution industrielle, mais ça n'expliquait pas le mal étrange qui frappait les aigles.

— Vous faites quoi, là, à plonger sans arrêt votre main dans votre poche ? demanda soudain Maya.

— Je veux prendre mon téléphone, et au moment de le sortir, je me souviens qu'on n'a plus de réseau, dit-il en haussant les épaules. C'est instinctif, faut croire. Les réseaux sociaux peuvent vous tenir compagnie, mais ça ne vaut pas la compagnie d'une vraie personne en chair et en os.

Jack essaya d'accrocher le regard de Maya, mais elle gardait les yeux rivés sur sa main gauche. Lorsqu'il la bougea, Maya l'attrapa en un geste réflexe.

— Désolée, marmonna-t-elle tout de suite en lâchant sa main comme si c'était un tisonnier brûlant. Je regardais votre cicatrice.

— Un petit salopard de parasite, dit Jack d'une voix sombre. Je l'ai chopé en Afghanistan.

Il tendit sa main pour montrer le renflement de sa cicatrice ronde et luisante comme un bouton en plastique. Maya n'avait plus envie de l'inspecter et, l'air ennuyé, elle retira ses gants désormais contaminés de germes.

— Tant qu'on y est, je devrais en profiter pour vous interroger sur celle que vous avez au cou, marmonna Maya.

— Hein ? Oh, ça, c'est à cause d'un fragment de shrapnel, en Syrie.

Maya leva les yeux vers Jack. La peau entre ses sourcils épais était pincée.

— Je ne m'attendais pas du tout à vivre aussi longtemps, reconnut-il.

Il y eut un brouhaha sur le pont, chez les membres de l'équipage. Jack ouvrit la porte de la cellule et passa la tête dehors pour écouter.

— Baleine en vue ! s'écria-t-il en se retournant vers Maya.

Maya fut très rapide. Elle atteignit le bastingage avec ses chaussures non lacées et un seul bras enfilé dans une manche de parka. La petite foule amassée dut patienter quelques instants avant que le gigantesque mammifère marin ne remonte à la surface pour exhaler deux grandes colonnes d'écume.

— Je crois que c'est une baleine grise ! cria Maya au-dessus du bruit du vent. Deux évents.

Elle lui sourit, et pour la première fois Jack vit ses dents. Elles étaient petites, tordues et pointues. Il se demanda ce que ça ferait de se faire mordiller, ou mordre, et faillit frissonner.

La baleine nageait à côté du *Healy*, plongeait, crachait. Elle fit un salto arrière, montrant sa tête et ses nageoires couvertes de balanes. La plupart des chercheurs applaudirent ; Maya, elle, fit une sorte de bruit entre le jappement et le cri.

Il y avait des nouvelles au sujet de la comète. Tous les grands organes de presse en parlaient désormais, jonglant entre le risque d'un sensationnalisme exagéré et la prise en compte d'un sentiment de danger qui ne faisait que croître. Sur Internet, des articles proposaient des images d'un point de lumière brillant projetant de la poussière à proximité de la formidable chaleur du soleil. La queue de la comète n'était pas visible parce que UD3 filait droit vers la Terre, comme une flèche.

Les scientifiques continuaient à recueillir et publier des données au compte-gouttes, mais ils ne pouvaient pas garantir – du moins pas selon le *New York Times*, *USA Today*, le *Los Angeles Times*, le *Chicago Tribune* et le *Washington Post* – que la trajectoire de la comète éviterait la Terre. Les doigts de Jack martelaient le clavier alors qu'il tapait ses questions énervées dans un moteur de recherche. En lieu et place de faits, il ne trouvait que des opinions, parfois présentées comme des faits. Jack avait jadis travaillé pour un directeur de rédaction du *New York Times Magazine*, un vieux journaliste à l'ancienne, grisonnant, qui fumait des cigares et ne dormait jamais. *Les opinions, c'est comme les trous du cul*, disait-il constamment. *Tout le monde en a.*

Dans la barre de recherche, Jack tapa LA COMÈTE UD3 VA-T-ELLE et lut les suggestions générées automatiquement :

nous tuer tous ?
manquer la Terre ?
prouver que Dieu n'existe pas ?
être instrumentalisée par les terroristes ?
être instrumentalisé par les infidèles dans la guerre sainte ?
…

Il y avait tous ces gens, dans le cyberespace, qui se posaient les mêmes questions, et pourtant Jack se sentait seul. Le salon des chercheurs était bondé, mais personne n'avait envie de parler. Ils étaient tous occupés à taper sur leurs claviers, soit pour chercher des informations sur la comète UD3, soit pour écrire à leurs femmes, leurs maris, leurs enfants, leurs amants ou leurs vieux amis.

Jack, lui, n'avait pas de femme, pas de petite amie, pas d'enfants. Tout le monde voulait être l'ami de Jack, et Jack se montrait amical envers tout le monde, mais en dehors de ses directeurs de rédaction, il n'existait personne, nulle part, qui puisse se reposer sur lui comme ça au dépourvu. Jack s'était exclu de la plupart des cercles sociaux par son propre manque d'investissement. Cela, il ne le comprit, avec un douloureux pincement au ventre, que lorsqu'il vit que personne ne répondait à ses e-mails et à ses posts. Depuis qu'UD3 avait fait son apparition, personne n'avait de temps à consacrer à une charmante connaissance, un collègue, un voisin de Brooklyn ou même un ex-petit ami dont l'amour avait été intense mais plus bref qu'un éclair.

Jack quitta le salon des chercheurs pour aller déjeuner et ses pas le menèrent devant le salon de coiffure du *Healy*. Ned, le pilote d'hélico, était assis, parfaitement immobile, un peignoir noué autour du cou, en train de faire rafraîchir sa coupe à la tondeuse.

— Il paraît qu'on vous a vu farfouiller dans des zones interdites, cria Ned.

Jack se figea et répondit qu'il ne faisait que prendre des photos du bateau pour tenir le journal de bord de l'expédition.

— Ça veut dire quoi, pour vous, zones interdites ? demanda Ned.

Ned avait toujours eu un sourire simple et radieux les fois où ils avaient plaisanté ensemble ou bien s'étaient croisés dans les coursives. Celui qu'il lui offrit en cet instant était plus compliqué ; il exprimait sa sympathie habituelle, mais avait un tranchant qui trahissait ses sentiments à l'égard d'un passager invité je-m'en-foutiste sans le moindre respect pour les lois et les règles.

— Camila m'a dit que votre camarade de cabine aurait lui aussi besoin d'un peu de coaching en matière de règlement, ajouta Ned avant de fermer les yeux et de baisser la tête pour laisser le coiffeur s'occuper de sa nuque.

Plutôt que de se diriger vers le réfectoire, Jack obliqua vers le secteur des cabines. D'ordinaire, il évitait la sienne autant que possible. La plupart du temps, Gustavo avait envie d'être seul, mais Jack avait besoin de parler avec quelqu'un, et il était à peu près sûr que c'était également le cas de Gustavo. Ils devaient se soutenir l'un l'autre, parce qu'ils étaient tout seuls. Ils ne faisaient pas partie de l'équipage, et ils ne faisaient pas partie du groupe des chercheurs ; ils étaient deux artistes fauteurs de troubles, et devaient s'entraider.

Jack frappa à la porte de sa cabine et entra. Le rideau de la couchette du haut était complètement fermé.

Gustavo s'aventurait rarement hors de leur cabine pendant la journée, préférant les couloirs déserts et éclairés de rouge des quarts nocturnes, et le repas silencieux qu'on servait à minuit. À en juger par la façon qu'il avait de se tourner et de se retourner sur sa couchette, il ne dormait pas beaucoup.

— Vous avez une page Wikipédia à vous, vous savez, dit Jack d'une voix forte.

Gustavo tira son rideau, baissa les yeux vers Jack, et attendit.

— J'y ai trouvé un lien vers un article du *New York Times*, poursuivit Jack. Un article sur le jour où vous avez fait cette intervention surprise devant le sénat brésilien. Enfin, bref, je ne vous connais pas, mais j'ai envie de vous connaître. Pour le moment, c'est vrai, nous sommes des étrangers l'un pour l'autre. Mais vu les circonstances, coincés comme nous le sommes dans ce tout petit espace, avec cette fichue comète qui nous obnubile tous…

Il n'existait pas de langue, de figure de style, de citation, de métaphore ou de poésie pour dire l'annihilation de toute vie connue. Ça vous laissait sans voix, mais pas sans expression faciale, comme Gustavo. Jack était un dilettante expérimenté qui savait quand avouer et quand masquer une lacune cognitive. Il reconnaissait cette même capacité chez l'homme qui se trouvait en face de lui.

— Vous êtes au courant, Gustavo, pour la comète ?

Gustavo inspira profondément par le nez avant de finir par demander :

— C'est quoi, ce mot ?

— Quel mot ? Comète ? C'est une sorte d'énorme boule de glace et de roche qui se balade dans l'espace.

Gustavo fronça les sourcils et plissa les yeux d'un air incrédule, mais toute explication plus complète nécessiterait des connaissances concrètes sur les corps célestes et le système solaire. Jack n'était pas sûr de pouvoir s'y aventurer.

— La chose à retenir, poursuivit Jack, c'est que cette comète risque de tomber du ciel, comme une étoile filante, et percuter la Terre.

Gustavo cligna enfin des yeux.

— Absinthe ?

Ce fut au tour de Jack d'avoir l'air sidéré. Gustavo descendit de sa couchette pour aller farfouiller dans le placard où il avait rangé ses maigres biens. Il revint vers Jack avec une vieille bible à reliure de cuir aux pages écornées. Il la feuilleta rapidement, de page écornée en page écornée, puis la tendit à Jack, ouverte, et pointa du doigt un passage de l'Apocalypse :

> … et il tomba du ciel une grande étoile ardente comme un flambeau ; et elle tomba sur le tiers des fleuves et sur les sources des eaux. Le nom de cette étoile est Absinthe ; et le tiers des eaux fut changé en absinthe, et beaucoup d'hommes moururent par les eaux, parce qu'elles étaient devenues amères.

Jack alla directement à la fin du passage.

> … Je regardai, et j'entendis un aigle qui volait au milieu du ciel, disant d'une voix forte : Malheur, malheur, malheur aux habitants de la Terre…

9

SCÉNARIO DE COLLISION N°122

College Park, Maryland
Le 30 avril 2019
Deuxième jour de la Conférence de défense planétaire de l'AIA

BEN TESTA son casque-micro avant de monter à la tribune pour s'adresser à la centaine de personnes qui formaient le public de la sixième conférence bisannuelle de l'Académie Internationale d'Astronautique dans le Maryland. En tant que président de cette conférence, Ben souhaita le bonjour à l'assemblée constituée de représentants de la NASA, de l'ASE*, de la FEMA**, de l'ONU, et de tout un tas d'universitaires du circuit des colloques internationaux. Derrière leurs verres de lunettes, des yeux lui répondirent en clignant au-dessus des lueurs projetées par les ordinateurs portables dans la salle de conférences plongée dans la pénombre. Ben repéra Chuck Maes, son collègue de la NASA, assis au

* Agence Spatiale Européenne.
** Federal Emercy Management Agency – Agence fédérale (américaine) de gestion des situations d'urgence.

premier rang, avec sa cravate à clip déjà posée sur la table à côté d'un bloc-notes. Chuck lui adressa un pouce levé.

— J'aimerais juste vous rappeler à tous à quel point il est important de se montrer prudent sur les réseaux sociaux, dit Ben lentement. Dites *très clairement* que tout ça n'est qu'une simulation. Certains de vos posts rédigés en direct ont déjà effrayé pas mal de gens, et je ne veux plus qu'on effraie qui que ce soit.

Il se tourna vers le grand écran qui prenait la moitié de l'estrade et appuya sur le bouton d'une télécommande pour lancer sa présentation. Le mot EXERCICE s'affichait en lettres capitales rouges en bas de chaque diapo.

— Bienvenue en cette deuxième journée d'exploration de notre hypothétique scénario de collision avec un astéroïde. Vous avez tous vu la date qui figure sur le communiqué de presse d'aujourd'hui…

Le premier jour avait lancé leur conférence dans le temps présent, mais le deuxième les projetait trois mois plus loin dans le scénario, à la fin du mois de juillet 2019.

— Après avoir observé notre astéroïde pendant plusieurs mois depuis sa découverte, nous avons désormais une vision plus nette de sa trajectoire orbitale, et avons mis à jour la probabilité de collision pour la fixer à dix pour cent en l'an 2027.

Sans y penser, Ben tira sur son nœud de cravate. Il avait toujours détesté ces fichus trucs. Comme pour protester, plusieurs touffes de poils de torse sombres pointèrent par la petite échancrure de son col blanc amidonné.

— Devant un délai aussi court, toutes les nations spatiales doivent agir rapidement pour mettre sur pied des missions de déviation. Il faut espérer… (Ben ralentit pour bien articuler chaque mot) qu'elles le feront de façon coordonnée.

Il accrocha le regard d'un vieil homme assis au troisième rang et reconnut Siegfried "Ziggy" Divjak, physicien nucléaire dont la renommée remontait à Los Alamos. L'homme avait coopéré avec des scientifiques russes durant les années Gorbatchev pour sécuriser l'arsenal nucléaire de l'Union soviétique en voie de dissolution. Ziggy avait beaucoup donné de lui-même pour faire en sorte que des armes de destruction massive ne tombent pas entre de mauvaises mains. Et il était là, assis bien droit, l'œil vif, à se demander sans doute si Ben comptait se servir de sa tribune pour faire une déclaration politique.

Bien sûr que oui, bon sang.

— En cette époque de nationalisme exacerbé, nous avons oublié nos alliés, dit Ben. Mais aujourd'hui, face à un danger cosmique d'une telle magnitude – le plus grand danger que l'humanité ait jamais affronté –, nous devons nous souvenir de nos alliés et amis, joindre nos forces, et faire front *tous ensemble*.

Ben se força à marquer un instant de silence avant de passer à la diapo suivante. Elle présentait la longue trajectoire orbitale elliptique de leur astéroïde fictif venant couper l'orbite circulaire plus resserrée de la Terre.

— Et j'espère que vous avez tous téléchargé NEO Deflection, l'appli du JPL, dit Ben d'un ton pressant, reprenant son débit habituel ultrarapide. On y a mis l'ensemble de nos cent vingt et une précédentes simulations d'astéroïdes et de comètes avec leurs trajectoires et tous les calculs de déviation. Sérieux, les gars, ça sera vraiment utile quand on se divisera en sous-groupes de travail.

Ben scruta l'assistance en quête de signes d'enthousiasme et vit plusieurs personnes boire de longues gorgées de café. En ce petit mardi matin, la caféine était une arme puissante dans leur combat contre un géocroiseur.

College Park, Maryland
Le 3 mai 2019
Cinquième jour de la Conférence de défense planétaire de l'AIA

Ben et Amy allèrent se mêler aux touristes qui se promenaient sur le National Mall, histoire de tuer le temps en attendant l'heure de rejoindre le restaurant du centre de Washington DC, où ils devaient dîner. Parfaitement heureux d'être l'un avec l'autre en toute occasion, ils irradiaient d'excitation face à un nouveau scénario de collision et face au monumental spectacle que leur offrait la capitale des États-Unis.

— Voilà, on est au cinquième jour de la conférence, dit Ben. On est en 2029, et le plus gros fragment de l'astéroïde qu'on a fait exploser hier s'abattra sur New York dans dix jours.

Il avait maintenant mis sa cravate au rebut et portait sa chemise col ouvert, manches roulées jusqu'aux coudes.

— Tu imagines, faire évacuer tout Manhattan *et* les quatre autres arrondissements en un délai aussi court ?

Amy siffla et secoua la tête. Sa grande mèche de cheveux blond platine coiffée sur le côté passa sur son visage et balaya ses cils ; elle la coinça derrière son oreille.

— Ouais, moi non plus, reconnut Ben. Alors j'ai demandé à des représentants de la FEMA de s'en charger pour moi.

— Les mêmes que ceux qui ont géré l'ouragan Katrina ? Parce que *là*, ils ont vraiment été au top.

— Bon, mes représentants à moi ont réussi, dit Ben fièrement, avant de devoir ajouter : En théorie.

Il était très facile de se laisser emporter par le jeu de rôle et d'oublier que ce n'était qu'un des nombreux scénarios de collision possibles destinés à se préparer pour l'événement réel.

Ben sortit son téléphone pour regarder l'heure. À chaque fois que son travail l'emmenait à Washington, il essayait de trouver le temps de voir sa sœur Becca, qui y vivait avec son mari et leurs deux enfants. Dans sa sacoche, Ben avait des cadeaux pour son neveu et sa nièce : des boîtes de Lego difficiles qu'il savait être à leur portée. Les enfants n'allaient pas pouvoir les ouvrir au restaurant, alors Ben avait déjà fait promettre à sa sœur de prendre une vidéo des moments où, à la maison, ils étaleraient chacun leurs pièces de plastique sur le sol, jetteraient un œil au livret d'instruction et élaboreraient un plan d'attaque.

Ben ne se sentait pas de devenir père, mais il adorait son rôle d'oncle. Et sa nièce et son neveu étaient en train de devenir des petits êtres humains formidables. Ben avait hâte de leur montrer le monde – un monde peu bienveillant, mais, bon sang, sacrément fascinant. Et les enfants absorbaient tout si vite. La dernière fois que Ben avait appelé depuis la Californie, sa nièce et son neveu avaient parlé comme des pipelettes, s'interrompant sans arrêt l'un l'autre dans leur conversation commune sous haut-parleur, pour lui narrer tous les détails de leurs dernières aventures dans leurs parties de Minecraft et de l'arrivée chez les voisins d'un petit chaton écaille de tortue du nom de Periwinkle. Ben avait des tonnes de projets pour l'avenir : faire envoyer ses livres favoris à leur adresse de DC ; regarder *2001 : l'Odyssée de l'espace* avec eux et Amy ; les faire venir en avion en Californie pour leur apprendre à conduire sur la paisible et sinueuse Route 1, avec le Pacifique qui s'étend loin au-delà de tout regard humain…

— Ta sœur ne m'aime pas, dit soudain Amy.

Ben secoua mécaniquement la tête, mais il dut réfléchir avant de répondre.

— Elle est juste *étonnée* par notre couple.

Amy rétorqua que cela faisait tout de même maintenant cinq ans qu'ils vivaient ensemble.

— Elle est toujours étonnée, dit Ben. Bon sang, moi aussi, je suis toujours étonné !

Amy ne parla pas des parents, fort heureusement. C'était une soirée trop belle pour qu'on la gâche. Et il n'y avait par ailleurs pas grand-chose à en dire. Les parents de Ben n'approuvaient pas leur union, et Amy n'avait jamais présenté Ben à sa famille à elle. C'était comme ça. Ça n'avait pas empêché Ben de mettre un genou à terre dans leur restaurant préféré un an après qu'Amy avait emménagé chez lui, et Ben ne pouvait pas imaginer sa vie sans elle. Amy n'avait pas pu s'empêcher de sourire en l'écoutant faire sa demande, et avait dû presser un verre d'eau glacée contre ses joues toutes rouges.

Une fois conclues ces fiançailles, Ben s'attendait à voir des magazines de mariage fleurir sur toutes leurs tables et tous leurs plans de travail. Il s'attendait à un déluge de questions ridicules (Plans de table ou cartons de table ? On tente quand même le saumon en entrée, malgré l'odeur ?), mais Amy continua à vivre comme d'habitude. Elle ne portait même pas sa bague de fiançailles, une grosse opale de feu offerte pour son anniversaire au mois d'octobre. *J'ai trop peur de la perdre*, lui expliqua Amy. La connaissant, Ben fut forcé d'admettre que le risque était réel. Amy rangea la bague dans une boîte à chaussures, avec une collection d'objets précieux qu'elle voulait garder à l'abri et qu'elle ne sortait que les semaines de quatre jeudis.

Ben se demandait si elle avait des inquiétudes au sujet de sa propre famille, mais il la connaissait si peu qu'il avait bien du mal à deviner où le problème aurait pu être. Le père d'Amy était un militaire à la retraite et sa mère était femme au foyer ; ils vivaient modestement dans le Kansas, et le problème pouvait donc être d'ordre financier. Les parents et le frère d'Amy étaient tous des chrétiens pratiquants, donc il pouvait aussi être d'ordre religieux.

La cérémonie sera non confessionnelle, avait dit Ben à Amy un soir tandis qu'ils lisaient au lit. *Nous paierons la fête nous-mêmes, et nous ne sommes pas obligés d'inviter beaucoup de monde. J'ai des économies qui pourront couvrir ça. Ma famille peut évidemment fournir le garçon d'honneur et la demoiselle d'honneur.* Amy avait levé les yeux de son roman et regardé droit devant elle en clignant derrière ses lunettes de lecture œil de chat d'étudiante aux Beaux-Arts. *Ma famille à moi peut fournir les drag-queens et les stripteaseurs*, avait-elle dit enfin. *Et les imitateurs d'Elvis, cela va sans dire.*

Elle plaisantait, mais elle ajouta qu'elle n'avait pas parlé des fiançailles à ses parents et qu'elle n'avait pas non plus l'intention de leur parler d'un mariage. Amy semblait plus intéressée par la reprise de sa lecture. Quand Ben lui demanda une date, même approximative, Amy haussa les épaules. *Qu'est-ce qu'on aura, une fois mariés, qu'on n'a pas aujourd'hui ?* demanda-t-elle. Ben dut y réfléchir. *À ma mort*, dit-il, *tu hériterais de toute ma collection de mangas.* Amy hocha la tête en haussant les sourcils et répondit qu'elle étudierait la question. C'était il y a quatre ans.

— Je suis vraiment content que tu sois là, lui dit Ben. Avec moi.

Il tendit le bras pour lui prendre la main.

— Je ne raterais ça pour rien au monde, lui assura-t-elle.

Amy portait un haut orange et une longue jupe en soie rose qui enflait dans le vent et se drapait autour de ses jambes. Des bracelets d'or ornaient un de ses poignets et tintaient à chaque pas. Amy avait de nombreux styles différents et excellait dans tous : elle était aussi belle en rangers qu'en escarpins à talons hauts. Ce soir-là, elle n'avait opté pour aucun style particulier. *Je me disais que ce serait joli*, dit-elle d'un air absent devant le miroir de la salle de bains de l'hôtel. Les couleurs étaient plus que jolies et Amy rayonnait comme le coucher du soleil.

Ils marchaient maintenant sous une longue enfilade de cerisiers. Amy ouvrit son petit carnet et le lut à voix haute : ces trois mille cerisiers avaient été offerts par le maire de Tokyo en 1912. Un grand plan d'eau artificiel s'étirait comme un lac sur leur gauche. Le reflet net des branches sur l'eau calme redoublait leur beauté. Plus loin, les pédalos à deux places barbotaient ou dérivaient nonchalamment, chargés de couples vêtus de gilets de sauvetage orange vif.

Ben inspirait l'odorante et paisible furie du printemps sur la côte Est en se demandant passivement si l'existence pouvait vraiment être meilleure que ça. C'était vendredi soir, à la fin d'une semaine de travail enthousiasmante et fructueuse, au début d'une soirée magnifique. Son esprit ultrarapide se montra joyeusement lent et fainéant dans ses propositions d'amélioration : Un ticket de Loto gagnant ? La paix au Moyen-Orient ? Un nouveau *Star Wars* ? *Enregistre bien ça*, se dit Ben. *Garde ce moment comme un exemple de ce qu'est le bonheur...*

— Quelle belle promenade...

— Évidemment, dit Amy. Douterais-tu de l'efficacité de mon travail d'éclaireuse ?

Jamais.

Pendant que Ben passait ses journées à la Conférence de défense planétaire, Amy s'en allait en exploration. Techniquement, elle était en vacances. Alors, après avoir relevé ses e-mails et ses messages vocaux professionnels, Amy enfilait ses baskets et s'en allait sillonner les trottoirs et parcs nationaux de Washington. Quand Ben sortait en fin d'après-midi, ils se retrouvaient pour boire un verre pendant l'happy-hour et parler de leur journée. Amy lui montrait son carnet, plein de notes détaillées griffonnées d'une main difficilement lisible. Tous les lieux qu'elle avait envie de montrer à Ben étaient marqués de cinq étoiles. C'était déjà comme ça qu'ils avaient fait deux ans auparavant à la conférence de Tokyo, et quatre ans auparavant à celle de Frascati, en Italie.

Ben et Amy sortirent du couvert des cerisiers et regardèrent rêveusement le Washington Monument. L'obélisque, une des plus hautes structures en pierre de la planète, projetait une ombre longue et pâlissante. Ben se rappela un poème à propos des ruines d'un monument géant frappé de l'inscription suivante :

Mon nom est Ozymandias, Roi des rois ;
Voyez mon œuvre, ô puissants, et désespérez !

Ben ne se rappelait pas tout le poème, mais il se souvenait de ce qui venait juste après :

À côté, rien ne demeure.

Ben avait passé ses années d'âge adulte à contempler la possibilité d'une collision cosmique capable d'annihiler la civilisation moderne et d'entraîner la fin de l'espèce humaine, mais il n'avait jamais passé beaucoup de temps à imaginer ce qu'il pourrait advenir à la suite d'un tel événement. Ben n'était pas biologiste, mais il savait que les écosystèmes pouvaient être des jeux de survie à sommes nulles. Après tout, la disparition des dinosaures avait favorisé l'avènement des mammifères dont il faisait partie.

Les autres créatures vivantes se réjouiraient-elles toutes de la fin du genre humain ? Qu'est-ce qui prospérerait, qu'est-ce qui fructifierait autour de ses ruines ?

10

LA LISTE DE BEN

Kourou, Guyane
Le 13 août
J-172 avant le lancement

BEN CONSACRAIT l'essentiel de son attention à Jin-soo, qui présentait un plan détaillé de l'assemblage du HYCIV, et l'essentiel de l'attention de Ben Schwartz, cela représentait un poids considérable. Jin-soo s'appliquait pour bien parler dans le micro. Il n'était qu'à quatre chaises à la gauche de Ben, mais il était trop réservé et trop poli pour empêcher les autres chercheurs de l'interrompre.

Les yeux de Ben n'arrêtaient pas de revenir à la liste des composants complexes qu'il leur fallait acquérir et transformer pour construire leur engin d'interception. Il voyait des tas de cases cochées, mais tout autant de cases non cochées. S'ils ne parvenaient pas à réunir suffisamment de modules et suffisamment de missiles, ils étaient foutus – foutus à la puissance *n*.

— Où en est-on avec la Chine ? coupa Ben en brandissant la liste et en tapotant de son index une série de cases non cochées.

Jin-soo bredouilla, cligna des yeux et se tourna vers Chuck.

— Comme je te l'ai dit, soupira Chuck, ils ont promis d'aider.

— C'était Taïwan. Je parle de la Chine continentale. *Dios mío*, putain de géographie.

Chuck fit un doigt d'honneur tandis que Ben se penchait vers son micro pour s'adresser à l'autre côté de la salle Janus, où quarante représentants de l'ONU tentaient de se faire le plus discrets possible.

— Seigneur et maître de l'ONU de sexe masculin ? cria Ben.

L'homme leva la tête et pointa du doigt deux étiquettes BONJOUR JE M'APPELLE collées sur sa chemise. En très grosses lettres capitales manuscrites, la première disait TROY, la seconde disait ANDREWS.

— Ouais, d'accord. (Ben se reprit.) Troy, où en est-on avec la Chine continentale ?

— C'est prometteur, dit Troy en brandissant un pouce levé.

La plupart des pays développés – l'Union européenne, la Grande-Bretagne, le Canada, le Mexique, l'Inde, le Japon, la Corée du Sud, l'Australie, le Brésil et l'Argentine – avaient déjà promis leurs ressources et leur aide. Mais l'Opération attendait encore le soutien du Pakistan, de la Turquie et de l'Afrique du Sud. Et ils avaient toujours cruellement besoin du soutien des États-Unis, de la Chine et de la Russie. Avec ces superpuissances, les négociations se déroulaient toujours correctement, jusqu'à ce que l'absence de toute action montre à quel point les paroles étaient dénuées de valeur. L'incrédulité répondait à l'incrédulité. *Comment ?* hurla Ben à la cantonade. Comment l'Opération pouvait-elle ne pas avoir le soutien et les ressources des États-Unis ? *Laisse ça aux diplomates*, lui dit Chuck. *C'est leur boulot. Le nôtre, c'est la science.* Mais Ben laissa sa stupéfaction se changer en colère, et il hurla une bordée de jurons et d'insultes assassines avant de souhaiter que des fléaux de proportion biblique s'abattent sur les maisons du président, du vice-président et du speaker de la majorité aux chambres des États-Unis, ainsi que sur leur personnel, jusqu'au dernier stagiaire.

Un laquais de l'ONU s'approcha de Troy Andrews et murmura nerveusement à son oreille. Le sourire charmant de Troy s'affaissa. Il regarda sa collègue, le seigneur et maître de l'ONU de sexe féminin, et secoua la tête.

— Qu'est-ce qu'il y a ? demanda Ben, puis il tapota sur son micro pour obtenir l'attention de tous. Qu'est-ce qui ne va pas ?

Troy prit une profonde inspiration et se pencha sur son micro.

— Le Kremlin a annulé tous les vols en partance de Russie. Ils vont mener leur propre opération de défense avec leurs propres ressources.

Troy se tourna vers Marcel et Anneke, directeur et directrice adjointe du Centre spatial guyanais, avant d'ajouter : Cela comprend le vaisseau Soyouz.

Les yeux bleu acier de Marcel s'embuèrent alors qu'il renifla pour déboucher son nez encombré puis déglutit bruyamment. S'ensuivit un terrible silence, qui s'acheva lorsqu'il se leva, couvrit son visage et quitta la pièce. Anneke resta assise mais ne put faire autre chose que garder la tête basse, les yeux rivés sur ses mains croisées sur ses genoux.

Ben décida de ne pas penser aux astronautes qui se trouvaient actuellement dans la Station spatiale. *Non*, opposa-t-il à ce fil de réflexion qui cavalait déjà tout seul. *Non, non, non.* Il y avait des tonnes de problèmes plus importants à régler.

— Si les Russes ne coopèrent pas, ça veut dire pas d'ingénieurs russes, pas de satellites russes, pas d'orbiteur russe, pas d'uranium, pas d'équipement, pas de soldats russes, énuméra Ben. Ils nous laissent avec rien, rien d'autre que les hommes et les femmes coincés dans cette station spatiale sans Soyouz opérationnel pour se sauver, bien dans la merde.

Ziggy secoua la tête ; ses cheveux blancs clairsemés ressemblaient à une boule de coton effilochée.

— Nous avions un accord…, grogna le spécialiste de physique nucléaire.

Mais il ne termina pas sa phrase, car l'accord États-Unis-Russie de défense planétaire n'avait jamais été formalisé. Il avait pris de l'importance après l'explosion du météore de Tcheliabinsk en 2013, puis s'était poursuivi tranquillement malgré l'annexion de la Crimée par la Russie. Ziggy était le négociateur en chef de ces pourparlers. Ben ôta ses lunettes et ferma les yeux, mais il continuait à voir l'expression de Ziggy : l'échec, malgré des décennies d'effort pour une noble cause. L'échec, quoi qu'il en soit.

Ben hurla. Ses mains se serrèrent et il se couvrit les yeux avec ses poings. Les tendons de ses avant-bras se bandèrent comme s'il voulait presser quelque chose très fort jusqu'à ce que ça éclate. Personne ne parla. Lentement, Ben baissa les poings et ouvrit les yeux. Love, l'interprète, avait bondi de sa chaise, mais sinon, tout le monde courbait l'échine dans l'attente de ce qui allait venir. Ben se tourna vers le Professeur, mais le vieil homme n'avait que faire de se montrer empathique. Les politiciens agissaient comme ils agissaient. Les autres devaient travailler dans la zone de retombées.

— S'il vous plaît, s'il vous plaît, supplia Ben à l'adresse de personne en particulier, *s'il vous plaît*, dites-moi qu'Oleg et Youri ont quitté la Russie à temps. Notre équipe nucléaire a besoin de leur expertise. Ziggy ? Julie ? Aidez-moi, là.

Ziggy prit la parole.

— C'étaient nos homologues pendant la Guerre froide, expliqua Ziggy à l'intention de l'ensemble des personnes présentes. À la chute de l'Union soviétique, nous sommes devenus collaborateurs et nous avons travaillé pendant plus de vingt ans sur des stratégies nucléaires de défense planétaire.

Il se tourna vers Julie Schmidt, qui acquiesça. Ben se pencha en avant pour crier dans son micro :

— Donnez-nous une putain de bonne nouvelle, vous autres !

Plusieurs laquais décrochèrent leur téléphone et se dépêchèrent de composer des numéros.

— J'appelle le Kremlin, dit l'autre seigneur et maître, et elle se leva avec son badge de sécurité qui se balançait sur sa poitrine de matrone.

Ben secoua la tête et grimaça. La Russie qui décide de jouer les francs-tireurs était une des données du scénario de collision n°51 – on n'avait rien pu y faire à l'époque, on ne pouvait rien y faire maintenant.

— Ce voyou à chaînes et gourmettes d'or ne changera pas d'avis, lui dit Ben.

Le visage avenant de Jin-soo s'assombrit.

— Bon, dit-il dans le silence, ça nous épargne d'avoir à faire un choix difficile concernant la Station spatiale.

— Il n'y a jamais eu de *choix*, dit Ben entre ses dents serrées. Nous avions besoin de ces pièces du Soyouz. *Tout le monde* le sait. Je les ai déjà ajoutées à la liste.

Son corps entier tremblait de fureur et de peur. Les membres de l'équipe scientifique le regardaient, les employés de l'ONU le regardaient, Love et le Professeur le regardaient – et en ce bref instant, Ben les haïssait tous. Finalement, Chuck prit la parole. Durant toutes ces négociations, Chuck était le roc de Ben, même si c'était un roc mou et potelé.

— Ben a raison, nous n'avions pas le choix. Si les Russes ne nous donnent pas les modules du Soyouz, il nous faudra au moins deux ans pour construire notre HYCIV. Et encore, seulement si les États-Unis et la Chine coopèrent pleinement.

Love était toujours debout. Elle regardait autour d'elle, s'efforçant de lire les visages pour ne pas avoir à poser la question que tout le monde avait en tête mais évitait de poser.

— Est-ce qu'on a deux ans ? Avant que la comète approche ?

Personne ne dit rien, ce qui était une réponse claire.

— Est-il... Est-il possible que vous vous trompiez ? demanda Love à Ben.

Il ne leva pas la tête, il ne répondit pas. Chuck finit par se racler la gorge.

— Ben a prédit la trajectoire de l'astéroïde Toutatis avec moins de trente kilomètres de marge d'erreur alors qu'il se trouvait à une distance de 8,5 milliards de kilomètres. Ça fait un rapport de précision de zéro virgule zéro zéro zéro zéro zéro zéro zéro quatre.

Ben prit un crayon d'une main tremblante et traça des croix rageuses sur des pages et des pages de sa liste.

Ben fluctuait trop rapidement entre les extrêmes de l'énergie frénétique infatigable, l'agacement caustique et l'épuisement émotionnel de la défaite.

— Il *faut* que tu manges et que tu dormes, lui rétorqua Chuck en hurlant.

Il était le seul à pouvoir oser faire ça, donc Ben le méritait sûrement.

— Soit tu vas t'effondrer, soit je me verrai obligé de te botter ton petit cul de maigrichon la prochaine fois que tu pètes un câble.

— Je vais demander qu'on nous livre à manger, marmonna Ben.

— Va dormir !

Le cri de Chuck fit grimacer Ben. Il se leva, chancelant.

— Qu'on m'appelle une jeep, dit-il. S'il vous plaît.

Plusieurs laquais décrochèrent simultanément leur téléphone. Ben n'avait pas l'air d'être quelqu'un qui prenait beaucoup de décisions en dehors de l'instant présent, mais l'instant présent était tout ce qui comptait.

— J'y vais aussi, dit Love en se levant.

Le Professeur ne haussa pas les yeux lorsque Ben et Love sortirent de la salle Janus. Il était courbé en deux sur son fauteuil, son front touchait presque ses genoux. On aurait pu croire qu'il somnolait, s'il n'y avait eu ces poings arthritiques aux phalanges blanchies par la tension sur le pommeau de sa canne. D'où que lui venaient ses douleurs, le Professeur essayait de les garder pour lui.

— Tout le monde sait que le Professeur a un pied dans la tombe, dit Ben à Love lorsqu'ils furent seuls dans l'ascenseur.

— Est-ce là une prédiction de notre diseur de bonne aventure ? demanda Love.

Ben leva les yeux vers elle et essaya de ne pas prendre sa grande taille comme un affront personnel.

— C'est un fait.

Il n'y avait rien d'autre à dire, alors ils poursuivirent leur chemin vers le grand hall.

— Tiens, la pluie s'est arrêtée, dit Ben d'un air absent en sortant dans la nuit claire.

— Ça fait trois jours qu'elle s'est arrêtée, lui dit Love.

Je suis si fatigué, pensa Ben. *Et ce n'est que le début.*

Ben avait toujours été terrifié à l'idée de l'échec. Sa famille et ses professeurs avaient été choqués quand il avait arrêté les tournois d'échecs, au lycée, en première. En tant que champion national, tout ce qu'il avait à faire, c'était défendre son titre. Personne ne comprit cette décision, mais personne ne voyait que Ben perdait le sommeil pendant les tournois, l'estomac retourné à l'idée d'affronter un adversaire devant un public et des journalistes. Gagner n'était pas une victoire, ce n'était qu'un soulagement.

Ben et Love attendaient une jeep en plein milieu de la nuit. Des projecteurs puissants envoyaient soit une lumière bleu-blanc soit des ombres noires sur tous les personnels en mouvement, convertissant petit à petit la base de lancement en une opération de défense.

— Comment… comment tout ça a pu se mettre sur pied si rapidement ? demanda Love au-dessus des bruyantes vibrations d'un hélicoptère passant à basse altitude.

Ben voyait qu'il y avait beaucoup de choses que Love ne comprenait pas, mais elle calait le rythme de ses questions sur une forme de compromis entre le manque d'énergie qu'elle constatait en lui et l'impatience qu'elle éprouvait en elle.

— Il y a *toujours* eu des comètes et des astéroïdes, répondit Ben, et il y aura *toujours* des comètes et des astéroïdes. Ce sont les humains qui n'ont pas de précédent. Nous sommes la variable…

— Donc vous avez toujours su que c'était une possibilité, l'interrompit Love. Mais comment avez-vous fait pour faire collaborer tous ces peuples et tous ces gouvernements différents ?

— La science n'a pas de frontières, dit Ben simplement.

Ça ressemblait à un slogan à coller à l'arrière d'une voiture, mais c'était vrai. Du plus loin que Ben pouvait se souvenir, il y avait eu un réseau international de chercheurs dévoués à la coopération au nom de la défense de la planète. Malgré les guerres, l'espionnage, les promesses non tenues, les cyber-attaques et les sanctions entre pays, les chercheurs maintenaient les tuyaux de communication ouverts en y faisant passer des flots d'idées. Lorsque la comète UD3 fut découverte des semaines auparavant, ces chercheurs n'attendirent pas que l'opinion publique leur donne le top départ, ni que des démagogues leur donnent la permission.

— Nous avons agi avec les alliés que nous avions…

— L'ONU et l'Union européenne, dit Love en finissant sa phrase pour lui.

— Cette base de lancement disposait déjà d'une fusée Ariane presque prête à partir, expliqua Ben. Et Dieu merci, c'était pour une mission de ravitaillement de l'ISS. Pardon, c'est la Station spatiale internationale. Vous vous habituerez à tous ces acronymes.

— Et la Station spatiale ? Comment sera-t-elle ravitaillée, du coup ?

— Elle ne le sera pas.

Love resta silencieuse, le regard fixe. Elle allait le forcer à verbaliser l'évidente, l'horrible vérité.

— On aurait pu l'évacuer, poursuivit Ben, si les Russes avaient remplacé le vaisseau Soyouz défectueux par un nouveau. Mais ils gardent leur nouveau Soyouz pour réutiliser ses différents modules. Exactement comme nous l'aurions fait.

Lorsque Love ouvrit la bouche, il leva la main.

— Nous devons nous soucier des sept milliards et demi d'humains et des, *grosso modo*, neuf milliards d'espèces différentes qui vivent sur la planète. Je veux dire, de la seule vie connue dans l'univers, dit-il en plongeant ses yeux dans ceux de Love pour bien se faire comprendre.

Il y eut un silence, puis elle murmura :

— Vous, vous ne les connaissez pas, ces astronautes, mais ici, sur cette base de lancement, les gens les connaissent. Marcel et Anneke peuvent à peine…

Il changea de sujet.

— Au fait, si je m'évanouis, ou si je vous crie dessus, ou si je me mets à pleurer de façon incontrôlable… contentez-vous de me lâcher la bride et d'essayer de ne pas me détester. Vous voulez bien ?

Love dut réfléchir. Elle fit oui de la tête ; elle voulait bien.

— Je ferais peut-être mieux de passer par le rayon médicaments de la boutique, dit Ben.

Il n'y avait plus de glaces fusées, mais tout le monde pouvait s'y fournir amplement en Zoloft, Adderall et Malarone pour se prémunir contre la dépression, l'angoisse, le sommeil et le paludisme.

— Et si vous avez besoin de quoi que ce soit d'autre, dit Ben, Amy est presque toujours là dans le coin prête à aider.

— La petite amie ?

— *Ma* petite amie, clarifia Ben. Et elle a ses compétences à elle, alors ce serait bien que les gens lui foutent un peu la paix.

— Comment vous avez fait pour la faire venir ici ?

Ben haussa les épaules.

— Ils avaient besoin de moi, et j'avais besoin d'elle. Enfin, Amy ne m'a de toute façon pas vraiment laissé le choix, ajouta-t-il. Mais elle avait raison. L'amour* rend le sauvetage du monde moins solitaire. J'imagine qu'il rend tout moins solitaire.

— Je fais les choses seule, murmura Love, comme si c'était une malédiction.

— C'est un drôle de nom, Love, dit Ben d'un air songeur. Ça doit être agaçant. Vous savez, de l'avoir comme ça qui vous passe par la tête à chaque fois que quelqu'un emploie ce mot dans une conversation.

— Les gens l'utilisent moins souvent que vous ne croyez, dit-elle. Et encore moins souvent de façon sincère.

Ben ferma ses yeux secs et réfléchit à ce que Love venait de dire. Il chancela et faillit trébucher. Love demanda si les humains pourraient survivre à une collision avec une comète de huit kilomètres de diamètre.

— Peut-être, dit Ben pour éluder. Dans certains coins du monde.

* En anglais, *Love*, bien sûr…

— Alors, où est-ce qu'elle va tomber ?

Ben secoua la tête en grimaçant. Il expliqua à Love que pour déterminer une trajectoire précise, il fallait au minimum un arc d'observation de trente jours. Toute estimation prématurée serait d'une négligence très grave, et immorale à un point jamais vu.

Love le coupa, mais Ben interrompit son interruption ; c'était lui qui parlait le plus vite.

— Vous devez d'abord comprendre les scénarios de collision numéros cinquante-trois, cinquante-quatre, cinquante-cinq et cinquante-six…

Il essaya de décrire les simulations dans lesquelles, apprenant que le site de l'impact imminent se trouvait bien confortablement à l'autre bout de la planète, une puissance nucléaire décidait de mettre en danger toutes les opérations de défense et d'abattre les intercepteurs qui risquaient de faire dévier le géocroiseur sur une trajectoire moins favorable, ou même de le faire exploser en plusieurs gros morceaux potentiellement dangereux. Le regard embué qu'il vit sur le visage de Love était le même que celui qu'il voyait chez tout le monde quand il parlait trop vite en un flot de mots ininterrompu sans aucune pause entre eux. Il n'y avait que le Professeur qui arrivait à comprendre Ben lorsqu'il parlait comme ça, et seulement quand le vieil homme n'était pas plié en deux de douleur.

— Le point d'impact sera gardé secret défense, dit Ben beaucoup plus lentement. C'est une information trop dangereuse pour qu'on la publie. C'est pour ça qu'on doit la garder secrète jusqu'à ce qu'on arrive à faire correctement dévier UD3 de sa trajectoire, dit-il.

— Alors faites-le.

Ben leva les yeux au ciel.

— Ouais, merci bien. C'est pour dire ce genre de chose qu'on vous paie grassement, *vous*, hein ?

Love posa une main sur sa hanche fine et attendit l'inévitable sermon.

— D'abord, dit Ben en levant son index, nous n'avons jamais construit aucun engin avec ce genre de capacité. L'équipe de Jin-soo, dans l'Iowa, a conçu un modèle de HYCIV, mais il n'a été testé que sur des simulations informatiques.

“Ensuite, on n'a pas le temps de construire tous les modules de cet engin de A à Z, et encore moins d'assembler tout ce foutu bazar et de se préparer pour le lancement. C'est pour ça qu'on est obligés de farfouiller un peu partout en quête de pièces, mais beaucoup de responsables politiques sont incapables d'accepter la possibilité d'une catastrophe planétaire, ou même d'une extinction de la race humaine. Quant aux autres… Les autres ne lâcheront jamais une once de leur pouvoir. Jamais.

Ben prit quelques respirations tandis que ses mots flottaient encore dans l'air. Il demanda à Love si elle parlait couramment le russe. Elle acquiesça en haussant les sourcils.

— Il y a deux physiciens nucléaires qui sont, j'espère, en route pour nous rejoindre. Des vétérans de la Guerre froide, comme Ziggy et Julie. Ils devaient essayer de passer discrètement la frontière russe, mais… c'est plus facile à dire qu'à faire.

— Et eux, ils trouveront un moyen ? De faire en sorte que cette Opération fonctionne ?

Ben fit de son mieux pour sourire faiblement. Si seulement ils s'étaient rencontrés dans des circonstances normales – un bar à hipsters du sud de la Californie, où Love pourrait le renvoyer dans ses cordes en lui faisant comprendre qu'il n'était qu'un vieux geek ordinaire sans stock-options, plutôt qu'un bon à rien aux yeux de toute la race humaine.

— S'il vous plaît, Love, ne faites pas tout reposer sur leurs seules épaules. Ni sur les miennes. On va avoir besoin de tout le monde. Des centaines d'ingénieurs et de physiciens sont en route pour nous rejoindre. La cavalerie arrive…

Mais est-ce qu'on peut réussir ? se demanda Ben. Ce qui déclencha le train de questions à un million de dollars : Arriveraient-ils à lancer un engin d'interception capable de détruire une comète de huit kilomètres de diamètre ? Arriveraient-ils à le lancer avant qu'une hystérie de masse ne s'empare de la planète, avant que les médias ne déclarent la Troisième Guerre mondiale, avant qu'ils ne meurent tous de faim et ne deviennent tous fous… avant que le compte à rebours de l'apocalypse n'affiche 00:00.

— Combien de temps avons-nous ? demanda enfin Love.

Ben brandit sa montre-bracelet numérique juste devant ses yeux. C'était la même montre noire en plastique qu'il y avait dans tous les kits d'accueil distribués par l'Opération. Ben appuya sur un bouton sur le côté du cadran pour passer de l'affichage de l'heure à l'affichage du compte à rebours – J-172 – les séparant de leur fenêtre de tir du 1er février.

II

COLLISION IMMINENTE !

À bord du Healy, *en mer de Béring*
Le 23 août
J-162 avant le lancement

LA MATINÉE DE JACK commença par un degré d'activité digne d'un essaim de frelons. Le salon des chercheurs était bondé de personnes en attente d'un créneau de vingt minutes d'accès à Internet.

— Qu'est-ce qui se passe ? demanda Jack à un des chercheurs en écrivant son nom en bas de la liste d'attente.

— La comète pourrait tomber sur la Russie, murmura le barbu.

Quand Jack prit son tour devant un ordinateur, ce fut pour contempler bouche bée le titre le plus gros qu'il avait jamais vu :

COLLISION IMMINENTE !

Plus tard, Jack se souviendrait d'avoir alors pensé, *Ça fait beaucoup de i et de doubles consonnes*, ou quelque chose d'aussi stupide.

Faisant dérouler le texte jusqu'à la fin de l'article, il lut qu'un scientifique pakistanais haut placé avait fait fuiter des calculs d'estimation de trajectoire à un tabloïd anglais pour une somme inconnue. Cette estimation situait le point d'impact en Sibérie orientale, dans treize mois. La presse internationale tentait de trouver d'autres sources fiables, mais de nombreux scientifiques avaient refusé de commenter, ou avaient tout bonnement disparu. Un certain Dr Benjamin Schwartz, du JPL de la NASA, avait appelé le siège du *New York Times* pour annoncer la création d'une instance internationale en vue d'une action coordonnée : l'Opération de Défense contre la Comète UD3. Schwartz avait commenté l'estimation de la trajectoire de la comète avec les mots suivants :

> Pour pouvoir établir une trajectoire exacte, il faut au minimum un arc d'observation de trente jours. Toute estimation prématurée serait non seulement inexacte, mais immorale.

Lorsqu'on lui avait demandé s'il pouvait confirmer les rumeurs selon lesquelles ce scientifique pakistanais avait utilisé NEO Deflection, l'appli développée par Schwartz lui-même, pour calculer sa trajectoire, et s'il était en mesure de dire quand la NASA publierait ses propres calculs de trajectoire, Schwartz avait déclaré simplement :

> No comment.

La boîte Gmail de Jack contenait cinq nouveaux messages de ses parents qui, sur le fuseau horaire de la côte Est, avaient quatre heures d'avance sur lui. Son père lui rappelait que les humains avaient maîtrisé la puissance de l'atome, éradiqué la variole et séquencé le génome. À défaut d'autre chose, ils étaient pleins de ressources, avançait-il. On s'occuperait de la comète. (Et dans le cas contraire, la famille Campbell – un avocat fiscaliste, une femme au foyer, un photoreporter – ne pouvait absolument rien y faire.)

Le premier des quatre e-mails de sa mère ne contenait qu'une phrase :

> Je veux que tu rentres à la maison.

Jack bascula sur les réseaux sociaux et regarda le monde se réveiller à travers les pixels lumineux de son écran. Les gens se trouvaient brutalement arrachés aux microcosmes de leurs professions ; les familles et les corps défaillants se trouvaient désormais confrontés à une vision plus large du système solaire, et à des questions auxquelles ils n'avaient pas de réponses. Le langage de Twitter en 140 caractères s'avérait soit inadéquat soit parfait :

> Putain ! Je suis le seul à suivre ça ?

> Quoiiiiii ?

Un tweet du président des États-Unis s'efforçait de rassurer le public au plus vite :

> Mes scientifiques sont sur le coup. Ignorez les médias mensongers. Gardez votre calme !

Une publicité s'était affichée sur le côté en même temps que ce tweet. Une âme entrepreneuse proposait déjà des objets et vêtements portant le slogan KEEP CALM AND FIND

A BUNKER inspiré d'affiches de la Deuxième Guerre mondiale du ministère de l'Information britannique.

Jack chercha des posts sur Weibo, mais la censure chinoise avait déjà mis ses algorithmes à jour. Sa recherche sur UD3 lui renvoya le message suivant :

> Désolé, ce contenu contrevient à 微博社区管理规定(试行) ou à d'autres lois ou règlements connexes.

Une vague de peur le fit chanceler. Jack entendit un sanglot et se retourna pour voir la camarade de cabine de Maya, la fille aux cheveux roux vaporeux, fondre en larmes devant son ordinateur. Maya se leva de sa place non loin de là et se dépêcha de venir consoler son amie. Le choc et l'effroi se lisaient sur les visages de tous les chercheurs. Plus Jack lisait d'articles, plus il réalisait que le choc et l'effroi étaient les plus bénignes des réactions possibles.

Cela faisait déjà plus de dix heures que les tabloïds anglais avaient mis leurs articles en ligne, donnant à l'Eurasie, à l'Afrique et à l'Australie le temps de s'imprégner de la nouvelle. Les grands chefs religieux de ces continents posaient la question : En cette ère mécréante, les hommes prient-ils assez ? Ils réclamaient des messes en latin, des émissions de télé-évangélisme en direct, des pèlerinages à La Mecque, des cérémonies de la fumée, des prières, des lectures de textes religieux, des chants. Les religions les plus extrêmes en appelaient à des mesures désespérées face à ces temps désespérés. Leurs sectateurs sacrifiaient des chèvres, des poulets et des infidèles. On faisait sauter des bombes devant les ambassades du monde occidental.

Assis en état de choc, Jack se sentait impuissant. C'était comme s'il était redevenu ce petit garçon qui attendait l'arrivée de la BMW blanche de sa mère sur le trottoir de son école maternelle. Un jour, il avait regardé avec une terreur grandissante les autres enfants se faire ramener chez eux les uns après les autres, jusqu'au dernier. L'école avait appelé chez lui, mais personne n'avait répondu au téléphone. Le petit Jack, six ans, était saisi de terreur, mais il ne bougeait pas. Là, debout, à regarder la rue déserte, il aurait pu attendre jusqu'à la fin des temps que sa réalité revienne à la normale.

Jack ne reprit ses esprits que quand Maya posa une main sur son épaule et la serra doucement.

— Ça fait plus de dix minutes que vous avez les yeux dans le vide, murmura-t-elle.

Jack ferma sa mâchoire et se rendit compte que sa bouche était complètement sèche. Il regarda autour de lui et vit que la jeune femme à sa gauche était maintenant un homme à moustache et barbe blanches. Il ne savait pas où était passé le temps – pas encore.

Le rendez-vous pour prendre le café dans l'après-midi était l'idée de Maya. Tous les chercheurs étaient profondément affectés par la nouvelle de la veille, mais Nancy était vraiment en vrac. Maya entendit sa camarade de cabine tourner et se retourner sur sa couchette jusque tard dans la nuit, avant de finir par enfiler ses chaussures et sortir avant l'aube. Nancy retrouva l'équipe de cartographie de la chimie des eaux pour leurs travaux du matin sur le pont, mais elle n'arrêtait pas de s'en éloigner pour faire les cent pas en se tordant les mains. Lorsqu'ils en eurent fini avec leurs prélèvements et que tout le monde partit pour déjeuner, elle ne les suivit pas. Elle dit qu'elle ne pouvait pas manger, mais, sur l'insistance de Maya, elle promit de les rejoindre plus tard pour le café.

Quand Maya arriva à 1 heure au magasin du *Healy*, Nancy avait déjà fini son cappuccino faiblard. Elle se tenait près de la cloison, et dessinait sur son gobelet en polystyrène avec un marqueur.

— T'as pris de l'avance, lui dit Maya, momentanément soulagée.

— C'est ma quatrième tasse, répondit Nancy sans lever les yeux. J'arrivais pas à dormir.

Maya fit un petit signe de tête au garde-côte derrière le comptoir. Il se dirigea vers la machine à café calée contre le mur du fond – survendue sous le nom de Java Hut* – et prépara un cappuccino qui allait alourdir l'ardoise de Maya d'un dollar cinquante.

Nancy avait écrit le nom de Derek sur son gobelet et l'avait entouré de petits robots carrés.

— Ton fils aime les robots ?

— Il aime les dinosaures, répliqua Nancy, mais j'essaie de ne pas trop penser à eux en ce moment. Alors je fais des robots.

Elle ne pouvait pas parler de son fils de sept ans sans froncer les sourcils et mordiller ses lèvres mouchetées de taches de rousseur. Avant que la nouvelle de la comète ne tombe, elle s'était résignée aux tourments de la séparation temporaire si c'était le prix à payer pour pouvoir faire partie

* En anglais, "java" est un terme familier pour désigner le café.

de la dernière expédition arctique du *Healy*. "Collision imminente" avait tout chamboulé pour tout le monde.

— On le compressera au pôle Nord ? demanda Maya en faisant un geste de la tête en direction de son gobelet.

Les océanographes avaient pour tradition de décorer des gobelets en polystyrène et de les attacher aux équipements de prélèvement d'échantillons d'eau. Sous la phénoménale pression de l'eau, les gobelets se compressaient à un cinquième de leur taille originelle, et devenaient autant de souvenirs miniatures de l'expédition.

— Non, dit Nancy. Je vais la compresser tout de suite. Avant que le *Healy* fasse demi-tour.

Elles s'en allèrent ensemble, mais, au premier couloir, Nancy tourna à gauche, Maya à droite.

— Charlie a convoqué une réunion, dit Maya.

— Je ne supporte pas ses speechs, dit Nancy d'un ton brusque. À quoi ça peut servir d'étudier la sixième extinction de masse quand la septième s'apprête peut-être à nous tomber dessus ?

Maya ne répondit pas.

— Je vais parler au capitaine Weber, soupira Nancy. Je devrais être auprès de mon fils. Je ne pouvais pas savoir que…

Elle s'en alla en secouant la tête. Maya regarda son amie s'éloigner et pensa, *Va-t-on faire demi-tour ? La comète va-t-elle percuter la Terre ? Est-ce que je peux faire quelque chose – est-ce qu'il y a quelque chose à faire ? Est-ce qu'on va juste devoir attendre comme des détenus dans le couloir de la mort, sans barreaux pour nous protéger les uns des autres… ?*

Maya savait qu'elle ne pouvait pas prendre le temps de réfléchir. L'effroi que lui causait cette surcharge de questions la pétrifiait. Il fallait qu'elle continue à se mouvoir et à agir.

La plupart des chercheurs s'étaient déjà amassés dans la salle de conférences, même si Nancy n'était pas la seule absente. Maya prit un siège et compta trente-quatre têtes sur les cinquante et une ayant pris place à bord. Elle sirotait son cappuccino et essayait de tendre l'oreille à leurs murmures nerveux.

— Charlie doit nous laisser partir, dit une post-doc en parlant suffisamment fort pour que tout le monde entende.

Tout le monde, sauf Charlie. Aucun de ces détracteurs ne moufterait en présence de Charlie. Cet homme était imposant à tout point de vue ; il dînait avec Leonardo DiCaprio un week-end et siégeait à la Conférence intergouvernementale sur le changement climatique le week-end suivant. Ce qui ne voulait pas dire qu'il était inabordable. Malgré son statut de star, Charlie avait toujours insisté pour que Maya le traite comme son égal, même à l'époque où il était son directeur de thèse, à Berkeley. Charlie continuait à l'aider dans ses projets et sa carrière chaque fois qu'elle le lui demandait (et même quand elle ne le lui demandait pas). Maya devait en partie sa place à bord du *Healy* pour sa dernière expédition polaire à sa gentillesse caractéristique. Elle avait prévu d'ouvrir une formidable bouteille de vin de style bordeaux du comté de Napa lorsqu'ils passeraient le cercle polaire – pour ne la partager qu'avec lui.

Tous les murmures se turent lorsque Charlie fit son entrée dans la salle de conférences. Les garde-côtes le surnommaient Chef Noël, et il avait la tête de l'emploi avec son corps massif, sa barbe blanche, ses lunettes à montures fines et ses joues rondes rougies de vaisseaux éclatés. Lors des trois dernières expéditions arctiques, Charlie avait enfilé un floconneux costume de Père Noël lorsque le bateau avait jeté l'ancre au pôle Nord. Il avait lu à voix haute des lettres au Père Noël écrites par les enfants des membres de l'équipage et il avait posé pour des photos. On pouvait même dire de Charlie qu'il était jovial, mais il avait une forme d'intensité tapie au plus profond de lui-même. C'était un trait que lui et Maya partageaient.

— Bonjour, dit Charlie en souriant avant d'entrer tout de suite dans le vif du sujet. Les médias ont publié une première trajectoire, une trajectoire qui n'a rien d'officiel et que d'aucuns considèrent déjà comme erronée. Elle n'a fuité et été publiée que pour une seule raison. L'argent. (Charlie se tut un instant et fixa son public. Il avait toujours eu la flamme des bien-pensants.) Je sais que cette décision fera des mécontents, mais j'ai dit au capitaine Weber que j'avais l'intention de mener cette mission à son terme. Vous savez tous combien elle est importante. La musicienne Joan Baez a dit un jour : "L'action est l'antidote au désespoir."

Maya hocha la tête lorsque leurs regards se croisèrent. Elle n'avait pas d'enfants qui aient besoin de son aide là-bas sur la terre ferme, et elle ne voyait pas ce qu'elle pouvait faire pour protéger la Terre d'une collision cosmique. Ce qu'elle savait, et ce qu'elle pouvait montrer, c'étaient les dégâts très sérieux que l'homme causait à ses océans. En tirant la sonnette d'alarme, elle espérait préserver l'humanité d'elle-même, si l'humanité avait encore un avenir. C'était du moins le projet de départ, et, pour le moment, elle n'en avait pas d'autre.

— Alors faisons ce que nous pouvons, dit Charlie d'une voix pressante, pendant que nous le pouvons.

Jack pensait que l'expédition arctique du *Healy* serait annulée, mais la majorité du monde était encore en proie à l'incrédulité : ce scientifique pakistanais se trompait forcément ; cette collision ne pouvait pas se produire ; les humains n'étaient pas des dinosaures, ils étaient maîtres du système solaire (en l'absence de toute concurrence, certes, mais tout de même). Et il y avait la tradition du devoir, après tout. Les militaires qui formaient l'équipage du *Healy* et sa dernière fournée de chercheurs avaient pour devoir de continuer à percer les mystères de la disparition de l'Arctique. Jack avait le devoir de documenter l'ultime expédition du brise-glace dans un écosystème déjà en voie de disparition.

Fidèle à sa devise "Promettre et tenir parole", le *Healy* répondait à l'appel du devoir et maintenait son cap. Pendant ce temps, une voix diffusée par les haut-parleurs – ou les tuyaux, comme les appelaient les garde-côtes – annonça une évacuation partielle par hélicoptère vers la petite ville de Wales, en Alaska. Les chercheurs, passagers invités et membres de l'équipage non essentiels parents de jeunes enfants, avaient priorité pour en bénéficier.

Jack n'écouta cette annonce que d'une oreille distraite. Il était évidemment choqué et terrifié par la rumeur d'une collision imminente ; son esprit s'emballait, tournoyait, filait sur des trains de pensées qui menaçaient de l'immobiliser sous leur poids. Mais Jack n'évacuerait pas le navire. C'étaient les mots exacts qu'il employait dans tous ses entretiens d'embauche avec un nouvel employeur : *Je n'évacuerai pas*. Jack se sentait obligé de prévenir les directeurs de rédaction et d'aborder tout de suite la question, parce qu'il avait déjà une réputation.

Jack s'était vu traité d'"accro à l'adrénaline" par un directeur de rédaction qui avait décidé de ne plus jamais travailler avec lui. Un autre prétendait avoir décelé chez lui des signes de syndrome de stress post-traumatique après qu'il avait refusé de quitter un champ de bataille syrien. Jack se fichait de ce qu'on disait de lui. Tout ce qu'il savait, c'était que toutes les évacuations qu'il avait faites en début de carrière lui avaient laissé des regrets d'un genre ou d'un autre : culpabilité du survivant lorsque d'autres journalistes étaient morts en faisant leur métier, ou jalousie envers ceux qui avaient réussi à survivre et avaient pu rendre compte d'événements horribles et les porter à l'attention de l'opinion publique. Les journalistes qui étaient restés pour faire leur boulot avaient donné du sens et de l'importance à leur vie, alors que Jack avait choisi d'être mis sur la touche sous le coup de la peur. Plus jamais ça.

Il croisa Ned et Malcolm alors qu'ils se dirigeaient vers le hangar de l'hélicoptère, en combinaisons de vol. Jack se colla contre la paroi du couloir pour les laisser passer et entendit un bout de la conversation que Ned entretenait à voix basse avec son ami.

— Je me demande si le gouvernement ne nous cache pas des choses à propos de cette comète.

— Ils ne savent rien de rien, putain, grogna Malcolm. T'as pas écouté ?

Jack reprit son chemin dans le couloir et vit Maya près de la Java Hut.

— Hé ! cria-t-il. Vous attendez votre camarade de cabine ?

— Nancy. Vous l'avez rencontrée…

— C'est ça, Nancy.

— Oui, dit Maya, mais je crois qu'elle va quitter le *Healy* pour retrouver son fils et son mari.

Jack hocha la tête et se remit en marche, mais Maya lui bloqua le passage. Il savait que le fait de prendre ses distances poussait Maya à le poursuivre.

— Moi je reste, dit-elle.

Avec ses yeux sombres et intenses, c'était à moitié une invitation, à moitié un défi. Jack n'avait jamais été du genre à reculer devant un défi.

— Alors on se reverra, promit-il.

12

ESPACE ET TEMPS

Orbite terrestre basse
Le 16 août
J-169 avant le lancement

BOB NOWAK serait éternellement reconnaissant d'avoir reçu la pire nouvelle de sa vie. Personne n'avait besoin de la lui donner, et surtout pas le directeur de la NASA lors d'un appel par Skype dans les toilettes de la Station spatiale internationale.

— Vous recevrez tous les honneurs, lui promit le directeur.

Bob savait qu'il ne pouvait parler que d'honneurs posthumes.

— Comme notre président est complètement accaparé par cette menace planétaire…

L'administrateur choisissait ses mots avec soin parce qu'il n'était pas seul. Bob ne voyait que son tronc entre un bureau et un mur blanc, mais son micro captait d'autres murmures et d'autres bruits de respiration.

— J'ai demandé à notre vice-président de vous faire les honneurs des dernières paroles.

Bob eut du mal à déglutir. Évidemment que leur président n'était pas du genre à savoir affronter les situations gênantes, comme celle qui consiste à parler à un homme que l'on voue à la mort. Bien sûr qu'il avait refilé le bébé, comme tous les autres.

— Dieu vous bénisse, Bob.

Les lèvres du directeur se tordirent lorsqu'il se leva de son bureau et sortit hors du champ. *Ne nous abandonnez pas*, cria une voix dans la tête de Bob. On aurait dit un petit enfant trop jeune pour comprendre une situation désespérée. Le vice-président entra dans le champ de la webcam et s'assit avec une bible dotée d'un marque-page. Son expression était une exagération de la résolution, comme un acteur jouant un général s'apprêtant à s'adresser à ses troupes avant de les envoyer vers une mort glorieuse.

— Prions, dit-il en guise de bonjour, et il ouvrit la bible. "Ne crains rien; car je suis avec toi..."

— Monsieur?

— "Ne sois point étonné; car je suis ton Dieu: je t'ai fortifié."

— Monsieur? Je suis athée.

Le vice-président cligna des yeux.

— Dans ce cas... je ne prierai pas *avec* vous, mais *pour* vous.

Il continua à lire le passage tandis que Bob soupirait et patientait. Le vice-président était un homme politique toujours pas convaincu de la réalité de l'évolution humaine et du changement climatique, alors que Bob était un astronaute qui avait voué sa vie à la science. On pouvait s'attendre à un certain hiatus.

À la fin de sa prière, le vice-président releva les yeux vers l'image de Bob. Son expression s'adoucit enfin.

— Merci pour votre service, Robert Nowak, dit-il.

— Merci, monsieur le vice-président.

Cela avait-il un sens de remercier quelqu'un pour vous avoir remercié ? Tout ce que Bob savait, c'était qu'il fallait que cette formalité s'achève avant que l'effet de sidération ne se dissipe. Il retira ses écouteurs et referma son ordinateur en le serrant très fort pour ne pas le fracasser contre la cuvette des toilettes. *Sois-leur reconnaissant*, se répéta-t-il. *Ils auraient pu ne rien dire.* C'eût été plus facile pour tous les hommes aux pieds fermement maintenus par la gravitation sur cette planète vivante. La Station spatiale internationale pouvait être si aisément oubliée en regard de l'annihilation totale – simple satellite parmi tant d'autres filant dans le ciel nocturne très encombré.

Hébété, Bob ouvrit le rideau du compartiment déchets et hygiène et se propulsa en prenant appui sur une main courante. Il allait devoir appeler sa femme, mais qu'allait-il lui dire ? Tout ? Rien d'autre que *Je t'aime* ? Bob essayait de se concentrer mais son esprit à la dérive se mit à repenser au *Kursk*, perdu en mer au tournant du millénaire. Une première explosion avait fait couler le sous-marin russe au fond de la mer de Barents et une seconde avait fracassé sa coque, tuant presque tout l'équipage. Vingt-trois hommes avaient réussi à survivre en se terrant dans la salle des turbines. La Russie avait refusé l'aide internationale, et le monde ne put que regarder en se demandant à quoi pouvaient penser les membres de l'équipage tandis qu'ils décédaient les uns après les autres en attendant les secours.

Je vais bientôt le savoir, pensa Bob. *Personnellement.*

Le cœur incroyablement lourd, il traversa le module *Tranquility* en flottant. Il passa, sur sa gauche, devant une fourmilière boulonnée à la paroi. Ces fourmis faisaient partie d'une expérience sur le comportement en microgravité menée par des étudiants de l'université du Colorado à Boulder.

Ces petites bestioles sont loin de se douter qu'elles sont condamnées, pensa Bob. *Gardez les yeux fixés sur les tunnels que vous avez devant vous, les gars !*

La Cupola était un module d'observation panoramique fixé sur un port latéral de *Tranquility*. Les astronautes s'y rendaient souvent dans leur temps libre pour contempler la Terre autour de laquelle ils orbitaient à vingt-huit mille kilomètres à l'heure. Bob passa la tête au-dessus du rebord du module orienté vers la Terre, s'attendant à une vue semblable à celles que l'on a dans les bateaux à fond en verre. Au lieu de cela, il vit un pied couvert d'une chaussette blanche appartenant à Rémy, un astronaute français de l'Agence spatiale européenne. Bob n'avait pas envie de compagnie, mais pas non plus envie d'être seul.

Tenant toujours son ordinateur, traînant ses écouteurs, Bob attrapa de sa main droite une des mains courantes, tira, et pénétra tête la première dans le module. Dans un environnement pressurisé à gravité zéro, l'orientation n'avait pas d'importance ; le haut et le bas n'avaient plus aucun sens. La Cupola faisait presque trois mètres de diamètre, mais il y avait sur ses faces des tuyaux et des consoles protubérants. Deux hommes adultes pouvaient y tenir confortablement épaule contre épaule, mais si un troisième voulait entrer, il ne pouvait faire autrement que s'y faufiler tête-bêche.

Rémy tourna la tête et vit Bob s'installer à côté de lui, serrant son ordinateur comme un ours en peluche.

— Voilà, tu sais maintenant pourquoi les Russes n'ont pas fait de rotation pour remplacer notre vaisseau Soyouz, dit Rémy, préférant exprimer la chose sous la forme d'une affirmation neutre que sous celle d'une question.

Bob ne dit rien mais ne parvint pas à masquer sa surprise.

— Sauf si tu prends toujours ton ordinateur quand tu vas aux toilettes, ajouta Rémy. Et si tu le fais, je ne veux pas savoir pourquoi.

— Très drôle.

Rémy en convint d'un petit sourire qui semblait vouloir dire, *Oui, drôle, jusqu'à la fin*. Le Français se retourna vers le dôme de hublots et dit :

— J'ai déjà parlé avec le directeur du Centre spatial guyanais. Marcel m'a expliqué la situation.

Elle était grave. Il y avait toujours un vaisseau Soyouz – le seul moyen de transport dont disposaient les astronautes – arrimé à la station, prêt pour une évacuation en cas d'urgence, mais celui qui s'y trouvait actuellement souffrait d'une panne de son système de bord découverte à la fin du mois de juillet. Les Russes devaient remplacer ce vaisseau hors d'usage par un nouveau, mais ils avaient annulé le vol et coupé toutes les communications sans un seul mot d'explication. Les astronautes n'avaient aucune échappatoire. Et ils n'avaient aucun moyen de continuer à vivre. La base de lancement européenne ne pouvait pas se permettre de leur envoyer un engin de ravitaillement. Toutes les fusées, tous les vaisseaux, tous les satellites disponibles étaient réquisitionnés pour fournir des pièces et des modules pouvant être recyclés dans l'Opération de défense contre la menace de la comète. L'équipage de l'ISS allait périr faute d'oxygène.

— Ils ont promis combien de médailles à ta veuve ? demanda Rémy.

Bob ignora la question.

— Tu crois qu'on doit le dire à Sergueï ? demanda-t-il. Tu sais que les Russes ne le feront pas.

Rémy haussa les épaules. Il avait un de ces mentons ronds à fossette très marquée, que la lumière crue de l'éclairage artificiel rendait encore plus remarquable.

— Seulement s'il veut savoir, dit Rémy. Peggy voulait savoir.

— Tu l'as dit à Peggy ?

Par quoi Bob voulait dire, *Tu l'as dit à Peggy avant de me le dire à moi ?* Mais bien sûr que Rémy l'avait dit à Peggy. Peggy Whitson était sa préférée. C'était la préférée de tout le monde avec son grand sourire et son bon sens de jeune femme de l'Iowa. Peggy avait battu le record du temps passé en orbite par un Américain. Elle et Bob avaient naguère admiré un coucher de soleil ensemble, le seizième et dernier coucher de soleil de leur journée de travail, et Peggy avait alors murmuré qu'elle voulait continuer à explorer l'univers jusqu'au jour de sa mort. Le souhait de la pauvre Peggy allait être exaucé.

Rémy pressa son index contre la plus intérieure des quatre lamelles en composite de silice fondue et de verre borosilicate. Bob se dit qu'il devait montrer la base de lancement de Guyane, mais lorsqu'il regarda quatre cents kilomètres plus bas, au-delà de l'infime couche nuageuse, la Guyane se trouvait trop loin vers le nord-est. Rémy montrait en réalité des colonnes de fumée noire qui s'élevaient au-dessus de l'Amazonie.

— Ça brûle encore, marmonna Rémy.

— Quoi ?

— Les feux de déforestation le long du rio Xingu.

Rémy traça une ligne sinueuse avec son doigt, épousant le cours de cette rivière qui luisait comme un filament dans une ampoule. Il dit à Bob qu'il avait commencé à voir ces feux au début de sa mission de six mois à bord de l'ISS, et qu'il les avait vus s'étendre de plus en plus et pénétrer de plus en plus loin le long des cours d'eau dans ce qu'il restait de la forêt vierge.

— Tu sais, j'ai failli m'aventurer au cœur de l'Amazonie lors de mon dernier séjour au centre spatial, dit Rémy d'une voix songeuse. Mais je n'ai pas réussi à caser ça dans mon emploi du temps, et je me suis dit que j'avais tout le temps. J'avais… quarante-trois ans.

Il secoua la tête de dépit devant sa propre ignorance. Parce qu'il était là, à respirer un oxygène dont les réserves s'amenuisaient, et que l'Amazonie était là, à brûler jusqu'à ce qu'il n'en reste plus rien.

Bob fit de son mieux pour réconforter l'homme qui se trouvait à côté de lui.

— Tu n'es pas seul, dit-il doucement. On se dit toujours qu'on a tout le temps.

13

L'USCGC *HEALY* TIENT SA PROMESSE

À bord du Healy, *en mer des Tchouktches*
Le 27 août
J-158 avant le lancement

En tout, trente-deux chercheurs et vingt-sept membres d'équipage furent évacués avant que le *Healy* ne passe le détroit de Béring pour s'engager en mer des Tchouktches. Ensuite, le bateau ne tarda pas à franchir le cercle polaire. À ces latitudes, le soleil d'été ne se couchait pas complètement ; il ne faisait que descendre bas sur l'horizon en projetant une pénombre étrange.

Avec un tiers de gens en moins, les coursives, salles et salons du *Healy* étaient maintenant plus calmes. Maya essayait de se tenir occupée, à travailler, à se promener, à discuter. À l'approche d'une comète au potentiel apocalyptique, la rumination était une chose dangereuse. Elle essayait de se concentrer sur l'entrée en Arctique – région qu'elle ne connaissait qu'aussi bien qu'il fût possible de la connaître sans jamais y être allée. Ça méritait une petite célébration.

Maya entra dans la cabine du chef de l'équipe scientifique en tenant sa bouteille de bordeaux californien par le goulot. Cela faisait deux jours qu'aucun chercheur n'avait vu Charlie travailler sur le pont, ou manger au réfectoire. Quelques garde-côtes propageaient une rumeur selon laquelle il ne renseignait même plus ses formulaires de présence. La porte était légèrement entrouverte, et il y avait un trou de huit centimètres à l'endroit où la poignée aurait dû se trouver. Maya frappa contre le mur à côté de la porte ouverte.

— Charlie ? C'est moi, Maya.

Silence. La lumière des néons brillait par le trou dans la porte. Charlie était très attentif aux économies d'énergie et il n'aurait jamais quitté sa cabine sans éteindre.

— Charlie, on a passé le cercle polaire.

Maya s'accroupit sans faire de bruit et colla un œil contre le trou. Charlie était assis à son bureau calé contre le mur du fond. Maya ne voyait pas grand-chose d'autre que la voussure de ses épaules rondes. Est-ce qu'il dormait, ou bien est-ce qu'il était perdu dans cette espèce d'épais brouillard mental qu'elle avait déjà vu chez les autres chercheurs ?

Maya entra lentement dans la cabine en prononçant son nom, mais Charlie ne bougea pas. Ses yeux d'un bleu aqueux projetaient un regard aussi fixe et aussi vide que l'horizon de l'océan. Maya en eut la chair de poule. Et s'il était mort ?

Maya tendit une main tremblante et la posa sur son cou épais, craignant le contact d'une peau froide. Mais les yeux de Charlie s'animèrent ; sa conscience paraissait remonter d'une très grande profondeur.

— En Mongolie, cette fois, dit Charlie comme s'il répondait à une question.

Maya sursauta et faillit hurler. Charlie leva la tête vers elle en clignant des yeux, et expliqua :

— Un nouveau calcul de trajectoire situe l'impact en Mongolie, et plus en Sibérie.

Maya s'effondra sur le sol et y resta assise, le corps pris de tremblements. Charlie continuait à l'attirer au cœur de sa propre conversation. Un scientifique argentin, disait-il, a calculé une nouvelle trajectoire et publié ses résultats sur son site personnel. L'Associated Press a pu les consulter avant que le serveur qui hébergeait le site ne crashe sous l'afflux de requêtes. Ce scientifique dit que personne ne l'a payé pour ce travail, qu'il a agi tout seul et dans le seul but de servir la vérité.

— Quelqu'un a confirmé cette trajectoire ? demanda Maya dès qu'elle fut de nouveau en mesure de parler. Personne n'a confirmé la précédente.

Charlie secoua la tête et dit qu'il l'ignorait. Maya hésita. Il y avait des questions qu'on n'était pas censé poser.

— Si on ne peut rien faire, Charlie, veux-tu vraiment savoir ?

Encore une fois, il secoua la tête.

— C'est justement le genre de questions que j'étais en train de me poser, reconnut-il. Mais, en guise de réponse, je n'ai trouvé que d'autres questions. Comme par exemple, est-ce que tu t'es jamais interrogée à propos d'un mot particulier, en te demandant comment il avait fait pour acquérir son sens ? Tu le prononces très lentement dans ta tête, et c'est du charabia. Quand tu essaies de l'écrire, les lettres qui le composent ont l'air d'être toutes fausses, même si tu l'orthographies exactement comme tu l'as toujours fait depuis que tu sais lire et écrire. Et si… et si tout le sens que l'on a assigné aux choses se mettait à disparaître d'un coup ? Je veux dire, au-delà du langage. Si, brusquement, toutes les structures sociales, toutes les fictions que nous nous racontons jour après jour, se détricotaient ? Que reste-t-il de nous quand il n'y a plus de règles et plus d'avenir ?

Maya vit ses muscles faciaux frémir.

— Qu'est-ce qui est arrivé à ta porte, Charlie ? Charlie !

Il regardait Maya d'un air perdu. Elle dut pointer le doigt derrière elle un petit moment avant qu'il ne marmonne confusément qu'il avait la tête ailleurs et qu'il n'avait rien entendu quand les garde-côtes étaient venus frapper à sa porte.

— Personne ne t'a vu aux repas, dit Maya.

Elle sortit de la poche avant de son sweat-shirt un sandwich à la dinde qu'elle avait volé. Le règlement du *Healy* interdisait de stocker de la nourriture, mais Maya se faisait du souci pour son vieux directeur de thèse avunculaire. Il jeta à peine un coup d'œil au sandwich emballé dans une serviette en papier qu'elle posa sur son bureau.

— Tu n'as pas faim ? dit-elle. Tu as peut-être soif ?

Maya lui présenta la bouteille de bordeaux avec tout le panache d'une sommelière de restaurant étoilé au Michelin. Charlie retrouva enfin ses bonnes manières et posa une main sur son bras.

— Une autre fois, peut-être ? demanda-t-il avec le plus gentil et le plus triste des sourires.

Jack retourna à sa cabine après le petit déjeuner. Gustavo était assis à son bureau, les mains sur les genoux.

— Nous voilà tous les deux partis pour le grand tour, on dirait, dit Jack, énonçant l'évidence pour meubler le silence.

Gustavo acquiesça et dit :

— Je ne peux pas rentrer chez moi, au Brésil.

— Pourquoi, vous avez pris ce bateau pour échapper à une extradition ?

Jack avait dit ça pour plaisanter. Il n'arrêtait pas d'essayer de faire sourire son camarade de cabine – en vain. Lorsque Jack vit le regard lourd de sens que Gustavo lui renvoya, il se dit, *Oh, merde. Moi et ma grande gueule.* Il changea vite de sujet et demanda si le prix Nobel avait écrit de la poésie depuis leur départ pour cet étrange voyage.

— Je n'ai pas le cœur à parler, dit Gustavo. Seulement à écouter.

Jack comprenait. Lui, il écoutait avec son appareil et prenait des photos de son environnement : la chorégraphie des grains de poussière dans le cône de lumière d'un hublot ; une photo de la toute petite fille d'un garde-côte scotchée au mur près de la Java Hut ; l'expression de Maya en train de regarder le ciel.

— J'ai parlé avec Camila au petit déjeuner, dit Jack. Elle m'a demandé si je voulais déménager.

L'évacuation partielle avait libéré de nombreuses cabines. Camila avait dit à Jack qu'elle pourrait se débrouiller pour le reloger ailleurs. Tout le monde savait que Gustavo n'allait vraiment pas bien et que Jack évitait sa cabine à cause de ça. Camila pouvait lui en donner une vide, s'il le souhaitait.

Mais il ne le souhaitait pas. Jack ne voulait pas être seul avec son cerveau en roue libre. Il ne voulait pas non plus abandonner Gustavo à son mal-être.

— Je pourrais rester, proposa Jack. Je pense qu'on a peut-être tous les deux besoin de compagnie.

Gustavo finit par acquiescer. Jack le fixa d'un regard patient jusqu'à ce qu'une forme d'instinct de préservation force son camarade de cabine à le dire à haute voix :

— Oui. S'il vous plaît, restez.

Et l'affaire fut réglée. Jack dit qu'il s'apprêtait à aller au salon des chercheurs et proposa à Gustavo de l'emmener avec lui.

— Il faut que vous vous informiez au sujet de la comète, dit Jack d'une voix douce.

Il ne voulait pas aborder la question de l'extinction de la race humaine, mais même les hypothèses les plus optimistes parlaient de catastrophes d'une ampleur complètement inédite. Peu importait qu'UD3 frappe la Mongolie, la Sibérie ou n'importe quel autre site prochainement calculé ; l'Asie entière se retrouverait DLMBP – dans la merde bien profond, comme dirait Ned le pilote.

— Si elle frappe la Terre, cela pourrait annihiler un demi-continent...

— L'annihilation n'est pas une nouveauté pour les Indiens, dit Gustavo d'un ton sec. On a subi des génocides. Des millions d'hommes sont morts, et de nombreuses tribus ont disparu. Les rares survivants sont... des ombres qui se taisent ou qui se font abattre.

Gustavo dut faire un gros effort pour s'arrêter.

— Je connais un prêtre, dit-il d'une voix plus maîtrisée, un Canadien, qui avait une expression. Vous en avez peut-être une semblable, en Amérique... "Bienvenue au club."

Comme moins de la moitié des scientifiques du *Healy* avaient choisi de rester à bord, Jack n'eut pas à attendre pour prendre place devant un ordinateur au salon des chercheurs. Dans ses nouveaux e-mails, son père avait cessé de balayer d'un revers de la main la menace cosmique et les dangers qu'elle entraînait. Brossant un tableau très factuel de la situation, il écrivait que les gens autour de lui faisaient des stocks de nourriture, d'eau en bouteille, de piles et d'essence, plongeant leurs banlieues du nord de la Virginie dans un état de panique.

La mère de Jack avait aussi écrit plusieurs e-mails qui étaient tous bizarrement fragmentés. Dans certains paragraphes, elle ne parlait que de la comète et de ses effets sur son entourage. Il y avait une voisine qui faisait jadis des pralines à la noix de pécan pour l'anniversaire de Jack. C'était maintenant une veuve très âgée, et on l'avait trouvée dans un état catatonique.

Mais bon, concédait la mère de Jack à sa manière peu charitable, *Mme Allen a toujours été un peu fantasque.*

D'autres paragraphes remontaient le temps pour exposer des souvenirs qu'elle racontait avec un mélange d'amour et d'épines :

> Quand tu étais petit, tu étais fasciné par les choses les plus ordinaires. Tu tendais le bras pour toucher les chiens, les aigrettes des pissenlits, et même les taches d'huile irisées dans les flaques d'eau sale. Tu me faisais voir mon monde avec tes yeux d'enfant. J'étais loin de me douter que tu t'en lasserais si vite…

Qu'est-ce que Jack pouvait répondre à ça ? Un meilleur fils aurait écrit autre chose que :

> Maman,
>
> On progresse vers le nord et je n'aurai bientôt plus de connexion Internet. Je continuerai à avoir accès à mes

mails via le serveur du bateau. Tu peux me joindre à cette adresse :

Jack.Campbell@healy.polarscience.net

PS : Tiens bon.

Jack n'était pas ce meilleur fils, mais après avoir donné naissance à deux enfants mort-nés, sa mère avait arrêté d'essayer d'en avoir d'autres, et ne pouvait que s'accrocher comme à une religion au souvenir de sa souriante petite tête blonde.

Le planning qui était affiché présentait dans ses marges des relevés satellite. Le *Healy* traversait une zone de 45 milles nautiques de glaces dérivantes couvrant quarante à soixante pour cent de la surface des eaux. Dans ces conditions extrêmes, Jack allait devoir travailler rapidement. Une batterie au lithium de secours scotchée sur la peau tiède de son torse, il était prêt à sortir. Sur le pont, l'air était limpide et glacial, avec un vent qui créait un saisissant effet de refroidissement. Malgré ses encombrants vêtements contre le froid et l'inconfortable cagoule qui lui faisait comme une grosse barbe en tissu, Jack prenait ses photos avec une coordination toute naturelle.

Son travail n'était pas un moyen pour se maintenir en vie ; *c'était* la vie. Accédant à cet état de pleine concentration mentale et de fluidité physique du maître qui exerce son art, Jack éprouvait quelque chose qui s'approchait de la joie. Il sillonna le bateau de part en part, pour varier les points de vue, et repéra les chaussures de Maya devant une des cellules isothermes. Elle aussi était peut-être perdue dans sa concentration et sa fluidité, à mesurer des traces d'éléments chimiques avec la plus grande précision.

Le ciel arctique était bleu pâle avec de fines traînées de cirrus. Quand Jack braquait son objectif droit devant lui, les formes irrégulières des fragments de banquise alternaient avec les zones d'eau sombre pour former des motifs semblables à ceux des vaches à la peau noire et blanche. Pourtant, lorsqu'il plongeait le regard vers la glace immergée, Jack décelait des dégradés de bleu et de vert parmi les plus splendides que la nature pouvait offrir.

Jack repéra un groupe de morses qui essayaient de grimper sur une grande plaque de banquise anémique. Ils se servaient de leurs défenses comme de piolets, mais la glace était trop fragile et se brisait sous leur poids. Plus loin, à l'écart, un mâle solitaire parvint à trouver une petite plaque suffisamment solide pour le soutenir. Il s'y posa, et regarda le *Healy* passer devant lui. Jack fit la mise au point sur les rondeurs de son museau moustachu et de ses bourrelets de graisse. Ce morse avait des allures de jouet en peluche, mais Jack n'avait jamais vu un animal avoir l'air aussi grave.

Sommes-nous tous condamnés ? eut-il envie de lui demander.

L'humanité devait bien sûr un jour trouver sa fin – c'était le cas de toute chose. Pas vrai ?

Deux hommes d'équipage passèrent dans le dos de Jack tandis qu'il prenait ses photos.

— Devrait y avoir plus de glace, à cette latitude, dit l'un à l'autre. Du moins, dans mon souvenir, y en avait plus.

14

FOLIE

New York
Août-septembre

Pour ce qui est d'aimer Love, Rivka n'avait pas eu le choix. À la seconde où elle l'avait vue, elle n'avait pu que penser : *Nom de Dieu !* Love avait un port de reine, avec ses pommettes hautes et ses lèvres à la fois boudeuses et sensuelles capables de vous offrir d'immenses sourires quand vous vous y attendiez le moins. Un jour, Love avait surpris le regard enamouré de Rivka sur le campus urbain de l'université de Columbia.

— Quelles langues parlez-vous ? demanda Love en guise de présentations.

— L'anglais, le français et l'espagnol, répondit Rivka.

Love partit d'un petit rire souligné d'un sourire généreux et aguichant, dévoilant un interstice charmant entre ses deux dents de devant.

— Trois ? C'est tout ?

Rivka était foutue. Love enseignait quelques cours de littérature et cultures comparées, mais elle avait acquis sa renommée en tant que traductrice littéraire. Les deux femmes veillèrent jusqu'aux petites heures du matin dans l'appartement d'Harlem de Rivka. Love sortit des feuillets de sa sacoche et lut des passages de romans de tous les coins du monde. Elle s'arrêtait de temps à autre pour toucher le nuage de cheveux de Rivka, qui se déversait sur son oreiller en ondulations brunes. Lorsque Love reprenait sa lecture, son russe était un staccato tendu ; son italien, du miel liquide.

Malgré l'intensité de leur relation, il y avait entre elles une sorte d'accord tacite selon lequel Love était exactement là où elle avait besoin d'être, et qu'elle faisait exactement ce qu'elle avait besoin de faire afin de survivre sur le long terme. Du moins, comme le disait Love, "jusqu'à ce qu'un ordinateur se montre capable de traduire correctement la beauté d'un roman". Rivka avait vingt-neuf ans, elle était plus jeune que Love, et elle était moins avancée dans sa carrière. Pour décoller, elle aurait dû partir. Elle cessa de postuler à des bourses de post-doc. Une fois sa thèse soutenue, elle prit un poste sous-payé de vacataire.

Les parents de Rivka ne lui pardonnaient pas son amante lesbienne mécréante originaire du Kenya. *Tu veux me pousser dans la tombe ?* avait hurlé son père au téléphone. Ils rejetèrent Rivka, qui se retrouva coupée de sa famille, financièrement et émotionnellement. Elle sous-loua son appartement d'Harlem et emménagea avec Love dans le sud du Bronx. Les tentures, les couvertures, les tapis et les coussins multicolores ne parvenaient ni à réchauffer les pièces parcourues de courants d'air, ni à étouffer le bruit de la circulation et les cris de la rue.

Rivka voyait bien que Love n'accordait guère de confiance à la longévité de leur relation. À ses yeux de

Kényane, Rivka et ses compatriotes américains étaient des enfants gâtés, capricieux, qui avaient toujours eu une vie très privilégiée. Ce n'était pas complètement faux, mais ça ne voulait pas dire qu'ils étaient faibles. Rivka s'était promis de se montrer forte et débrouillarde. Lorsque leur appartement s'était fait vandaliser et que tous les bijoux de sa grand-mère avaient disparu, elle n'avait rien dit. Une belle portion de ses économies se volatilisa en échange d'une nouvelle serrure blindée et d'un vigile en bas de l'immeuble.

Et elle était restée. Quand elles faisaient l'amour, c'était fabuleux ; c'était le quotidien qui n'allait pas. Rivka avait besoin d'éprouver une forme d'appartenance l'une envers l'autre, mais Love, orpheline et universitaire nomade, n'avait jamais le droit de posséder quoi que ce soit. Le seul droit qu'elle avait était d'apprendre la langue de sa prochaine destination avant de faire sa valise et de monter dans l'avion. Quand le téléphone avait sonné au milieu de la nuit, Love avait désactivé le micro le temps de lui murmurer que c'était un représentant des Nations unies, et elle n'avait pas hésité une seule seconde à répondre à l'appel du devoir, malgré toutes ses déclarations selon lesquelles elle ne travaillerait plus pour l'ONU en tant que contractuelle. À la fin de l'appel, Love était sidérée.

— Je croyais que c'était al-Chabab, dit-elle, ou n'importe quel autre genre de danger habituel.

Elle se ressaisit suffisamment pour extirper sa vieille valise cabossée du fond du placard de leur chambre.

— Je dois partir tout de suite, dit Love. Une voiture m'attend en bas.

Rivka lui demanda ce qui se passait, mais Love continua à jeter des vêtements et des affaires de toilette dans sa valise sans lui répondre grand-chose. L'ONU avait besoin d'interprètes chevronnés, dit-elle, et elle en avait besoin vite. Love enleva son T-shirt XXL et enfila des sous-vêtements, un jean coupe droite, un chemisier en coton de couleurs vives, et ses bottes de motarde en cuir, malgré la chaleur du mois d'août.

Rivka attrapa Love par les épaules.

— C'est complètement fou…

— Je *dois* y aller, insista Love en se libérant de l'étreinte effrayée de Rivka. Je n'ai pas le choix.

— On a toujours le choix, répliqua Rivka.

C'était une hypocrite, et elle se fichait d'elle. Love finit par la regarder droit dans les yeux.

— Fais des stocks d'eau et de nourriture, dit-elle.

— Quoi ?

Un coup de klaxon retentit dans la rue.

— D'eau, de nourriture, de matériel… et de cash, dit Love. Vide ton compte en banque. Il y a une espèce de catastrophe naturelle qui s'annonce. Un truc énorme.

Elle marcha d'un pas vif jusqu'au lit et s'allongea en travers du matelas en tendant le bras vers l'oreiller de Rivka.

— Il faut que tu te prépares, cria-t-elle par-dessus son épaule.

Et puis plus rien. C'était son au revoir. Rivka écouta le bruit de ses bottes non lacées s'éloigner dans l'escalier.

— Love ? demanda Rivka dans le vide. Tu veux que je te dise ? Ton nom, en Amérique, on appelle ça de la publicité mensongère.

Cette réplique assassine qu'elle gardait depuis longtemps, voilà qu'elle venait de la gâcher en la lançant contre une porte fermée. Lorsque Rivka se recoucha, elle vit le cran d'arrêt de Love posé sur son oreiller. Love ne quittait jamais l'appartement sans le porter caché quelque part sur sa personne. Elle l'avait laissé là pour Rivka. Si ce cran d'arrêt avait parlé, il aurait dit *Reste en vie.*

Le lendemain, Rivka éplucha attentivement toutes les nouvelles. Personne ne semblait vraiment s'inquiéter au sujet de la découverte de la comète UD3, alors elle se dit que le "truc énorme" était encore à venir. Puis elle reçut un SMS de Love :

Bien arrivée. N'oublie pas ce que je t'ai dit.

Rivka n'avait pas oublié. Elle liquida immédiatement son maigre compte en banque en billets de cinquante dollars puis rentra en métro, serrant le cran d'arrêt de Love. Au supermarché de son quartier, elle fit des stocks d'eau en bouteille et de nourriture – soupe en conserve, riz, haricots, céréales, noix et fruits secs. Elle alla même dans un magasin de matériel de camping chic de Manhattan, où, errant dans les rayons, elle jeta des sachets de nourriture lyophilisée et une lampe torche à dynamo manuelle dans son caddie. Elle s'efforçait de n'avoir l'air de rien, mais c'était une New-Yorkaise pur jus, et son idée de la nature se limitait aux buttes et lacs artificiels de Central Park. Quant à l'expression "vivre à la dure", elle ne lui évoquait que la ville de Yonkers*.

Rivka regagna le Bronx chargée de trois gros sacs de course. Elle vit son voisin Lamar, de l'appartement 1B, se

* Yonkers est une ville d'environ 200 000 habitants située dans le sud de l'État de New York.

dépêcher de la doubler pour lui ouvrir la porte de leur immeuble.

— Attends un peu, dit-il en fronçant les sourcils. T'es toujours fan des Mets ?

Sur ce, il lui ferma la porte au nez. Rivka patienta dehors jusqu'à ce que Lamar ouvre et ressorte avec un sale petit sourire narquois aux lèvres. Elle rit et lui renvoya son sourire – elle était toujours fan de ce benêt de géant amical qui habitait au rez-de-chaussée.

— Dis, Lamar, t'as vu passer quelque chose de grave, aux nouvelles, ces derniers temps ? J'ai l'impression d'avoir manqué un truc.

Il pencha la tête et réfléchit.

— Tu veux dire, un truc comme le cambriolage qu'y a eu quatre rues plus bas ?

— Non, aux infos nationales ? Ou internationales, peut-être ?

Lamar secoua la tête et haussa les épaules, déjà en train de se désintéresser de la question de Rivka pour commencer à s'intéresser au contenu de ses sacs de courses, curieux devant une telle poussée de consommation. Il glissa un doigt sur le rebord de l'un d'eux pour essayer d'y jeter un œil, mais elle lui dit de laisser tomber.

— Je viens de dépenser plus de deux cents dollars pour des trucs de camping, reconnut-elle d'un air dégoûté.

Lamar secoua tristement la tête.

— Vous êtes fous, vous, les Blancs, dit-il.

— Oui, reconnut-elle. Oui, on est fous.

Et la vie reprit son cours. Tout paraissait normal, si ce n'est que Rivka avait le cœur brisé d'être séparée de Love. Puis, à la fin du mois d'août, la presse publia la première estimation de la trajectoire d'UD3, et le monde bascula. Rivka vit le changement de façon très nette sur les trottoirs affairés de la ville de New York. Les gens ralentissaient, puis s'arrêtaient, parce qu'ils ne pouvaient pas à la fois marcher et penser à une collision cosmique de cette magnitude. Les trottoirs étaient bondés d'humains figés, bouche bée.

Les étudiants cessèrent d'aller en cours. Le vice-doyen de Rivka envoya un e-mail disant que le campus allait fermer pour permettre aux étudiants, aux professeurs et au personnel administratif de digérer la nouvelle auprès de leurs proches et de leurs êtres chers. Rivka se rendit tout de suite dans les bureaux de l'université pour essayer de lui faire changer d'avis et de laisser l'université ouverte. Elle avait besoin de la routine et des contacts humains que son travail lui procurait, parce qu'elle n'avait pas d'êtres chers, parce qu'elle n'en avait plus.

Le vice-doyen n'était pas là, alors sa secrétaire nota le message. La moitié des bureaux autour d'elle étaient vides.

— Où sont-ils tous ? murmura Rivka. L'université n'a pas encore fermé.

La secrétaire leva les yeux et perdit son vernis professionnel lorsque sa lèvre inférieure se mit à trembloter. Certains employés avaient pris des congés pour raisons personnelles, dit-elle. D'autres avaient démissionné purement et simplement, et d'autres encore n'avaient même pas pris la peine d'appeler le bureau. La secrétaire montra un poste de travail juste à côté.

— Là, normalement, y a mon amie Shonda. Voyant qu'elle ne venait pas, j'ai essayé de l'appeler sur son fixe, mais ça sonne occupé, elle a dû débrancher sa ligne.

Quand la nouvelle de la première estimation de la trajectoire de la comète a éclaté, le réseau cellulaire s'est effondré sous l'effet de la surcharge. La secrétaire du vice-doyen, qui s'appelait Adelle, dut marcher jusque chez son amie et sonner à l'interphone pendant vingt bonnes minutes avant que Shonda réponde.

— Elle m'a dit qu'elle avait besoin d'être chez elle pour prier avec sa famille, dit Adelle. Elle n'a même pas voulu m'ouvrir la porte de l'immeuble.

Rivka était une juive laïque, une agnostique nonchalante qui se trouvait soudain envieuse de tous ces gens qui pouvaient croire en quelque chose, qui avaient quelque part où aller. Ce soir-là, elle sortit faire une longue marche et s'attarda devant plusieurs édifices religieux. Ils étaient tous bondés et de longues files de fidèles sortaient dans la fraîcheur de la nuit par leurs portes grandes ouvertes. Certains priaient en se donnant la main, formant comme une guirlande de silhouettes en papier qui s'étirait, psalmodiant, plus loin que le premier carrefour.

Lorsque Rivka fut de retour à son appartement, plusieurs e-mails automatiques de sa banque l'attendaient. L'un d'eux se présentait sous la forme d'une lettre écrite par son PDG, qui demandait à ses clients de rester calmes et leur assurait que leur argent était parfaitement en sécurité. Les nouvelles parlaient d'émeutes devant des dizaines d'agences. Visiblement, les gens qui n'étaient pas occupés à prier se laissaient gagner par la panique, et ils allaient couler les banques. La Réserve fédérale avait publié, via l'Associated Press, un communiqué déclarant que la pérennité des institutions financières était menacée.

Rivka ne pouvait pas s'empêcher de lever les yeux au ciel, mais ce n'était pas seulement à cause de l'argent. La panique entraînait également une ruée sur les produits de première nécessité. Au cours d'un même week-end, Rivka alla dans trois supermarchés différents, et, partout, les rayons étaient presque tous vides. Une vilaine bagarre éclata lorsqu'un homme tenta de prendre plusieurs paquets de céréales dans le chariot rempli à ras bord d'un autre homme.

— Vous n'avez pas besoin de tout ça, hurla-t-il en serrant une pleine brassée de Cheerios contre son torse. Vous n'êtes qu'un égoïste. Vous ne laissez rien aux autres.

L'autre homme lui décocha un coup de poing qui fit un bruit horrible, et les paquets de céréales volèrent dans le rayon.

La chaîne d'approvisionnement de la ville était incapable de faire face à ce genre de ruée. Quand Rivka eut fini de manger tout ce qu'elle avait dans son frigo, elle fut obligée de puiser dans ses réserves de nourriture de camping haut de gamme. Elle ouvrit un mélange de noix salées appelé "gorp*" et se posta à sa fenêtre, à écouter le ballet des hélicoptères privés. Le *New York Times* rapporta que le président et sa famille étaient partis se réfugier à Mount Weather, près de Bluemont, en Virginie, avec le reste du gouvernement des États-Unis. Ils seraient tous bien à l'abri dans une ville souterraine conçue pour accueillir des milliers de gens. Cet immense bunker disposait d'équipements de traitement des eaux usées, de réservoirs d'eau potable, et d'un puissant système informatique pour assurer le maintien des communications. Rivka imagina toutes les rénovations à venir que le président et la Première dame allaient exiger : chandeliers en cristal, murs plaqués à la feuille d'or, en un

* Ce nom est l'acronyme de "Good Old Raisins and Peanuts" ("bon vieux mélange de cacahuètes et de raisins secs").

déferlement de richesse ostentatoire à faire pâlir de jalousie le Vatican. Elle fulmina et prit les M&M's et les fruits secs, plus savoureux, laissant les noix et les céréales dans le sac puisque Love n'était pas là pour lui crier dessus.

Rivka se sentit abandonnée quand les New-Yorkais riches et puissants partirent pour leurs villas de vacances dans les Berkshires et les Catskills, ou pour leurs résidences balnéaires des Hamptons, de Nantucket et de Martha's Vineyard, qui semblaient être des endroits plus sûrs jouissant d'accès plus évidents aux fermes locales. Le monde moderne n'avait cessé de s'amasser dans les centres urbains ; il connaissait maintenant l'exode inverse, vers les campagnes. Les États du Middle West fermèrent leurs frontières, bloquant les plus grandes routes d'accès. À la télé, on voyait des images aériennes de bouchons phénoménaux, et de voitures abandonnées. Selon certaines rumeurs, le gouverneur de l'Indiana aurait déclaré que "le pays qu'on ne fait que survoler devait d'abord prendre soin de son propre peuple".

Dans le quartier de Rivka, les rues demeuraient praticables, mais les camions de livraison n'arrivaient plus à franchir les limites extérieures de la ville – pour ceux qui essayaient encore d'assurer leur service, et ils étaient de plus en plus rares. Dans un rayon de quinze rues, tous les supermarchés étaient vides, et fermés. Il n'y avait personne à qui demander quand il y aurait de nouveau de quoi manger, ce qui était en soi une forme de réponse à la question.

Rentrant d'une longue journée de marche en quête de nourriture, Rivka croisa deux jeunes hommes qui portaient des ordinateurs de bureau, traînant les câbles derrière eux sur le trottoir. Une rue plus loin, elle passa devant un petit local professionnel à la vitrine brisée. Alors que Rivka s'était figée, bouche bée, pour contempler le spectacle, trois femmes l'approchèrent. New York n'était pas une ville où vous parliez aux inconnus, mais ses habitants se retrouvaient soudain dans le même bateau. Tout le monde pouvait participer à la conversation générale autour de la question : *Putain, mais qu'est-ce qui se passe ?*

— Où est la police ? leur demanda Rivka en levant les mains, paumes vers le ciel.

La question déclencha la furie immédiate de deux des femmes, qui redoublèrent de jurons et de gestes de dépit. La troisième était plus mesurée.

— J'ai une amie dont le mari est flic, lui cria-t-elle en poursuivant sa route. Les rares qui sont allés bosser, on les a envoyés protéger les centrales électriques de Hell Gate et Harlem River Yards.

Ces femmes avaient raison de ne pas s'arrêter. Une petite foule en colère s'était amassée non loin de l'immeuble de Rivka. Elle faisait face à un homme seul, armé d'un fusil, qui montait la garde devant un magasin fermé. Dans la foule, plusieurs personnes essayaient de le convaincre de baisser son arme. La plus bruyante était une femme qui criait qu'elle avait des enfants affamés à la maison, et rien pour les nourrir. L'homme au fusil ne parlait peut-être pas anglais, ou peut-être qu'il avait lui aussi des enfants affamés à nourrir. Lorsque la femme qui criait se détacha du groupe et s'avança vers la vitrine du magasin, il tira une fois en l'air. Rivka courut se réfugier dans son immeuble, sans se retourner. *Maintenant ça y est, tout est permis, y compris le meurtre*, pensa-t-elle.

Une fois la porte de son appartement soigneusement verrouillée, elle éclata en sanglots hystériques et hurla comme une folle contre la police. Mais, faisant les cent pas, elle se calma, et plus elle se calmait plus elle se disait que les autorités locales débordées dont elle dépendait avaient fait le bon choix. Le monde moderne fonctionnait à l'électricité, jusqu'en ses éléments les plus simples et les plus fondamentaux auxquels personne ne pensait. Que se passerait-il si les habitants de New York n'avaient plus d'eau potable ? Plus de système de traitement des eaux usées ? C'est là que le porridge allait vraiment heurter le ventilateur.

Et *quid* des centrales nucléaires ? Elles avaient structurellement besoin d'électricité pour leurs systèmes de refroidissement – Rivka avait appris ça lors de la catastrophe de Fukushima, au Japon, consécutive à un tremblement de terre. Combien de centrales nucléaires y avait-il en Amérique du Nord, et était-il possible de les mettre à l'arrêt sans causer de fuites radioactives ?

Rivka avait l'intention de chercher ça sur Internet, mais elle se rendit compte qu'elle avait la bouche et les yeux vraiment très secs. Dehors, le ciel était sombre alors qu'il était clair seulement quelques instants auparavant. L'horloge de son micro-ondes indiquait 03:06 A.M. Rivka décida de ne plus y repenser.

La dernière fois qu'elle quitta son appartement seule, Rivka sortit aux toutes premières lueurs de l'aube. Elle espérait pouvoir trouver de la nourriture, ou même seulement quelqu'un à qui parler, quelqu'un qui ne lui ferait pas de mal. La solitude n'était pas une cause de mort, elle le savait. Mais Rivka commençait à péter les plombs, et, en des temps comme ceux-là, ça pouvait entraîner la mort. Des taies d'oreiller blanches pendaient à certaines fenêtres du quartier comme autant d'appels au secours. D'autres affichaient des pancartes en carton avec des lettres tracées au marqueur noir :

LES PILLARDS SERONT ABATTUS.

Un message écrit à coups de pinceau sur un panneau en contreplaqué disait :

J'AI UN GROS CHIEN UN GROS FUSIL
ET UN PISTOLET À AGRAFES.

La touche d'humour finale était bienvenue. Rivka s'engagea dans une rue latérale et tomba sur deux hommes mal réveillés qui fumaient des cigarettes et sirotaient du café chaud dans des gobelets de voyage. Sans les pistolets glissés sous leurs ceintures, ils auraient pu ressembler à des employés normaux prenant une pause normale un jour de semaine normal.

— Dégage, putain, hurla l'un d'eux.

Rivka se força à marcher vite. Ses pas la menèrent vers le sud. Elle espérait apercevoir son immeuble, mais, approchant de la Harlem River, elle vit que des nuages de fumée obscurcissaient le ciel que le matin aurait dû éclaircir. Une fois chez elle, elle consulta le site du *New York Times*. Il continuait à afficher de nouveaux contenus, mais il s'agissait plus d'annonces sensationnelles que de reportages fouillés.

Le premier article sous la bannière du titre parlait de feux de barricades sur tous les ponts d'accès à Manhattan. Il n'y avait pas beaucoup de détails. Rivka ne pouvait qu'imaginer quels biens terrestres les habitants de Manhattan avaient dû sacrifier pour nourrir les brasiers jour et nuit : vêtements de créateurs, chaînes hi-fi haut de gamme, sellerie cuir et tapis de sol de voitures de luxe, exemplaires du *New Yorker*, romans et pièces de théâtre en cours d'écriture, diplômes des grandes universités de l'Ivy League, originaux de Picasso… et avec tout cela, la sueur et le sang versés pour posséder le meilleur en toute chose. Manhattan échappait au pillage des autres arrondissements, mais le payait au prix fort.

À la mi-septembre, il n'y avait plus de nourriture à voler, et la vraie violence commença. De son bunker, le président déclara l'état d'urgence et envoya des troupes patrouiller dans les trente plus grandes villes pour y rétablir l'ordre. Des parachutistes sautèrent sur Manhattan avec de la nourriture et des médicaments, mais les autres arrondissements furent abandonnés à leur sort.

Rivka était seule dans le chaos dangereux du Bronx. Sa porte restait verrouillée, mais ses fenêtres n'étouffaient pas les fusillades, les vitrines fracassées, les sirènes de voitures et les hurlements. Elle se recroquevillait dans un coin de sa chambre et en voulait à Love de l'avoir bannie de Manhattan. Elle en voulait à la gentrification – pas celle qui l'avait attirée dans un appartement d'Harlem, mais celle qui l'empêchait de pouvoir en payer le loyer avec un salaire d'enseignante contractuelle. Surtout, Rivka s'en voulait à elle-même. Peut-être qu'elle avait vraiment eu le choix vis-à-vis de Love, et qu'elle n'avait pas fait le bon.

Que se serait-il passé si Rivka avait choisi l'un des innombrables garçons juifs sympathiques que sa mère lui présentait à chaque fête de famille ? Sa mère bouillonnait d'impatience. Voilà une femme qui avait épousé un brillant avocat avant d'avoir l'âge de pouvoir boire de l'alcool. *À ton âge, j'étais mariée et j'avais deux enfants*, lui disait-elle sans cesse. La mère de Rivka ne comprenait pas la valeur d'un amant qui vous enfiévrait le corps. Elle ne comprenait pas que l'on puisse vouloir s'envelopper dans quelqu'un et dans quelque chose de trop merveilleux et de trop fou pour durer.

15

LA GLACE AU BOUT DU BOUT

À bord du Healy, *dans l'océan Arctique*
Le 16 septembre
J-138 avant le lancement

À UNE SEMAINE de navigation du pôle Nord, le taux de couverture de la banquise atteignait quatre-vingt-deux pour cent. Le *Healy* ralentit et lança un second moteur. Ses flancs de cent trente mètres de long étaient peints de couleur vive mais ils étaient aussi robustes qu'un bélier contre les plaques de glace. De profondes vibrations faisaient frémir les parois et les sols du navire. Les salles situées à l'avant, comme le réfectoire et la cambuse, étaient particulièrement secouées, et particulièrement bruyantes. Dans un e-mail à ses parents, Maya tenta de décrire ça comme un bruit de fond perpétuel de fracas et de grincement. Dans les instants de concentration silencieuse qui précédaient le sommeil, elle l'éprouvait dans son oreille interne, dans ses poumons et dans ses dents.

Maya conclut ce dernier e-mail de la même façon que tous ceux qu'elle avait pu écrire au cours des trois semaines qui s'étaient écoulées depuis que l'annonce de la COLLISION

IMMINENTE! s'était affichée sur son écran d'ordinateur : elle les aimait tous les deux et espérait avoir des nouvelles de toute sa famille et de ses amis en Californie dès que les choses se seraient tassées. Il y avait toujours ce besoin pressant et angoissé d'écrire encore et encore. C'était long, trois semaines, quand vous n'aviez aucune nouvelle des gens que vous aimiez et que vous n'aviez plus accès à Internet sous ces hautes latitudes. Maya faisait de longues heures de travail, mangeait une nourriture dont elle ignorait le goût, dormait trop parce qu'elle n'avait pas envie d'être éveillée, et fixait le dossier des messages entrants de sa boîte mail jusqu'à persister à voir son icône furieusement lumineuse quand elle fermait les yeux.

Les membres de l'équipage très soudé du *Healy* s'en sortaient mieux parce qu'ils pouvaient compter les uns sur les autres pour repousser les douloureux assauts de la solitude. Malcolm tenta de réconforter Maya en lui proposant de la coacher pour des séances de gym et de musculation. Des membres du Comité du Moral l'arrêtaient dans le couloir pour lui demander comment elle se sentait, exactement comme ces journalistes de télévision, là-bas en Californie : *Comment vous sentez-vous après avoir tout perdu dans ce gigantesque incendie de forêt ?* Maya avait envie de leur répondre : *Putain mais comment voulez-vous que je me sente ?* Ce qu'elle disait vraiment, c'était : “C'est dur. Je n'ai aucune nouvelle de chez moi. Et sans Internet, je ne sais pas ce qui se passe du côté de la comète.”

Les garde-côtes du Comité offraient leur compassion et s'efforçaient de partager ce qu'ils pouvaient avec elle. Ils avaient tous eu des nouvelles de leurs familles dans les régions rurales de l'Oregon et de l'État de Washington. La plupart des villes avaient instauré un couvre-feu pour lutter contre les pillages et le siphonnage d'essence. Les rayons des magasins étaient vides, et les voitures ne pouvaient plus rouler. "Ma petite nièce encore bébé n'a pas pu avoir de lait infantile ni même de lait de vache, dit l'un d'eux à Maya. Ils essaient de lui faire manger des aliments solides, mais elle continue quand même à perdre du poids. Vous voyez, on est tous dans le même bateau." Maya hocha la tête et frotta ses yeux embués de larmes.

L'équipage de quart sur la passerelle commença à chercher une plaque de glace suffisamment grande et suffisamment épaisse pour permettre une sortie. Tout le monde avait hâte d'aller se dégourdir les jambes hors du bateau, mais les plaques étaient encore trop fines et trop récentes ; ce dont ils avaient besoin, c'était de plaques massives, faites de plusieurs années de glace accumulée. D'après les images satellite, c'était une nouvelle année record en matière de fonte de la banquise. Lorsque Charlie avait recruté Maya pour cette expédition, il lui avait dit que les modèles climatiques prévoyaient une disparition totale de la banquise au pôle Nord en moins de quelques décennies.

Le *Healy* finit par se caler contre une plaque suffisamment solide pour supporter leur poids cumulé. L'équipage abaissa la passerelle métallique pentue jusqu'à la surface glacée, délimita un périmètre sécurisé à l'aide de cônes orange, et organisa des exercices de sauvetage. Le reste du groupe des chercheurs assista à un briefing de sécurité sur la glace avant d'avoir le droit d'enfiler leurs combinaisons sèches isolantes et de sortir. En descendant la passerelle, Maya regarda les étendues de glace couvertes de neige. On aurait dit un désert de sucre blanc balayé par le vent et parsemé, dans les creux, de zones de glace toute lisse.

Presque tout le monde profita de la permission de sortie. C'était la première fois depuis plus d'un mois qu'ils pouvaient quitter le bateau. Plusieurs garde-côtes montaient la garde autour du périmètre, avec des harnais à l'épaule, prêts à porter secours en cas de besoin. Maya chercha Charlie mais elle ne le vit pas. À la place, elle aperçut Ned, un fusil en bandoulière. Elle avait entendu dire qu'il était tireur d'élite chez les garde-côtes, chargé de la protection contre les ours polaires, même si, à ce jour, on n'en avait pas vu un seul.

Les chercheurs prirent des photos pour immortaliser le moment, posant en groupes et avec les garde-côtes. Ned et Malcolm, le duo jovial des lourdingues, posèrent chacun avec deux boules de neige devant leurs véritables testicules. Maya se demanda combien de fois ils avaient fait cette blague, mais ça la fit tout de même rire. La sortie du jour n'avait aucune justification opérationnelle ni scientifique ; elle servait juste à se détendre et, plus important, à garder le moral.

Elle marchait sur la neige d'un pas léger. *Ce n'est pas la terre ferme*, dut-elle rappeler à ses pieds. Sous les dépôts de neige se trouvait une plaque de glace de plus de deux mètres d'épaisseur qui se formait continuellement par couches superposées, comme une coquille de crustacée. Sous la glace, il y avait trois mille mètres d'océan. *Je suis en train de marcher sur un océan*, se dit-elle en se sentant tout à la fois très grande et très petite.

Charlie avait essayé de décrire la pointe nord du monde – “la fin” du monde, comme certains l'appelaient. On ne risquait plus de voir une seule âme humaine jusqu'à ce qu'on passe le pôle, qu'on redescende vers le sud et qu'on atteigne une base militaire située tout en haut du Groenland. Mais Maya ne regardait pas vers le nord. Elle regardait en haut, elle regardait le ciel, parce que c'était là, désormais, que se trouvait "la fin". Maya évitait d'habitude de penser à la mort, mais là, sur l'océan Arctique, au bout du bout, à la fin de la fin, c'était inévitable.

La semelle de Maya glissa sur une plaque fondue puis recongelée. Elle sentit et entendit un craquement sous son poids. Jack surgit hors du groupe et accourut vers elle.

— Ne t'approche pas ! cria Maya en tentant de s'éloigner le plus vite possible à quatre pattes.

Jack continua à courir, contourna la fissure et s'allongea pour lui tendre la main.

— Tu fonces tête baissée vers le danger, dit Maya avec colère. Comment tu fais pour être encore en vie ?

Mais Jack lui offrit son magnifique sourire plein de lumière et elle haussa les épaules.

— J'ai de la chance ?

Maya sentit son cœur remonter douloureusement ; elle essaya de le ravaler, mais il formait une boule trop grosse pour sa petite gorge. Elle se maudit silencieusement en espagnol, puis attrapa la main de Jack.

Sur la passerelle, le capitaine Martin Weber observait aux jumelles la séance de sortie sur la glace. Il cherchait des sourires et en trouva quelques-uns, çà et là. Un des chercheurs en combinaison rouge courait en rond à grandes foulées, sans doute pour se rappeler l'effet que cela faisait. *On avait vraiment besoin de cette sortie*, pensa Weber.

Le Comité du Moral était déjà en train de préparer les célébrations de l'arrivée au pôle Nord. Ils accrochèrent des guirlandes de Noël et des ribambelles de cannes en sucre d'orge dans les espaces de vie, et les haut-parleurs se mirent à diffuser des chants de Noël. Le Comité ignorait que le *Healy* n'atteindrait jamais le pôle. Dans quelques heures, le bateau allait faire demi-tour, à seulement trois jours de la latitude 90° N, pour tracer son chemin vers son port de départ en brisant la glace à une vitesse de croisière de trois nœuds.

Ce matin-là, les officiers du bord reçurent un bref e-mail les informant que le Congrès avait décrété le transfert immédiat des garde-côtes sous la tutelle de l'US Navy. Weber dut lire le message plusieurs fois avant d'en croire ses yeux. Un tel transfert n'avait que deux précédents dans l'histoire, lors des Première et Seconde Guerres mondiales. Toutes les missions des garde-côtes étaient annulées, et tous les navires avaient reçu l'ordre de regagner leur port d'attache.

Au moins une des prières du capitaine avait été exaucée. D'après cet e-mail, la majorité des nations de la planète avait accepté de collaborer à l'impérative opération de défense. Les meilleurs ingénieurs du monde s'étaient déjà regroupés en Amérique du Sud, avec toute une équipe d'astrophysiciens et de physiciens nucléaires. (Weber se disait que des pays ennemis allaient se serrer les coudes pour faire usage des armes mêmes qu'ils avaient fabriquées dans le but de s'en servir les uns contre les autres.) Le gouvernement des États-Unis soutenait pleinement l'Opération et réquisitionnait maintenant ses propres ressources spécialisées : interprètes, pilotes d'hélicoptère, opérateurs de drones, logisticiens, brigades cynophiles, etc.

Weber envoya immédiatement un e-mail à sa femme pour l'informer de la nouvelle. Elle en fut soulagée, mais lui demanda aussi s'il y avait des plans pour faire face à la pénurie de nourriture et de combustible que connaissait le pays, ainsi qu'à la violence que cela entraînait. Karen était patiente (elle l'était toujours, vis-à-vis des longues expéditions de Weber), mais elle disait que la situation serait plus supportable si elle savait que des mesures allaient être prises au cas où la crise persisterait. Leur comité de surveillance du quartier s'était organisé en patrouille armée. Avec toutes les conserves qu'ils avaient dans la cave, Karen et les enfants pouvaient tenir un certain temps, mais pas éternellement.

Weber lui répondit qu'il n'en savait pas plus qu'elle. La patience de Karen finit par s'amenuiser :

> Mais tu es capitaine dans l'armée ! Comment peux-tu ignorer ce que le gouvernement compte faire ?

Karen enseignait l'anglais à des élèves de CM2. Dans ses écrits à la structure et au ton toujours parfaitement maîtrisés, Weber n'avait encore jamais vu de point d'exclamation. Il écrivit :

> Je ne crois pas que le gouvernement sache ce que le gouvernement va faire.

Il effaça cette phrase. Après trois autres essais, il finit par écrire :

> J'adorais te voir réconforter nos enfants quand ils étaient malades. J'ai toujours voulu te le dire. Tu es mon héroïne, éternellement soucieuse de les protéger. Je sais que tu prendras les bonnes décisions.

Il entendit des bruits de pas dans son dos. Le capitaine en second s'approcha des fenêtres et s'éclaircit la gorge.

— Nous avons reçu notre nouvelle feuille de route. Nous sommes prêts, capitaine, dit-il. Voulez-vous que je rappelle tout le monde à bord ?

Weber vit un des garde-côtes lancer une boule de neige humide en plein dans la poitrine d'un autre.

— Laissons-les encore un peu, dit-il en essayant de réprimer le sourire qui lui venait malgré tout.

16

LES CHOSES SE FONT

Kourou, Guyane
Le 10 septembre
J-144 avant le lancement

Ben et Amy luttaient pour ne pas s'endormir à l'arrière d'un Humvee. Quatre heures de sommeil, ce n'était pas suffisant pour leurs corps fatigués, mais ils allaient devoir s'en contenter. Amy prit la main de Ben et la serra. En Californie, dans ce qui semblait être un univers alternatif, elle disait très souvent, *C'est toi et moi, ensemble contre le monde, trésor*. Mais ils étaient là, à faire de leur mieux pour sauver ce même monde. En termes d'échecs, ils étaient le roi et la reine, assistés d'une équipe rapprochée de fous, de cavaliers et de tours, au milieu de tout un essaim de pions. La reine était la plus puissante et la plus dynamique ; le roi était certes la pièce la moins flamboyante, mais il gardait son armée en vie.

Et quelle armée ! L'Opération de défense battait son plein, avec plus de cinquante mille personnes à l'intérieur de deux périmètres de protection : l'enceinte originelle du centre spatial, et la nouvelle enceinte étendue de l'Opération. L'enceinte du centre spatial englobait le siège de la sécurité et son chenil, les bâtiments administratifs, le complexe d'intégration de la fusée Ariane, le hangar de préparation des charges utiles, les voies ferrées qui reliaient tout cela, et une nouvelle infirmerie installée dans les hangars désaffectés de la fusée Vega.

L'enceinte de sécurité de l'Opération lançait un filet bien plus vaste qui incluait les bâtiments civils, les immenses casernes militaires, le port de Pariacabo sur l'estuaire du fleuve Kourou, l'usine de dessalement que l'on était en train de monter juste à côté, la station de contrôle avec son antenne satellite de quinze mètres de diamètre et son alimentation électrique garantie 24 heures/24, et l'aérodrome de Kourou. On avait informé Ben de la mise en place d'un corridor de sécurité supplémentaire englobant les soixante kilomètres de voie express qui filaient vers le sud-est et desservaient Cayenne. Il fallait protéger l'accès à l'aéroport international, au port principal et à la base navale française.

L'équipe de sécurité de l'Opération avait instauré une zone d'exclusion aérienne au-dessus de tout le périmètre, mais heureusement pour Ben, l'endroit continuait à bourdonner d'activité humaine. Ce bruit signifiait que les choses étaient en train de se faire, et l'aidait à maîtriser son anxiété envahissante. *Les choses se font les choses se font les choses se font les choses se font* : cette phrase tournait en boucle sous le vacarme des pensées de Ben.

— Tu devais leur dire la vérité, dit Amy en l'observant attentivement.

C'était ce qu'il avait fait. Ben attendait des plus grands cerveaux de la planète qu'ils accomplissent l'impossible. Pour une fois, une des rares fois de sa vie, le sien ne suffisait pas. Le 1er septembre, Ben avait utilisé les canaux de communication privilégiés de l'ONU pour confirmer aux leaders de la planète que le risque de collision était extrêmement élevé, et pour leur demander leur aide.

— On avait besoin de la promesse de soutien des États-Unis, insista Amy.

Là encore, elle avait raison. Seul le président avait autorité sur l'arsenal nucléaire du pays, dont ils avaient besoin pour la charge explosive du HYCIV. Afin d'obtenir sa coopération, Ben avait dû divulguer la vérité toute crue : selon les propres calculs de la NASA, la probabilité de collision était de quatre-vingt-neuf pour cent. Entendant cela, le président avait finalement accepté de mettre l'arsenal nucléaire et la puissance militaire du pays à la disposition de l'Opération.

— La trajectoire calculée par la NASA finira par fuiter. Elle a peut-être déjà fuité, dit Ben d'une voix triste. Le monde va sérieusement partir en vrille, Amy.

— Tu n'en sais rien.

Il ne le savait que trop bien. Lors de la Conférence de défense planétaire, Ben avait fait jouer de nombreux scénarios dans lesquels des phénomènes d'hystérie collective déclenchaient des cascades d'événements en chaîne. Ça commençait par la frénésie de stockage, le pillage et les ruées sur les banques. Puis venait l'effondrement des chaînes d'approvisionnement et des services municipaux. Privés d'eau potable, de nourriture, de soins, de services de traitement des eaux usées, de courant électrique, d'argent et de tout ce qui rendait la vie possible dans des zones à forte densité de population, les gens devenaient violents, et prêts à tout. Les scénarios de collision s'inspiraient tous des conséquences de catastrophes réelles, élevées à l'échelle d'une population de 7,5 milliards d'humains.

Mais même en connaissant les conséquences, que Ben pouvait-il faire d'autre ? L'Opération avait besoin d'un miracle ; en l'attendant, elle avait besoin d'un arsenal nucléaire et des meilleurs ingénieurs de la planète.

Les choses se font les choses se font les choses se font les choses se font…

Amy soupira et posa sa joue sur l'épaule osseuse de Ben. Il sentit ses cheveux fraîchement décolorés, cette odeur familière qui n'était pas sans évoquer la nourriture chinoise. Amy avait depuis longtemps cessé de se soucier de son apparence, mais pas de la terreur panique que Ben éprouvait devant le manque de temps. Elle avait promis à Ben de garder ses racines du même blond pâle que ses cheveux pour l'empêcher de calculer combien de temps s'était écoulé depuis la dernière fois qu'il les avait mesurées (les cheveux humains, disait-il, poussaient d'1,25 centimètre par mois). Ben passait déjà trop de temps comme ça à fixer le défilé rapide et flou des secondes sur sa montre numérique.

Une fois que la jeep eut franchi le portail de sécurité du centre, Amy appela le chauffeur par son prénom et lui demanda de s'arrêter. (Elle semblait avoir perpétuellement en tête tout ce que Ben ne prenait pas la peine de mémoriser : les noms, les dates d'anniversaire, les gens qui avaient des enfants, ceux qui avaient des animaux de compagnie considérés comme des enfants, etc. Elle avait dû lire *Comment se faire des amis*, le fameux livre de Dale Carnegie, peut-être un million de fois.)

— Je vais aider à l'enregistrement des nouveaux arrivants au check-point, dit Amy. Ensuite, j'étudierai le reste des CV des ingénieurs.

Elle paraissait si épuisée, si sérieuse, si différente de l'Amy qu'il connaissait.

— Tu pourrais rester avec moi. Je me sens plus grand quand tu es là, dit-il en ne plaisantant qu'à moitié.

Elle lui fit un baiser d'au revoir et dit :

— Allez, au boulot.

Ben poursuivit sa route jusqu'au complexe des bâtiments administratifs. L'équipe scientifique centrale de l'Opération s'était scindée en sous-groupes, et le bâtiment Janus abritait maintenant l'équipe nucléaire. Au cours des prochaines vingt-quatre heures – ou aussi longtemps qu'il parviendrait à rester éveillé – Ben allait faire deux autres arrêts un peu plus loin vers le nord de l'enceinte du centre spatial : d'abord chez Jin-soo et l'équipe du HYCIV, dans l'immense salle blanche du complexe de préparation des charges utiles, puis chez Marcel et toute l'équipe qui travaillait sur la fusée Ariane dans le hangar d'assemblage des lanceurs.

Lorsque Ben sortit de l'ascenseur au dernier étage du bâtiment Janus, il entendit immédiatement une bruyante vague de voix et de langues qui se déversait de la salle de réunion. Les discrets laquais et leurs seigneurs et maîtres de l'ONU étaient partis, transférés dans un autre bâtiment du complexe administratif, où ils luttaient contre les arrivées de représentants des différents gouvernements afin de préserver leur rôle d'arbitre neutre de l'Opération de défense. En comparaison, les membres de l'équipe nucléaire étaient aussi bruyants que des enfants dans une cour d'école.

Plus de soixante-dix physiciens se tenaient debout ou assis, par grappes, devant des murs couverts de tableaux blancs numériques remplis de schémas et de longues équations griffonnés à la hâte, débordant de l'un sur l'autre, tandis que les scientifiques s'interpellaient dans leurs langues maternelles. L'équipe nucléaire avait pour mission d'assembler une charge nucléaire d'une gigatonne. C'était une puissance jamais vue – vingt fois supérieure à celle de la plus grosse bombe nucléaire jamais construite par l'homme : la Tsar Bomba soviétique, qui déclencha en 1961 l'équivalent d'une explosion de cinquante mégatonnes de TNT.

À l'angle de la table du fond, où la première équipe de scientifiques s'était naguère réunie, Chuck observait la salle en silence, ses gros bras croisés sur sa poitrine. Le Professeur était assis à deux pas de l'entrée, dans son fauteuil de salon calé contre le mur. L'octogénaire était bien plus en forme ces derniers temps, certainement grâce à la prise de puissants médicaments antidouleur. Il avait l'air détendu et quelque peu parti sous l'effet des opiacés – à moins que ce ne soit le fait d'être entouré par autant de maths qui lui donnait le tournis. Car dans cette tour de Babel tropicale, les maths étaient le langage universel. Toutes les autres langues constituaient des barrières qui nécessitaient l'intervention de plusieurs interprètes, ou bien de l'une des meilleurs d'entre eux.

— Love ! cria Ben.

Ben n'utilisait les services d'aucune autre interprète. À chaque fois qu'il l'appelait par son prénom – *Love ! Love !* – les anglophones présents autour de lui le regardaient comme s'il était fou. Ben s'assit à côté de Chuck tandis que Love émergeait du brouhaha vêtue d'une jupe-culotte froissée et d'une chemise sans manches qui mettait en valeur la peau luisante de ses bras et de ses clavicules. Elle avait commencé à se laisser de nouveau pousser les cheveux, mais Ben s'était mis à s'imaginer qu'il les voyait grandir à vue d'œil et lui avait humblement demandé de bien vouloir couper de si flagrants indicateurs du temps qui passe. Quant aux hommes, ils devaient être soit rasés de près, soit barbus. Ben ne supportait pas les débuts de pilosité qu'il pouvait voir progresser à l'œil nu.

— Vous avez… meilleure mine, dit prudemment Love à Ben. Vous aviez besoin de dormir.

Mais Ben l'ignora, tout comme il ignorait les besoins de son corps.

— J'ai manqué quoi ?

— Juste plein de maths.

— *Juste* plein de maths ?

Elle s'assit à la droite de Ben. Ben et Chuck étaient tous les deux des gauchers qui aimaient prendre eux-mêmes leurs notes. En fait, il y avait un nombre étonnamment élevé de gauchers parmi les physiciens nucléaires. Ben repéra deux membres de son équipe rapprochée : Julie Schmidt, du laboratoire national Lawrence Livermore, et Ziggy Divjak, de Stanford et Los Alamos. Julie se servait de sa main gauche pour montrer une partie de l'équation que Ziggy était en train d'écrire, lui aussi de la main gauche. Seul le Professeur se servait de sa main droite pour brandir sa canne comme une baguette de pointage durant ses conférences.

Ziggy passa son feutre à Julie lorsqu'il aperçut Ben. Il lui adressa son sourire caractéristique qui faisait paraître son visage de vieil elfe plus jeune de quelques décennies, et quitta la mêlée en s'excusant auprès de ses collègues.

— J'ai une surprise, lui dit Ziggy.

— J'ai horreur des surprises.

Ziggy alla droit au but.

— Oleg et Youri sont enfin arrivés à Kourou.

— Quand ça ?

Mais Ben devina la réponse avant d'avoir fini la question ; ça ne pouvait être que pendant qu'il dormait. Il ne s'était reposé que quatre heures après avoir passé des jours sans dormir, et voilà qu'il était déjà largué. L'arrivée des deux physiciens russes était un événement très attendu. Par chance pour l'Opération, Oleg et Youri étaient des retraités du ministère de la Défense russe, ce qui signifiait qu'ils étaient libres de voyager hors du pays. Les deux hommes avaient quitté Moscou par le même vol juste avant que le Kremlin ne ferme les frontières et n'interdise tous les voyages à l'étranger. Des diplomates russes avaient essayé de les empêcher de prendre leur correspondance à l'aéroport d'Heathrow, mais le gouvernement britannique avait refusé de forcer deux individus à retourner chez eux contre leur gré. Oleg et Youri avaient dû rester à Londres jusqu'à ce que l'ONU parvienne à intervenir en leur faveur.

— Ils viennent de passer la sécurité. Ils arrivent, dit Ziggy, plus qu'excité à la perspective de retrouver d'autres vétérans de la Guerre froide.

Pendant l'hiver 1992, un mois après la chute de l'Union soviétique, Ziggy avait contacté deux directeurs de son laboratoire secret d'armes nucléaires pour les inviter aux États-Unis. La sûreté de l'arsenal nucléaire russe – qui avait depuis quarante ans les États-Unis dans le viseur – se trouvait alors fort menacée en cette période de vacance politique.

Oleg et Youri, les directeurs anciennement soviétiques, avaient accepté de visiter le centre de Los Alamos et le laboratoire national Lawrence Livermore. Qui plus est, ils avaient renvoyé l'invitation. En février de cette année-là, Ziggy, Julie et quatre autres grands scientifiques américains avaient débarqué à Sarov, ville qui était longtemps restée absente de toutes les cartes officielles. Ziggy avait un jour décrit à Ben le moment surréaliste où il était descendu d'un avion russe pour subir l'étreinte puissante d'Oleg puis celle, plus douce, de Youri.

— C'étaient des ennemis inconnus, expliqua Ziggy à Ben, et voilà qu'ils étaient là, comme deux vieux amis, à m'attendre dans le froid perçant.

Les scientifiques russes et américains étaient tous très désireux de coopérer. La plupart étaient déjà dans la partie en 1983, lorsqu'une guerre nucléaire fut évitée grâce à la réaction éclair d'un responsable russe du nom de Stanislas Petrov. Petrov avait reçu une alerte du système de défense antimissiles signalant une attaque américaine, mais il avait appelé ses supérieurs pour dire que c'était une fausse alerte. Cette décision prise à l'instinct s'avéra non seulement correcte, mais elle préserva les États-Unis et ses alliés de l'Otan d'une contre-attaque erronée de la part des Soviétiques, et évita la guerre nucléaire mondiale qui s'en serait suivie. Des millions de vie furent sauvées par un seul homme tenant un téléphone et agissant sur une simple intuition. C'était l'héritage de la Guerre froide. Comment ses vétérans auraient-ils pu ne pas sauter sur cette occasion de se racheter ?

Les portes de la salle de réunion Janus s'ouvrirent et Acosta, la représentante brésilienne de l'ONU, entra. Elle s'écarta pour laisser passer Oleg et Youri. Oleg était grand et massif, doté d'une épaisse toison noire qui dépassait du col de sa chemise. Avec sa grosse barbe et son nez large et retroussé, il ressemblait à un gorille des montagnes. Youri, quant à lui, était fin comme un roseau, parlait d'une voix douce, et avait une chevelure blanche très clairsemée. Ziggy se précipita vers eux les bras ouverts. Julie le suivait de près, avec son propre sourire ridé mais étincelant. Même ce gros bourru d'Oleg embrassa très doucement sa main mouchetée de taches de vieillesse.

Ben laissa les vétérans de la Guerre froide savourer leur moment. Il n'avait fait la connaissance des deux Russes que virtuellement, par e-mail. Oleg et Youri étaient jadis plus impliqués, quand ils étaient plus jeunes – notamment après 1994, quand la comète Shoemaker-Levy 9 était allée se fracasser contre Jupiter. Le physicien Edward Teller, connu pour être "le père de la bombe à hydrogène", avait même proposé publiquement que les concepteurs d'armes nucléaires de la Guerre froide unissent leurs forces dans un programme de défense planétaire. Existait-il des personnes mieux placées, avançait-il, pour déployer de vieux arsenaux de bombes à fusion nucléaire, que les hommes et les femmes qui les avaient construites et les avaient testées ?

Mais Ben n'avait que dix-sept ans à l'époque de la collision de cette comète. Depuis, les politiques nationales et l'agressivité de certains avaient troublé la donne, comme c'est souvent le cas. Le rêve de coopération de Teller ne se réalisa jamais. Du moins, jusqu'à ce jour.

Ben n'aimait pas les embrassades, mais il alla étreindre Oleg dès que l'homme se trouva à sa portée.

— Votre arrivée à tous les deux nous met du baume au cœur, dit-il en soupirant.

— On ne pouvait pas vous laisser foirer ce truc tout seuls.

Oleg avait dit ça pour plaisanter – il aimait bien chambrer les gens, ça ne faisait aucun doute –, mais Ben sentit tout de même son corps entier frémir. Oleg lui donna une bruyante tape sur l'épaule avec un sourire amical, mais il lui murmura, "Respire, mon vieux!" entre ses dents serrées. Ben eut besoin qu'on l'aide à regagner sa chaise.

Je ne suis pas seul dans cette affaire, se dit Ben. *Ensemble, on fait des choses. Ensemble…*

Oleg et Youri prirent les deux chaises situées à gauche de Chuck. Les physiciens, de leur côté, continuèrent un instant leurs discussions, jusqu'à ce que Ben prenne son souffle et crie à tout le monde de se taire un instant le temps qu'il résume leur principal défi à l'attention de Love : les armes nucléaires n'étaient pas conçues pour pulvériser une comète ou un astéroïde filant dans l'espace à des dizaines de milliers de kilomètres à l'heure. Elles étaient conçues pour frapper des cibles terrestres statiques.

— Eux, en d'autres termes, dit Ben en montrant du doigt les deux ex-Soviétiques assis à sa gauche.

Oleg gloussa et regarda Ziggy et Julie, ses anciens homologues de la Guerre froide.

— Ou eux, dit-il en les montrant du doigt.

— Ou eux! lança d'une voix guillerette un physicien pakistanais en désignant un physicien indien, qui rit puis tendit à son tour le doigt d'un air faussement navré, joyeusement surpris comme toute l'assemblée de se trouver dans une salle pleine d'ennemis devenus des alliés utilisant des armes de destruction massive dans le but de sauver la création.

— On vit dans un drôle d'univers, c'est sûr, dit Ziggy, parlant au nom de tout le monde.

17

MAYA ET JACK

À bord du Healy, *en mer de Béring*
Le 21 octobre
J-103 avant le lancement

CE FUT UN CHOC pour tous les passagers du *Healy* lorsque, gagnant des latitudes plus basses, ils eurent de nouveau accès à Internet. Pendant les semaines où le débit était trop limité, les grands médias avaient fait part de multiples fuites d'informations classées secret défense de la NASA situant la probabilité d'une collision avec la comète UD3 à quatre-vingt-neuf pour cent. À partir de là, l'enfer s'était déchaîné, et le président avait dû déclarer l'état d'urgence pour lutter contre la pénurie de nourriture et la criminalité galopante.

Lorsque Maya se connecta au site de l'université de Californie à Santa Barbara, elle vit une de ces bannières jaunes d'alerte s'afficher en haut de la fenêtre. L'université avait annulé ses cours et fermé ses locaux jusqu'à nouvel ordre. Une seule des collègues de Maya à l'Institut d'océanographie avait répondu à ses e-mails. Jennifer était une jeune post-doc en deuxième année qui était retournée vivre avec ses parents dans leur vignoble après que l'université avait fermé ses portes. Elle écrivait :

> Inutile de te dire que j'ai passé le plus dur de cette période dans un méchant état d'ébriété. Je chie aussi beaucoup. Les raisins sont les seuls produits frais qu'il nous reste, alors on en mange par kilos. Du coup, on chie beaucoup.

(Maya était jalouse. Elle avait envie de produits frais – et de vin – et d'une bonne longue séance bien tranquillement assise sur ses toilettes à elle.)

Les parents de Jennifer hébergeaient également deux travailleurs immigrés et leurs trois enfants, qui n'avaient pas d'autre endroit où aller. Leur employeur, pour les récentes vendanges, était un vigneron amateur qui possédait la propriété d'à côté et dirigeait les opérations à distance. Jennifer disait que ses terres avaient été prises d'assaut par des squatteurs "très hostiles" qui avaient fait fuir la petite famille. Jennifer poursuivait :

> Bien sûr que nous avions envie de sauver cette famille affamée. Et c'est ce que nous avons fait. Mais nous ne pourrons pas sauver la prochaine qui viendra frapper à notre porte. Laisserais-tu ta propre famille mourir de faim pour nourrir cinq inconnus ? Bon sang, voilà le genre de choix auxquels nous serons confrontés dans un futur proche. À plus long terme, je crois que nous sommes de toute façon tous foutus. C'est peut-être ma gueule de bois qui parle. Ou peut-être pas.

Un peu plus loin, elle ajoutait :

Je suis désolée pour ta famille. Et, non, je n'ai eu aucune nouvelle de ta ville d'origine sinon qu'elle fait partie des villes qui sont plongées dans le noir.

Jennifer écrivait que l'armée maintenait l'ordre dans les grandes villes comme Los Angeles, San Francisco et San Diego. Les autres devaient se contenter de leur police locale. Des villes comme Oakland, Stockton, San Bernardino, Compton, Merced et Modesto s'étaient retrouvées "plongées dans le noir" du fait des pannes de courant et de l'explosion de la violence. Il n'y avait pas de reportages, et pas de contacts, parce que personne ne pouvait en sortir sans danger, et que personne ne voulait y entrer.

Depuis que les médias avaient révélé la première estimation de trajectoire, Maya n'avait reçu d'e-mails ni de sa mère, ni de son père, ni de ses trois sœurs, ni d'aucun des voisins de la petite maison où elle avait grandi. Elle se força à arrêter de cliquer sur le bouton de mise à jour de sa messagerie, mais ce ne fut que pour fixer d'un air hébété sa boîte de réception parfaitement vide. Le souvenir de la dernière visite de son père sur le campus lui revint en mémoire.

Il avait fait le voyage seul. Les sœurs de Maya avaient toutes de jeunes enfants et des maris dont elles devaient s'occuper. La mère de Maya venait moins souvent parce qu'elle était fréquemment réquisitionnée pour garder ses petits-enfants, ou des enfants du voisinage en demande d'une gentille *abuela* qui ne savait pas dire non. M. Gutiérrez faisait les quatre heures et demie de trajet en voiture jusqu'à l'UC Santa Barbara tous les deux mois, non par obligation mais parce que son "cœur chantait de joie" à l'idée de voir sa fille qui travaillait dans une institution d'enseignement supérieur extrêmement renommée.

Ils faisaient toujours une promenade sur le campus et s'attardaient à la bibliothèque. L'attraction préférée de Maya était une édition originale de *L'Origine des espèces*, de Charles Darwin ; celle de son père était la collection de bibles et de manuscrits enluminés anciens. Quand il faisait encore assez jour, ils sortaient dîner tôt. Maya emmenait son père dans un restaurant près de Goleta Beach, pour pouvoir lui offrir le spectacle d'un coucher de soleil sur l'océan Pacifique.

Il ne refusa pas la bière fraîche qu'elle commanda pour lui, mais il la fit durer en la buvant à lentes gorgées, clignant longuement des yeux contre le vent alors que la nuit tombait. *Docteur Gutiérrez*, dit-il en souriant avant de mordre dans la queue croustillante d'une crevette. Il le répéta, pour savourer ces deux mots merveilleux en même temps que son repas, et ajouta, *Tu es le rêve américain personnifié. Ta mère et moi ne serions jamais restés si nous n'avions été que tous les deux. C'était trop dur…* Les mains qui tenaient sa bouteille de bière semblaient vingt ans plus vieilles que les poignets auxquels elles étaient rattachées. Non que M. Gutiérrez n'eût pas été soigneux. Mais il était maçon, et ses mains de travailleur lui permettaient de mettre de la nourriture sur la table et un toit sur sa tête.

Lorsque Maya lui demanda des nouvelles de ses sœurs, son père sortit un sac en plastique de sa poche. La mère de Maya lui avait préparé une sélection de photos de ses nièces et neveux prises à des fêtes, des communions et des mariages. Maya parcourut ces photos jusqu'à ce qu'elle en trouve une de sa nièce et filleule Angelina. La fillette était encore assez jeune pour porter des couettes mais assez vieille pour avoir perdu quelques dents de lait. Le bout de sa langue pointait par un trou au milieu de son sourire.

Maya ne se rappelait pas quelle chemise son père portait, ni quels plats elle avait commandés, mais elle se rappelait clairement ce moment où elle avait aimé sa vie tout en se demandant si le prix à payer pour l'avoir n'était pas trop élevé. Elle avait trente-cinq ans à l'époque, un âge qui commence à vous placer dans la catégorie à risque pour les grossesses – si vous arrivez encore à tomber enceinte. Maya se demandait si ce n'était pas trop demander, trop tard, que d'avoir envie de tout. À ce moment-là déjà, avant que les lettres UD3 aient eu un quelconque sens, elle avait senti le temps filer entre ses doigts.

Une heure passa avant que Maya ne puisse se forcer à se lever et à sortir du salon des chercheurs du *Healy*. Un groupe de membres du Comité du Moral se trouvait dans le couloir menant aux cabines. Ils ne préparaient plus des spectacles de *talent show* dans le hangar des hélicoptères, ou des concours de perte de poids façon *Le Grand Perdant* pour les garde-côtes. Ils ne demandaient plus aux gens s'ils avaient bon moral et s'ils tenaient le coup. Ils ne disaient en fait plus grand-chose alors qu'ils allaient de porte en porte, forçant l'entrée si nécessaire, pour s'enquérir de la santé de chacun. Maya avait entendu dire qu'un nombre non négligeable de chercheurs avait dû être consigné à l'infirmerie, mais elle n'avait pas réellement envie d'en savoir plus.

Les membres du Comité finissaient de démonter une poignée de porte à la perceuse, mais le regard de Maya ne les suivit pas à l'intérieur de la cabine. Elle était déterminée à continuer à se concentrer exclusivement sur le moment présent. Contempler les souvenirs du passé – quand Maya était dans le jardin de ses parents, entourée par les bruits de la vie familiale et de la pop latino, avec des petites peaux de maïs grillé péniblement coincées entre les dents, éprouvant la douce caresse de la brise nocturne sur sa peau nue, le sentiment chaud et doré d'être aimée, d'être à sa place, d'avoir un but bien clair et une solide compréhension de la réalité – était tout simplement trop douloureux. Contempler l'avenir – l'anarchie, la folie, la famine, et, si l'on n'arrivait pas à arrêter la comète UD3, la mort de tous les gens et de toutes les choses qu'elle connaissait sur une planète carbonisée, réduite à l'état de gigantesque fossile – était trop terrifiant.

Maya se dirigea vers le réfectoire, où le service du petit déjeuner était en train de se terminer. Le professeur d'OSU avait été évacué à la mi-août, mais son post-doc était là, immobile, le regard perdu dans le néant miniature d'une tasse de café noir. Ce ne fut que lorsque Maya posa la main sur son épaule qu'il sursauta, cligna des yeux, puis hocha la tête. Il ne demanda pas pourquoi – par exemple, *Pourquoi continuons-nous à travailler ? Pourquoi est-ce que ça compte toujours ?* Sans un mot, ils allèrent voir Malcolm et deux autres opérateurs de grues assis à la table des garde-côtes. Ils se tenaient tous prêts ; ils avaient besoin que quelqu'un ait besoin d'eux.

Lorsqu'ils eurent fini leur prélèvement d'échantillons à la poupe du navire, Maya et Carl, le post-doc, rangèrent leur matériel. Les yeux de Carl vagabondèrent vers l'horizon en direction du sud. Maya se demanda si Carl éprouvait comme elle une forme de nervosité impatiente à l'idée de regagner la civilisation, mêlée à la crainte nauséeuse de ce qu'ils trouveraient.

— Coucou.

Maya se retourna et vit Jack la prendre en photo.

— Tu devrais vraiment demander la permission, dit Maya en abaissant la visière de son casque de chantier.

Jack promit d'arrêter de prendre des photos, mais seulement si elle lui promettait d'arrêter de cacher son beau visage. Lorsque Maya leva de nouveau les yeux, Carl s'éloignait en direction de l'écoutille, les laissant aux jeux d'attraction et de répulsion de leurs interactions magnétiques.

— On a fini de prélever nos échantillons, dit Maya. On remballe. Je les analyserai plus tard dans la journée…

Maya s'interrompit parce que Jack faisait des efforts visibles pour ne pas rire. Sa bouche se tordit en un sourire, qui se changea en grimace. Des petits gloussements s'en échappaient, comme une effervescence de bulles sous la surface.

— Désolé, dit-il. C'est juste que tu disais ça comme si c'était vraiment très important. Tu comprends ?

Il prit une petite inspiration hachée comme un sanglot.

— Notre mission *était* importante, dit Maya d'un ton ferme. Elle l'*est* toujours.

Son regard dur s'adoucit brusquement.

— Tu te souviens de nos baleines ? demanda-t-elle. Tu te souviens de ces géantes qui ont fait des saltos pour nous ? Est-ce qu'elles n'étaient pas importantes ?

Ce souvenir partagé le fit grimacer, mais il fit oui de la tête. Maya avait les yeux levés vers lui, le regard fixe, et s'imprégnait de chaque détail : ses beaux yeux et ses cils aux pointes dorées ; son nez délicat ; ses cicatrices violentes, et la façon qu'elles avaient de former des traces pâles et sinueuses dans sa barbe naissante. Jack était une tentation délicieuse qui lui était tombée dessus juste au moment où elle en avait besoin.

Maya pencha la tête et effleura les lèvres de Jack avec les siennes. Il se figea et essaya de lire son visage, mais Maya trouvait qu'elle s'était déjà montrée très claire. Lentement, prudemment, Jack se pencha vers elle jusqu'à ce qu'ils inhalent et exhalent le même air. Ses lèvres gercées se posèrent sur celles de Maya. C'était un baiser doux, mais lorsqu'il tenta de reculer, Maya accentua sa prise derrière sa nuque. On arrête de s'enfuir. Jack lui appartenait jusqu'à ce qu'elle décide de le laisser partir.

Maya le prit par la main et le mena directement à sa cabine, sur le pont inférieur. Jetant des petits coups d'œil furtifs et brusquement timides l'un vers l'autre, ils ouvrirent les fermetures Éclair de leurs combinaisons de protection et délacèrent leurs chaussures. Jack s'allongea sur les draps froissés et attrapa Maya depuis la couchette du bas. Le lit était si étroit qu'ils devaient se serrer l'un contre l'autre, sur le flanc, pour y tenir. Maya l'embrassa profondément et glissa une main sous ses épaisseurs de vêtements hivernaux pour effleurer les muscles de son ventre plat. Bientôt, ils se caressaient frénétiquement et leurs vêtements tombèrent les uns après les autres jusqu'à ce qu'ils ne soient plus que deux corps animaux, chauds, odorants, serrés l'un contre l'autre.

— Est-ce que tu veux… ? murmura Jack.

Elle recula la tête pour le regarder, les lèvres luisantes de salive.

— Est-ce que tu veux que j'aille chercher une capote dans ma cabine ? dit-il d'une voix grasse en se penchant en avant pour refermer l'espace entre leurs deux visages.

Elle lâcha un petit rire nasal juste au moment où il allait l'embrasser. C'était plus fort qu'elle.

— Je suis flattée, dit-elle. J'espère que je vaux la peine que tu flingues ta capote d'urgence.

— J'en ai d'autres.

Elle le regarda avec une telle intensité qu'il dut reconnaître en avoir toute une boîte. C'était maintenant au tour de Maya de ricaner de façon incontrôlable.

— Pardon, pardon, répétait-elle sans cesse. Pardon, mais il faut que tu m'excuses.

Lorsqu'elle se tourna pour se lever, Jack se raidit et la serra fort contre lui jusqu'à ce que sa raison prenne le dessus sur son désir. Maya tâtonna à la recherche de son jean et de son T-shirt bouchonnés. Il y avait une paire de tongs près de la porte. Le temps qu'elle sorte dans le couloir pour se diriger vers la salle de bains, elle ne ricanait plus.

Une putain de boîte entière, se dit-elle. Maya pouvait comprendre qu'il se balade avec, disons, une capote, rangée dans le compartiment de son portefeuille prévu pour la monnaie (parce que quel homme prenait jamais la peine de s'encombrer de petite monnaie ?), mais une boîte entière ? Est-ce qu'il baisait comme ça dans tous les coins ?

Maya baissa son jean sur ses chevilles et se soulagea. *Et alors ?* pensa-t-elle. Qu'est-ce que ça pouvait faire, du moment qu'il était *là, avec elle*, si beau et si brillant dans les entrailles si mornes du *Healy*. Maya se força à s'estimer heureuse qu'il ait cette pleine boîte de capotes. Après tout, ce serait bien la pire des choses que de tomber enceinte dans ce chaos. Presque comme un rappel à la réalité, Maya vit un mince filet de fluide rougeâtre séché, poisseux au toucher, sur l'intérieur de sa cuisse. Ses règles étaient en avance. Si Jack avait remarqué, il n'en avait rien dit.

Lorsque Maya regagna sa cabine, il avait disparu. *Et alors ?* se dit-elle une fois de plus, feignant d'ignorer le douloureux pincement au cœur que lui causait cet abandon. *Tu lui as ri au nez, et maintenant il est parti. Ça lui fera une encoche de moins à entailler sur le montant de son lit, j'imagine.* La porte s'ouvrit et se referma sitôt que Jack se fut faufilé à l'intérieur. Sans la regarder dans les yeux ni dire le moindre mot, il se défit de ses chaussures délacées et s'assit sur le lit, l'air à la fois patient et plein de désir. Le regardant, s'imaginant ce qu'ils allaient faire, Maya sentit son corps se réchauffer de nouveau. Il restait encore un petit moment gênant à passer avant qu'elle puisse en profiter pleinement…

— Je risque peut-être de salir les draps blancs…

— T'inquiète, s'empressa-t-il de dire. On les lavera dans le lavabo après.

Maya s'avança dans son étreinte.

Va-t-il rester ? se demandait-elle. (Combien de femmes se sont posé cette question au fil des millénaires ? Combien d'autres se la poseront d'ici la fin des temps ?) Dans son expérience limitée, Maya jugeait qu'il valait mieux être celle qui s'en va. Elle se redressa en position assise et pivota pour poser ses pieds nus sur le sol froid.

— Il faut que je bosse, dit-elle en frissonnant.

Ils savaient tous les deux qu'il ne *fallait* pas qu'elle bosse, qu'elle avait simplement *envie* de bosser – et pas autant qu'elle avait envie de se blottir entre ses bras.

— Recouche-toi, lui dit Jack.

Il bâilla. Même le visage contorsionné, il était terriblement beau.

Juste encore un petit peu, se dit Maya.

Se glisser de nouveau contre son corps était divin. Elle se délectait de leur puanteur – sueur musquée sous de grandes quantités de déodorant – comme d'une odeur de fromage français. Les poils rêches de la barbe et les lèvres douces de Jack s'étirèrent en un sourire contre le creux de sa nuque. Nul doute qu'il savait parfaitement l'effet que cela faisait aux femmes (ainsi qu'à sept pour cent de la population masculine, se dit Maya).

— John et Yoko passaient des jours entiers au lit ensemble, dit-il, sa voix étouffée contre son cou. C'est romantique, ça, non ?

Ses mots lui chatouillaient la peau.

— L'amour, ce n'est pas le romantisme, dit Maya lentement. C'est quelque chose de plus fort.

Elle repensa à ses parents, et à combien ils avaient besoin l'un de l'autre. Ce qui avait commencé comme une romance était devenu un besoin vital. Maya était prête pour un moment gênant, mais Jack la prit dans ses bras secs. Elle adora la sensation dangereuse de son sexe lui effleurant les fesses.

— Ce n'était qu'une première fois, finit-il par chuchoter. Ça devient meilleur, avec la pratique.

Maya le croyait.

Ils écoutèrent en silence les vibrations des moteurs du *Healy* jusqu'à ce qu'elles cessent brutalement. Les haut-parleurs diffusèrent une annonce du capitaine Weber : la Navy avait donné l'ordre au *Healy* de rester en mer et d'attendre de nouvelles instructions.

18

IVRESSE

À bord du Healy, *en mer de Béring*
Le 2 novembre
J-91 avant le lancement

JACK ET MAYA s'habillèrent chaudement et enfilèrent leurs combinaisons avant de sortir dans la nuit. La lumière des projecteurs créait de violents contrastes sur le pont du *Healy*. Jack vit deux autres hommes côte à côte, mais espérait en trouver plus. Ceux qui se terraient dans leurs cabines continuaient à décliner vers un état comateux, surtout s'ils étaient seuls. Cela rappela à Jack les aigles qui se noyaient lentement dans le port de Seward, sans signes de lutte, se contentant de cligner des yeux et de respirer mécaniquement.

Jack et Maya se tenaient contre le bastingage et regardaient le ciel. Le ciel polaire dépassait tout ce que Jack avait jamais vu ; les innombrables constellations n'avaient jamais paru si vives, et l'obscurité qui s'étendait entre elles n'avait jamais paru si vide. C'était l'endroit le plus reculé de tous les endroits reculés que Jack avait connus au cours de ses nombreux voyages. Les voiles verts fins et chatoyants d'une aurore boréale luisant au-dessus de leurs têtes témoignaient eux aussi de cet état des choses.

Maya trépignait de plaisir. Elle dit que les aurores boréales étaient des phénomènes lumineux causés par la rencontre des vents solaires avec les gaz de la haute atmosphère, mais l'explication scientifique rendait piètrement compte de la magie de ce spectacle. L'imagination de Jack se démenait pour trouver des équivalents terrestres à ce vert si lumineux. Ça lui rappelait le cocktail de chartreuse et d'absinthe qu'il avait bu dans le quartier français de La Nouvelle-Orléans. Il sentait presque le goût de l'anis vert et de la grande absinthe qui fondaient sur sa langue, dissolvant le morceau de sucre.

— Tu connais ce truc que les gens disent ? demanda Maya. *Je ne t'épouserais même pas si tu étais le dernier homme vivant sur la planète !*

Jack rit jusqu'à ce que l'air froid lui blesse la gorge.

— Alors, tu m'épouserais ? demanda-t-il.

Mais elle ne souriait pas.

— Je sais que je tombe à pic, reconnut Maya. Mais j'ai décidé que je ne pouvais pas me permettre de me demander pourquoi tu es avec moi. J'ai trop besoin de toi.

Jack inspira puis soupira. Il promit à Maya qu'il lui dirait les mots, si elle lui promettait de ne pas les lui dire en retour. Il ignorait pourquoi, mais c'était toujours là que ses relations partaient en eau de boudin. Maya fronça les sourcils et dit qu'elle ignorait pour lequel d'entre eux deux il fallait se sentir le plus triste. Jack acquiesça mais posa tout de même son index sur les lèvres frémissantes de Maya. Il avait besoin de faire cette chose, juste celle-là, correctement.

— Je t'aime.

Plus près de l'horizon, loin de l'aurore boréale, le Bonhomme dans la Lune renvoyait leurs regards. L'orbite de son œil droit était un cratère d'impact, un des plus grands du système solaire, fit remarquer Maya. Les collisions cosmiques n'étaient qu'une question de probabilités.

— On devrait sans doute pouvoir voir UD3 avec un télescope normal, à l'heure qu'il est, dit-elle en se pressant contre lui. (C'était un fait si terrifiant qu'elle l'avait murmuré.) Du moins c'est qu'ils ont dit aux infos pendant qu'on était là-haut près du pôle Nord. C'est dur de trouver des articles récents. (Puis elle se tourna vers Jack et demanda :) Tu as des nouvelles de tes parents ?

— Je te l'ai dit, ils m'ont envoyé des mails pendant qu'on était près du pôle, mais je préfère ne pas en parler.

— Et depuis ?

Jack ne répondit pas et laissa tomber le sujet. La vérité, c'était que Jack avait arrêté de se rendre au salon des chercheurs depuis qu'un message indiquant le nom de sa mère dans la colonne “EXPÉDITEUR” et les mots “Au revoir” dans la colonne “OBJET” s'était matérialisé sur la fenêtre de sa boîte e-mail. Évidemment, il finirait par le lire, ainsi que tous les suivants, mais pas tout de suite. Il en était incapable. In. Ca. Pable. Et donc, quand Maya parlait du monde tel qu'elle le voyait via Internet, avec tous ses changements horribles, il écoutait, mais il ne disait rien.

Ils entendirent quelqu'un psalmodier non loin d'eux. Jack se tourna vers sa droite et vit une des garde-côtes la tête penchée sur ses mains jointes, lèvres animées de mouvements rapides, en prière. Il y avait de nombreux chrétiens pratiquants, qui devenaient plus visibles. Plusieurs d'entre eux avaient créé des groupes de prière dans le hangar des hélicoptères, avec des lectures quotidiennes de la Bible diffusées par les haut-parleurs.

— Tu crois en Dieu ? demanda Jack à Maya.

Ils avaient parlé de milliers de choses au fil des jours et des nuits passés ensemble – mais pas de ça. Jack avait été en elle à de nombreuses reprises, et pourtant cette question-là paraissait presque trop intime.

— J'ai eu une éducation catholique, dit Maya après un long silence.

Ce n'était pas une réponse – au mieux, un début de réponse. Jack se demanda si Maya entrait dans cette partie considérable de la population qui ne pouvait pas défendre l'existence de Dieu mais ne pouvait pas non plus l'abandonner. Après tout, l'idée d'un monde sans être suprême était plus rationnelle, mais aussi plus sinistre.

Jack avait grandi dans une famille d'épiscopaliens, et était allé au catéchisme dans une église de pierre avec vitraux. Au fil des ans, la foi de Jack s'était imperceptiblement amenuisée jusqu'à atteindre un moment de crise. Ce moment arriva tandis que Jack était en mission au Darfour, pour faire un reportage sur un camp de réfugiés avec quatre autres photographes et un interprète commun. Les histoires des survivants étaient horribles : génocide, enfants soldats, viols en réunion, mutilation, esclavage… Jack avait vu un enfant d'à peine quelques années à l'estomac gonflé par la malnutrition avec un parasite – un ver de Guinée – dressé sur son crâne chauve comme un bout de spaghetti.

Jack éprouvait déjà le sentiment que la vie était une souffrance absurde ; là, au milieu du carnage que les humains s'infligent les uns aux autres, il craqua. Un des autres photographes, un journaliste plus aguerri à l'accent cockney et à l'humour désabusé, vit Jack figé sur place, les yeux dans le vide.

— Je ne sais pas comment nous étions quand Dieu nous a créés, mais ça n'a pas duré longtemps, mon vieux, lui dit l'homme en lui donnant une tape sur l'épaule.

Et c'est à ce moment-là que Dieu avait achevé de mourir dans le cerveau de Jack. Il savait ce qu'on disait, qu'*il n'y a pas d'athées dans les tranchées*, mais il était là, vieux briscard des théâtres de guerre, des bombardements et des fusillades.

— Mettons, pour une minute, que tu ne croies pas en Dieu, dit Jack à Maya.

Il n'avait pas envie de discuter d'un point qu'il avait déjà lui-même tranché. Il avait envie de discuter des choses que l'invention de Dieu était censée résoudre : le chaos, l'absurdité, la souffrance et la mort sans au-delà…

— Qu'est-ce que ça fait de nous ? demanda Jack. Est-ce que, toi et moi, nous ne sommes que des poussières d'étoiles qui marchent et qui bavardent ?

Maya plissa les yeux le temps d'une longue rumination. Puis elle parla de l'époque où elle était étudiante de troisième cycle sous la direction du Dr Charles Brodie, le directeur scientifique du *Healy*. Dans son bureau, à Berkeley, il y avait un beau livre de photos prises par le télescope Hubble. Un jour, alors qu'il s'était excusé pour répondre à un appel téléphonique, Maya l'avait feuilleté.

— J'ai vu ces gigantesques colonnes de gaz luisant et de toutes jeunes étoiles, dit-elle. La plus grosse… *chose* au monde que j'avais jamais vue, qu'aucun humain n'avait jamais vue. Et c'était tellement magnifique. Jaune fluo, bleu turquoise, rose… J'ai découvert plus tard que ces couleurs étaient recalculées par ordinateur, dit-elle avec un sourire triste. Je me suis sentie flouée. Au début.

Maya expliqua qu'elle s'était mise ensuite à réfléchir à ce qu'elle voyait vraiment : la naissance et la mort d'étoiles distantes de sept mille années-lumière capturées numériquement par un miracle de techniques d'imagerie, puis colorisées par un retoucheur dans le spectre de la vie sous-marine tropicale, imprimées à la chaîne, acquises chez Barnes & Noble en échange de devises sonnantes et trébuchantes, et finalement offertes comme cadeau d'anniversaire de mariage. Ce livre et ses images n'étaient-ils que de la poussière d'étoiles reconfigurée, ou Maya avait-elle sous les yeux une merveille presque inimaginable ?

Elle se tut brutalement, et resta silencieuse, bouche bée.

— Je viens de voir passer un satellite, dit-elle. C'est peut-être… (Elle tenta de regarder le ciel par sa vision périphérique.) C'était peut-être eux ?

— Qui ça ? demanda Jack, penchant sa tête loin en arrière.

— La Station spatiale internationale, dit Maya d'une voix triste. J'ai lu sur Internet qu'il n'y avait aucun moyen d'évacuer ses astronautes.

Jack demanda comment c'était possible, étant donné qu'ils avaient bien dû prendre un vaisseau pour rejoindre la station. Maya fit non de la tête.

— Ils sont encore là-haut. J'imagine qu'ils y resteront à tout jamais.

Jack n'aimait pas l'idée d'une station spatiale hantée dans laquelle des cadavres flottaient comme des fantômes. Lorsque le froid devint intolérable, il prit Maya par la main et l'emmena à l'intérieur. Les relations sexuelles étaient interdites à bord du *Healy*, mais personne ne se souciait plus vraiment du règlement. Dans les couloirs éclairés de rouge, ils virent Ned sortir en trébuchant d'une salle de bains. Jack lui demanda s'il avait vu l'aurore boréale, dehors.

— J'en ai déjà vu plein, dit Ned. J'avais bien plus besoin de pisser un bon coup.

Maya ralentit, puis s'arrêta, tirant Jack par la main. Elle inclina la tête et regarda Ned d'un œil plus attentif.

— Vous êtes ivre ? demanda-t-elle avec une moue perplexe.

Ned lâcha un mélange d'éclat de rire et de grognement, puis haussa les épaules.

— Waouh, dit Jack. Et moi qui croyais que c'était *moi*, le fauteur de troubles.

— C'est bien vous, confirma Ned en lançant un regard vers les mains jointes du couple. Mais personne n'en a plus rien à foutre. Maintenant qu'on est coincés en mer, autant taper dans les réserves prévues pour les sorties en permission. "Si t'en as, fume-les", comme on dit.

Jack se souvint de la flasque cachée dans son sac de voyage.

— J'en ai ! dit-il.

— Moi aussi ! dit Maya.

Elle fit un grand sourire, dévoilant ses incisives excitantes. Ned lui sourit en retour et il hocha la tête.

— Venez donc nous rejoindre dans le salon des garde-côtes, proposa-t-il avant de tourner les talons et de s'éloigner dans le couloir. Et ramenez vos amis fauteurs de troubles.

Jack et Maya se regardèrent d'un air surpris. Les deux salons étaient des espaces réservés, interdits à l'un et à l'autre.

— Je vais essayer de faire sortir quelques chercheurs de leurs cabines, dit Maya.

C'était une formidable excuse pour s'en aller frapper aux portes et dire aux gens d'arrêter de pleurer, d'arrêter de se noyer lentement dans ce cauchemar existentiel, et de sortir se prendre une cuite en compagnie des garde-côtes.

— Retrouve-moi devant ma porte, dit Jack, et il fila vers sa cabine.

Gustavo regardait Jack qui farfouillait dans son sac de toile tout en lui lançant une invitation.

— Vous devriez venir, dit Jack la tête baissée. On va s'amuser. Et ça vous ferait du bien de sortir de cette cabine minuscule.

Jack trouva ce qu'il cherchait et le brandit : une flasque en argent.

— Je viens, dit Gustavo.

— Attendez, quoi ? Vous venez ?

Jack cligna des yeux et lui demanda s'il en était sûr. Gustavo fit oui de la tête et tendit le bras pour que Jack lui passe la flasque. Pour ce qu'en voyait son camarade de cabine, il prit une petite gorgée polie. Mais en réalité, Gustavo ne desserra pas les lèvres. L'alcool fort le faisait vomir et s'évanouir. Mais il allait se joindre à la fête. Les grandes beuveries étaient une partie importante de la vie en communauté. Du moins elles l'avaient toujours été pour son peuple, les Wayãpi du rio Amapari, dans la forêt amazonienne.

Dans son village, on faisait le *caxiri*, une boisson fermentée à base de manioc, de patate douce et de salive produite par les bouches suaves des femmes. Les seuls exclus étaient les malades, les personnes pratiquant le rituel chamanique, et les femmes qui avaient leurs règles ou qui étaient enceintes – tous les autres membres de la communauté étaient censés participer. Les libations commençaient par des séances de peinture corporelle, avec des concoctions d'*urucum* pour les teintes rouges et de *genipa* pour les teintes noires. Puis on buvait jusqu'à vomir, ce qui faisait de la place pour continuer à boire. Au crépuscule, puis de nouveau à l'aube, on dansait et chantait à la lueur tremblotante de boules de résine en feu. C'était un temps de joie et de libération de toutes les contraintes.

Bien sûr il y avait un coût à ce genre de beuveries : des bagarres éclataient parfois ; des hommes frappaient leurs femmes ; on retrouvait de temps à autre un jeune pendu à un arbre, une corde au cou. Mais la souffrance était attendue, et on l'absorbait. La souffrance, dans la vie, était une certitude ; la joie, en revanche… la joie était cette chose insaisissable et magnifique qu'on se démenait pour capturer.

Jack offrit un sourire chaleureux à Gustavo lorsque celui-ci lui rendit la flasque.

— Mon ami, dit Jack, vous êtes plein de surprises.

On frappa doucement à leur porte. Jack alla ouvrir en faisant signe à Gustavo de le suivre. Deux personnes attendaient dans le couloir sous cet étrange éclairage rouge qui s'allumait la nuit. L'une était un jeune et grand barbu blanc. L'autre était Maya, la jolie petite femme qu'il avait brièvement vue la première fois qu'elle s'était tenue dans l'encadrement de la porte pendant que Jack farfouillait dans son placard. À la façon dont son corps s'approcha pour frôler celui de Jack, et à l'effort qu'elle dut produire pour détourner ses yeux de lui et regarder Gustavo en face, il comprit qu'elle et Jack étaient devenus amants.

Jack ne dormait plus dans leur cabine commune, mais il n'avait pas complètement disparu pour autant. Il avait laissé ses affaires, et revenait prendre des vêtements propres et donner à Gustavo de la nourriture volée au réfectoire. Parfois, Jack venait même sans raison apparente, juste pour s'assurer que Gustavo allait bien.

— Monsieur ? dit l'inconnu barbu qui se tenait derrière Maya, si je puis me permettre ?

Cérémonieusement, il tendit à Gustavo un livre et un stylo à bille. Gustavo redressa la couverture et vit son nom imprimé dessus. C'était *Majesté*, le plus célèbre de ses recueils de poèmes. Sa couverture montrait le dessin grossier d'un noyer du Brésil dont les racines et les branches semblaient s'étirer aussi loin qu'elles pouvaient. Gustavo avait refusé de publier le recueil si cette illustration n'y figurait pas.

— Comment vous appelez-vous ? demanda Gustavo en ouvrant le livre à sa page de garde.

— Carl, dit le jeune homme.

— Saviez-vous, Carl, que mon ami a fait le dessin de couverture il y a des années de ça ? Il s'appelait Zé Cláudio.

Gustavo ne dit pas que c'était un ami défunt de l'État brésilien de Pará, un ami assassiné qui était mort au côté de sa femme alors qu'ils roulaient ensemble sur leur moto ; leurs deux corps pressés confortablement l'un contre l'autre faisaient une cible plus facile.

Il y avait plus de vingt-cinq garde-côtes réunis dans leur salon. Maya repéra Ned assis dans le coin à une table ronde, en train de jouer aux cartes. Dès que Ned vit le petit groupe

– deux chercheurs et deux passagers invités – il fit un grand sourire et s'exclama :

— Ces gens sont avec moi !

À sa gauche se trouvait le mannequin servant aux exercices d'homme à la mer, assis à table pour un effet comique. Ned avait un bras posé sur ses épaules et tenait ses cartes en éventail à leur attention à tous les deux. À droite de Ned se trouvait Malcolm, le grutier, qui sourit à Maya derrière ses cartes qu'il tenait serrées contre son torse. Malcolm paraissait beaucoup plus sobre, et avait beaucoup plus de jetons de poker.

Les autres garde-côtes présents étaient amicaux et faisaient tourner les bouteilles et les flasques avec des regards vaseux. Maya serrait sa bouteille de bordeaux californien. Elle avait un tire-bouchon dans la poche de son sweat-shirt, mais ça ne lui semblait pas correct d'ouvrir cette bouteille sans Charlie. Elle avait essayé de le faire sortir de sa cabine, mais il n'avait pas répondu à ses implorations depuis le couloir. Lorsqu'elle s'était penchée pour regarder par le trou de sa porte, elle n'avait vu qu'un bureau vide et un intérieur sombre.

Deux femmes s'approchèrent pour dire combien elles étaient heureuses de voir Gustavo sortir un peu. La première était l'enseigne Camila Ortiz ; la seconde, l'enseigne Leigh Ann Gates, du Comité du Moral, fut prise d'un bruyant hoquet et claqua sa main sur sa bouche impolie. Maya saisit l'occasion pour leur demander d'aller prendre des nouvelles du directeur scientifique. Elles répondirent à l'appel du devoir et s'éloignèrent, hoquetant dans le couloir.

Jack proposa son aide à Maya qui s'escrimait avec le tire-bouchon.

— Je me débrouille, lui assura-t-elle. Va jouer.

Ce qu'il fit. Jack alla à la table de poker et s'assit sur les genoux de Ralph, le mannequin. Il fit tourner sa flasque et lança une plaisanterie à propos de l'herpès labial. Les joueurs autour de la table éclatèrent de rires et ricanements gras. Il était difficile de ne pas apprécier Jack. Maya elle-même avait essayé, et avait spectaculairement échoué. Comme s'il avait senti ses yeux sur lui, Jack se tourna vers elle et lui sourit. Chaque heure qu'ils avaient passée ensemble avait l'intensité de sept heures normales. Avec la menace d'UD3, le temps se comptait désormais en années de chien.

Il y avait des gobelets en plastique sur la longue table au centre de la pièce, sans doute volés à la Java Hut. Carl, le post-doc, en apporta une pile pour que Maya y serve des petites portions de vin à distribuer. Tout le monde la remercia et leva son gobelet pour elle.

— À l'Arctique, dit Maya en levant elle aussi son gobelet.

Le vin était délicieux. L'espace d'un bref instant, Maya ferma les yeux et pensa à chez elle. Lorsqu'elle les rouvrit, un garde-côte lui proposa une gorgée de sa propre flasque. Maya accepta et grimaça sous le feu de l'alcool. D'autres flasques et bouteilles passaient de main en main. Plus ils partageaient d'alcool et de salive, plus ils se donnaient des tapes dans le dos et se sentaient comme de vieux amis.

Avec sa petite masse corporelle et sa faible tolérance, Maya n'avait pas besoin de beaucoup d'alcool pour être pompette. Elle n'était en général pas très bonne en soirée, mais elle essaya de parler à toutes les personnes présentes et de mémoriser leurs noms et leurs grades. Même Gustavo le poète se fit plus disert, alors que le niveau de vin dans son gobelet semblait pourtant ne jamais diminuer. Personne ne pouvait parler de sa famille restée au pays, alors les gens parlaient de leur grande famille d'adoption du *Healy*. Pendant un temps, ils burent gaiement en racontant des histoires d'aventure à l'extrême pointe du monde. Ensemble, ils se réconfortaient et se donnaient l'espoir de voir les choses revenir à la normale.

Les voix se turent lorsque les deux enseignes revinrent dans le salon d'un air défait. L'enseigne Ortiz se mit à parler avec Maya en espagnol, comme si elles étaient seules. Le visage de Camila se crispa lorsqu'elle dit que le Dr Charles Brodie avait disparu. Maya secoua la tête.

— Comme il ne répondait pas, on est entrées, murmura l'enseigne Gates à l'adresse des deux hispanophones. Il n'était pas là. On l'a cherché sur plusieurs ponts. S'il ne se montre pas, on peut redouter qu'il ait sauté par-dessus bord.

Camila tendit à Maya un bout de papier plié que le scientifique avait laissé sur son bureau. Maya reconnut l'écriture de Charlie :

> Maya,
>
> Je suis vraiment désolé. J'ai peur d'être en train de perdre la tête.

19

AU TÉLESCOPE

Kourou, Guyane
Le 19 novembre
J-74 avant le lancement

DANS LA PLUS GRANDE des salles blanches du bâtiment de préparation des charges utiles, Ben se fit un torticolis lorsqu'il leva la tête en direction de deux imposants panneaux solaires. Chacun était fait de cinq pans articulés soutenus par des tiges parallèles. Ben, Chuck et Jin-soo se tenaient en dessous d'eux, et marchaient en rond pour en avoir une vue panoramique. Couverts de cellules solaires noires brillantes semblables à des écailles sur des ailes de dragon, les panneaux faisaient pas loin de trente mètres d'envergure.

— Ils sont presque opérationnels, dit Jin-soo, sa voix étouffée par un masque.

Les ingénieurs devaient tous porter des tenues de salle blanche, surnommées “costumes de lapin”, avec masque, capuche, gants et chaussures.

— Ils seront finis et testés d'ici un mois. En avance sur le planning.

— Impressionnant, reconnut Ben.

La petite lumière qui avait fait briller les yeux de Jin-soo s'éteignit rapidement lorsqu'il se rappela la réalité de la situation : c'était impressionnant, mais ça ne suffisait pas. La propulsion solaire allait être lente et ne leur ferait pas gagner le moindre jour pour terminer l'assemblage du HYCIV. C'était ce facteur-là qui imposait un lancement le 1er février, avec l'inéluctable compte à rebours qui s'ensuivait. Par réflexe, Ben consulta sa montre. Et la consulta de nouveau tandis que Jin-soo et Chuck se dirigeaient vers la salle blanche d'à côté.

— Love ! cria Ben.

Elle était en train de s'activer autour des groupes d'ingénieurs, traduisant leurs paroles. Ils étaient un peu moins d'une centaine, le nombre maximal que l'on pouvait admettre dans cette salle blanche sans prendre trop de risques en matière de contamination. Voyant Ben lui faire signe, Love le rejoignit.

— Les ingénieurs disent que les panneaux solaires seront prêts en avance, dit-elle. C'est une bonne nouvelle, non ?

Ben fit un bruit qui n'engageait à rien, et qui ressemblait à *Hmm.* Comme en réponse à la question de Love, un HYCIV partiellement assemblé monté sur un chariot se trouvait dans la pièce adjacente. Son cadre structurel était un cube de deux mètres de côté aux mécanismes intérieurs apparents. Deux ingénieurs se détachèrent d'un groupe qui s'affairait autour de l'engin. Il fallut quelques secondes à Ben pour reconnaître Ed et Stan (alias Monsieur Queue-de-cheval), de son équipe rapprochée. Ils vinrent se poster à côté de Jin-soo et restèrent sans rien dire, les épaules basses.

— S'il te plaît, Love, dit Ben à voix basse. Tu ne voudrais pas aller proposer tes talents un peu plus loin ?

Love lui adressa un regard circonspect, puis rejoignit les ingénieurs qui travaillaient sur le HYCIV. Quand elle fut hors de portée de voix, Jin-soo fit un topo sur l'avancée des choses. Son équipe devait simultanément concevoir et fabriquer l'engin, parce qu'on n'avait pas le temps de passer par les étapes normales. Le front de Jin-soo blêmit et se crispa lorsqu'il fit part d'une erreur de calcul qui avait coûté un temps précieux à son équipe.

— Ma crainte, dit Jin-soo doucement, est que le HYCIV ne soit pas prêt à temps, ou qu'on en accélère tellement la production qu'il s'avère défectueux une fois lancé.

— C'est la crainte de tout le monde, dit Ben en soupirant.

Jin-soo acquiesça. Personne ne fit d'objection lorsqu'il passa très vite à l'évocation des dernières modifications. C'était un meilleur sujet de discussion pour eux tous.

Dans n'importe quelles autres circonstances, Ben n'aurait eu aucune tolérance pour le déni, l'hypocrisie ou les salades de toute sorte. Mais dans le cadre de l'Opération, tout le monde était forcé d'ignorer l'éléphant dans la salle blanche, même quand cet éléphant s'entêtait à fumer le cigare, jouer de la trompette et raconter des blagues salaces en arborant une érection phénoménale. *Quel éléphant ? Je ne vois pas d'éléphant. Non, non, il n'y a aucun éléphant ici.* Parce qu'ils avaient besoin de garder espoir. Sans espoir, ils étaient potentiellement morts, potentiellement annihilés.

La dernière chose dont Ben se souvenait clairement était d'avoir médité, dans un coin de son esprit, sur une théorie au sujet des comètes et des astéroïdes. Selon cette théorie, un de ces corps célestes avait pu heurter la terre primitive et y déposer les molécules organiques nécessaires à l'apparition de la vie. Et voilà qu'un corps céleste menaçait d'anéantir le résultat magnifique de 3,8 milliards d'années d'évolution. Qui qu'elle pût être, la personne qui avait dit *Le Seigneur a donné, le Seigneur a repris* avait eu complètement raison.

Après, il y eut un grand noir, un néant d'inconscience. Ben émergea en sursaut de cet état avec la sensation de tomber, de perdre l'équilibre et de ne plus savoir du tout où il était. Lorsqu'il ouvrit les yeux, Chuck soutenait l'essentiel de son poids.

— Tu étais sur le point de t'évanouir encore une fois, expliqua-t-il.

— Mais non.

Ben se redressa tout seul.

— Jin-soo était en train de nous parler du premier impacteur...

— C'était il y a dix minutes, dit Chuck.

Ben aurait juré qu'aucune seconde ne s'était écoulée, mais les chiffres qu'affichait sa montre lui prouvaient le contraire. Jin-soo regardait le sol.

— Tu devrais peut-être dormir un peu... commença Stan.

— Tu devrais peut-être couper cette foutue queue-de-cheval à la con, nom de Dieu !

Plusieurs ingénieurs s'interrompirent dans leur travail et tournèrent la tête vers l'origine de cet éclat de voix.

— Tu me l'as déjà coupée ! s'écria Queue-de-Cheval en montrant du doigt la capuche de sa tenue de salle blanche. Avec des ciseaux ! En insistant !

J'ai vraiment fait ça ? se demanda Ben. Des images floues, de souvenirs ou de rêves, repassèrent brusquement dans sa tête. *Oh, merde. J'ai peut-être fait ça...*

— Va te coucher, insista Chuck.

— Je peux faire une petite sieste dehors avec les autres…

— Je t'appelle une jeep.

Ben ouvrit la bouche pour protester, mais Chuck le coupa et demanda aux autres scientifiques de les laisser seuls quelques instants. Jin-soo ferma les yeux pour un infime moment de soulagement avant de retourner assumer son devoir et en subir le poids.

— Prends bien soin de toi, dit Chuck à Ben, parce que ton job, je n'en veux pas. Mais ne me force pas à le prendre.

Chuck tourna les talons, mais Ben attrapa à pleines mains sa tenue de salle blanche. Cette conversation n'était pas terminée, pas après une menace comme celle-là. Chuck le repoussa si violemment qu'il perdit prise et tomba en arrière. Ils ne s'étaient jamais vraiment mesurés physiquement l'un à l'autre ; leur terrain de jeu se limitait aux joutes intellectuelles. Debout, le visage bouillonnant, Chuck le regardait, et ils réalisèrent soudain tous les deux qu'il pouvait tuer Ben à mains nues. Ben levait des yeux pleins de larmes vers son ami, comme un enfant trahi. L'expression de Chuck s'adoucit immédiatement. Il s'avança pour relever Ben et le soutenir par les épaules.

— Je suis désolé, dit Chuck.

— Moi aussi, dit Ben alors qu'une larme glissait sur la longue pente de son nez. Je suis tellement fatigué…

Il se mit à ricaner.

— Tu te souviens de la nuit qu'on a passée après que j'ai dit qu'il fallait qu'on procède aux manœuvres d'évitement, autour de la planète Mars ? En 2014 ?

Ben avait été le premier à réagir à la première estimation de la trajectoire de la comète Siding Spring en présentant un programme détaillé aux responsables de la NASA. Ce programme donnait la marche à suivre pour regrouper les trois orbiteurs de la NASA de l'autre côté de Mars, et se servir de la planète comme bouclier afin de les protéger des poussières de comète qui risquaient d'entraîner des millions de dollars de dégâts.

Ce programme n'était que le début. La NASA l'approuva immédiatement, et Ben et son équipe du JPL partirent pour de longues heures de travail. Il se rappelait avoir étendu un sac de couchage devant son bureau. Jetant un œil dans le couloir, il avait vu Chuck passer en se nettoyant les dents au fil dentaire, vêtu d'un pantalon de pyjama entièrement imprimé du logo Budweiser. Avant de s'allonger pour quelques heures, Ben avait appelé le poste fixe de son appartement, qu'Amy allait décrocher pour la toute première fois. Elle venait d'y emménager de façon permanente, avec tout son bazar. *Quand est-ce que tu rentres à la maison ?* avait-elle demandé. Ben se souvenait d'avoir souri en l'entendant prononcer ces mots : *à la maison*.

— Dire qu'on pensait que cette comète-*là* serait la plus grande épreuve de notre vie ! dit Ben d'une voix un rien caustique.

Chuck avait l'air d'avoir envie de prendre Ben dans ses bras sans trop savoir comment procéder. Il serra les épaules de Ben jusqu'à ce que ça lui fasse mal.

— Si quelqu'un peut nous sauver, c'est toi, murmura Chuck.

Ben baissa la tête, humble et silencieux. Il ne devait jamais tenir pour acquis le fait d'avoir un véritable ami qui croyait en lui, et lui confiait la tâche de sauver le monde. L'espace d'un bref instant, les innombrables voix du doute et de la panique se turent délicieusement dans son esprit.

— Tu peux appeler Amy et lui dire que je serai dans la Suite royale ? murmura enfin Ben.

“La Suite royale” était le surnom que Ben avait donné au placard à balais personnel de Love, au premier étage du Musée de l’espace. Une fois qu’ils étaient tous les trois devenus de fidèles amis qui se soutenaient les uns les autres et se serraient les coudes, Amy avait demandé à Love si elle et Ben pouvaient se joindre à elle le temps d’une petite sieste. Ben ne fut pas surpris de voir Love accepter ; Amy obtenait en général ce qu’elle voulait. Depuis, il leur arrivait parfois de se nicher tous les trois dans leurs sacs de couchage, les uns contre les autres, comme des animaux de meute bien à l’abri et bien au chaud dans leur tanière.

Ben sortit de la salle blanche en traînant les pieds, l’air complètement défait. Love le retrouva au vestiaire quelques instants plus tard.

— Pourquoi faut-il toujours que je t’accompagne pour sortir ? dit-elle en grommelant tandis qu’ils jetaient leurs masques et leurs gants et suspendaient leurs costumes de lapin. Je suis interprète, pas garde du corps.

— Parce que tu es plus cool et plus effrayante que nous autres les geeks, répondit Ben. Et tu es mon amie. Alors je t’écoute.

Ils passèrent une série de portes pare-feu jusqu’à l’entrée principale du complexe de préparation des charges utiles, fait de plus de quinze bâtiments en forme de boîtes à chaussures reliées entre elles. Love ouvrit la bouche pour dire quelque chose puis s’arrêta lorsque deux ingénieurs les croisèrent, marchant dans l’autre direction. Visiblement, elle voulait s’entretenir en privé avec Ben, ce qui n’était pas bon signe.

— Tu crois que c'est grave comment, là-bas ? dit-elle une fois qu'ils furent dehors. Maintenant qu'ils savent ?

— Où ça, là-bas ?

— Dans le monde.

— On ne peut pas penser à ça, Love. Il y a bien trop d'autres choses horribles auxquelles il faut *vraiment* qu'on pense.

— Facile à dire pour toi. Tu as Amy…

— Mes parents sont dans le monde, dit Ben. Ma sœur et ses enfants sont dans le monde. J'ai des tantes, des oncles, des cousins, toute une tribu.

— Moi, je n'ai qu'une seule personne, murmura Love. Mais elle est tout pour moi.

Ses lèvres tremblaient silencieusement tandis qu'elle levait les yeux vers le ciel nocturne. Ben refusa de suivre son regard ; il refusait de regarder cette putain de comète. UD3 était désormais visible – tout juste – avec un télescope amateur. Elle y apparaissait comme une étoile très faible. Cette tache de lumière pas plus grande qu'une tête d'épingle était un corps céleste de huit kilomètres de diamètre qui allait déclencher l'Apocalypse si Ben échouait.

Maintenant, tout le monde observait le ciel : les soldats qui montaient la garde aux portes de la base, les ingénieurs qui faisaient la queue devant les douches installées sur le parking du Musée de l'espace… tout le monde, sauf Ben. Il n'avait pas besoin de regarder le ciel pour éprouver ce que chacun éprouvait. La mort était d'ordinaire une souffrance extrêmement solitaire, extrêmement individuelle, mais l'extinction avait quelque chose de commun. Ben savait que c'était égoïste de sa part de trouver cela réconfortant, mais la détresse s'accroche à ce qu'elle peut.

Lorsqu'une jeep vint se garer devant eux, Love était encore comme pétrifiée, mais Ben refusait de faire les cinq kilomètres de trajet jusqu'au Musée de l'espace tout seul. Le chef de l'équipe logistique se tenait assis sur la banquette arrière pour une réunion impromptue le temps du trajet. Dans une vie antérieure, avant la comète, le très formel M. Kandegedara travaillait comme vice-secrétaire général de l'ONU en charge du soutien opérationnel. Ben n'avait rencontré ce Sri-Lankais qu'une fois avant qu'il ne rejoigne son équipe terrée au cœur du complexe administratif. La logistique était une œuvre ingrate qui se faisait loin des regards et qu'on ne remarquait pas quand tout se passait bien – sauf dans le cas de cette merveille que constituaient l'infrastructure, le personnel, les procédures de travail, la planification et tous les autres aspects matériels de l'Opération.

Ben prit place sur la banquette arrière de la jeep et attendit. L'homme avait l'air sévère mais calme dans ses amples habits de lin. Il tenait ses deux mains croisées sur la ceinture de sécurité bouclée ; celle du haut portait une montre en or et une alliance en or.

— Les ressources vont devenir un problème majeur, dit Kandegedara avec un lourd accent en le regardant droit dans les yeux. Nous nous occupons de la situation du mieux que nous pouvons.

Il n'avait pas prévu d'en dire plus. La logistique et la sécurité étaient les seules équipes à avoir accès aux communications et aux transports vers l'extérieur du périmètre de l'Opération. Tous les autres devaient se contenter de ne savoir que ce qu'ils avaient besoin de savoir.

— Vous feriez mieux de me dire ce qui ne va pas, dit Ben, ou je vais me mettre à imaginer toutes sortes d'hypothèses. C'est plus fort que moi. C'est comme ça que je fonctionne.

Kandegedara hocha la tête.

— Le matériel médical ne sera pas un problème, commença-t-il. Nous avons accès aux stocks des CDC* américains.

La bonne nouvelle s'arrêtait là. Kandegedara expliqua que les comportements de stockage et les pillages avaient fait disparaître l'essentiel de la nourriture disponible à la vente. Des foules désespérées fuyaient les villes par millions pour se ruer vers les exploitations agricoles et les troupeaux de bétail. Avec les chefs de gouvernement, Kandegedara avait tenté, en vain, d'établir des barrages de protection autour d'un certain nombre de périmètres agricoles. Mais ces espaces étaient trop vastes et trop éparpillés pour qu'il soit possible de les protéger contre des milices armées, surtout de nuit. Trop peu nombreuses, les forces chargées de cette protection avaient subi de lourdes pertes. Envoyer de plus en plus de soldats impliquait de mobiliser, pour leur subsistance, une proportion de plus en plus grande des produits agricoles qu'ils étaient justement chargés de protéger. Ça devenait vite contre-productif.

— Ce n'est pas un problème majeur, marmonna Ben. C'est une crise.

Kandegedara en convint, et poursuivit :

— L'Opération a la priorité, bien sûr. Nous serons les premiers à recevoir les ressources d'urgence de l'ONU, de la Croix-Rouge et de la FEMA. Quant au reste du monde… le Middle West américain a connu des records de

* Centers for Disease Control : Centres pour le contrôle et la prévention des maladies, agence fédérale américaine.

précipitations qui ont décimé les récoltes. D'après nos estimations, les stocks actuels de céréales pourraient permettre au monde de tenir quatre-vingt-onze jours sans nouvelle récolte, mais ces stocks ne sont pas répartis uniformément sur la planète. La moitié est en Chine…

— Est-ce que l'Opération pourra tenir jusqu'au lancement du 1er février ? l'interrompit Ben.

— Peut-être. Si on limite notre croissance…

— Dans ce cas gelez-la, dit Ben. À partir de maintenant, on ne prend plus personne. Personne ne vient sans que quelqu'un ne parte.

La bouche de l'homme s'ouvrit un peu, mais aucun mot n'en sortit. Ben le vit triturer son alliance avec le pouce de sa même main d'un air préoccupé.

— C'est la seule chose à faire, dit Ben d'une voix plus douce.

Mais l'homme avait les yeux perdus dans le vide tandis que ses pensées se concentraient sur une personne chère à son cœur.

Soudain, Amy le secoua dans son sac de couchage.

— Qu'est-ce qu'il y a ? grogna Ben en clignant péniblement des yeux.

Ils étaient tellement secs.

— Tu ne me répondais pas, dit Amy d'un ton pressant.

Ben lui dit qu'il dormait, mais Amy lui cria qu'il avait les yeux ouverts et le regard vide. Elle tremblait. Ben sortit ses bras de son sac de couchage pour pouvoir les lover autour d'elle.

— C'est peut-être à cause de tous ces cachets qu'ils nous obligent à prendre, dit Ben. Des cachets contre l'angoisse, des cachets contre l'insomnie, des cachets contre les effets secondaires d'autres cachets... Ils m'ont carbonisé.

— J'ai cru que tu étais mort, murmura Amy, et puis j'ai vu que tu respirais.

Elle hallucinait sans doute sous l'effet de l'épuisement ; ça leur arrivait à tous. Ben ouvrit la fermeture Éclair de son sac de couchage et lui dit gentiment de se coucher. Il lui assura qu'il se sentait aussi bien que possible étant donné les circonstances. Et puis ce fut au tour d'Amy d'offrir du réconfort.

— L'équipe nucléaire a beaucoup avancé, dit-elle doucement. Et l'équipe de la fusée Ariane est en avance sur le planning.

Amy ne parla pas de l'équipe du HYCIV. L'avancée de ses travaux était confidentielle, et Amy était assez futée pour savoir qu'elle continuait à avoir des problèmes. Amy ne voyait peut-être pas clairement l'éléphant dans la salle blanche, mais elle voyait très bien l'ombre qu'il projetait dehors. Elle évitait le sujet parce qu'elle ne voulait pas forcer Ben à rompre le secret, ce qu'ils savaient tous les deux qu'il ferait.

— T'as pris une douche, dit-elle en s'approchant de lui pour un câlin. Dieu merci.

Ben répondit qu'il était obligé de se doucher pour pénétrer dans les salles blanches ; sinon, il n'avait pas de temps pour ça. Un de ses muscles fut pris d'un spasme si violent qu'il sursauta et essaya de se lever, disant qu'il ne pouvait même pas se permettre de prendre le temps de dormir. Amy lutta avec lui comme une sirène, balançant ses jambes par-dessus lui pour le coincer avec la queue de son sac de couchage.

— J'ai peut-être découvert un diamant brut, aujourd'hui, dit-elle en essayant de se montrer plus enjouée. On a fait passer les contrôles de sécurité à vingt-trois ingénieurs chinois. Parmi eux, il n'y avait qu'une femme. Elle a de vieilles cicatrices sur le visage. À cause d'un bec-de-lièvre, je pense. Son patron ne l'aime pas. Elle n'est ici que parce qu'elle est foutrement phénoménale. C'est forcément ça. Elle pourrait peut-être renforcer l'équipe du HYCIV...

— On ne peut pas compter sur eux.

— Pardon ?

— Les Chinois. Ils peuvent choisir de jouer les francs-tireurs, comme les Russes et les autres.

— Pourquoi ?

Ben soupira. Bien sûr qu'il allait lui répondre.

— Nous pensons qu'UD3 va tomber sur la Chine, chuchota-t-il bien qu'ils fussent seuls dans la Suite royale.

Amy absorba le choc de cette annonce sans rien dire.

— La probabilité est très élevée, ajouta-t-il. Mais nous voulons que personne ne le sache ; il y a trop de risques. Après le scénario de menace numéro 53...

— Celui où l'astéroïde s'est fragmenté en deux, c'est ça ? Tu n'as pas joué le rôle de l'Allemagne dans celui-là ?

Le scénario numéro 53 était un des très rares où le temps de réaction était grandement réduit. Comme les délais normaux pour toute mission spatiale tournaient autour de cinq ans, les mesures de défense échouaient par trop de précipitation. Au lieu de faire dévier l'astéroïde imaginaire, les intercepteurs l'avaient cassé en deux. Un fragment avait explosé au-dessus de Dacca, tuant vingt millions d'êtres humains virtuels. L'autre était tombé dans la mer des Philippines, causant des tsunamis qui avaient dévasté les côtes du Japon, de Taïwan, de la Chine, des Philippines, de l'Indonésie et de la Papouasie-Nouvelle-Guinée.

Ce scénario numéro 53 donna naissance aux scénarios 54, 55 et 56, dans lesquels les pays qui se trouvaient loin d'une trajectoire d'impact pouvaient se montrer réticents à l'idée de miser sur une opération de déviation risquant, si elle échouait, de créer de nombreux fragments d'astéroïde ou de comète susceptibles de tomber n'importe où. Dans le scénario numéro 55, la Corée du Nord attaquait une base de lancement spatiale japonaise en déclenchant un tir de missiles à courte portée.

— Tu es très attentive, dit Ben en reniflant parce que son nez coulait.

Il était trop exténué. C'était sûrement ce qui expliquait ses nouvelles larmes ; ça, et sa crainte de perdre soit Amy, soit sa santé mentale – sinon les deux – avant que le compte à rebours ne s'achève. Les médecins avaient essayé de le mettre sous anxiolytiques, mais ce traitement lui faisait faire d'horribles rêves lucides, où toutes ses peurs se réalisaient, se mélangeaient, puis se réalisaient encore. Dans plus d'un de ces rêves, Amy mourait. Alors il avait arrêté de prendre ces cachets et en avait essayé d'autres.

— *Personne* ne doit l'apprendre, Amy, dit Ben en bâillant. Même pas nos proches. Même pas notre gouvernement.

— Tu ne penses pas que… commença Amy.

Les États-Unis n'avaient pas de politique arrêtée en cas de collision cosmique en dehors de leurs frontières. Ben ne pouvait pas affirmer avec certitude que leur président aurait fait don de l'intégralité de l'arsenal nucléaire du pays s'il avait su que l'Amérique du Nord ne se trouvait pas directement en ligne de mire. Il aurait peut-être gardé ses 6 185 ogives, sachant que la Russie gardait les 6 500 qu'elle possédait de son côté. C'était un risque que Ben ne pouvait pas courir, mais il était en train de se rendormir et n'avait pas l'énergie qu'il fallait pour expliquer un autre danger qui était loin d'être nouveau : l'apathie.

20

LE MONDE TEL QU'ON LE CONNAÎT – AU PASSÉ

Sud du Bronx, New York
Le 19 novembre
J-74 avant le lancement

RIVKA ENTENDAIT les raids qui se déroulaient dehors – et qui se rapprochaient. Elle prit le risque de jeter un œil par le petit interstice entre les rideaux d'une de ses fenêtres. Un groupe d'hommes, peut-être dix ou quinze, se tenait entre un vieux pick-up et un ensemble de logements de l'autre côté de la rue. Rivka les regarda arrimer des chaînes fixées à leur attache-remorque aux barreaux de fer qui protégeaient une des fenêtres du rez-de-chaussée. Le conducteur du pick-up fit rugir son moteur puis brûla de la gomme jusqu'à arracher les barreaux de l'encadrement.

Elle vit la hache avant d'entendre le fracas du verre brisé. Un par un, les hommes pénétrèrent dans l'immeuble en grimpant par la fenêtre. Quand les cris commencèrent, Rivka s'effondra sur le sol et se boucha les oreilles. Des heures plus tard, tout était silencieux, ce qui ne valait pas mieux quand on pensait à ce que ça voulait dire.

Folle de terreur et de solitude, Rivka se mit à entendre des voix. La plupart étaient perçantes et lui disaient de s'enfuir en courant pour essayer de sauver sa peau. Une seule, une voix de baryton, voulait juste dire bonjour. Elle provenait d'une bouche d'aération à côté de son lit. Rivka se mit à quatre pattes et écouta.

— C'est Lamar, dit le baryton. Le voisin du dessous.

Un sourire parvint à se former sur les lèvres de Rivka. Elle n'avait plus parlé avec personne depuis que son téléphone s'était éteint.

— Toujours supporter des Yankees ? demanda-t-elle en projetant sa voix dans le conduit d'aération.

— Toujours supportrice de ces putains de Mets ?

— Hé, ce conduit donne dans ma chambre, dit-elle. Tu entends quoi, au juste, en bas ?

— Ah, mes lesbiennes, vous valez mieux que le câble.

— Pervers !

Ils rirent ensemble, mais pas longtemps. Rivka et Love n'existaient plus qu'au passé. Le monde tel qu'on le connaissait n'existait plus, en grande partie, qu'au passé. Rivka serra ses jambes pliées contre sa poitrine et posa son menton sur ses genoux. Elle demanda à Lamar comment il allait.

— Je crève de faim et de soif, répondit-il tout de suite. Et de solitude, ajouta-t-il après un bref silence. Keisha… Keisha est partie.

Keisha était la petite amie de Lamar. Elle avait une allure de tueuse et la langue bien pendue. Quand les choses se sont gâtées, elle était venue se réfugier chez Lamar. Lamar était un colosse d'un mètre quatre-vingt-seize capable d'écraser un homme comme un distributeur automatique qui se renverse.

— Je lui ai dit de rester ici et de verrouiller les portes, dit Lamar. Mais, tout seul, je n'arrivais pas à trouver grand-chose à manger ou à boire. On crevait de faim. Un jour, je suis revenu et elle n'était pas là. Personne n'était entré par effraction, donc je pense qu'elle a dû sortir pour chercher de l'eau et de la nourriture. T'en as chez toi ? J'avais rempli ma baignoire, mais elle presque vide.

Rivka mentit et lui répondit non. Elle se tut un instant, puis demanda depuis combien de temps Keisha était partie.

— Depuis qu'on n'a plus de courant. Onze jours.

Rivka ferma les yeux et respira profondément.

— Elles ne reviendront pas, Lamar. Ni Keisha, ni Love.

— Ouais, je sais, dit-il d'une voix à peine audible.

— Alors tu sais aussi qu'il faut qu'on se tire d'ici.

Ce n'était pas une question. S'ils restaient dans le Bronx, ils étaient morts. Il n'y avait pas d'eau potable, pas de nourriture. Les égouts étant complètement bouchés, les toilettes refluaient ; et les rues grouillaient de gangs armés opérant au grand jour.

— Tu sais que mon cousin est passé, il y a une quinzaine de jours de ça ? dit Lamar. Aux dernières nouvelles, il était en prison à Sing Sing pour vol à main armée.

Lamar expliqua que la plupart des gardiens de cette prison de haute sécurité avaient abandonné leur poste. Les gardiens restants furent placés devant le dilemme suivant : soit ils libéraient tous les détenus, soit ils les laissaient mourir de faim dans leurs cellules.

— Mon cousin m'a dit que des hommes dangereux étaient sortis de cette prison seulement vêtus de leur combinaison. Des hommes vraiment dangereux. Et ce n'était pas un ange lui-même, reconnut Lamar. Ce n'est pas juste d'une comète qu'il faut que l'on s'inquiète, Rivka. C'est de nous.

— Il y a du bon chez les humains, chuchota Rivka.

Sa voix se raffermit lorsqu'elle dit à Lamar qu'elle descendait avec de la nourriture.

— Tu me laisseras entrer, hein, dit-elle d'un ton pressant.

Tout ce qu'il lui restait en matière de nourriture se résumait à un demi-sac de galettes de riz, un plat lyophilisé acheté au magasin de camping qui promettait d'être du bœuf Stroganov, et quelques litres d'eau en bouteille. Rivka plaça toute la nourriture et une bouteille d'eau dans son sac de cuir et descendit l'escalier sur la pointe des pieds. Elle gratta doucement à la porte de l'appartement 1B. Lamar l'entrouvrit de quelques centimètres sans désengager la chaînette de sécurité. Rivka attendit pendant qu'il scrutait le couloir pour s'assurer qu'ils étaient seuls.

Lamar avait perdu du poids, même s'il avait de quoi en perdre. Plus mince dans son blouson et bonnet des Yankees, il frissonnait. Rivka avait elle aussi perdu deux crans de ceinture. Sa silhouette en forme de sablier avait beaucoup moins de courbes. La fin du régime alimentaire de la société civilisée avait fait des miracles chez l'un comme chez l'autre. Rivka sortit la nourriture et l'eau de sa sacoche. Elle n'avait jamais rien vu de comparable au regard de gratitude que Lamar lui adressa avant d'attraper les produits et d'en déchirer frénétiquement les emballages. Lamar mangea presque sans mâcher, puis il engloutit l'eau à longues gorgées. Ses yeux revinrent se fixer sur la sacoche.

— C'était tout ce qu'il me restait, lui dit-elle.

Lamar lui demanda si elle mentait encore, alors elle lui montra sa sacoche vide.

— Je parie que c'est un vrai sac Prada, dit Lamar d'une voix triste. Et nous voilà tous dans le même bateau.

— Ouais, et il est grand temps que ce bateau largue les amarres.

Manhattan était occupé par l'armée, du moins l'était avant le black-out. Pour gagner Harlem, Rivka et Lamar allaient littéralement devoir marcher à travers le feu, ou…

— On va le faire à la nage, lui dit-elle.

Lamar secoua sa grosse tête d'un air navré.

— Je sais pas nager.

Les épaules de Rivka s'affaissèrent. Ses yeux le regardèrent comme pour dire, *Tu te fous de ma gueule, putain ?*

— Tu voulais quoi ? Que j'apprenne à nager dans ma baignoire ? demanda-t-il.

Rivka avait suivi des cours de natation dans l'eau chlorée du JCC* de l'Upper West Side puis avait perfectionné ses talents de nageuse au cours de ses étés passés dans les Hamptons. Elle serra les dents et frappa le mur le plus proche, puis elle se mit à geindre. Lamar marmonna une excuse, mais Rivka ne voulut pas en entendre parler.

— On va trouver une solution, dit-elle.

On… quel mot magnifique. Agir ensemble plutôt que seul. Rivka tendit son autre main, celle qui ne palpitait pas de douleur. Lamar la prit et la serra.

— On… On sortira quand il fera nuit, dit-elle en s'essuyant les yeux.

Rivka remonta dans sa chambre. Pas pour faire ses bagages – ils ne pouvaient pas emporter grand-chose dans l'eau – mais pour élaborer un plan. Bon sang, comment

* Jewish Community Center, centre communautaire juif.

allait-elle faire pour empêcher Lamar de couler ? Rivka marchait de long en large dans son appartement tandis que le jour se changeait en crépuscule. Que ferait un scout ? Que ferait Love, à part l'abandonner ?

Les bouteilles d'eau ! Rivka en ouvrit une et versa la limpide eau de source des montagnes dans l'évier de sa cuisine. Ils n'avaient pas besoin de boire, ils avaient besoin de flotter. Rivka vida toutes ses bouteilles sauf deux, puis elle les referma et les fourra dans deux sacs-poubelles en plastique. Elle glissa sa lampe-torche à dynamo manuelle et le couteau à cran d'arrêt dans les poches zippées de son manteau d'hiver. On était en novembre, et il faisait vraiment frisquet une fois le soleil couché.

Lorsque Rivka sortit de son appartement en tenant les sacs-poubelles par leurs liens coulissants, elle lança un bref regard derrière elle mais ne s'arrêta pas. Sans Lamar, elle n'aurait peut-être jamais trouvé le courage de partir.

— Tu sors les poubelles ? dit Lamar en verrouillant sa porte derrière elle.

— Je te sauve la vie, plutôt.

Elle posa ses sacs-poubelles par terre et lui donna une des deux bouteilles pleines.

— Un dernier pour la route, dit-elle en dévissant le bouchon de sa bouteille à elle.

Ils trinquèrent, plastique contre plastique, puis ils burent. Rivka tendit à Lamar un des sacs remplis d'air en bouteille. Elle lui parla de sa torche, et dit qu'elle pensait qu'il valait mieux ne pas s'en servir avant d'avoir atteint le bord de l'eau.

— Il fait sombre dehors, la mit en garde Lamar. Sombre comme tu n'as jamais vu.

Il ne plaisantait pas. Sans la pleine lune, ils seraient aveugles. Rivka hésita sur le seuil de l'immeuble. Elle ne s'accorda qu'un bref instant pour ressentir les manifestations physiques de la terreur : accélération du rythme cardiaque, pic de tension, respiration hachée – un déluge d'hormones du stress la préparant à faire face à toute situation. Lamar lui prit la main et l'attira dehors.

Les lumières, la circulation, les piétons engagés dans des discussions bruyantes les uns avec les autres ou à leur téléphone, tout cela avait disparu. La ville n'était plus qu'un terrain vague d'ombres et de béton. Rivka entendait des mouvements et voyait des silhouettes courir pour esquiver le clair de lune. Les pillards ne sortaient que quand ils pouvaient y voir quelque chose.

— Regarde, murmura Lamar. Là-bas, c'est les Mitchell Houses.

Il leva leurs mains jointes et gantées pour les pointer comme l'aiguille d'un compas vers les grands immeubles bien repérables de cette résidence. À force de sortir pour des expéditions nocturnes en quête de nourriture, Lamar avait fini par s'habituer à la nouvelle réalité.

Rivka trouva ses marques et les guida tous les deux vers l'ouest et la Harlem River. Ils progressaient lentement. Ils ne voyaient pas leurs pieds et trébuchaient sans cesse sur des trottoirs irréguliers, des détritus et des bris de verre bruyants. Bien que désorientée, Rivka savait exactement où ils devaient aller. Sur l'essentiel de son passage marquant la frontière est de Manhattan, le long de Harlem River Drive, la rivière était bordée d'une haute digue de soutènement. Mais il y avait un endroit où l'on pouvait plus facilement accéder à la berge : le Harlem River Park, récemment réhabilité.

Avant, Rivka aimait traverser le pont de Third Avenue à vélo et descendre le long de l'eau. Avant de rentrer, elle posait son vélo contre le mur de béton bordant la rive. Il ne devait pas s'élever à plus d'un mètre cinquante au-dessus du niveau de l'eau, et il y avait une petite bordure qui descendait vers une surface herbue un peu marécageuse. Rivka l'avait remarquée tandis qu'elle regardait la rivière en pensant à ses parents qui vivaient dans l'Upper West Side, où elle avait grandi, et au petit chez-soi qu'elle s'était fait à Harlem en tant que jeune adulte, en rêvant qu'elle y retournerait, un jour.

Rivka et Lamar suivirent Lincoln Avenue. Elle était étrangement vide, en dehors des voitures abandonnées garées le long du trottoir, leurs portières grandes ouvertes. Ils étaient surveillés. Rivka saisit le blanc des yeux d'un jeune garçon avant qu'il ne se carapate dans une rue latérale. Elle aurait aimé avoir un peu de nourriture à lui donner. Elle aurait aussi aimé que leurs sacs-poubelles ne soient pas d'un blanc aussi visible et qu'ils ne soient pas aussi bruyants. Ils tombèrent sur un cadavre gisant au milieu de la large chaussée, dans une flaque de clair de lune. Rivka le sentait plus qu'elle ne pouvait le voir.

— Ne t'arrête pas, murmura-t-elle lorsque Lamar se mit à ralentir.

— Mais je le connais peut-être, dit-il, tournant la tête dans tous les sens à la recherche de Keisha.

— Ne. T'arrête. Pas.

Ses murmures étaient des feulements. Leurs mains étaient serrées si fort qu'elles leur faisaient mal. Lamar l'aida à traverser l'obscurité totale qui régnait sous la Deegan Expressway. S'approchant de la rivière, ils virent des colonnes de fumée qui s'élevaient dans le ciel, luisantes et laides. Rivka sentit l'odeur de brûlé de choses qui n'avaient jamais été conçues pour qu'on les brûle : plastique, polyester, caoutchouc et bitume. Sous l'âcreté des fumées toxiques perçait l'odeur des déchets humains. Les stations de traitement des eaux à l'arrêt avaient dû rejeter une partie des égouts dans la rivière.

Lamar aida Rivka à escalader une clôture en grillage puis à traverser des voies ferrées pour atteindre la berge à deux cents mètres au sud du pont de Third Avenue en flammes. Rivka alluma sa torche et pointa son faisceau sur la surface de l'eau. Elle n'était pas assez puissante pour leur permettre d'apercevoir les bancs et les grands lampadaires du parc qui marquaient leur salut, mais ils virent des faisceaux de lampes torches explorant les ténèbres sur la rive opposée.

— Si ces gens-là nous surprennent en train d'essayer d'entrer dans Manhattan, ils risquent de nous tuer, murmura Lamar.

Rivka haussa les épaules.

— Ils ne peuvent pas nous en vouloir, pas plus que nous ne pouvons leur en vouloir, dit-elle en soupirant. On veut tous vivre.

Ils se mirent tous les deux en sous-vêtements, en respirant par la bouche pour se protéger de la puanteur. Rivka rangea sa torche dans la poche de son manteau avant de fourrer ses vêtements dans son sac-poubelle, à côté des bouteilles. C'était une bonne nageuse, mais elle pouvait avoir des crampes, et elle aussi aurait alors besoin d'une bouée de fortune.

Rivka conseilla à Lamar de prendre des grandes inspirations et de les retenir un peu, parce que les poumons étaient comme des ballons de baudruche. Lamar frissonnait. Il leva les yeux vers la luisante Voie lactée qui s'étirait d'un bout à l'autre du ciel. Il ne l'avait jamais vue, à cause de la pollution lumineuse de la ville. Ils la contemplèrent tous les deux quelques instants, le regard rivé sur ce qui n'était qu'une infime fraction de l'univers infini. Rivka prit la main de Lamar et le mena jusqu'au quai. Ils allaient peut-être se noyer tous les deux dans la demi-heure qui venait, mais ils n'avaient pas vraiment le choix. Rivka pensa aux musiciens de l'orchestre du *Titanic*, qui continuèrent à jouer pendant que leur navire s'enfonçait dans l'océan glacé. Parfois, on a besoin d'agir jusqu'à la fin des fins.

L'eau était rance, mélange de cendres, algues, pourriture, merde et qui savait quoi d'autre. Sa température leur fit un choc. Rivka dit à Lamar de battre et battre des pieds aussi fort qu'il pouvait. Puis elle se força à avancer dans l'eau jusqu'au cou, en respirant très bruyamment. Sentant son corps se raidir, elle serra fort les liens de son sac-poubelle.

Bats des pieds ! Bats des pieds !

Il n'y avait pas beaucoup de courant, mais elle avait du mal à décrisper ses muscles. Son nez n'arrêtait pas de plonger dans l'eau immonde. Elle lutta pour maintenir sa tête hors de l'eau, et se risqua à regarder derrière elle. Lamar s'agitait dans tous les sens, son sac-poubelle tendu comme l'amarre d'un corps-mort, mais ils ne pouvaient rien faire pour le moment pour se secourir l'un l'autre. Elle continuait à nager vers la berge.

Bats des pieds ! Bats des pieds !

Il n'y avait de place que pour cette phrase dans son cerveau. Même lorsqu'elle heurta une chose à demi immergée, une chose qui était très probablement morte, il n'y avait que cette phrase, et cette action. Même lorsque le faisceau d'une lampe torche lui éclaira le visage, elle continua à battre des pieds vers lui. Lamar doubla Rivka – il apprenait vite, et il avait des jambes puissantes. Dès qu'il eut hissé son corps hors de l'eau, une fois debout sur la bordure de la digue, il prit une grande respiration puis il cria le nom de Rivka.

Rivka battit des pieds jusqu'à ce que Lamar l'attrape par l'épaule et la hisse hors de l'eau. Elle fondit en larmes, mais il était déjà en train de la tirer par le bras en direction de la rambarde métallique qui filait en haut de la digue. Des faisceaux de lampes torches les aveuglèrent. Rivka devina un demi-cercle de silhouettes obscures qui restaient immobiles tandis que Lamar peinait pour faire passer Rivka et leurs deux sacs-poubelles de l'autre côté de la rambarde, sur la terre ferme, tout comme elles étaient restées immobiles en les voyant peiner pour atteindre la rive. Tuer des inconnus était une chose ; les regarder se noyer sans rien faire... ça, c'était plus facile. C'était toujours plus simple de ne rien faire.

Lamar et Rivka étaient debout l'un à côté de l'autre, jambes flageolantes. Ils se tenaient la main et tremblaient violemment sous le puissant éclat des torches. Pendant quelques instants, personne n'osa bouger. C'était bon signe. Puis Lamar posa son sac-poubelle à terre.

— Éloignez-vous de ces sacs, aboya un homme. Ou vous retournez tout de suite dans cette rivière.

Lamar et Rivka obtempérèrent. Ils entendaient le bruit de leurs dents qui claquaient de froid. L'homme s'avança. La lumière découpa sa silhouette, l'entourant d'un halo. Il gardait son fusil braqué sur les nouveaux venus.

— Vous n'êtes que tous les deux ?

Rivka ne put que hocher la tête.

Je vous en supplie, soyez humain, pria-t-elle, répétant ce verbe et ce nom dans sa tête. *Soyez humain. Soyez humain…*

Sous le halo de lumière, Rivka perçut un motif camouflage. Elle s'avança et tendit sa main tremblante pour attraper la manche de l'homme. Il essaya de la maintenir à distance de bras, mais les doigts gourds de Rivka frôlèrent maladroitement les lettres brodées sur la poitrine de sa veste.

— Mm… McDevitt, parvint-elle à lire à haute voix.

Le reste du lettrage disait US ARMY. Les coudes du soldat se détendirent lorsqu'il l'entendit prononcer son nom, et il laissa Rivka s'accrocher à son torse.

— Je suis désolé, dit-il en tapotant son dos nu et mouillé. On aurait dû vous porter secours, mais il ne nous reste presque plus rien, et on est en train de se faire déborder…

Le soldat McDevitt soupira, mais il semblait se souvenir de son humanité et il ôta sa veste pour la passer sur les épaules frissonnantes de Rivka.

21

SCÉNARIO DE COLLISION N°123

Kourou, Guyane
Le 10 janvier
J-22 avant le lancement

AMY AVAIT TROUVÉ son second souffle. Ses actions avaient une vitalité affûtée et sauvage, allégée de toute graisse par l'urgence. Au sein de l'Opération, Amy avait trouvé son chez-soi, et, contre toute attente, c'était sur une base militaire que cela se rejouait.

L'ironie de la chose ne lui échappait pas ; durant toute la première moitié de sa vie, Amy n'avait eu qu'un seul souhait : vivre n'importe où *ailleurs* que sur une base militaire. Elle avait passé une grande partie de ses années d'adolescente recluse dans une toute petite chambre, à vivre dans les mondes inventés de ses romans, de ses BD, de ses cartes de Magic : L'Assemblée, et de ses sets de Donjons & Dragons tout usés. Dès qu'elle eut dix-huit ans, elle prit la fuite comme une chauve-souris hors des enfers, laissant derrière elle tout ce qui pouvait ressembler à la vie militaire, s'éloignant de tous les effets secondaires négatifs dont elle voulait se libérer : l'obéissance aveugle, le dogmatisme religieux, l'absence totale de diversité culturelle, et la propreté stricte.

Amy partit à l'aventure vers les villes trépidantes de l'Ouest et se délecta de la liberté et de la diversité qu'elles attiraient. Elle alla à des festivals de musique, visita des musées, assista à un meeting de campagne politique, mangea dans des restaurants ethniques et traîna dans des bibliothèques publiques. La seule chose qui pouvait la pousser à se retourner pour contempler la vie qu'elle avait quittée était la douleur de la solitude et de la dépression qui ne tarda pas à la gagner. Amy était une créature sociale habituée aux liens humains resserrés qui se tissent dans les communautés soudées. Déracinée vivant avec d'autres déracinés dans des petits appartements, elle ne pouvait nouer que des liens neufs et souvent éphémères. Elle quittait ses amis quand elle déménageait, ou quand eux s'en allaient vers de nouveaux boulots, de nouveaux lieux, ou bien vers le défi que représente le fait d'avoir des enfants.

Et là, dans le dernier endroit où elle l'aurait cherché, une base de lancement transformée en une base militaire internationale œuvrant à éviter l'annihilation de toute vie sur la planète, Amy avait enfin trouvé ce sentiment familier de coopération attentionnée et de but partagé – mais, cette fois-ci, avec la bonne tribu, sa tribu *choisie*. Ces hommes et ces femmes sauvaient la planète Terre, comme dans ses livres de science-fiction adorés, sauf que là, c'était réel.

Telles étaient les pensées qui tournaient dans la tête d'Amy lorsque son corps se trouva brusquement projeté en avant contre une ceinture de sécurité. La jeep dérapa vers le bas-côté.

— Baissez-vous !

Les deux Casques bleus assis à l'avant hurlèrent simultanément à Amy de s'aplatir. Ses yeux saisirent l'éclat violent des phares se réfléchissant sur du tissu blanc ; une silhouette humaine vêtue d'une blouse de laboratoire se dressait au milieu de la route. Le conducteur garda une main sur le volant tandis que de l'autre il décrochait son talkie-walkie pour appeler le quartier général. Le Casque bleu assis sur le siège passager dégaina son pistolet et parla à Amy sans quitter la silhouette du regard.

— Madame…

— Pour la millionième fois, appelez-moi Amy.

— Nous ne voulons pas surréagir, mais nous devons être très prudents.

À cause de Ben, pensa Amy. Elle était le ciment qui faisait – tout juste – tenir Ben debout.

— L'individu non identifié n'est pas armé, dit le conducteur dans son talkie-walkie. Il semble être seul. Il porte un badge de sécurité. Il est asiatique…

— Chinois, assura Amy.

Les ingénieurs de Chine continentale portaient tous, toujours, une blouse blanche.

— Les Chinois testent les panneaux solaires dans les hangars de préparation des charges utiles, ajouta-t-elle.

La jeep était à moins de trois kilomètres du bâtiment, mais Amy n'avait pas la moindre idée de ce qu'un ingénieur pouvait faire là, au milieu de la route, dans le noir. Le talkie-walkie grésilla.

— Il y a un poste de garde tout près, dit une voix du quartier général. Attendez les renforts.

— On est peut-être en train de faire une montagne de rien du tout, marmonna Amy.

— Il s'approche !

Le Casque bleu assis à droite sauta de la jeep en criant et en braquant son pistolet vers la silhouette. Amy entendit l'ingénieur chinois répondre en criant, en anglais. Elle ouvrit sa fenêtre et sortit la tête pour mieux voir. La silhouette en blouse blanche était maintenant plus proche, et regardait droit devant elle en plissant les yeux dans la lumière des phares.

— Je la connais ! cria Amy par la fenêtre.

Sa voix rauque s'éleva au-dessus de celles des autres.

— C'est une ingénieure parfaitement habilitée. Baissez vos armes !

Amy continua à crier jusqu'à ce que le Casque bleu abaisse son arme – mais il garda une main levée, paume dirigée vers l'ingénieure.

— Individu identifié, murmura le conducteur dans son talkie-walkie. Personne de sexe féminin…

— Zhen, dit Amy. Le nom de cette ingénieure, c'est Zhen.

Dr Zhen Liu, se souvint Amy en tendant le bras pour ouvrir sa portière.

— Attendez un instant, lui demanda le conducteur.

Amy grogna, mais elle obtempéra. Une autre jeep arriva à grande vitesse et s'arrêta à côté d'eux. Trois Casques bleus équipés de lampes frontales en descendirent. Celui qui menait la marche tenait un berger allemand en laisse. La pauvre Zhen avait l'air terrifié pendant que le gros chien s'affairait autour d'elle, la reniflant de partout à la recherche d'explosifs. Le deuxième Casque bleu attendit, fusil d'assaut pointé vers le bas, tandis que le troisième fouilla la blouse de Zhen puis scanna son badge à l'aide d'un lecteur portatif. Il leva le pouce.

— Tout est en ordre, dit le conducteur. Et son badge est réglo.

— J'aurais pu vous le dire, dit Amy d'un ton ferme. C'est moi qui ai supervisé son habilitation.

Le conducteur écoutait simultanément son talkie-walkie et les cris des Casques bleus.

— L'ingénieure demande à vous parler en personne, dit-il à Amy. Elle veut vous parler en privé, mais ce n'est pas prudent.

Amy n'en voulait pas aux Casques bleus de faire preuve de prudence. Ils ignoraient que personne n'avait grand-chose à perdre vu que l'Opération était vouée à l'échec. Cette mission était foutue depuis le début. Mais, alors même que tous les scénarios simulés et tous les scénarios imaginables conduisaient à l'échec (comme Ben le lui avait révélé en murmures frénétiques), l'Opération poursuivait son travail en espérant qu'il se produise quelque chose d'inimaginable, quelque chose d'anormal. Et si quelqu'un était bien anormal, c'était cette ingénieure plantée au milieu de la route – la seule femme du groupe de vingt-trois ingénieurs envoyés par la Chine, et également la seule à parler plusieurs langues.

Amy avait l'envie pressante de la chercher dans Google. Ben disait que la Chine avait fait des progrès vraiment spectaculaires dans sa course à l'espace. L'an dernier, elle avait même décroché le record mondial du plus grand nombre de satellites envoyés sur orbite. Et si cette ingénieure y avait joué un rôle ? Mais, de façon impardonnable, le service logistique avait catégoriquement refusé d'accorder à Amy un accès spécial à Internet. Elle ne pouvait que marcher à l'aveugle, en se fondant sur ses propres observations, et celles des autres.

Lorsque Amy était allée voir Jin-soo dans les hangars de préparation des charges utiles, des semaines auparavant, il était déjà tout à fait au courant du potentiel de Zhen, ayant reçu de nombreux rapports sur la façon dont elle accélérait les processus d'assemblage puis de tests des panneaux solaires du HYCIV. *Ses méthodes sont réellement exceptionnelles*, lui avait dit Jin-soo en un murmure rauque. *Et j'en ai vu, des ingénieurs, dans ma carrière.* Ce n'est qu'après avoir reconnu la singularité de Zhen que Jin-soo avait fini par accepter de lui montrer les plans du HYCIV.

Amy bondit hors de la jeep. Le conducteur fit de même et essaya de lui barrer le passage, mais Amy continua jusqu'à ce que leurs corps se heurtent. Elle posa sa main à plat sur la poitrine de l'homme et fit porter son poids sur lui. Ce geste intime le désarçonna, comme elle l'avait prévu. Amy fit un pas de côté pour le contourner et continua à avancer, puis elle fit signe à l'autre garde de s'écarter de Zhen, jusqu'à ce qu'il obtempère.

Désormais seule au milieu de la route, Zhen se protégeait les yeux à deux mains de la lumière des phares. Les cheveux noirs qui encadraient son visage rond volaient sous la brise tropicale nocturne et dévoilaient ses joues potelées. Elle fit signe à Amy de se rapprocher. Les bruits provenant des rangées et des rangées de campements militaires qui entouraient le portail de sécurité de la base de lancement empêchaient toute conversation paisible. Amy marcha lentement jusqu'à être assez proche pour voir les deux cicatrices que Zhen avait sur sa lèvre supérieure, comme des traits de cire de bougie luisants s'étirant jusqu'au nez. Les opérations chirurgicales qui avaient corrigé son bec-de-lièvre remontaient à plusieurs décennies, mais étaient encore visibles.

Zhen parlait anglais avec un fort accent mais s'exprimait avec beaucoup de fluidité et de précision, exactement comme dans le souvenir d'Amy.

— Vous avez demandé au Dr Lee de me montrer les plans du HYCIV, murmura-t-elle.

Amy fit oui de la tête. Elle avait une théorie sur les capacités de Zhen et très peu de temps pour la tester. Alors elle était allée parler directement à Jin-soo, dans l'espoir qu'il accepterait de consulter Zhen au sujet de la conception de son HYCIV.

— Il nous faudrait deux ans pour assembler ce modèle de HYCIV, dit-elle à Amy d'une voix hésitante. En utilisant tous les modules déjà prêts qui figurent sur la liste.

Mais la Terre n'avait pas deux ans.

— Avez-vous des *suggestions* à faire ? demanda Amy avec un peu de dureté dans la voix.

C'était bien le but de tout ce bazar, après tout.

— Unc seule, dit Zhen en jetant un coup d'œil nerveux à sa montre pour évaluer le temps passé. Il y a peut-être une solution. Mais j'ai besoin de votre aide. J'ai besoin de savoir s'il y a toujours un avion-cargo chinois stationné à l'aéroport.

Amy se retourna vers sa jeep et dit qu'ils pouvaient se rendre tous ensemble à l'aérodrome de Kourou en moins de dix minutes. Il était facile d'accès, et bien sécurisé à l'intérieur du second périmètre de l'Opération. Tout avion non-autorisé qui essayait de pénétrer dans la zone d'exclusion aérienne était d'abord averti par radio puis abattu s'il maintenait son cap. (Le bruit était atroce. La dernière fois que ça s'était produit, Amy s'était bouché les oreilles… puis elle s'était remise au travail. Il ne fallait jamais cesser de se remettre au travail…)

— Pas Kourou, dit Zhen en secouant la tête. Je parle de l'aéroport où tous les Chinois ont atterri. L'aéroport de Cayenne.

Cette destination augmentait considérablement la difficulté de sa requête. L'aéroport international de Cayenne était à une heure de voiture du périmètre de l'Opération, par une route qui longeait la côte vers le sud-est.

— *Si* cet avion est toujours à l'aéroport de Cayenne, vous devez m'arranger une entrevue, dit Zhen d'un ton pressant. Il faut que je parle au Dr Schwartz et au Pr Ochsenferrrd à propos de sa cargaison. Il faut que nous soyons seuls. Personne ne doit savoir.

Zhen se tut enfin, et laissa ses mots faire leur effet. Lorsque Amy essaya de lui demander quelle était sa solution pour qu'on parvienne à assembler l'engin spatial à temps, Zhen la coupa.

— *Si* l'avion est toujours à Cayenne, je l'expliquerai au Dr Schwartz et au Pr Och… Ochsenferr…

— Dites juste Professeur. Moi non plus, je n'arrive pas à prononcer son nom.

Amy attendit encore un peu, mais Zhen se contenta de regarder une nouvelle fois l'écran luisant de sa montre et de dire qu'elle devait se dépêcher de rejoindre son équipe aux hangars de préparation des charges utiles.

— Et sinon, tenta Amy, *si* votre avion *n'est pas* à l'aéroport de Cayenne ?

Zhen n'avait pas les mots pour dire l'horreur que ce destin alternatif lui inspirait. Mais c'était inutile ; Amy les comprit à la façon dont son visage se désagrégea : *Dans ce cas l'Opération échouera. Dans ce cas l'humanité n'en a plus pour longtemps.*

Au téléphone, Amy dut demander à Ben de ralentir et d'articuler. Dès qu'il s'excitait, Ben se mettait à parler trop vite pour la plupart des cerveaux. Seul le Professeur comprenait ce qu'il disait en temps réel.

— Moins vite, répéta Amy.

Ils se disputaient de plus en plus souvent à mesure que le temps s'écoulait, mais en réalité, ce n'était que Ben qui lui criait dessus comme il criait sur tout le monde.

— In-ter-rup-tion ! Mi-ni-male ! dit Ben d'un ton menaçant en articulant exagérément.

Amy raccrocha et ravala la boule qu'elle avait dans la gorge.

On ne pleure pas, se dit-elle à elle-même.

Ça allait à l'encontre des recommandations des médecins de l'Opération en cas de bouleversement émotionnel extrême. La procédure qu'ils conseillaient d'adopter était de (1) prévenir ses supérieurs d'une absence nécessaire ; (2) prendre un petit oreiller dans un des placards situés dans les grands couloirs ainsi qu'aux principales issues ; (3) chercher un lieu où l'on peut être seul, parce que les émotions sont contagieuses ; (4) pleurer, gémir, crier dans l'oreiller, pendant une durée pouvant aller jusqu'à cinq minutes ; (5) jeter son oreiller à côté du placard ; (6) prévenir ses supérieurs de son retour ; et (7) reprendre le travail.

On ne pleure pas, se répéta Amy, et elle passa directement à la dernière étape : reprendre le travail. Amy demanda à Troy Andrews, de la direction de l'ONU, de réserver une petite salle dans le bâtiment Janus dans la foulée d'une séance de travail de l'équipe chargée de l'astronautique.

Amy et Troy prirent la même jeep pour Janus et attendirent l'heure dite.

— Vous avez apporté les images prises par le drone? demanda-t-elle.

Troy acquiesça et leva sa mallette en cuir. Amy se souvint du jour de leur rencontre, alors qu'il venait d'atterrir en provenance de Manhattan. Il ressemblait alors à un trader fringant, les cheveux coiffés au gel, avec une pince en argent tenant en place sa cravate haute couture. Mais ça, c'était au début du mois d'août. Dans les semaines suivantes, Troy arrêta de se raser et commença à porter des T-shirts en coton, mais il avait toujours l'air vif, comme s'il appartenait encore à l'élite financière et culturelle de New York et qu'il ne faisait que jouer au safari. C'était fini. Troy était maintenant hagard, épuisé et en sueur, comme tout le monde.

— Vous vous souvenez de cette pince à cravate en argent que vous portiez? demanda Amy pendant qu'ils patientaient dans le couloir.

Troy acquiesça.

— Ah, ces choses dont je me souciais…

Amy hocha la tête. Elle continuait à se décolorer les cheveux pour que Ben ne s'inquiète pas de la croissance de ses racines et du temps qui passait, mais pour le reste, elle n'était pas du tout apprêtée: pas de maquillage, pas de bijoux, pas de parfum. Elle tenait ses cheveux gras coiffés en queue-de-cheval à l'aide d'élastiques qu'elle gardait aux poignets. Comme une grande partie des ingénieurs, Amy avait aussi cessé de s'habiller avec ses vêtements habituels, et ne portait plus qu'un treillis anonyme. Avec sa peau pâle immaculée, ses grands yeux et ses cheveux platine, elle ressemblait à une poupée victorienne – une poupée victorienne affublée d'un tatouage et en tenue camouflage. Elle aurait pu avoir l'air parfaitement ridicule ; en fait, ça lui allait très bien.

Après avoir consulté sa montre, Amy frappa fort à la porte de leur salle de réunion. À l'intérieur, on entendait des bruits de pas et des murmures. Amy attendit un instant, puis ouvrit la porte et entra dans la pièce. L'équipe de l'astronautique était en train de terminer sa réunion et ses membres se lamentaient de se faire toujours avoir en matière de ressources parce qu'ils étaient systématiquement les derniers servis. C'était probablement vrai. Si les autres équipes échouaient – HYCIV, nucléaire, préparation d'Ariane, sécurité, logistique et lancement – rien de ce que ces experts en mécanique spatiale pouvaient dire ou faire n'avait une quelconque importance.

Détendez-vous et laissez-nous bosser, bande d'enfoirés, pensa Amy.

Elle n'était pas d'humeur patiente et était prête, si nécessaire, à les faire tous sortir de la pièce en les tirant par les cheveux. Les membres de l'équipe astronautique reçurent le message et se dépêchèrent de libérer les lieux avec leurs documents et leurs ordinateurs portables. Amy appela Ben. Il était pile au-dessus d'eux, dans la salle Janus – juste un tout petit trajet en ascenseur. *Interruption. Minimale.*

— On est là, dit-elle, puis elle raccrocha.

Troy connecta son ordinateur à l'écran plat fixé sur le mur du fond. Il ouvrit le fichier vidéo d'un film tourné par un des drones de la sécurité. Amy les avait vus voler dans le ciel. Au premier regard, sans rien pour évaluer les distances et les échelles, ces drones militaires ressemblaient à de petits avions, et n'avaient rien à voir avec les bruyants modèles du commerce qui bourdonnaient comme des insectes. Les Predator de l'Opération traçaient de grands cercles dans les airs avec la grâce de condors de Californie, filmant les lieux avec des caméras optiques et infrarouges.

Une image fixe apparut sur l'écran, avec un time-code arrêté dans le coin inférieur gauche. Amy avait devant les yeux une vue aérienne montrant des arbres comme des têtes de brocoli autour d'une longue route menant à l'aéroport situé aux marges de Cayenne. Troy passa la vidéo prise par le drone qui volait vers le sud en avance rapide jusqu'à ce qu'on aperçoive une piste d'atterrissage. Tout au bout, on voyait un avion très gros et très large – le Xi'an Y-20 de Zhen, avec le drapeau rouge de la République populaire de Chine peint sur le métal mat de sa queue. Plus de cent hommes en armes postés à intervalles réguliers montaient la garde tout autour de l'appareil.

Amy entendit la voix de Ben dans le couloir. Il ne tarda pas à apparaître, vêtu lui aussi d'un treillis militaire, poussant le Professeur dans un fauteuil roulant. Ils étaient encore en train de parler de questions traitées par l'équipe nucléaire.

— Merci de nous accorder un peu de votre temps, dit Amy dès qu'ils franchirent le seuil.

Le Professeur se redressa dans son fauteuil et regarda Amy avec un petit sourire. Elle savait que ses médecins étaient très généreux avec la codéine et lui donnaient chaque jour double ou triple dose de cachets qu'il pouvait avaler à son gré avec le cocktail réglementaire de molécules contre le paludisme, contre la dépression, contre l'anxiété, plus de la Ritaline, et, pour les personnes qui n'avaient pas de problèmes cardiaques, des amphétamines. Le Professeur avait beau être pâle comme la mort, c'était le plus joyeux de tous les scientifiques qu'Amy pouvait croiser. Elle se demanda quel effet sa mort inéluctable allait avoir sur le moral des troupes.

Légèrement penché en avant, en appui sur les poignées du fauteuil roulant, Ben n'avait quant à lui pas l'air beaucoup plus frais. Quelques jours auparavant, il s'était endormi alors qu'il était en train de parler à une salle remplie d'ingénieurs. Ses mots s'étaient transformés en bouillie en plein milieu d'une phrase, et son visage s'était éteint. Avant que quiconque ait le temps de réagir, il s'était effondré. Il essaya de se relever, mais il n'arrêtait pas de tomber, encore et encore. Ça avait déchiré le cœur d'Amy, mais elle ne pouvait rien faire d'autre que le faire dormir, le faire manger, et lui faire prendre ses foutus cachets. Tout le monde devait aider Ben à se sacrifier pour la cause. Ça la rendait malade.

Elle alla fermer la porte et déclara que leur discussion devait rester confidentielle.

Lorsqu'elle passa devant Ben, il lança d'une voix forte :

— On n'a pas le temps pour ces conneries, Amy.

Jamais il ne lui aurait coupé l'herbe sous le pied comme ça. Jamais, sauf là. Amy se racla la gorge et montra du doigt l'image fixe affichée sur l'écran mural. Troy s'adressa au Professeur, en évitant de croiser les yeux de Ben rivés sur la croissance de sa barbe.

— C'était un de nos derniers arrivages en provenance d'Extrême-Orient, dit Troy. La Chine a été la dernière à s'engager dans l'Opération, comme vous vous en souvenez. Cet avion a atterri à la mi-novembre, mais, depuis, il est resté garé sur le bord de la piste.

Amy vit la surprise sur le visage de Ben lorsqu'il reconnut enfin Troy Andrews, un des seigneurs et maîtres de l'ONU qui se terraient dans les bâtiments de l'administration depuis le début du mois de septembre. Même à l'intérieur de cette bulle protectrice, nombre d'entre eux étaient devenus méconnaissables, tant pour les autres que pour eux-mêmes. Mais pas Amy. Elle n'avait jamais été aussi fatiguée, aussi tendue, mais elle était resplendissante.

— Pourquoi ne pas parler ouvertement ? le coupa le Professeur. Pourquoi tous ces secrets, tous ces complots ?

La lumière des néons ricochait sur son crâne chauve moucheté de taches de vieillesse. Amy remarqua des perles de sueur, malgré la climatisation.

— J'ignore pourquoi tout cela doit demeurer confidentiel, répondit Amy en secouant la tête, mais Zhen dit qu'elle a la solution.

— Un vrai *deus ex machina*, dit le Professeur d'un ton moqueur.

Amy sursauta lorsqu'un éclair d'excitation lui parcourut le corps pour aller chatouiller ses extrémités. Combien de fois s'était-elle demandé, *Cette comète est-elle réelle ? Comment tout ça peut-il être réel alors que ça ressemble tellement à mes romans et mes séries de science-fiction ?* Il y avait quelque chose de très étrange dans cette affaire – ce n'était pas vraiment un sentiment de déjà-vu ; c'était plutôt comme d'avancer sur le chemin bien connu du destin.

— C'est une expression, dit soudain Ben, brisant le silence.

Amy savait bien sûr que c'était une expression. Elle et Ben avaient discuté de ce procédé narratif à de très nombreuses reprises.

— Qui signifie… poursuivit le Professeur en ne s'interrompant qu'un bref instant pour se tourner vers Troy, qu'à moins que votre ingénieur n'ait le pouvoir de convoquer un dieu, la probabilité pour qu'il ait une solution nous permettant de construire un HYCIV en état de marche dans le ridicule laps de temps qu'il nous reste est à peu près égale à zéro…

— Mais *pas absolument* égale à zéro, dit Amy en se ressaisissant enfin.

Elle savait combien les scientifiques détestaient poser ce genre d'affirmation. L'univers leur avait donné tort à de trop nombreuses reprises. Le Professeur soupira et hocha la tête, concédant qu'une probabilité proche de zéro laissait une infime place à l'ordre du possible.

— Mais il est plus vraisemblable qu'il mente ou qu'il se trompe, dit le Professeur d'une voix triste.

— *Elle*, le corrigea enfin Amy. Si Zhen se trompe ou ment, alors pourquoi tous ces soldats montent-ils la garde autour de l'appareil ?

La bouche du Professeur se referma immédiatement.

Amy se tourna vers Troy, mais il était en train de perdre la maîtrise de ses facultés. Le Professeur venait d'avouer que l'Opération était vouée à l'échec, et n'était plus qu'une cause perdue.

— Troy ?

Il se tenait bouche bée, face à l'apocalypse. *Tout le monde et toutes les choses vont mourir…*

— Troy ! hurla Amy à pleins poumons.

Il ne cligna même pas des yeux. Les médecins de l'Opération avaient appelé ce genre d'état la catatonie de la comète. Amy se rua sur l'ordinateur portable de Troy et parcourut rapidement du regard son bureau encombré. Elle ouvrit un autre fichier vidéo que Troy avait récupéré du drone. Le time-code avait progressé d'un peu moins de deux mois.

— Ces images ont été prises il y a quelques jours, dit Amy à Ben et au Professeur.

Il y avait à peu près deux fois moins de soldats chinois montant la garde autour de l'avion.

— Regarde son aile, dit-elle à Ben d'un ton pressant.

Une série de bâches en plastique partait du rebord de l'aile gauche de l'appareil et descendait jusqu'à des contenants posés à même le sol.

— Ils récoltent l'eau de pluie parce qu'ils sont probablement à cours d'eau potable. Troy a parlé avec des membres de l'équipe de sécurité qui est toujours là-bas. Ils lui ont dit que les soldats chinois étaient partis les uns après les autres parce qu'ils meurent de faim. Ils n'ont plus de rations. Ils sortent de la zone de sécurité en titubant, ne portant que leurs armes, et ils ne reviennent pas. Les autres restent monter la garde autour de cet avion. Pourquoi ?

Aucun des deux hommes ne se hasarda à répondre, mais la question avait toute leur attention. Le Professeur tapota sa canne posée sur ses genoux. De ses dix doigts arthritiques, il jouait sans y songer un concerto de piano pendant que ses yeux et ses pensées demeuraient rivés sur l'appareil pixélisé. Soudain, son index se dressa pour se tendre vers la tête de Ben.

— Diseur de bonne aventure, dit-il d'une voix songeuse, dans vos cent vingt-deux scénarios de collision, y en a-t-il un seul qui prenne en compte l'intervention d'un *deus ex machina* ?

Ben secoua la tête. Les scénarios de la Conférence de défense planétaire s'efforçaient tous de simuler des situations et des résultats plausibles. Mais là, le non-plausible faisait irruption dans la réalité – et c'était exactement ce dont ils avaient besoin. La vérité pouvait être plus étrange que toutes les fictions dont Amy se délectait.

Ben hocha la tête et dit :

— Voyons ce que cette Zhen veut nous dire.

Deus ex machina est une expression latine signifiant "dieu sorti de la machine".

Le dictionnaire *Merriam Webster* en propose deux définitions :

1. Dans le théâtre antique grec et romain, désigne un dieu introduit au moyen d'une grue [...] pour décider du résultat final.

2. Dans un roman ou au théâtre, personne ou chose qui apparaît ou qui est introduit de façon soudaine et inattendue pour apporter une solution artificielle à un problème apparemment insoluble.

22

ZHEN

Kourou, Guyane
Le 12 janvier
J-20 avant le lancement

ZHEN SURSAUTA lorsqu'elle vit un gros grillon avec ses grandes antennes en bas d'un panneau solaire. Elle recula d'un bond et leva les yeux vers les cellules de silicium qui s'étendaient jusqu'au plafond – toutes infestées de grillons !

Ça ne pouvait pas être réel. Zhen ferma les yeux, mais dut les rouvrir lorsqu'elle se sentit tomber. Le sol de la salle blanche lui paraissait soudain incliné, mais au moins les grillons avaient disparu. Elle tendit le bras vers l'ingénieur qui se trouvait à côté d'elle et s'appuya sur son épaule jusqu'à ce que son sens de l'équilibre reprenne le dessus. Lorsque Zhen se tourna vers son voisin, elle vit des yeux marron clair au-dessus du masque, sans pli épicanthique, avec quelques taches de rousseur et un grain de beauté au-dessus du sourcil droit. C'était Albert, membre de l'équipe du Centre spatial guyanais. Zhen lâcha prise ; elle aurait pu le remercier en français, mais c'était inutile. Ils se soutenaient tous les uns les autres.

Albert continuait à diriger les opérations des ingénieurs et techniciens qui repliaient et emballaient les panneaux solaires terminés. Dans les deux jours suivants, ils allaient être acheminés par voie ferrée jusqu'au hangar d'assemblage final, où on les logerait, pliés selon leurs charnières comme des origamis, dans la fusée Ariane.

Zhen appuya sur un bouton de sa montre et bascula de l'affichage du compte à rebours à celui de l'heure. Cela faisait trente-neuf heures et trente-huit minutes que Zhen n'avait pas dormi. Dans vingt-deux minutes, une alarme discrète retentirait pour la prévenir que ses facultés allaient commencer à défaillir de plus en plus sérieusement ; elle aurait plus d'hallucinations, plus de pertes d'équilibre, plus d'accès de colère, plus de bouffées de paranoïa, et moins de capacités de concentration. C'était ce que Zhen avait appris au fil de sa vie d'adulte, même si c'était la première fois qu'elle se privait de sommeil sur une si longue durée.

Les hallucinations qu'elle avait eues dans le hangar de préparation des charges utiles n'avaient jusqu'à présent pas eu le moindre sens : murs qui enflent, visages humains qui jaillissent hors d'objets inanimés, ou encore masses informes en mouvement aux marges de son champ de vision. Mais les grillons étaient des porte-bonheur. Au-delà de la privation de sommeil, c'était peut-être le signe que la chance s'apprêtait à tourner pour l'Opération, et dans le bon sens. Zhen leva la main pour faire signe à Albert et à trois de ses collègues ingénieurs. Ils hochèrent tout de suite la tête lorsqu'elle montra l'écran de sa montre. Le programme de repos de Zhen par tranches de quarante heures était bien connu ; seul son superviseur, Quon, se permettait parfois de la juger à ce sujet. Il avait ordonné à tous les autres ingénieurs chinois de travailler jusqu'à ce qu'ils s'effondrent et qu'on doive les porter pour sortir.

Zhen s'éloigna vers le mur de la vaste salle blanche, bien à l'écart de la masse des ingénieurs et interprètes agglutinés sous les panneaux solaires encore en attente d'être pliés. Alors qu'elle marchait d'un pas vif le long du mur, Zhen pensait à la salle blanche d'à côté, où le Dr Jin-soo Lee et le reste de l'équipe HYCIV s'affairaient frénétiquement sur leur mission impossible. Malgré tous les modules déjà construits que l'Opération avait pu se procurer, il restait encore trop de pièces complexes à construire à partir de zéro, puis à tester, avant la fenêtre de tir. L'Opération était vouée à l'échec… sauf si Zhen agissait seule.

Elle consulta sa montre et accéléra le pas, mais pas suffisamment. Quon l'intercepta et lui bloqua le passage vers la sortie. Les yeux de Quon se rivèrent sur la bouche de Zhen, comme ils le faisaient toujours. Il lui parla en grimaçant, parce qu'il connaissait l'existence des cicatrices sous le masque chirurgical et qu'il avait la désagréable impression de se faire berner par cette Zhen qui avait l'air d'une femme parfaitement bien formée – d'une jolie femme, même.

— On en a encore eu un autre qui s'est effondré, lui dit-il. C'est Wang, cette fois.

Zhen ne dit rien. Elle avait essayé d'instaurer des pauses de repos à heures fixes pour les membres de son équipe, mais les Chinois accordaient beaucoup d'importance à la notion de sacrifice individuel, qu'ils poussaient à l'extrême, malgré le gâchis regrettable que cela entraînait. Les yeux de Quon s'animèrent furtivement. Ils se parlaient en mandarin, mais il y avait plusieurs interprètes à proximité, prêts à intervenir en cas de besoin.

— On m'a rapporté des rumeurs selon lesquelles vous auriez eu une entrevue avec leur direction, dit Quon à voix basse. Une entrevue secrète.

Zhen sentit son pouls s'accélérer dans ses oreilles et dans son cou. Elle retint sa respiration et attendit que Quon lui parle d'Amy et de leur rencontre sur la route.

— Votre supérieur, c'est *moi*. Pas eux. Pas le Dr Lee, dit Quon en faisant un signe de tête en direction du mur qui les séparait de l'équipe HYCIV. Vous ne devez en aucun cas lui parler seule.

Zhen fut immédiatement soulagée de voir qu'il ne savait pas tout ce qu'elle avait fait – mais en même temps, elle éprouva de la colère. Travaillant pour l'Administration spatiale nationale chinoise, Zhen s'était toujours montrée éminemment docile. Mais ça, c'était avant ; on était maintenant face à l'imminente apocalypse de la comète UD3. Zhen devait trouver la force de s'extraire du moule solide et parfaitement ajusté de l'obéissance, comme un poussin vulnérable sortant de sa coquille.

— On n'a plus le temps, dit-elle. *Nous tous*, ajouta-t-elle en osant faire un grand geste circulaire pour englober toutes les nations présentes dans la salle blanche, et la famille humaine dans son ensemble.

— Nos ordres sont d'*attendre*, dit Quon entre ses dents serrées.

En novembre, les ingénieurs chinois étaient montés à bord d'un avion-cargo Xi'an Y-20 à destination de l'Amérique du Sud. Pékin avait accepté de participer à l'effort international… officiellement. Officieusement, cette décision était loin de faire l'unanimité. Une faction minoritaire avait entamé des pourparlers avec Moscou, et faisait pression pour que la Chine se joigne à l'effort russe.

Lorsque l'avion de Zhen atterrit à Cayenne, son chargement humain d'ingénieurs débarqua et fut acheminé vers le centre spatial, mais les soldats et pilotes restèrent pour monter la garde autour de l'appareil et *attendre*. Le gouvernement chinois déciderait soit de se joindre à l'effort russe et de rapatrier tous ses ingénieurs et toutes ses ressources, soit de soutenir pleinement l'effort international… et de révéler le secret d'État que constituait l'autre cargaison de l'avion, un secret capable de faire pencher la balance de l'extinction vers la survie.

— L'ONU bloque certainement toutes les communications en provenance de Pékin, murmura Quon en regardant autour de lui.

C'était possible. Grâce à sa bonne maîtrise de l'anglais et du français, Zhen était devenue amie avec de nombreux ingénieurs d'autres équipes. Certains chuchotaient que la NASA avait calculé que la trajectoire de la comète lui ferait frapper la Chine. Le gouvernement de tutelle de Zhen avait pu décider de lier ses forces à celles de ses voisins russes après avoir fait ses propres calculs. L'Opération aurait alors mis l'embargo sur cette information et ignoré les exigences chinoises. Mais il y avait aussi d'autres possibilités. Un ingénieur du nom de Cheung avait été le dernier Chinois à rejoindre l'Opération. Venu en remplacement d'un collègue mort d'une crise cardiaque, il avait atterri juste avant que l'Opération ne ferme ses portes à tout nouvel arrivant. Il était porteur de nouvelles terrifiantes.

— Cheung a dit…

— Je sais ce que Cheung a dit, la coupa Quon.

La mâchoire de Zhen se referma mais ses yeux embrasés parlèrent pour elle : *L'heure est venue ! L'heure est venue pour vous de nous guider.*

Zhen était une femme de quarante-six ans sans pouvoir véritable. Quon était un ponte du Parti communiste, et c'était son aîné. Il n'avait pas la moitié des capacités intellectuelles ni de l'expérience de Zhen, mais il était habilité secret-défense et il savait ce que la soute de leur Y-20 cachait. Cette information pouvait soit sauver l'Opération, soit continuer à faire des trous dans leur santé mentale pendant que le compte à rebours défilait. Mais, alors qu'ils s'observaient en silence, Quon ne donnait aucun signe d'une quelconque intention d'agir. On lui avait confié ce poste de chef parce que ce n'était qu'un suiveur. Zhen fit un pas de côté, le contourna et s'en alla sans se retourner lorsqu'il cria son nom.

Après avoir enlevé sa tenue de salle blanche, Zhen sortit sur le parking qui s'étendait derrière les hangars de préparation des charges utiles. Des mégots de cigarettes gorgés d'eau couinèrent sous ses semelles. Un cercle de fumeurs coupables se tenait près de la porte, tirant des taffes des dernières cigarettes de l'Opération. Deux de ces fumeurs étaient chinois. Honteux, ils détournèrent immédiatement le regard en la voyant, mais en réalité Zhen appréciait le caractère normal de leur activité. Plus touchante encore était la façon qu'ils avaient de fermer les yeux pour savourer une bouffée d'air chargée de nicotine avant de passer sans un mot la précieuse clope à leur voisin.

Sur l'extrême frange du parking se trouvaient une cantine et une clinique de fortune. Zhen fit la queue pour se voir remettre un repas froid dans un sac en papier qu'elle fourra dans la poche de sa blouse. Pour continuer à avancer, elle dut enjamber des ingénieurs allongés sur le sol pour dormir, et d'autres que l'on nourrissait à la petite cuiller, comme des enfants. À force de ne jamais prendre le temps de manger correctement, ils avaient perdu quasiment toute leur graisse. Zhen devait avoir l'air tout aussi décharné. Ses vêtements flottaient, elle n'avait plus ses règles.

Des soignants avaient mis les ingénieurs les plus malades sous perfusion. Si on n'arrivait pas à les remettre sur pied sur place, on les transférait vers une infirmerie. Certains en revenaient, mais la plupart, non. Zhen vit que Cheung se trouvait parmi eux, avec sa blouse blanche. Ses mains étaient prises de violents tremblements, mais son regard était fixé sur le lointain, contemplant des distances que lui seul connaissait. Zhen s'arrêta pour murmurer son nom et le secouer doucement par l'épaule. Il était dangereux d'afficher des symptômes de catatonie de la comète, parce que la rumeur disait que c'était contagieux.

— Cheung, murmura-t-elle. Reviens.

Zhen le secoua plus fort, en se souvenant de ce qu'il avait dit à son arrivée : la Chine rouge était redevenue un bain de sang silencieux. Les parents et la vieille tante de Cheung disaient que les famines causées par l'annonce de la comète étaient semblables à celles qu'ils avaient connues durant le Grand Bond en avant, au milieu du XXe siècle. Les gens mangeaient de l'herbe et des écorces en plein jour, et, la nuit, des bébés et des enfants disparaissaient.

Soudain, Cheung sursauta et cligna des yeux.

— Ça va empirer, dit-il dès que ses yeux parvinrent à faire la mise au point sur Zhen.

— Chez nous ?

— Partout, répondit-il avant de tourner la tête sur le côté.

Le monde sombrait dans le chaos et la dévastation. Il était tout à fait possible que si la République populaire de Chine n'envoyait aucun ordre, c'était parce qu'elle n'existait plus.

Une zone densément boisée entourait le périmètre clôturé des hangars de préparation des charges utiles. Pour l'atteindre, il fallait d'abord traverser le parking de derrière, puis passer par-dessus une clôture de grillage. La première fois que Zhen s'était aventurée dans ces bois, à la recherche d'un lieu où dormir tranquille, elle avait attaché le bout d'une bobine de fil électrique au grillage de la clôture. Tournant rapidement les poignets pour dérouler du fil, Zhen s'était enfoncée dans les bois en marchant à reculons. Au bout de soixante-dix pas, elle ne voyait plus les lumières des projecteurs sur le parking, et elle n'entendait plus de bruits humains au-dessus du vacarme des insectes. Au bout de cent trente-deux pas, elle avait trouvé un petit groupe d'arbres étranges – c'était le premier repère dont elle se souvenait et qu'elle pouvait reconnaître.

Ces arbres avaient des globules sombres, comme des raisins, poussant à même l'écorce. Zhen attacha l'autre bout de son fil à l'un des arbres, s'assurant un chemin de retour vers les hangars, puis cueillit un de ses fruits étranges. Était-il comestible ? À son retour, elle le décrivit à un interprète, et demanda si les gens du coin le mangeaient, mais il secoua la tête. Personne n'avait de contacts avec la population guyanaise locale, dit-il, en dehors des soldats en armes qui patrouillaient à l'extérieur du périmètre. Il avait l'air très triste en disant cela.

Toutes les quarante heures, Zhen suivait son chemin de fil électrique jusque dans les bois. Elle était née et avait grandi à Chongqing, une des mégalopoles chinoises, et était habituée au béton, aux panneaux indicateurs, aux foules de gens, et aux cartes qui s'affichaient sur l'écran de son téléphone. Elle n'avait pas l'habitude de s'orienter dans la nature, où toutes les directions avaient l'air identique. Mais même de nuit, la lune cachée par les nuages, elle pouvait trouver son chemin en gardant une main sur le fil et l'autre tendue devant elle, jusqu'à ce qu'elle sente le contact de l'écorce de ces arbres aux fruits bulbeux.

— Pour me parler en privé, avait-elle dit à Amy après avoir arrêté sa jeep sur la route au milieu de la nuit, vous n'aurez qu'à suivre mon fil jusqu'à ces arbres. J'y suis toutes les quarante heures.

Zhen avait suspendu ses espoirs à toutes ces inconnues parce qu'elle n'avait pas d'autre choix. Cette Amy, avec sa coiffure et ses tatouages cyberpunks, devait convaincre les chefs de l'Opération de rencontrer Zhen en secret. Amy n'était ni une ingénieure, ni une soldate, ni une agente du gouvernement. Zhen n'était pas sûre de son titre officiel; elle savait seulement qu'elle ne semblait rendre de comptes à aucune autorité. C'étaient les autres qui lui rendaient des comptes.

Il y avait d'autres inconnues, des inconnues qui lui serraient la gorge, l'empêchant de parler, l'empêchant de respirer. L'avion-cargo chinois Y-20 était-il toujours stationné sur l'aéroport de Cayenne ? Sa cargaison secrète était-elle toujours tenue sous garde armée ? Zhen avait vérifié l'état des containers hermétiques à leur atterrissage en Guyane. Elle avait manipulé son propre nouveau-né, qu'elle avait porté en elle pendant trois ans, avec des gestes d'une douceur incroyable. Tous les containers étaient alors intacts, mais que se passerait-il s'ils avaient été endommagés depuis ?

Zhen dut se forcer d'arrêter de réfléchir. La terreur tue l'élan. En plus de ça, Zhen trouvait son repas froid – deux tranches de pain avec de la confiture et une pâte de quelque chose qui sentait comme de l'arachide et ressemblait à de l'excrément – à peu près immangeable. Son estomac avait tendance à se rétrécir au cours de ses longues séances de travail, et le remplir n'était pas chose plaisante. Elle allait devoir attendre son réveil pour finir ce sandwich.

Zhen enleva sa blouse et la plia bien soigneusement. L'allure formelle qu'elle lui donnait ne la dérangeait pas. Elle appréciait tout ce qui pouvait camoufler son apparence physique en une silhouette au sujet de laquelle personne ne s'interrogerait, voire que personne ne remarquerait. Mais là, loin des autres et loin de l'air conditionné, cette blouse était trop chaude et lui était plus utile pliée en oreiller. Elle la plaça au pied d'un buisson dense et s'allongea.

Quel ciel bleu éclatant ! Zhen était habituée à l'épaisse couverture de smog qui infestait toutes les grandes villes de Chine. Là, l'air était pur, sans goût, sans odeur, sans âcreté. Elle inspira profondément en faisant jouer son diaphragme et regarda les nuages blancs immaculés filer dans la brise et prendre des formes étranges aux contours à la fois nets et cotonneux. Zhen ferma les yeux et essaya de dormir. Elle essaya de ne pas penser aux membres de sa famille. Ils étaient sûrement morts, mais…

Zhen descendait d'une longue lignée de mathématiciens qui avaient appris à survivre dans les temps les plus durs – ce fait était sa seule source d'espoir. Zhen elle-même était le résultat heureux d'une enfance passée en tant que deuxième née, juste avant qu'entre en vigueur la politique de l'enfant unique. Elle avait cinq ans, des petites couettes et des cicatrices rouges sur sa lèvre supérieure, quand Deng Xiaoping était arrivé au pouvoir en 1978, et avait procédé aux réformes qui avaient ouvert les frontières et l'économie de son pays.

Les membres de sa famille s'étaient tous cotisés pour envoyer Kuo, le frère aîné de Zhen, faire ses études à Cambridge. Zhen ne s'était jamais attendue à devenir une "tortue de mer" qui quitterait la Chine pour étudier à l'étranger, quand bien même sa famille aurait eu les moyens de financer deux fois une telle extravagance. Sa mère voulait qu'elle aille à l'université de Pékin, et son père voulait qu'elle aille à celle de Tsinghua, mais Zhen ne s'imaginait pas ne pas pouvoir revenir voir ses parents. Elle fut plus qu'heureuse d'entrer à l'université de Chongqing, en tant que plus jeune élève jamais admise.

En 1989, Zhen fêta son seizième anniversaire et elle s'apprêtait à recevoir son diplôme avec les félicitations lorsque les étudiants manifestèrent sur la place Tian'anmen et refusèrent d'en partir. La famille Liu lut des articles sur cette occupation dans *Le Quotidien du peuple*, pendant que d'autres journaux étatiques refusaient d'en parler. Les manifestants s'attirèrent la sympathie de nombreux lecteurs chez qui ils suscitaient de l'espoir, et firent remonter des souvenirs enfouis chez d'autres. En mai, quand la radio annonça que le gouvernement chinois allait décréter l'état de guerre à Pékin, la mère de Zhen perdit tous ses moyens.

— Ça recommence, chuchotait-elle toute seule. Ils vont disparaître. Ils sont trop jeunes pour savoir.

Les horreurs qui s'étaient déroulées sous le président Mao et son Armée rouge de travailleurs et de paysans lui revenaient à l'esprit.

— Des sangsues, dit-elle un soir à Zhen en faisant les cent pas dans sa chambre. Il y avait des sangsues dans les rizières.

Elle se donna des claques sur les tibias en guise d'explication. La mère de Zhen, récemment orpheline, faisait partie des millions de jeunes que le régime avait envoyés travailler aux champs dans des communautés agricoles de la Chine rurale.

— Je les vois encore, murmura-t-elle à sa fille.

Le souvenir de la vision de ces eaux gelées prises sous une fine pellicule de glace, et de ses jambes nues couvertes de ces parasites noirs, perlées de sang rouge aux endroits des morsures, était si vif que c'en était presque une hallucination.

— Je ne peux pas y retourner, se promit la mère de Zhen. Ils devront m'expulser de mon appartement dans une caisse en bois.

Le père de Zhen était plus lucide et plus direct.

— Si tu te trouves du mauvais côté d'une révolution, Zhen, tu te fais broyer. Et tous nos espoirs pour l'avenir mourront avec toi. Notre famille se fera ostraciser. Je perdrai mon emploi, et nous deviendrons des mendiants.

Il voyait que les oreilles et l'esprit de Zhen étaient ouverts aux promesses de la démocratie, mais elle ne comprenait pas les dangers. Il devait faire appel à sa raison et à son sens du devoir. Que le peuple soit gouverné par l'appât du gain de quelques-uns ou l'idiotie des masses, expliqua le père de

Zhen, cela ne valait pas qu'on détruise leur famille. Il parlait calmement, mais Zhen continuait à entendre la peur dans sa voix, en même temps que les bruits de pas de sa mère qui marchait en rond.

Zhen devait tout à sa famille. Au lieu de rejoindre le mouvement pour la démocratie de 1989, elle resta chez elle pendant que les soldats de l'Armée populaire de libération tiraient à balles réelles sur leur propre peuple. Très vite, il y eut des purges. Zhen reçut son diplôme universitaire en tant que major de sa promotion alors même que de nombreux autres étudiants et professeurs venaient de disparaître des radars. Ceux qui étaient restés silencieux et apeurés avaient le droit de poursuivre leur vie. Zhen poursuivit la sienne.

Bon nombre de ses amis s'étaient mariés dans les années suivant leur sortie de l'université, mais Zhen n'avait pas de prétendant. Si l'on faisait abstraction de ses cicatrices, elle se situait quelque part dans le spectre qui va de banale à jolie. Mais personne ne faisait abstraction de ses cicatrices. Les parents de Zhen pouvaient se permettre d'être cléments à cet égard. Après tout, leur fils aîné assurerait la descendance de la famille. Zhen était leur numéro deux porte-bonheur. Ils l'encouragèrent à poursuivre son éducation. Les filles qui faisaient un doctorat étaient étiquetées *di san xing*, ce qui signifiait "du troisième sexe". Mais Zhen était déjà impossible à marier et avait peu à perdre.

À vingt-huit ans, elle était considérée comme une des *sheng nu*, ou "femmes restantes", comme les morceaux de légumes trop durs ou trop détrempés qu'on laisse sur le bord de son assiette. Tout le monde supposait que Zhen resterait dans le monde universitaire, mais le gouvernement la recruta, comme il avait recruté son grand-père cryptographe, peu après qu'elle eut fini son doctorat. Les leaders du Parti voulaient renforcer leur programme spatial ; ils voulaient un programme qui fût digne de la superpuissance qu'ils représentaient, et source de fierté nationale.

Pour intégrer ce programme, Zhen avait dû jurer fidélité à l'héritage de Mao Zedong et adhérer au Parti communiste. Elle le fit en rendant son passeport et en abandonnant ses rêves de voyages autour du monde. Elle ne pouvait rien faire d'autre que garder la tête basse, s'occuper de sa famille, et satisfaire les attentes des autres. Zhen survécut, mais se fit la promesse que, le moment venu, lorsqu'il y aurait plus à gagner et moins à perdre, elle se lèverait et se battrait avec honneur dans le camp du bien. Tel était son destin.

23

LA RENCONTRE

Kourou, Guyane
Le 14 janvier
J-18 avant le lancement

— JE NE SAURAIS trop vous recommander un bon lavement, déclara le Professeur.

— C'est noté, dit Ben en poussant le fauteuil roulant du vieil homme vers le hall du bâtiment Janus.

Il laissa le Professeur bavasser, shooté aux médicaments antidouleur. Amy lui proposa de le remplacer, mais il l'ignora. Ben s'appuyait aux poignées du fauteuil autant qu'il le poussait.

— Je ne voudrais pas paraître ingrat, se dépêcha d'ajouter le Professeur. La codéine m'a fait du bien. Et maintenant, la morphine est un véritable don du ciel – mais ça vous bouche les tuyaux comme pas croyable.

Maintenant que le Professeur était passé à la morphine, il devait aller se faire injecter ses doses à l'infirmerie. Le suicide était en train de devenir un danger bien réel pour de nombreux participants de l'Opération – en plus de ceux que posaient les traumatismes psychologiques, les risques d'épidémies, les risques d'attaques aériennes, le sabotage interne, et les raids des Français de Guyane de la région qui avaient réussi à joindre leurs forces pour prendre d'assaut le périmètre extérieur et neutraliser suffisamment de gardes pour s'emparer de leurs armes et percer leurs défenses. Chaque nouvelle menace entraînait la mise en place d'un nouveau jeu de règles toujours plus strictes.

Quand Ben, le Professeur et Amy atteignirent les grandes portes du hall, une jeep les attendait dehors. Sortir dans la chaleur humide de la Guyane vous faisait l'impression de passer à travers un mur mou. Ben s'accroupit devant le Professeur jusqu'à ce qu'il voie son propre reflet dans les verres épais des lunettes du vieil homme.

— Vous êtes sûr que vous ne voulez pas venir ? demanda Ben au Professeur.

La sueur perlait sur la peau poisseuse du vieil homme.

— Je vais retourner auprès de l'équipe nucléaire, dit le Professeur. La physique, je sais m'en débrouiller. L'humidité de la jungle, c'est autre chose. Ce n'est bon ni pour l'électronique, ni pour les vieillards.

Deux Casques bleus descendirent de la jeep et s'approchèrent. L'un d'eux souleva le Professeur comme s'il n'était pas plus lourd qu'un petit enfant, pendant que l'autre repliait son fauteuil et le rangeait à l'arrière. Ben et Amy regardèrent la jeep s'éloigner.

— Il a vraiment sale mine, dit Ben.

— Vous aussi, dit une voix dans leur dos.

Ben et Amy sursautèrent et se retournèrent. Love était là, devant les portes d'entrée, vêtue de son treillis militaire, les bras croisés.

— Qu'est-ce que tu fais ? bredouilla Ben. Tu dois rester avec l'équipe nucléaire.

— Ta gueule, Ben. Je ne suis peut-être pas un génie comme toi, mais je ne suis pas idiote. Je sais qu'il se trame quelque chose.

Love s'apprêtait à en dire plus, mais une autre jeep vint se garer devant le bâtiment.

— Oh merde ! jura Ben. C'est l'équipe des Catastrophes.

Deux femmes vêtues de gilets de la Croix-Rouge descendirent des places arrière. L'une était une psychiatre issue d'une famille presbytérienne du Vermont. Avec son grand corps nerveux, son menton et son nez proéminents, elle ressemblait à une sorcière d'Halloween. L'urgentiste qui l'accompagnait venait quant à elle de Houston. Elle était petite et potelée, et s'attirait un respect légitime. Toutes deux étaient des vétérans des interventions de la Croix-Rouge sur les théâtres de catastrophes. Lorsqu'elles apparaissaient comme des banshees aux cheveux gris, cela voulait dire que vous étiez mûr pour qu'on vous éloigne de l'abîme de l'autodestruction à coups de médicaments. Les femmes s'approchèrent tout de suite, et se présentèrent.

— Attendez un instant, c'est les Russes qui vous ont demandé de faire ça ? les coupa Ben. Oleg trouve que les psys ne sont qu'une vaste blague.

— Cela explique peut-être leur taux de suicide élevé, répliqua la grande psychiatre. Mais non. C'est une collègue inquiète qui nous a demandé de nous rapprocher de vous…

— On n'a pas le temps, dit Ben. Et je vous vole votre taxi.

Il fonça entre elles deux et prit place à l'arrière de la jeep. Amy s'assit à côté de lui, mais avant qu'elle ait le temps de refermer la portière, Love grimpa à bord.

— Bougez vos culs de maigres, aboya-t-elle. Je viens avec vous.

Amy donna des petits coups de coude dans les côtes de Ben jusqu'à ce qu'il se pousse un peu vers la gauche. Ben dit au conducteur de mettre cap sur les hangars de préparation des charges utiles.

— Pourquoi on va là-bas ? demanda Love en bouclant sa ceinture.

— C'est bien ce qu'on espère découvrir, lui répondit Amy.

Dans la jeep, Ben perdit le fil du temps. Il avait dû s'endormir, parce que quand il ouvrit les yeux, tout le monde le regardait. Ils étaient arrêtés sur le parking derrière les hangars de préparation des charges utiles, moteur tournant au ralenti. Ben peina pour détacher sa ceinture, et s'efforça de ne pas tomber en descendant de la jeep. Le bitume était jonché de mégots. Les gars de l'équipe logistique avaient déjà distribué les dernières cigarettes. Nourriture, médicaments, tout était rationné, ce qui signifiait probablement que le reste du monde crevait de faim. L'Opération était devenue un organe gourmand qui suçait les dernières gouttes de sang de la civilisation en train de se dissoudre.

Ben enjamba et contourna des ingénieurs endormis vêtus de treillis militaires, recroquevillés en chiens de fusil.

— C'est comme dans le centre de Tokyo, sans les costumes et les cravates, marmonna-t-il.

Et à l'instar des hommes d'affaires qui travaillaient jusqu'à l'épuisement dans le centre de Tokyo, les ingénieurs de l'Opération connaissaient leur lot d'effondrements, de crises de nerfs et de crises cardiaques dus à la fatigue et au stress permanent.

Ben, Amy et Love escaladèrent la clôture en grillage qui entourait le parking. Affaibli comme il l'était, Ben fut lent et maladroit.

— Et si c'était un piège ? murmura Love tandis que la forêt se refermait sur eux.

Ben lâcha un petit rire sans joie et haussa les épaules.

— Mais alors, pourquoi prendre ce risque ? insista Love.

— Parce qu'on ne risque rien, éructa-t-il. On est tous morts. Faits comme des rats. Sauf si cette… sauf si elle… (il fit un geste vers l'avant) sait quelque chose que nous ignorons tous.

Love se figea. Ses jambes cédèrent et elle s'effondra sur le sol. Il y avait une espèce de position fœtale qu'elle était censée prendre ; les responsables de l'équipe des Catastrophes en avaient fait la démonstration lors d'un séminaire obligatoire sur les traumas psychologiques, mais Ben n'avait pas fait attention.

Amy alla s'occuper de Love pendant que Ben s'éloignait. Love allait bien devoir se relever, et se remettre à marcher, tout comme lui. Et si elle ne se relevait pas… Il supposait qu'au bout du compte, il fallait se résoudre à lâcher prise. Aussi profondément qu'il aimait toutes ces choses – la planète, sa vie dans le nouveau millénaire, Amy, ses parents, sa sœur, son neveu et sa nièce, les souvenirs qu'il avait de la Californie du sud, Love, et tout le reste de l'Opération – il devait lâcher toute prise sur elles. Son mécanisme interne de souci pour autrui avait passé le point de rupture, et ses synapses baignaient dans un flot continu d'antidépresseurs. À chaque fois qu'il essayait de pleurer dans un de ces oreillers fournis par l'Opération, c'était comme s'il tentait d'extraire des larmes en pressant un bout de bois.

Ben continua à marcher devant jusqu'à apercevoir un groupe d'arbres bizarres. De loin, on aurait dit que leurs branches étaient couvertes de taches noires globuleuses, comme des gros parasites.

— L'avion est toujours là ?

Ben sursauta et fit un tour complet sur lui-même. La voix venait de tout près. Il repéra une femme asiatique à l'ombre d'un gros buisson, en train de se relever péniblement. Elle était seulement vêtue d'un short et d'un débardeur, mais elle se dépêcha de déplier une blouse et d'enfiler ses bras dans les manches.

Les yeux curieux de Ben scrutèrent son visage et se figèrent sur ses cicatrices. Zhen surprit son regard.

— Double fente palatine…

— Oui, la coupa Ben, et il se sentit encore assez humain pour détourner le regard.

— Où est Amy ? demanda Zhen.

Comme en réponse à cette question, du bruit se fit entendre au loin, dans le dos de Ben.

— Elle est en train d'aider une amie, dit Ben doucement. Écoutez, vous vouliez me voir, je suis là. Commencez donc par me dire qui vous êtes et pourquoi je devrais m'intéresser à vous, putain…

Elle se tut un instant.

— Zhen, répondit-elle.

— Zhen, je suis Ben Schwartz.

L'ingénieure cligna des yeux et eut le réflexe de s'incliner respectueusement.

— L'avion est toujours là ? demanda-t-elle une nouvelle fois.

Ben fit oui de la tête. La femme porta une main à son cœur et prit une grande inspiration. Ben ne savait pas à quoi il pouvait s'attendre, mais ce n'était certainement pas à ça. Lorsque Amy lui avait parlé d'une ingénieure qui prétendait avoir la solution, il s'était dit que Zhen était soit une menteuse, soit une mathématicienne merdique qui avait foiré ses calculs. Il était capable de repérer un mauvais acteur de loin. Ce ne pouvait donc être qu'une nulle en maths.

— Allons droit au but, dit Ben. C'est quoi, votre solution ?

Il avait déjà passé en revue toutes les hypothèses que son esprit était capable d'imaginer. Il était prêt à fracasser les espoirs de Zhen en matière de solution exactement comme il venait de fracasser ceux de Love en matière d'avenir. On vous confie un job, autant le faire correctement.

Zhen se mit à trembler et à respirer vite. Elle devait forcer les mots à sortir de très loin à l'intérieur d'elle-même.

— Le *Tianlong* ! dit-elle à toute vitesse.

Si cette femme s'attendait à se faire frapper par des éclairs, elle dut être déçue.

— C'est un engin spatial, expliqua-t-elle. L'*Hayabusa*, nouvelle génération.

— *Hayabusa* ? demanda Ben en secouant la tête. Vous parlez de la sonde *Hayabusa* de la JAXA* ?

* Japan Aerospace Exploration Agency : Agence d'exploration aérospatiale japonaise.

— Oui, dit Zhen que la question agaça, bien qu'elle s'y attendait. L'agence spatiale japonaise a construit les sondes *Hayabusa* et *Hayabusa 2*…

Ben savait cela, bien sûr, tout comme il savait que la sonde *Hayabusa 2* était actuellement en train de filer dans l'espace en direction d'un astéroïde de type C présumé contenir des molécules organiques et des minéraux hydratés datant de l'univers primordial.

— Mais le *Tianlong* est chinois, dit Zhen d'un ton pressant. Ça signifie dragon céleste en mandarin. On l'a construit en secret. *Je* l'ai construit. Avec beaucoup d'améliorations.

Ben essaya de formuler une question. L'espèce de mot qui parvint à sortir était un mélange de *quoi* et de *comment.*

— Nos hackers sont… vraiment très forts… (l'aveu de Zhen n'était pas dénué de honte) et n'ont que faire de la propriété intellectuelle des étrangers.

— Vous avez volé cette technologie.

— Elle est là, dit-elle.

— Vous… avez fait une copie de la sonde *Hayabusa 2*…

— Pas une simple copie, dit Zhen en grinçant des dents. Une copie *améliorée*. La nouvelle génération…

— Où est-elle ? cria-t-il.

— Ici, répéta Zhen. Emballée en pièces détachées dans la soute de cet avion, à l'aéroport de Cayenne.

La bouche de Ben s'ouvrit puis se referma. Il suffoquait. Il s'effondra à terre, mais se sentit soudain comme en apesanteur. Si tout cela était vrai, Zhen était effectivement une déesse descendue par une grue à la fin de l'acte II pour délivrer sa grâce. Ben était léger. Il était un ballon d'hélium flottant dans ce ciel magnifique, au-dessus de leurs têtes.

Il dut une nouvelle fois perdre le fil du temps. Lorsqu'il ouvrit les paupières, Amy était à genoux près de lui, les yeux cerclés de rouge. Ben tourna la tête, et vit Zhen et Love debout l'une à côté de l'autre.

— Espèces de sales voleurs, dit-il à Zhen. Espèces de sales *voleurs magnifiques* !

Zhen secoua la tête en fronçant les sourcils. Après quelques essais infructueux pour dire quelque chose en anglais, elle lâcha une longue diatribe en mandarin.

— Elle dit que la fin justifie certainement les moyens, traduisit Love. Parce que le progrès scientifique profite à tous.

Zhen hocha vivement la tête et dit que les Américains et les Japonais travaillaient tous les deux à lancer des missions destinées à recueillir de l'eau liquide sur Encelade et sur Europe, dans l'espoir d'y découvrir des protéines, les briques élémentaires d'une éventuelle vie extraterrestre. Zhen savait que ses dirigeants voulaient les battre dans cette course. Ils voulaient montrer au monde entier quel formidable dragon céleste était la Chine, et gagner cette course aux étoiles, à laquelle Zhen ne demandait que de pouvoir participer.

Ben l'écoutait, mais il était aussi en train de faire un inventaire mental de tous les modules possibles d'une sonde *Hayabusa 3* que l'on pouvait recycler pour le HYCIV de Jinsoo. *Oh, bordel de merde !* pensa-t-il. *Hayabusa 2 avait un moteur ionique !* Si le HYCIV de l'Opération était propulsé par un moteur ionique plutôt qu'à l'énergie solaire, il serait beaucoup plus rapide. Et si l'engin pouvait atteindre la comète plus vite, l'Opération pouvait repousser sa fenêtre de tir et gagner un temps précieux.

Ben porta sa montre devant ses yeux et bascula son affichage en mode compte à rebours.

Il allait devoir recalculer une nouvelle fenêtre de tir et reprogrammer les deux horloges au rubidium de l'Opération, ces horloges maîtresses redondantes qui décomptaient le temps avec une précision atomique. Pensant aux semaines… *aux mois!* que l'on pouvait gagner, Ben lâcha un petit rire nerveux. Ils allaient devoir reprogrammer toutes leurs montres, mais Ben était loin de s'en plaindre. Depuis la première observation d'UD3 en juillet, il avait enfin la possibilité de gagner du terrain dans sa course contre le temps.

— Mon Dieu, soupira-t-il. Je pleurerais des larmes de joie si je prenais pas tous ces médocs.

Amy ouvrit la bouche, mais avant qu'elle ait le temps de demander ce qu'il se passait, Zhen dit :

— Il y a un problème.

Évidemment, pensa Ben. Il y avait toujours un problème, mais maintenant qu'ils pouvaient disposer des pièces et des modules d'*Hayabusa 3*, l'Opération avait au moins une petite chance de réussir. Amy l'aida à se redresser en position assise pendant que Zhen expliquait que le *Tianlong*, avec sa technologie volée à *Hayabusa 2*, relevait du secret d'État. Elle avait pour ordre d'attendre que son gouvernement donne le feu vert. Zhen en profita pour demander à Ben s'il avait eu des nouvelles de la Chine, mais il était autant dans le noir qu'elle.

— Ce que je suis en train de faire… poursuivit Zhen.

Elle se tourna vers Love et s'exprima de nouveau en mandarin.

— C'est de la trahison, traduisit Love.

Zhen trouva ce mot convenablement laid et elle hocha la tête. Ben mordit sa lèvre supérieure et compta jusqu'à cinq avant de lui demander si elle plaisantait.

— Non mais sérieusement, insista-t-il les dents rougies de sang. C'est quoi que vous ne comprenez pas dans "y a cette putain de grosse comète qui va faire boum" ? Comment est-ce que la perspective d'une destruction totale peut-elle laisser la moindre place à ces foutues conneries de nationalisme ?

Zhen était bien d'accord, mais se sentait incomprise.

— Vous n'êtes pas chinois, dit-elle simplement. Vous pouvez imaginer ce que c'est, mais vous ne pouvez pas nous connaître.

Ben ouvrit la bouche, mais il n'avait aucun argument à opposer à la vérité de cette affirmation. Cela ne l'empêcherait pas de prendre *Hayabusa 3* – si cet engin se trouvait réellement à l'aéroport – par n'importe quels moyens. Zhen perçut cette décision rapide dans son regard.

— L'Opération obtiendra notre *Tianlong*, promit Zhen. Mais vous ferez les choses à *ma* manière. Avec le moins de morts possibles. Il s'agit de mes soldats. Il s'agit de mon peuple.

Elle fit un pas en avant et tendit la main d'un geste embarrassé.

— C'est comme ça que vous concluez vos marchés ? demanda-t-elle. Comme dans les films ?

Ben regarda sa main tendue, mais dit :

— J'ai besoin de ce moteur ionique.

C'était à mi-chemin entre un avertissement et une menace, mais Zhen était déterminée ; sa main ne bougea pas.

— Je sais qu'UD3 va tomber sur la Chine, dit-elle.

La NASA avait essayé de garder la trajectoire secrète, mais rien ne pouvait empêcher quiconque de faire ses propres calculs.

— Je veux empêcher ça autant que vous, assura-t-elle à Ben.

Il finit par lui serrer la main, en marmonnant :

— *Deus ex machina.*

Zhen secoua la tête et dit qu'elle ne parlait pas latin, seulement le mandarin du Sichuan, le cantonais, l'anglais, le français et quelques mots de russe.

— C'est… une expression, expliqua Ben.

— Qui signifie ?

Ben était figé, la bouche ouverte. Il la referma et secoua la tête, se comportant toujours comme s'il venait de se prendre un coup de poêle en fonte sur le crâne. Il posa son menton sur l'épaule d'Amy et osa dire que l'Opération pouvait peut-être réussir.

— Et le succès est notre seule option, dit Zhen.

Son sourire semblait dire qu'elle connaissait l'enjeu comme un poisson connaît l'eau.

Il ne fallut pas longtemps pour réunir tous les ingénieurs chinois dans une salle de conférences près des bureaux des hangars de préparation des charges utiles. Zhen insista pour parler à ses compatriotes en premier. Nombre d'entre eux étaient des amis avec qui elle avait travaillé sur la sonde Chang'e4 qui s'était posée, en janvier, avec son rover, sur la face cachée de la Lune. La porte de la salle était bloquée en position ouverte de façon à ce que deux Casques bleus puissent y monter la garde et s'assurer du bon déroulement des choses. Love Mwangi était assise dehors, près de l'entrée, le dos contre le mur. Amy se tenait assise à côté d'elle, et Ben faisait les cent pas dans le couloir en lâchant des bordées de juron entre ses dents serrées.

— Personne ne sait ce qu'ils peuvent se faire les uns aux autres, cria-t-il.

Ben regrettait déjà la promesse qu'il avait faite de n'intervenir qu'en cas de nécessité. Vingt-cinq Casques bleus se tenaient en faction aux deux bouts du couloir, prêts à réprimer toute révolte par la force. Zhen commença à parler, mais fut très vite coupée. Les Casques bleus qui gardaient l'entrée se ruèrent à l'intérieur et ressortirent quelques secondes plus tard, traînant un des ingénieurs chinois. Zhen apparut sur le seuil de la porte, tenant son cou à deux mains. Lorsque ses mains retombèrent le long de son corps, Ben vit des griffures et des marques rouges sur sa gorge.

— Le camarade Quon doit être exclu de cette salle, dit Zhen avec difficulté.

Elle ne s'attarda pas pour regarder l'homme disparaître vers le bout du couloir, hurlant, porté par les soldats. Rien n'allait l'empêcher de dire la vérité. Ben fit signe à plusieurs Casques bleus d'entrer dans la salle et de protéger Zhen tandis qu'elle annonçait la nouvelle de l'existence du *Tianlong*. Les questions du public furent d'abord hésitantes. Puis elles s'échauffèrent, et devinrent même toxiques. Le mandarin fusait de partout, rapide, polyphonique, alors que les ingénieurs se coupaient sans cesse les uns les autres. Love ferma les yeux pour se concentrer afin de pouvoir traduire.

— Certains sont furieux…

— Sans déconner, marmonna Ben nerveusement.

— … que Zhen ne leur en ait pas parlé plus tôt. D'autres sont furieux… qu'elle ait pris cette décision toute seule. Cet engin ne lui appartient pas, ce n'était pas à elle de le donner. Ils disent…

Love fit signe à Ben de se rapprocher pour qu'elle puisse murmurer à son oreille et lui répéter les questions enfiévrées et les théories du complot que le public martelait à l'adresse de Zhen :

Et si cette opération de défense était conçue pour échouer ?

Et si le reste du monde était prêt à courir le risque de la collision en misant sur un avenir dans lequel la Chine n'existerait plus ? L'Amérique avait tenté d'éradiquer le communisme par la guerre, et voilà qu'UD3 lui permettait de terminer le boulot. Pendant ce temps, leur gouvernement était peut-être en train d'essayer de tous les rapatrier pour monter une opération de défense dans leur pays. N'était-ce pas Zhen qui imposait le black-out sur toutes les communications avec la Chine ?

Enfin, Zhen prit la parole et la salle fit silence. Love attendit un bref instant avant de traduire ses mots : *L'Opération n'est pas un leurre. C'est le seul programme capable de détruire UD3. Soit vous nous aidez à sauver la planète, soit vous dégagez de notre passage.*

Ben sourit en entendant le mot *nous*. Il ne renvoyait ni aux Chinois, ni aux communistes, ni aux peuples d'Asie. Ce *nous* renvoyait à l'Opération ; Zhen l'avait rejointe, en avait pris le drapeau et le portait très haut.

Elle vint se poster à la porte et attendit que les autres ingénieurs sortent dans le couloir les uns après les autres. Elle n'en regarda aucun droit dans les yeux, pas même lorsque l'un d'eux posa une main fugace sur son épaule.

— Ce serait bien que certains de ces hommes viennent avec moi à Cayenne, dit Zhen à Ben. Ça pourrait encourager les gardes à baisser leurs armes.

Ben n'avait pas d'objection. L'aéroport de Cayenne était à au moins une heure de route du périmètre de l'Opération. Les soixante-cinq kilomètres de voie express qui filaient le long de la côte vers le sud-est n'étaient sécurisés que de façon minimale. Ben admirait le courage de Zhen, mais c'était trop dangereux, et elle et son équipe étaient trop importantes.

— Ça craint, là-bas, Zhen, à ce qu'on m'a dit. Ça craint vraiment.

— Je dois y aller, dit-elle.

Zhen décidait; c'était le marché qu'ils avaient conclu. Ben soupira.

— Vous aurez besoin d'un appui aérien. Et d'un convoi armé…

— Et de moi, dit Amy en s'avançant d'un pas. Moi aussi, j'y vais.

Ben ouvrit la bouche, mais Amy dégaina plus vite, et plus bruyamment.

— J'ai toujours su, *moi*, comment cette histoire était censée se finir. C'est *moi* qui ai trouvé notre *deux ex machina*. N'oublions pas tout ça.

Amy fusilla du regard toutes les personnes présentes; personne n'allait pouvoir oublier quoi que ce soit de tout ça, et Ben moins que quiconque.

— Je ne peux pas te perdre, dit-il d'un ton implorant.

— Tu ne me perdras pas. La réussite est notre seule option.

Elle sourit. Amy était l'amour de la vie de Ben, mais c'était sa décision, et elle l'avait déjà prise. Il regarda les deux femmes et céda le commandement de la mission vers Cayenne.

24

CAYENNE

Kourou, Guyane
Le 15 janvier
J-17 avant le lancement

Ben voulait vraiment agir vite, mais Zhen insista pour qu'on attende qu'il fasse jour. Approcher l'aéroport de Cayenne en pleine nuit risquait de faire croire à une attaque, et Zhen voulait éviter, dans la mesure du possible, que du sang soit versé. L'équipe des forces spéciales était déjà suspicieusement nombreuse, mais Ben refusa radicalement de réduire le nombre d'unités engagées.

Aux premières lueurs de l'aube, quinze Humvee se garèrent en une longue file devant les bâtiments de l'administration. Le commandant des forces spéciales mena Zhen et Amy au véhicule qui leur avait été assigné. Des gilets pare-balles et des casques les attendaient sur la banquette arrière. Lui-même avait le corps couvert de plaques de protection segmentées qui ressemblaient à une carapace. Zhen attrapa un casque gris-vert et passa ses doigts sur sa surface rugueuse.

— Je viens avec vous ! cria Love qui remontait en courant la file des Humvee jusqu'à rejoindre les deux femmes.

L'équipe avait déjà une interprète de mandarin qui pourrait négocier avec les Chinois si Zhen se faisait blesser ou tuer. Amy dit à Love qu'il fallait qu'elle reste pour aider Ben.

— Où est-il passé, au fait ? marmonna Love en regardant autour d'elle.

Ben avait disparu. Après avoir participé à l'organisation de la mission vers Cayenne pendant une bonne partie de la nuit, il s'était discrètement volatilisé.

— Il m'a dit qu'il ne supporterait pas de me regarder partir, répondit Amy. C'est mieux comme ça.

Elle enfila son gilet pare-balles et regarda le pistolet sanglé autour de la cuisse du commandant des forces spéciales.

— Moi aussi, j'en veux un, dit Amy en le pointant du doigt.

— Pardon ?

— J'ai un permis de port d'arme. Je m'entraîne au tir depuis que j'ai huit ans…

— Hors de question que j'arme un civil, dit-il. J'ai dix tireurs d'élite dans les Humvee de tête. Ils se mettront en formation tactique et ils vous couvriront.

— Ils ont intérêt, dit Amy d'un ton sec.

L'un après l'autre, les conducteurs démarrèrent. Le commandant des forces spéciales s'assit sur le siège passager et ajusta son combiné casque-micro. Amy attira Love dans une étreinte puissante qu'elle acheva en la repoussant doucement. Sur les trottoirs de Chongqing, avant UD3, une femme si grande, si belle, si exotique que Love se serait attiré des foules de regards béats – y compris celui de Zhen.

Mais il n'y avait pas de temps pour ça. Zhen sangla son casque et prit place sur la banquette arrière.

Elle ferma les yeux et essaya de visualiser l'aéroport de Cayenne. Pour la préparer, Ben lui avait montré quelques captures d'écran d'images vidéo, présentées par ordre chronologique. Sur les premières, on voyait plus de cent soldats chinois monter la garde autour de l'appareil, mais leur nombre diminuait rapidement à mesure que le temps passait et que les ressources s'amenuisaient. Zhen vit des images fixes de soldats en train de traîner leurs propres morts hors de l'aéroport.

— Vous avez la chaîne Discovery, en Chine ? demanda Amy en se calant sur la banquette arrière.

Zhen ouvrit les yeux et vit que Love se tenait toujours là, debout sur le trottoir, à les regarder. Amy avait le regard résolument tourné vers l'avant, et elle parlait d'une série de documentaires sur la nature.

— Mon préféré, c'était celui sur les pingouins, poursuivit-elle.

Ces oiseaux étaient plus en sécurité sur la glace, dit-elle. Les prédateurs comme les léopards de mer, les orques et les requins vivaient dans l'eau, mais c'était aussi le cas des poissons et du krill que les pingouins devaient manger pour survivre.

— Ils s'alignaient tous au bord de la banquise et ils regardaient l'eau, bien patiemment.

Amy pencha la tête en avant pour illustrer la chose. Les racines de ses cheveux commençaient juste à noircir du côté des tempes : Amy était donc bien humaine, et non un personnage haut en couleur, aux traits exagérés, tout droit sorti d'un album de *manhua*.

— Mais les pingouins avaient peur…

Amy dit que c'était toujours un des pingouins les plus courageux qui plongeait le premier. Les autres le suivaient presque immédiatement en un grand plouf commun.

— Il suffit d'une personne pour ouvrir la voie, conclut Amy.

Zhen acquiesça.

— Le chef de soute, dit-elle pour montrer qu'elle avait compris.

Zhen avait noué des liens avec le chef de soute quand ils avaient travaillé ensemble pour charger précautionneusement tous les modules du *Tianlong* dans le fuselage de l'avion et les arrimer en vue du long vol entre la Chine et l'Amérique du Sud.

— Le chef de soute pourrait bien être notre pingouin courageux.

— Je parlais de *vous*, dit Amy en regardant les sombres ecchymoses et les éraflures rouges sur la gorge de Zhen.

Le commandant des forces spéciales donna l'ordre du départ. Alors que leur Humvee accélérait lentement, Love suivit le mouvement en courant. Elle claqua sa main à plat sur la vitre arrière. Amy plaça immédiatement la sienne contre elle. L'éventail de leurs doigts et leurs lignes de vie se superposèrent l'espace d'un bref instant, jusqu'à ce que la main de Love glisse et que le Humvee s'éloigne.

Les véhicules du cortège roulaient à vitesse régulière en maintenant entre eux des intervalles de dix mètres. Les gardes du check-point du périmètre du centre spatial leur firent signe de passer en direction du campement militaire qui se trouvait plus loin. À perte de vue, ce n'étaient qu'enfilades de tentes, de jeeps, de tanks, de chenils, de containers de stockage, etc.

— C'est immense, dit Amy, le souffle coupé.

Huit kilomètres plus loin, le cortège atteignit le périmètre extérieur, marqué par des rouleaux de barbelé enchevêtrés gardés par des soldats portant le casque bleu des forces de l'ONU, le treillis kaki de diverses armées de divers pays, et l'uniforme noir de la gendarmerie française en poste au Centre spatial guyanais. Zhen aperçut un check-point droit devant. La file de véhicules s'immobilisa.

— C'est l'équipe des Catastrophes, dit Amy en un faible murmure.

— L'équipe des quoi ?

Amy dut s'éclaircir la gorge pour expliquer :

— Les secouristes de la Croix-Rouge qui interviennent en cas de problème.

Elle montra du doigt plusieurs personnes non armées qui remontaient la file des véhicules depuis le check-point. Des pans de gilets rouge vif pointaient sous leurs gilets pare-balles. Le commandant des forces spéciales baissa sa vitre et fit signe à la grande femme blanche qui marchait devant les autres. Elle s'approcha de leur jeep et ouvrit la portière d'Amy. Les longues mèches de cheveux gris qui pendaient sous son casque se balancèrent lorsqu'elle grimpa à bord et se faufila, avec ses longues jambes, au-dessus des genoux d'Amy.

— C'est… C'est Ben ? demanda Amy.

L'alliée apparemment intrépide de Zhen semblait soudain saisie de panique.

— Non, non, s'empressa de dire la femme aux cheveux gris.

Zhen fixait le profil de son œil bleu pâle et de son nez pointu tandis qu'elle bouclait sa ceinture sur le siège du milieu.

— On s'est dit qu'il valait mieux qu'on vous accompagne, vous et les autres ingénieurs. Ça fait cinq mois que vous êtes ici, c'est ça ? demanda-t-elle.

Encore sous le choc, Amy ne put qu'acquiescer.

— Donc cinq mois de confinement au sein de l'Opération, poursuivit la femme aux cheveux gris, visiblement soucieuse de bien se faire comprendre.

Elle se tut un instant, se tourna vers Zhen, et se présenta comme le Dr Clayton, travaillant pour la Croix-Rouge. Docteur en médecine. Psychiatre, clarifia-t-elle pour Zhen qui pensait peut-être à d'autres disciplines et d'autres doctorats.

— Et vous, docteur Liu, vous êtes partie de Chine à la mi-novembre ?

Zhen acquiesça.

— J'étais en quarantaine avant de quitter la Chine, mais j'ai entendu parler de ce qui se passait dehors, dit-elle en pensant à ce que Cheung lui avait dit.

Elles se serrèrent la main.

— Vous en avez peut-être *entendu parler*, concéda la psychiatre, mais vous ne l'avez pas *vu* de vos propres yeux. Pas encore.

L'Opération devait se battre pour la survie de l'espèce, dit prudemment le Dr Clayton. Ce combat, elle devait le gagner à n'importe quel prix. Au prix de n'importe quel individu, de n'importe quelle famille, de n'importe quelle ville et de n'importe quel continent.

— Nous avons dû prendre des décisions calculées extrêmement difficiles, des décisions que nous n'aurions jamais imaginé devoir prendre un jour. Et nous continuerons à faire tout ce qui est nécessaire. Et vous aussi, madame

Kowalski, docteur Liu, parce que nous n'avons pas d'autre choix.

On aurait pu penser que ces propos lourds de menace maintiendraient Zhen dans un état de tension, mais le corps a des besoins contre lesquels on ne peut pas toujours lutter. Peu après que le cortège eut passé le check-point, elle s'endormit.

Des bruits de haut-parleurs la réveillèrent. Zhen sursauta et se massa le cou en grimaçant de douleur. Amy frottait ses yeux fatigués et paraissait désorientée. Il y eut de nouveaux bruits de haut-parleurs, qui les firent sursauter toutes les deux. Puis des voix se firent écho, en français et en anglais. Zhen mit du temps à traduire le créole guyanais en quelque chose comme : *N'approchez pas !*

Le terrain plat offrait des kilomètres de vue bien dégagée. Des soldats en armes bordaient les deux côtés de la voie express à intervalles de dix mètres, face à des centaines, non… des milliers de personnes attroupées. C'étaient les autochtones au sujet desquels Zhen s'était interrogée et inquiétée. Et ils étaient morts de faim ; leurs jambes et leurs bras en allumettes pointaient sous leurs vêtements crasseux.

— Restez derrière la ligne ! hurla une voix en anglais.

Un Humvee doubla le leur sur la file de gauche. Son écoutille de toit était ouverte selon un angle offrant une couverture au tireur qui s'y tenait en position debout. À l'arrière du véhicule, des haut-parleurs diffusaient des mises en garde.

— C'est juste un véhicule de patrouille, dit le commandant des forces spéciales aux femmes assises sur la banquette arrière.

Il devait parler fort pour couvrir le vacarme des haut-parleurs et des hélicoptères volant à basse altitude. Ben avait dit que l'aéroport de Cayenne et la voie express étaient encore vaguement protégés par les forces internationales de l'Opération, même si cela faisait plus d'un mois qu'aucun avion n'y avait atterri. Zhen vit que la plupart des Humvee de leur cortège avaient aussi ouvert leur toit pour permettre à des tireurs de s'y poster.

— Pourquoi… demanda Amy en secouant doucement sa tête blonde d'avant en arrière, pourquoi est-ce qu'on n'aide pas ces gens ?

Le Dr Clayton prit une profonde inspiration.

— La Guyane française a une très faible densité de population. Heureusement pour nous. C'est plus facile de se défendre, ajouta-t-elle à voix basse. Tous ses habitants ne sont pas en train de mourir de faim comme ça. Certains travaillaient au centre spatial, et on les a gardés dans le cadre de l'Opération. Mais l'économie locale était très dépendante de la France métropolitaine pour son ravitaillement et pour son équipement. C'est fini…

Le docteur dit que la plupart des chaînes d'approvisionnement locales s'étaient effondrées, et que cela valait, à plus forte raison, pour une telle chaîne transatlantique. La Guyane possédait de puissantes industries minière et forestière, qui rongeaient inlassablement la forêt amazonienne, mais l'or des mines n'avait plus de valeur, et personne n'avait besoin, en ce moment, d'une nouvelle table de salle à manger en acajou.

— La population ne peut donc plus s'en remettre qu'à la pêche, à la chasse et à l'agriculture. À petite échelle. Rien qui ne vaille qu'on le vole…

— Vous voleriez ces pauvres affamés ? dit Amy en grognant.

— L'Opération volerait n'importe qui, reconnut le docteur. On a les plus grands cerveaux du monde qui collaborent pour une mission de la dernière chance, et les armées qu'il faut pour les protéger. Ça demande beaucoup de calories.

Le Dr Clayton énuméra les ravages infligés aux sources de nourriture locales : le bétail, les cochons et les poulets avaient été abattus ; les cabiais, les tapirs et les singes de la forêt avoisinante avaient tous été tués et mangés ; les champs cultivés avaient été pillés ; les arbres de la savane n'avaient plus aucun fruit.

— Les pêcheurs traditionnels survivent, avança-t-elle. Du moins, tant qu'ils arrivent à ne pas se faire tuer pour leur pêche. Nos drones de surveillance les ont vus ramener des crabes, des crevettes et des poissons. L'humanité n'a pas complètement pillé ce que la mer avait à nous offrir – en tout cas pas encore.

— Comment savez-vous tout ça ? l'interrompit Amy. Vous n'êtes qu'une psychiatre. Les gens de la logistique et de l'administration ne nous disent rien.

Le Dr Clayton garda son calme et ses attitudes douces.

— Nous informons les membres des autres équipes sur l'état du monde avec beaucoup de parcimonie, reconnut-elle. Depuis quelque temps, c'est moi qui me charge de cette tâche. Avant, quand ce n'était pas fait par un professionnel, on ne prenait pas suffisamment de mesures pour gérer la situation.

Le docteur ne donna pas plus d'explications.

— Nous n'avons pas de nourriture à offrir, se dépêcha de dire le Dr Clayton alors même qu'Amy montrait la foule et ouvrait la bouche, prête à hurler. Mais nous avons suffisamment d'eau potable. Au début, on avait installé des dispensaires le long de la route, mais ils attiraient trop de gens désespérés. Nos soldats subissaient des attaques en règle. Alors on a arrêté de les laisser s'approcher. On a tracé une ligne… littéralement. Mais on leur offre tout de même une protection, ajouta le Dr Clayton. C'est pour ça qu'ils viennent s'amasser le long de cette ligne.

Amy regarda la psychiatre, puis le commandant des forces spéciales.

— Une protection contre *quoi*? demanda-t-elle.

— Contre eux-mêmes, murmura Zhen. Cette odeur…

Lorsqu'elle respirait par le nez, Zhen sentait une odeur de porc grillé. Amy devait être trop bouleversée pour la remarquer.

— Oui, dit le docteur d'une voix triste. Nous ne sommes pas les seuls à nous livrer à l'impensable. Nos soldats ont essayé d'inhumer les morts, mais il y en avait trop. Et puis, enfouis sous terre, ces corps ne servaient à rien.

Ainsi les masses affamées se livraient-elles au cannibalisme. Cheung avait dit que ça se produisait, là-bas, chez eux, en Chine; mais là, c'était juste à côté. L'Opération était comme une boule à neige: un environnement sous cloche qui les forçait à se concentrer sur l'intérieur en oubliant toutes les horreurs qui se déroulaient à l'extérieur.

Les autochtones étaient de plus en plus agités à mesure que le cortège avançait. Orbites décharnées, bouches sèches, ils suppliaient qu'on les aide. Mais on ne les aiderait pas. L'Opération était l'espoir de toute l'humanité – mais pas le leur. Zhen sentit les premiers signes de la peur lorsque son ventre se noua. Ces pauvres gens étaient tellement nombreux; s'ils unissaient leurs forces, ils pouvaient renverser les Humvee et les en extirper par les fenêtres les uns après les autres.

Un groupe d'enfants terrorisés tendaient leurs mains vers eux tandis que des hommes les poussaient devant eux vers la route. Alors que Zhen se rendait compte de l'horreur qu'il y avait à se servir d'enfants comme boucliers humains, le commandant des forces spéciales se tourna vers l'arrière et assura les trois femmes qu'elles n'avaient rien à craindre. Ben avait fait renforcer le soutien aérien pour protéger le cortège. Amy bredouilla, incrédule :

— Vous n'allez tout de même pas tirer sur…

Un bruit d'hélicoptère noya la fin de sa phrase. Des tirs de sommation crépitèrent sur le sol en un staccato terrifiant. Les foules se dispersèrent en hurlant.

— Bordel de Dieu ! cria Amy. Ces gens ne sont pas armés ! Ce sont des enfants !

Le docteur attendit que le bruit diminue pour parler. Elle n'avait pas la puissance vocale d'Amy.

— Nos soldats se sont fait lapider. Ils se sont fait tabasser à mort, écarteler par des foules en colère.

Amy ouvrit la bouche, mais le Dr Clayton continua à parler :

— Nos ordres sont de protéger cette opération de défense à n'importe quel prix. En cet instant précis, il s'agit de vous deux… et de cet aéroport.

Elle pointa un doigt vers la route qui s'étirait devant eux, mais Amy ne tourna pas la tête pour regarder devant. Au lieu de cela, elle se pencha sur ses cuisses et se boucha les oreilles. Par chance, elle ne vit pas la jeune adolescente qui venait de parvenir à franchir la ligne et qui courait vers le cortège. Ses bras grands ouverts émergeaient d'un T-shirt aux motifs complètement passés. Zhen n'entendait pas ce qu'elle disait au-dessus des voix qui lui hurlaient de s'arrêter.

Elle était à six mètres de la route quand des balles tirées par un soldat juste devant eux déchiquetèrent sa cage thoracique. À peine six mètres : à cette distance, Zhen aurait pu lui lancer une bouteille d'eau ; à cette distance, Zhen aurait pu faire quelque chose pour qu'elle demeure en vie, au lieu de ne plus être que ce tas de peau et d'os qu'ils laissaient derrière eux.

Zhen entendit Amy pleurer contre ses genoux. Sa propre respiration était courte et hachée. Le Dr Clayton planta ses yeux clairs et calmes dans les siens et parla lentement :

— Nous avons la mission la plus importante de toute l'histoire du monde.

Zhen comprenait.

— Respirez.

Bien sûr qu'elle comprenait. Mais si tout était vain ? Si l'avion avait décollé pendant la nuit ? Si sa cargaison était endommagée ? Si les gens régressaient au rang de bêtes sauvages et de tueurs pour rien ? Zhen se pencha violemment en avant et vomit un jet de bile sur les chaussures du docteur.

Dès que ses haut-le-cœur cessèrent, elle s'excusa.

— En général, c'est sur mes cheveux que les gens vomissent, dit le Dr Clayton en essayant de sourire.

Leur conducteur au visage de marbre se retourna un bref instant.

— Allez-y, pleurez, dit-il à Zhen. Moi je pleure. Quand je ne suis pas au volant.

Zhen essuya la bile de ses lèvres. La Guyane n'était pas densément peuplée. Mais quid des villes ? Quid des mégalopoles chinoises où vivaient ses parents et son frère ? Qu'était-il arrivé aux seules personnes qui l'eussent jamais aimée ? S'étaient-ils fait dépecer puis griller à la broche, comme dans un cauchemar d'enfant ?

Un hélicoptère fit un nouveau passage à basse altitude et mitrailla le sol devant eux. Des foules de gens pris de panique s'éloignèrent de la route en courant, piétinant ceux qui trébuchaient ou qui se faisaient pousser à terre. Un homme demeura immobile sous les balles. C'était un Asiatique vêtu d'une blouse blanche toute crasseuse. Une moitié de son visage était flasque, comme en train de fondre ; l'autre semblait à la fois hébétée et terrorisée.

Zhen reconnut Ts'ao Wu, l'ingénieur chinois qui avait fait une crise cardiaque et qu'on avait transporté en urgence à l'infirmerie de l'Opération. Des interprètes de l'ONU avaient dit au reste de l'équipe chinoise qu'il avait succombé pendant l'intervention chirurgicale. L'équipe logistique de l'Opération avait déjà contacté le gouvernement chinois et organisé la venue de Cheung pour le remplacer. Zhen était-elle en train de voir le fantôme de Wu ? Ou bien ces foules de gens n'étaient-elles pas uniquement constituées d'autochtones, mais aussi des infirmes dont l'Opération se débarrassait ? À la place de Wu, cela aurait très bien pu être Zhen, abandonnée, dehors, comme ça. Ça pourrait encore l'être, car qui pouvait ne pas remarquer que les stocks de nourriture de l'Opération s'amenuisaient ? La viande hachée et les légumes frais étaient utilisés avec beaucoup de parcimonie, en quantité tout juste suffisante pour donner un peu de goût. Les ingénieurs n'avaient plus le droit de se servir eux-mêmes. La distribution des rations était très surveillée.

— Respirez, répéta le Dr Clayton.

Zhen leva les yeux vers le ciel qui s'éclaircissait, et se concentra sur les tours de contrôle de l'aéroport de Cayenne.

Sa respiration finit par se calmer et reprendre un rythme régulier, mais elle ne quittait pas ces tours du regard. Elle essayait de ne pas cligner des yeux.

— On y est, dit le commandant des forces spéciales.

Amy renifla bruyamment et se redressa. Son visage était rouge et humide de larmes. Lorsque ses yeux rencontrèrent ceux de Zhen, elle hocha la tête. Elles devaient maintenant se forcer à oublier la dévastation des abords de la voie express qu'elles laissaient derrière elles. Comme l'avait dit le Dr Clayton, elles avaient une mission. La seule mission qui vaille.

Le cortège passa le portail gardé de l'aéroport de Cayenne et poursuivit sa route à l'intérieur du périmètre de sécurité. Les tireurs se rassirent et refermèrent leurs écoutilles de toit. Zhen vit que la vaste zone était déserte – à l'exception du Xi'an Y-20 chinois stationné tout au fond, à l'endroit exact où Zhen l'avait laissé. Elle claqua une main sur sa bouche pour étouffer les sons qui s'apprêtaient à en sortir. Il était là, devant eux ; tout n'était pas perdu.

Les Humvee se garèrent sur trois rangs à cinquante mètres de l'avion. Le commandant des forces spéciales tendit à Zhen une paire de jumelles puis sortit du véhicule en lui demandant de ne pas bouger. Zhen devait se presser vers le centre de la banquette, presque sur les genoux de la grande Dr Clayton, pour pouvoir voir l'avion depuis l'endroit où ils s'étaient garés, au milieu du troisième rang. Elle compta seize soldats chinois vêtus de treillis trop amples qui essayaient de se tenir au garde-à-vous avec leurs fusils. Pendant qu'elle les comptait, deux d'entre eux s'effondrèrent, et, sur ces deux-là, un seul parvint péniblement à se relever.

D'autres soldats émergèrent en titubant par la porte de l'appareil. Il pouvait y en avoir encore beaucoup à l'intérieur. Cet avion de quarante-sept mètres de long au fuselage extra-large avait une capacité de fret maximale de soixante-six tonnes. Son nom signifiait *La Dodue*. Zhen recompta un total de vingt-trois soldats qui la séparaient du *Tianlong*, à l'intérieur. Elle était prête à les faire tous abattre si les choses devaient en arriver là. Mais elle espérait de tout cœur que ce serait inutile. Ces soldats étaient en train de mourir en continuant d'accomplir leur devoir avec une totale abnégation. Comment n'aurait-elle pas pu être furieusement fière de son peuple ?

Le commandant des forces spéciales revint les informer que ses snipers étaient tous en position. Derrière lui se tenaient huit des ingénieurs chinois venus aider dans cette mission. Zhen vit Cheung au premier rang. Tous les cas de catatonie de la comète que Zhen avait pu voir s'étaient aggravés rapidement. Et pourtant Cheung était là ; il avait retrouvé ses esprits et il était déterminé. Peut-être qu'il existait une voie de guérison pour les malades, après tout.

Lorsque Zhen descendit de son véhicule, l'odeur de viande grillée la frappa avec une puissance redoublée. Cela fit remonter des souvenirs involontaires de sa mère s'affairant sur son wok grésillant, crachotant. Zhen sentit sa bouche se remplir de salive. Elle entendit un estomac grogner et gargouiller par anticipation, mais elle n'aurait su dire s'il s'agissait du sien. Le corps a ses raisons.

Zhen ôta son casque poisseux de sueur et ignora poliment les injonctions du commandant des forces spéciales. Elle voulait que son visage soit clairement visible alors qu'elle s'approchait de l'avion. Cheung ôta le sien lui aussi.

Les soldats ne pouvaient pas le reconnaître. Cheung avait rejoint l'Opération plus tardivement, mais c'était tout de même un Chinois han – il était du même sang, il partageait la même histoire. Quand Zhen commença à marcher, Cheung fut le seul à s'avancer de front avec elle. Les autres restèrent derrière.

Amy tenta de se joindre au groupe des ingénieurs, mais Zhen secoua la tête.

— Mais, si vous avez besoin de moi…

Amy n'avait pas besoin de finir sa phrase. Les deux femmes avaient déjà parcouru tellement de chemin en s'aidant mutuellement. Et Zhen n'avait pas besoin de lever les yeux pour voir tous les drones et tous les hélicoptères que Ben avait envoyés pour assurer leur protection. Elle marchait sur leurs ombres mouvantes sur le béton de la piste.

Les casques des soldats chinois tournaient dans tous les sens tandis que ces derniers essayaient de repérer les membres des forces spéciales, accroupis derrière les portières ouvertes de leurs Humvee, tout en gardant un œil sur le petit groupe qui avançait vers eux. Ils étaient en infériorité numérique, et de très loin, mais ils tenaient leur position, le doigt sur la détente. Zhen murmura à Cheung de marcher lentement et prudemment.

— Stop !

Zhen et son groupe s'immobilisèrent. Elle se fia à ses oreilles et reconnut le commandant chinois aux épaulettes brodées d'étoiles. Il se tenait derrière ses hommes, près de la porte de l'avion, et criait en anglais pour se faire entendre de tous. Zhen scruta les visages des soldats mais ne vit ni le chef de soute, ni les pilotes. Avec un peu de chance, ils étaient encore à l'intérieur de l'appareil.

Un jeune soldat émacié se traîna jusqu'au groupe des ingénieurs, fusil pointé vers le bas, mais prêt à servir. Il sentait la sueur et la pourriture. Zhen le salua, mais il ne sourit pas. Les soldats avaient tous été très silencieux au cours du long voyage vers l'Amérique du Sud. Ils n'étaient pas au courant au sujet du *Tianlong*; ils savaient simplement que leur cargaison était un secret d'État susceptible de changer le destin de la Chine.

— Pékin ne nous a prévenus de rien, dit le soldat à Cheung en mandarin.

Les pilotes avaient pour consigne d'allumer les systèmes de communication de *La Dodue* une fois par jour pour prendre leurs ordres auprès du commandement.

— Allez chercher le chef de soute, dit Zhen au soldat.

Personne ne bougea. Aux marges du champ de vision de Zhen, un ingénieur du nom de Bao s'avança pour venir se poster de l'autre côté d'elle. Bao était petit, et il dut donc lever la tête pour fixer le soldat droit dans les yeux et répéter la demande de Zhen d'aller chercher le chef de soute. Le soldat afficha une expression de soulagement méfiant, puis il battit en retraite; il devait savoir que toute leur attente et toutes leurs souffrances finiraient un jour par s'arrêter, d'une façon ou d'une autre.

Le jeune soldat s'entretint avec son chef. Ensemble, ils disparurent dans le ventre imposant de l'appareil. Lorsqu'ils en ressortirent, le chef de soute était avec eux. Les mains et les pieds de Zhen furent pris de tremblements nerveux. Les trois hommes s'arrêtèrent à environ six mètres du groupe. Le chef de soute regarda Zhen, puis regarda son commandant, qui avait dégainé son arme de poing.

— C'est toi qui as installé le système de récupération des eaux de pluie ? demanda Zhen d'une voix forte au chef de soute.

Elle pointa lentement un doigt vers l'aile drapée de bâches, de l'autre côté de l'avion. Le chef de soute avait une formation d'ingénieur en mécanique. Pendant le voyage, il avait gentiment taquiné Zhen au sujet de sa blouse de laboratoire immaculée en lui montrant toutes les taches d'huile qui salissaient son uniforme militaire. Il avait dit qu'il faudrait concevoir un nouveau type de camouflage pour les gens dans son genre.

Le chef de soute hocha la tête et s'approcha, réduisant de moitié la distance qui les séparait. Le commandant et son soldat se rapprochèrent aussi.

— Tu as l'air en forme, dit Zhen en remarquant la bonne mine toute relative du chef de soute.

— On n'a plus rien à manger, avoua-t-il. Les dernières rations ont été pour le commandant, les pilotes et moi. Tu aurais dû nous apporter des nems au porc. Ça aurait été poli de ta part.

Il sourit, et sa lèvre inférieure couleur de cendre se fissura et saigna. Zhen dit qu'elle était venue avec de la nourriture, de l'eau, deux médecins et quatre secouristes. Elle voulait que son message porte, alors même que les tentations qu'il suscitait causaient souffrance et tremblements chez les soldats. Le regard du commandant se fit plus dur.

— J'ai souvent pensé à toi, dit le chef de soute à Zhen en s'approchant encore de deux pas, pendant qu'on était là tout seuls. À attendre.

Il s'appelait Dewei. Zhen n'était pas surprise qu'il ait pensé à elle, comme elle avait pensé à lui. Ils s'étaient très vite liés d'amitié, ce qui était rare pour Zhen. Dewei n'était pas forcé d'être gentil avec elle – la plupart ne l'étaient pas. Et pourtant, il lui avait montré des photos de la jeune épouse et du bébé qu'il laissait derrière lui, en Chine, et lui avait demandé de lui parler de sa propre famille. Ils avaient discuté pendant presque tout le vol, ne s'arrêtant que pour de brèves périodes de sommeil.

Dewei n'avait pas évoqué les grands containers qu'il avait dû charger à bord de l'avion, mais il s'était montré suffisamment courageux et curieux pour demander à Zhen ce qu'elle pensait de la comète. UD3 était vite devenue un sujet tabou dans presque toute la Chine. Le fait de prononcer son nom convoquait d'inimaginables images de mort et de dévastation dans les conversations, mais il le prononça quand même. Et, qui plus est, il lui avoua avoir très peur de l'avenir.

— Maintenant, tu dois penser à tous les enfants, lui dit Zhen à mi-voix. Comme tu penses à ta fille.

Le commandant se rapprocha, suspicieux.

— Cette cargaison, c'est un engin spatial, dit Zhen en haussant la voix. Nous en avons besoin pour dévier la comète. Déchargez-la immédiatement.

Dewei hocha la tête. C'était l'ordre qu'il attendait. Il se retourna, mais le commandant se remit à crier en anglais.

— Stop !

Le chef de soute leva les mains en l'air, mais s'exprima avec un ton de défi.

— Quoi que nous ayons dans cet avion, nous devons le leur donner. Il faut qu'on en finisse avec tout ça.

Le commandant hurla sans quitter Zhen et les forces spéciales des yeux.

— Nous n'avons aucun ordre.

— Et nous n'en aurons jamais, dit Dewei d'une voix pressante. Donnez-leur cet engin.

D'autres ingénieurs vinrent se poster au côté de Zhen, jusqu'à ce qu'ils se tiennent tous là, épaule contre épaule. Le commandant leva son fusil et le braqua sur la tête de Dewei, visant le premier détracteur. Une balle tirée par un sniper fit s'effondrer le commandant avant qu'il ait le temps de presser la détente. Il y eut un moment de silence et d'hésitation. Puis un soldat chinois posa son arme à terre. Et puis un autre. Et puis encore un autre.

25

LA MISE EN GARDE DE WEBER

À bord du Healy, *en mer de Béring*
Le 9 décembre
J-54 avant le lancement

Les parents de Jack hantaient ses rêves. Le plus souvent, il avait suffisamment de lucidité pour savoir qu'ils étaient probablement morts tous les deux – et il le leur disait. Dans certains rêves, sa mère et son père acquiesçaient d'un air triste, mais dans d'autres, ils répondaient qu'ils n'avaient pas perdu espoir pour leurs êtres réels. Un après-midi, Jack se réveilla seul dans la cabine de Maya. Les souvenirs de ses rêves se dissipaient déjà, mais il avait encore en tête l'image de sa mère pointant du doigt la cicatrice qu'il avait sur le cou en lui demandant, *Tu te souviens de l'Allemagne ?*

Jack ne se souvenait pas très bien de l'hôpital militaire de Landstuhl, mais il se souvenait du fragment de shrapnel brûlant qui l'avait frappé dans la ville syrienne de Homs. Jack se souvenait également de s'être réveillé dans l'avion qui le rapatriait vers l'hôpital naval de Bethesda. Ses parents étaient à ses côtés. Ils avaient tout de suite pris un vol pour l'Allemagne, puis ils étaient immédiatement remontés dans l'avion qui le ramenait vers les États-Unis quarante-huit heures après que leur fils unique venait de survivre à une opération chirurgicale pour une artère sectionnée.

Lorsque arriva le temps pour lui d'être remis aux bons soins d'un aidant, Jack n'avait que sa mère. Il avait mis un terme à sa dernière relation juste avant de partir pour ce qui promettait d'être une mission dangereuse. Mme Campbell aménagea sa vieille chambre à coucher dans leur maison du nord de la Virginie. Au début, les choses étaient faciles. Jack était dans le coton à cause de ses antidouleurs, et sa mère était gentille. Lorsqu'elle lui faisait avaler sa soupe et ses antibiotiques à la cuiller, Jack fondait en larmes à chaque déglutition douloureuse. Il était encore si près de la mort qu'elle lui pardonnait, alors.

Mais les jours passèrent, et, petit à petit, leur patience s'épuisa. Mme Campbell meublait les silences en parlant de ses amis et connaissances. C'était parfois inoffensif, lorsqu'elle parlait de grands événements comme les naissances, les mariages et les décès. Mais son propos glissait souvent vers les ragots, les jugements négatifs et la compétition. Jack savait que, sous ses beaux atours, son charme et ses manières polies, sa mère cachait une forme de mesquinerie. Les autres se laissaient facilement berner, mais Jack repérait toutes les comparaisons sous-jacentes au sujet de l'argent, des maisons, des corpulences, de la popularité, de la réussite des enfants, des croisières, du tennis – bref, au sujet de tout ce que Jack trouvait superficiel. Alité entre ces quatre murs dont il croyait s'être échappé depuis longtemps, Jack était un public captif pour sa mère, exactement comme il l'avait été, enfant, avant que la puberté attise son feu intérieur et lui enjoigne de foutre le camp de là.

Lorsque arriva le temps de décoller ses sparadraps et d'enlever ses bandages, la furie de sa mère finit de remonter à la surface. *Ton père et moi, on ne sera pas toujours là pour prendre soin de toi, tu sais*, lui dit-elle, perdant le sourire qu'elle portait constamment comme un rouge à lèvres fétiche. *Il faut que tu te trouves une fille bien, que tu te cases, et que tu prennes un travail normal qui ne te fera pas sans cesse frôler la mort*. Jack serra les poings, mais sa colère le quitta dès que sa mère fondit en larmes en voyant pour la première fois la cicatrice irrégulière qui lui courait de la clavicule à la base de la mâchoire.

Jack tendit le bras vers elle, mais elle lui donna une claque sur la main et s'écria, *Regarde ce que tu t'es fait!* Jack répondit lentement, *Non, maman. C'était un bout de métal. Ce que j'ai fait, c'est dénoncer les attaques menées contre les civils*. Il savait que ses parents pensaient que cette blessure, qui lui avait presque coûté sa jeune vie, susciterait un grand changement chez lui. Ils se trompaient. Jack comprit que ce n'étaient pas ses parents qu'il avait fuis, comme il l'avait cru, mais le genre de vie bien protégée que ses parents menaient, assis derrière un bureau où à une table du country club. Il était quant à lui mieux bâti pour le vaste monde dangereux, pour le combat, voire pour mourir au nom des choses qui comptent.

Lorsque Maya revint à sa cabine, Jack était en train de frotter les cicatrices qu'il avait sur le cou. Il écarta sa main et la tendit vers elle, mais Maya ne s'arrêta pas et alla s'accroupir contre le placard du lavabo.

— Je me suis réveillé et tu n'étais pas là, dit Jack à l'adresse de son dos voûté.

Cette phrase lui parut, à ses propres oreilles, geignarde et désespérée.

— Tu as de la Dramamine ? demanda Maya, la tête toujours cachée dans le recoin du placard. Je me sens vraiment pas bien.

Il lui dit de regarder dans la poche de son sweat-shirt du *Healy* qu'il avait dû jeter quelque part sur le sol. Maya et Jack étaient malades comme des chiens, mais ils n'étaient pas les seuls. On avait conseillé à tous les passagers et membres d'équipage inactifs de prendre des médicaments contre le mal de mer et de rester au lit. Alors même que Jack se tenait assis, apparemment immobile, son cerveau savait que la réalité était toute différente : le *Healy* se faisait sévèrement secouer en mer de Béring, avec soixante-deux nœuds de vent et des vagues de six mètres qui venaient se fracasser sur ses flancs rouges. Les moteurs du bateau tournaient à plein régime juste pour ne pas dériver.

Maya trouva le flacon de cachets dans son sweat-shirt. Elle prit de l'eau au robinet dans le creux de ses mains et déglutit, puis lissa le haut de ses cheveux ébouriffés avec ses paumes humides.

— Il va y avoir un vote, ce soir, dit-elle à son reflet dans le petit miroir.

Maya expliqua qu'elle était tombée sur un garde-côte à son retour de la proue. Il l'avait informée qu'on allait annoncer par les tuyaux que tout le monde devait se rassembler dans le hangar des hélicoptères à 20 heures Le capitaine Weber voulait soumettre au vote l'alternative suivante : rester bien à l'abri en mer jusqu'à épuisement des ressources du navire, ou regagner Seattle, ou peut-être la base interarmées Lewis-McChord si Seattle s'avérait trop dangereuse.

Jack tendit une nouvelle fois le bras vers Maya. Il n'avait pas éprouvé ce genre de besoin frénétique envers une autre personne depuis qu'il n'était plus ce petit enfant serrant fort dans son poing le tissu des vêtements de sa mère. Il y avait des moments où Maya et lui ne supportaient pas de se trouver en des coins opposés d'une même pièce. Au lit, ils se serraient tellement l'un contre l'autre que leurs avant-bras en tremblaient de fatigue, mais aussi violentes que puissent être leurs étreintes, elles ne semblaient jamais parvenir à les réconforter suffisamment.

— J'imagine qu'eux, ils ne pourront pas voter, dit Maya. Tu sais, ceux qui… ne parlent plus.

Plus personne ne se souciait des formulaires de présence officiels du *Healy*, et il était difficile de savoir qui avait succombé à l'état comateux. Les suicides étaient également plus difficiles à repérer avant que l'odeur ne les trahisse. Le temps que l'équipage se débarrasse du corps en le jetant par-dessus bord, le reste du bateau était de toute façon au courant.

Lorsque Maya dédaigna sa main tendue une deuxième fois, Jack fut pris d'une sorte de petit rire. Il se connaissait trop bien pour ne pas saisir l'ironie de la chose.

— Qu'est-ce qui te fait rire comme ça ?

Maya avait l'air en colère. Jack lui sourit, mais ce n'était pas son sourire habituel tout éclatant de dents parfaitement blanches parfaitement alignées. C'était un sourire bancal qui lui donnait l'air jeune et fragile.

— J'ai passé ma vie à fuir ceux qui m'aimaient. Ceux qui avaient *besoin* de moi, reconnut-il. J'ai mis des fuseaux horaires entiers, des continents entiers, entre moi et les miens. Et me voilà, *en besoin*, parce que je suis incapable de me confronter à UD3 tout seul.

Jack se laissa aller en arrière sur la couchette et se demanda si toute conscience solitaire finit nécessairement par se demander si la réalité n'a pas été exclusivement créée pour elle. L'espace excessivement restreint du *Healy*, où l'on ne pouvait rien faire sinon craindre la solitude et ruminer sa culpabilité, était pour Jack un enfer personnel qui le poussait à croire en la véracité de cette hypothèse tirée par les cheveux.

Tu te souviens de l'Allemagne ?

— Oh, nom de Dieu, gémit Jack. Mes parents…

Il ne pouvait plus continuer à refouler le dernier e-mail de sa mère, qui remontait à fin septembre, dans un coin bien étanche de sa tête. Il fallait qu'il s'y confronte, qu'il se confronte à elle.

> Je ne sais pas où tu es, Jack. Je sais seulement que tu es loin de nous.

Sa mère avait rédigé ces deux phrases avec le plus grand soin, pour éviter que ce dernier message puisse être perçu comme une accusation. Mais son soin ne pouvait rien pour effacer le crime de son absence.

> On n'aura bientôt plus rien à manger. Ton père veut qu'on prenne la voiture et qu'on s'en aille loin de la ville. On a un jerrycan d'essence qu'on a caché dans le placard de notre chambre pour pouvoir garder un œil sur lui la nuit. J'ai laissé une clé de la maison sous une pierre près de la vasque aux oiseaux. J'ai trop de choses à dire. Je ne sais pas où tu es, Jack. Je sais seulement que tu es loin de nous. Nous t'aimons, et nous prierons pour toi. Nous prierons pour nous tous.

Jack se tourna vers le mur et se mit à sangloter. Quelques instants plus tôt, Maya ne voulait pas que Jack la touche, la submerge, envahisse son espace personnel, mais elle se remit immédiatement au lit et se pressa contre le long corps courbé de Jack jusqu'à ce qu'il cesse de frissonner.

Le capitaine Weber passait trop de nuits d'insomnie à écumer le web. La plupart des sites et des moteurs de recherche habituels étaient en rade et affichaient le message d'erreur 503 – SERVICE UNAVAILABLE. Il essayait de se rappeler, ou même de deviner, des URL exactes à taper dans la barre d'adresse. Les satellites qui suivaient le navire ne captaient eux non plus aucun e-mail entrant. Le fournisseur d'accès du *Healy* à Seattle avait cessé d'opérer. Le dernier message de la Navy, reçu le 26 novembre, rapportait que, débordées, l'Armée de terre et la Garde nationale s'étaient retirées de plusieurs grandes villes de la côte Ouest pour aller se réfugier dans des îles et des péninsules offrant des barrières de défense naturelles.

Les dernières nouvelles que Weber avait eues de son frère remontaient à un e-mail reçu à la fin du mois d'octobre, dans lequel il disait que Seattle était "un cauchemar vivant". Même dans les banlieues, la situation était "vilaine, vraiment vilaine". Les gens sortaient armés : fusils, pistolets, pieds-de-biche, bouts de tuyaux et battes de base-ball. Ils ne se disaient plus bonjour, mais s'échangeaient des petits signes de tête qui voulaient dire : *Je sais que nous sommes tous les deux des êtres humains qui faisons de notre mieux pour survivre, et je vous souhaite le meilleur, mais si vous me menacez, ou si vous menacez ma famille, je vous défoncerai le crâne.* Des cadavres gisaient dans les rues, massacrés.

Le frère de Weber lui promettait de prendre soin de sa femme, Karen, et de leurs deux enfants, pendant qu'il était encore en mission au large. Les deux familles avaient prévu de prendre leurs camping-cars et de s'en aller dans les parcs nationaux de l'État de Washington, où ils pourraient peut-être trouver refuge, au moins provisoirement, au cœur des forêts denses. Karen avait glissé une mise en garde dans ses adieux déchirants.

> Je t'aime, Martin, plus que ma vie. Les enfants t'aiment tout autant, mais ne rentre pas à la maison. Ce n'est plus la maison de personne.

Weber avait un tout petit peu plus de cinquante ans mais il avait deux jeunes enfants. Karen avait eu du mal à les avoir, à cause de ses expéditions si nombreuses et si longues dans l'Arctique. Ils avaient arrêté d'espérer quand elle tomba enceinte pendant des vacances de Noël. Une magnifique petite fille et un magnifique petit garçon vinrent au monde à trois ans d'intervalle par un même jour de septembre ensoleillé, et jamais leurs parents ne les tiendraient pour acquis. Weber jura de les retrouver tous les trois dans ce chaos, ou, plus vraisemblablement, de mourir en tentant de le faire.

En attendant de gagner la terre ferme, il priait. Beaucoup. Entre deux prières psalmodiées, il s'interrogeait sur le pourquoi de cette comète. UD3 était-elle un moyen pour Dieu d'éliminer l'humanité déchue, comme le déluge dans la Genèse ? Dieu voulait-il faire remonter l'horloge de la civilisation aux temps bibliques, à une époque où la vie avait plus de dignité ? Mais s'il n'y avait aucun survivant ? UD3 était grosse. Trop grosse. Pourquoi Dieu tuerait-il tous Ses enfants ? N'étaient-ils tous qu'une expérience ratée ?

À 7 h 45, Weber annonça par les tuyaux qu'il était temps d'aller se réunir dans le hangar des hélicoptères. Le second du *Healy* se joignit à lui pour le trajet. Ils ne parlèrent pas beaucoup, mais il était content d'avoir quelqu'un à ses côtés lorsqu'il entra dans le hangar pour faire face à l'ensemble de l'équipage et des passagers. Weber alla se placer au centre du vaste espace et s'éclaircit la voix.

— Merci de vous être réunis ici ce soir… commença-t-il.

On aurait dit l'introduction oiseuse d'une oraison funèbre. Weber ne trouvait jamais les mots justes quand il en avait besoin. Ils ne lui venaient qu'après d'innombrables brouillons de tentatives médiocres. Il sortit un bout de papier plié de sa poche d'uniforme. Une de ses faces était couverte de cette écriture cursive parfaite que les nonnes lui avaient inculquée de force avant que les ordinateurs ne rendent cet art obsolète.

— Nous n'avons aucune communication avec le commandement. Le temps est venu de prendre notre destin en main, lut-il à haute voix. Soumettre des décisions au vote n'est sans doute pas une pratique militaire très régulière. Mais les règles n'ont pas été écrites pour des temps tels que ceux que nous sommes en train de vivre.

Le capitaine regarda tout le monde, même les personnes qui se tenaient au fond. Weber était un homme de grande taille (Dieu merci), et il mettait un point d'honneur à être le genre de chef qui regarde ses troupes dans les yeux.

— Si nous restons en mer, aussi longtemps que nous le pourrons, nous continuerons à bénéficier de la *sécurité* que nous offre ce navire. Nous ne souffrirons pas comme le reste de nos familles, de nos amis et de nos voisins. Mais c'est en soi une forme de souffrance. Vous devrez vivre avec le fait que vous avez choisi de les abandonner.

Une image de Karen passa dans son esprit sans qu'il l'ait convoquée. Elle portait sa robe d'été préférée, celle aux motifs floraux courant le long de l'ourlet. Il ne se souvenait jamais du nom des fleurs. Ça la faisait rire, et elle levait les yeux au ciel, quand il le lui demandait.

— Si, en revanche, nous regagnons la terre ferme, dit Weber en ravalant son émotion, nous devrons alors affronter ce qu'ils ont affronté…

Devait-il vraiment mettre des mots sur ces horreurs ? Devait-il vraiment parler à voix haute des meurtres, des viols, de la loi des gangs, des sectes mortifères, des rumeurs de cannibalisme ?

— Vous avez tous vu les dernières informations. Vous avez entendu les mêmes histoires. Seattle est une zone dévastée. Nous pourrions remonter le Puget Sound, dépasser Tacoma, et jeter l'ancre à Steilacoom. De là, nous serions à trois heures de marche de la base interarmées Lewis-McChord, si elle existe toujours. C'est notre meilleure chance, mais, franchement, je ne sais pas ce qu'elle vaut…

Il dut s'arrêter là. La décision fut mise au vote.

— Qui est pour qu'on regagne la terre ?

Le capitaine Weber leva immédiatement la main et compta tous les votants qui l'imitèrent.

— Qui vote contre ?

Le résultat allait être serré, et quelques votants s'abstenaient, les yeux rivés au sol, perclus d'hésitation. Weber remarqua que la plupart des scientifiques encore présents à bord étaient en train de voter pour que l'on reste en mer. Ils étaient jeunes et célibataires, ou ils ne vivaient pas dans l'État de Washington. Weber remarqua également, le cœur noué, que certains membres d'équipage avaient levé la main – toutes des femmes, plus susceptibles de subir des violences.

Ses yeux repérèrent deux mains jointes en l'air en guise de double vote. L'une appartenait à une chercheuse, l'autre à un passager invité, un photographe qui arpentait sans cesse le pont avec son appareil. Ce couple était inexplicablement, mais indiscutablement, amoureux. Évidemment qu'ils préféraient rester en sécurité sur le bateau, se dit Weber, tant qu'ils étaient ensemble.

— La majorité vote pour le retour à terre, annonça-t-il.

Et maintenant ils ne pouvaient plus qu'attendre en se demandant vers quoi ils retournaient. Le *Healy* rentrait de l'Arctique avec sa propre bulle de temps figée dans le passé ; ce navire était une capsule de civilisation que l'humanité avait mis des millénaires à construire. Tout cela s'effondrait comme un château de cartes dans l'anarchie sanglante de leur nouveau présent.

À bord du *Healy*, tout le monde faisait de son mieux pour offrir de l'intimité à Maya et à Jack et pour protéger l'étrange bonne fortune qui leur avait permis de trouver l'amour. Dans cet esprit, le capitaine Weber alla les voir deux jours après le vote.

— Il existe peut-être un moyen, murmura-t-il, pour que vous préserviez ce que vous avez. Tant que vous le pourrez.

Ils écoutèrent.

Le *Healy* approchait des îles Aléoutiennes. Weber leur dit qu'ils pouvaient embarquer un mois de ravitaillement dans un des semi-rigides que les scientifiques utilisaient pour leurs recherches, et quitter le bord le lendemain matin. S'ils suivaient à bonne vitesse le cap que le capitaine leur donnerait, ils atteindraient une petite île récemment désertée par sa population locale d'Iñupiat. La fonte du permafrost y avait fait se pencher, se tordre, et parfois s'effondrer les bâtiments. Et il était absurde de les reconstruire, parce que l'élévation du niveau de la mer vouait cette île à l'engloutissement dans la mer de Béring au rythme d'un à trois mètres par an. Le capitaine expliqua à Jack et Maya qu'ils pourraient trouver un refuge pour la nuit dans un des bâtiments qui tenaient encore debout. Puis, le lendemain à l'aube, ils pourraient repartir, cap au sud-est, et atteindre le chapelet des îles Aléoutiennes.

— Suivez ces îles vers l'est jusqu'à ce que vous trouviez un peuplement qui vous accepte, dit Weber. Vous aurez besoin de l'aide de ces gens, parce que tout seuls, là-bas, vous mourrez.

Weber se disait que c'était la chose à faire, malgré les visages livides que lui présentaient Jack et Maya. Même s'ils n'arrivaient pas à trouver un groupe d'hommes accueillant, ils pourraient au moins jouir de plus de temps ensemble, en relative sécurité. C'était tout ce qu'on pouvait espérer de ce côté-ci du paradis. C'était plus que le capitaine lui-même ne pouvait espérer.

Quand Jack ouvrit la porte de sa cabine, Gustavo était assis à son bureau, le regard rivé sur une carte dépliée. Le menton et le cou du petit homme étaient restés parfaitement lisses durant tout le voyage sans qu'il ait jamais besoin de se servir d'un rasoir. Jack, quant à lui, ressemblait à un Viking avec sa grosse barbe blond-roux et ses cheveux hirsutes qui lui couvraient les oreilles et la nuque.

— Ce soir, c'est Sloppy Joe*, dit Jack en sortant de la poche de son sweat-shirt un sandwich emballé dans des serviettes humides et en le posant sur le bureau de Gustavo. Mais c'est surtout sloppy.

Au lieu d'attraper des vêtements propres dans son placard, Jack en sortit ses deux sacs de voyage vides.

— Je peux vous confier un secret ? demanda-t-il sans se retourner.

Le silence de Gustavo était très éloquent.

— Maya et moi partons demain matin, lui confia Jack.

Il prit une brassée de vêtements dans le placard et les fourra dans un des sacs.

— On va essayer de trouver un village sur une des îles Aléoutiennes, et attendre que tout ça se tasse avec les villageois. Nous n'avons ni l'un ni l'autre aucune raison de risquer… ce qui pourrait arriver à Maya sur le continent. Elle pense que sa famille est morte, et j'ignore où se trouve la mienne parce que je suis le fils le plus merdeux du monde.

Jack grimaça et finit de jeter le reste de ses chaussures et vêtements dans ses sacs en silence. Voyant une pile de tirages d'imprimante par terre près du placard, il s'en saisit et se tourna enfin vers son camarade de cabine.

* Sandwich fait de deux tranches de pain à hamburger garnies de viande hachée assaisonnée d'oignons et de sauce tomate. L'adjectif *sloppy* signifie "bâclé", "peu soigné", "négligent".

— Ah ! Et ça, ce sont tous les poèmes que vous avez écrits, dit Jack en lui montrant la pile. Je les ai imprimés dans le salon des chercheurs.

Il glissa avec soin la liasse de feuilles dans un de ses sacs.

— Les emporter avec nous, c'est un petit peu comme vous emmener *vous*, pas vrai ?

Gustavo renvoya son sourire à Jack. Jack trouva que cela lui faisait un visage tellement beau qu'il prit mécaniquement une photo avec son appareil qui pendait à son cou.

— Il vous reste de la pellicule et des batteries ? demanda Gustavo.

— Trois batteries. Et c'est du numérique. On ne fait plus d'argentique, c'est fini, expliqua Jack. Quand la mémoire sera pleine, j'effacerai sans doute tout pour pouvoir recommencer. Je ne peux pas *ne pas* prendre de photos.

Quelque part au début de l'âge adulte, Jack s'était identifié à son métier. Il ne pouvait pas se débarrasser du photojournalisme parce que, aussi vaine que cette activité puisse être dans les circonstances présentes, elle constituait l'essence même de son être. Jack remit le capuchon sur l'objectif et laissa son appareil pendre à son cou. C'était un poids familier. Quand il ne le sentait pas, il éprouvait la sensation lancinante d'avoir oublié quelque chose.

— Vous me manquerez, dit Gustavo d'une voix sincère. Il y a la famille et la tribu. Et il y a les personnes que l'on choisit.

Il ne survivra pas à Seattle, ne pouvait s'empêcher de penser Jack. Pendant tout le voyage, Gustavo s'était comporté comme si la mort l'attendait au détour du couloir. Et maintenant c'était vrai. Mais qu'en était-il de son peuple ?

— Ils sont très isolés dans la forêt amazonienne, vos villages wayãpi ? demanda Jack. Est-il possible qu'ils soient toujours en sécurité ?

Gustavo prit une profonde respiration.

— Peut-être, dit-il doucement.

Les Wayãpi de l'État septentrional de l'Amapá vivaient au plus profond de ce qu'il restait de la forêt brésilienne, expliqua Gustavo. Une moitié de leurs terres officielles s'étend sur la réserve de Renca, l'autre sur un parc national. Sur ces terres, la forêt est quasiment impénétrable à pied. En dehors des rivières et du ciel, la seule voie d'accès au territoire des Wayãpi était une longue piste de terre qui menait à une petite ville minière.

— Mon peuple se battra pour sa vie, dit Gustavo. Il l'a toujours fait. Et s'il ne peut pas se battre, il se cachera. Certains disent qu'il reste encore des lieux qu'aucun homme blanc n'a jamais vus.

— Savez-vous ce que tout ça signifie pour eux ? demanda Jack.

Il essaya d'expliquer un des nombreux fils de réflexion qui l'occupaient quand il n'avait rien d'autre à faire sur ce bateau que penser. Les poèmes de Gustavo parlaient de la Grande Machine Affamée qu'était la civilisation moderne, et des milliards d'humains qui en faisaient tourner les engrenages. Tout ce qui vivait était livré en pâture à la machine : forêts, animaux, rivières, poissons. Elle consommait et elle empoisonnait ; et elle semblait indestructible, jusqu'à ce qu'une comète noire surgisse de derrière le soleil.

— Pour la première fois depuis des siècles, les Wayãpi seront tranquilles, tout seuls, dans la forêt, dit Jack à Gustavo. Du moins jusqu'à ce que la comète frappe ou ne frappe pas. Promettez-moi de bien vous imprégner de ce fait. C'est ce que vous avez toujours voulu, n'est-ce pas ?

Gustavo le regardait ébahi. Il s'imprégnait déjà de ces mots.

Jack hissa ses sacs sur ses épaules.

— Au revoir, dit-il.

Cela poussa Gustavo à poser une main sur l'épaule de Jack.

— Il n'existe pas de mot pour dire au revoir dans ma langue, expliqua-t-il. Il n'en existe pas parce que les gens ne se quittent pas. Sauf moi.

Il avait toujours la main sur l'épaule de Jack. Il la serra, puis la lâcha.

Au matin, Jack n'était plus là.

26

L'ÎLE ENGLOUTIE

À bord du Healy, *dans la mer de Béring*
Le 12 décembre
J-51 avant le lancement

À 7 HEURES PRÉCISES, Weber retrouva Maya et Jack près du local de matériel arctique. Des valises et des sacs de voyage jonchaient le sol du couloir. Ils étaient tous les deux vêtus d'habits civils raisonnables : jeans et sous-vêtements longs, parkas de ski et bonnets de laine. Ils se tenaient côte à côte. Weber ressentit un frisson de jalousie qu'il réprima immédiatement.

— J'ai un cadeau pour vous, annonça-t-il d'une voix à la gaieté forcée.

Il cala sa canne à pêche contre la cloison et posa sa vieille boîte à pêche par terre.

— C'était à mon grand-père, expliqua le capitaine en laissant s'attarder une main sur son cuir éraflé.

Weber avait prévu d'offrir cette boîte à son fils le jour de son seizième anniversaire, mais, comme on dit, on ne peut jamais savoir ce que l'avenir nous réserve. Maya ouvrit la bouche et commença à protester, puis elle se tut. En des temps comme ceux-là, il fallait ravaler sa culpabilité et prendre ce qu'on vous donnait.

— Merci, dit-elle.

Weber se retourna et commença à s'affairer. Le local arctique contenait le matériel et le ravitaillement nécessaires pour les brèves sorties d'étude et d'exploration effectuées depuis le *Healy*. Avec toute la neige et toute la glace qu'il y avait partout, l'eau potable ne serait pas un problème. Tout le reste… si. Weber attrapa un sac de toile et se mit à le remplir.

— Les tempêtes sont plus violentes depuis quelques années, dit-il en prenant deux combinaisons Gumby pliées, une grande et une petite. Et avec le réchauffement de l'océan, il y a beaucoup moins de glace pour faire barrage. J'espère que vous trouverez un bâtiment en bon état sur l'île. Un bâtiment avec de bonnes fondations.

Il alla à l'autre bout du local et annonça chaque objet avant de le mettre dans le sac : lampe torche, couteau, trousse de premiers secours, briquet et recharge de butane, bâche étanche. Jack rit. Weber avait entendu dire que le photojournaliste n'était jamais le dernier pour plaisanter ou raconter une aventure spectaculaire. Malgré son statut d'invité civil, il était populaire auprès des garde-côtes.

— Ça me rappelle ces tests de logique, expliqua-t-il. Vous savez, ceux qui vous disent, "Vous partez pour la face cachée de la Lune…"

Vous partez pour la face cachée de la Lune. En vue de ce voyage, choisissez quinze objets, pas un de plus, et listez-les par ordre d'importance pour votre survie…

— Y avait un gamin qui classait toujours la bombonne d'oxygène en numéro cinq, dit Jack. Au mieux.

— Pas avec moi, marmonna Weber.

Il leur montra comment utiliser le pistolet lance-fusées avant de le mettre dans le sac.

— Je ne peux pas vous donner de vrai pistolet, dit le capitaine d'un ton navré qui s'adressait avant tout à lui-même.

Ils n'avaient pas assez d'armes pour eux ; en donner une à ces deux-là forcerait quelqu'un à affronter le continent en étant désarmé.

— Monsieur ?

Ils sursautèrent tous les trois en entendant un homme crier. Le bateau était devenu incroyablement silencieux.

— Lieutenant Colson au rapport, capitaine.

Ce lieutenant était sous les ordres de l'officier en charge du matériel. Il avait les clés de la cambuse, et avait reçu ordre de préparer ce qu'il fallait de protéines et de glucides pour deux personnes pour un mois.

— Je vous ai commandé des plats à emporter, dit le capitaine, soucieux de montrer qu'il avait lui aussi de l'humour.

Il mena Jack et Maya dans le couloir et trouva le lieutenant Colson avec un sac de toile à ses pieds. Colson avait une moue crispée. Les vols de nourriture commençaient à poser un vrai problème. Plus on les laissait se perpétuer, moins il y aurait de rations à répartir au moment de débarquer.

— Merci, lieutenant. Ce sera tout.

Weber s'avança et prit le sac de toile de sa main libre. Quelque chose de laid se manifesta sur le visage du lieutenant lorsqu'il vit l'équipement dont on faisait cadeau à deux civils, mais Weber se détourna de lui et fit signe à Maya et à Jack, qui se dépêchèrent de prendre leurs propres sacs et valises.

Un sac dans chaque main, Weber mena le couple au fil d'une série de coursives étroites reliées entre elles par des portes étanches aux systèmes de fermeture conçus pour résister à l'eau, à la fumée et au feu – mais pas à la menace d'une collision cosmique, apparemment.

Ils marchaient sans faire de bruits et s'efforçaient de ne pas prêter attention à ceux qui provenaient de cabines aux portes fermées. Weber préférait malgré tout ces bruits (ces pleurs, ces prières, ces cris, etc.) au silence. Le silence ne présageait jamais rien de bon. L'équipe médicale débordée du *Healy* ne pouvait pas faire grand-chose pour aider les comateux, si ce n'est les mettre sous perfusion.

À peu près au milieu du bateau, ils s'arrêtèrent le temps que Maya reprenne son souffle.

— Elle s'appelle comment, cette île ? demanda-t-elle. Celle où on est censés faire escale avant d'atteindre les Aléoutiennes ?

— Comme pour beaucoup de choses, ça dépend à qui vous posez la question, répondit Weber. À bord du *Healy*, on la désigne par ses coordonnées. Sur les cartes, elle s'appelle l'île Taylor – quand elle a un nom. Les Iñupiat qui y vivaient devaient avoir un bon nom bien à eux, à l'époque, mais je ne m'en souviens pas. Personne ne se souvient des bons noms. Seulement des mauvais.

Il leur offrit un sourire désolé.

— Et donc, c'est quoi, le mauvais nom ? demanda Maya.

Ses yeux étaient si noirs que ses pupilles et ses iris se fondaient en des petites sphères massives. Elle rechargea sa silhouette minuscule de sacs, attrapa la poignée d'une valise à roulettes, et serra la boîte à pêche du capitaine sur sa poitrine.

— Je ne saurais pas vous le prononcer dans leur langue, mais il signifie “avalée d'un seul coup”, dit Weber. Engloutie. Comme un poisson.

Ils arrivèrent à la poupe du *Healy* et sortirent par une écoutille. Sur le pont, la température avoisinait zéro. L'air était animé d'une fine bruine blanche de flocons à moitié fondus. Un semi-rigide de sept mètres de long était déjà prêt pour la mise à l'eau, en haut de la rampe. Weber accéléra le pas et grimpa à bord en premier. Maya peina pour enjamber le franc-bord avec ses petites jambes, mais Jack se dépêcha de l'aider sitôt qu'il eut posé ses sacs. Ils s'assirent derrière le pupitre de barre et écoutèrent Weber leur expliquer le rôle et le fonctionnement de chacune des commandes.

— En suivant ce cap, vous atteindrez l'île dans l'après-midi, dit Weber en entrant une série de chiffres sur l'écran numérique du pupitre. Demain matin, vous devrez refaire le plein.

Il fit un petit geste du menton en direction de trois jerrycans déjà sanglés à l'avant du bateau.

— Ensuite, mettez cap au sud-est en gardant bien un œil sur l'aiguille du compas.

Il tendit le doigt vers l'horizon qui s'étendait au loin, derrière la poupe du *Healy*. Sous cette lumière humide, la mer de Béring était d'un gris métallique mat. Jack et Maya se regardèrent et virent chacun le doute se refléter dans les yeux de l'autre. La peur du viol et de la mort violente les avait poussés à prendre cette décision. Maintenant, la peur de mourir de froid entravait leur élan. Ils pouvaient échapper au continent, pas à la peur.

Weber demanda à Jack et à Maya s'ils avaient des questions. Voyant qu'ils lui faisaient tous les deux non de la tête, il sortit une clé de la poche de cuisse de son pantalon. Maya eut un moment d'hésitation. *Attendez !* disaient ses yeux noirs. Weber savait qu'il allait devoir agir vite avant qu'ils ne flanchent. Il mit le contact lui-même.

— Bon voyage, leur souhaita-t-il, avant de leur serrer la main.

Maya et Jack semblaient à la fois terrifiés et reconnaissants.

Vite...

Weber détacha les sangles qui retenaient le bateau. La porte de poupe du *Healy* se souleva et le semi-rigide glissa en arrière dans son sillage bouillonnant d'écume blanche. Le rugissement de l'eau enfla lorsque Weber largua l'aussière. Le semi-rigide partit à bonne vitesse avec Jack aux commandes. Il se retourna pour regarder une dernière fois le flanc rouge vif du *Healy*. Le capitaine Weber se tenait derrière un bastingage ; une main levée contre les ombres du brouillard, sa grande silhouette paraissait minuscule sur l'énorme navire.

Pendant toute leur journée de navigation, Maya ne cessa pas de regarder vers l'arrière, vers l'endroit où ils avaient laissé leur navire-mère. Leurs yeux et leur nez coulaient dans l'atmosphère froide et humide, mais les reniflements de Maya étaient peut-être aussi causés par autre chose. Jack ne regardait que devant, vers leur destination. Lui aussi avait noué des liens solides dans les tranchées mentales d'une extinction possible, de la dévastation du monde, du suicide et des reportages qui le faisaient littéralement vomir. Pourtant, le moment venu, il avait eu moins de mal à se détacher à la fois du *Healy* et de sa vie d'avant. Jack avait toujours été doué pour la fuite.

— On voit l'île ! s'écria-t-il au-dessus du bruit du vent.

Jack manœuvra les turbines du bateau et obliqua vers le sud en direction des plages couleur suie de l'île Engloutie. Le brouillard s'éclaircit à temps pour dévoiler une digue de rochers qui se dressait en haut de la côte nord, érigée par ses anciens habitants pour gagner un peu de temps dans leur lutte contre les tempêtes. Cette digue s'arrêtait à la moitié de ses trois kilomètres de côte. Jack prit encore un peu de sud puis vira vers la terre.

— Comment j'arrête ce truc ?

Maya tendit la main et coupa le moteur pour réduire leur vitesse. Le bateau tangua et roula dans les vagues entre des détritus flottant plus ou moins en surface. Jack sauta du bateau quand la coque heurta la plage. Il attrapa une aussière en nylon et s'aida des vagues pour hisser l'avant du bateau hors de l'eau. Maya prit sa main et descendit sur la plage. Ils étaient tous les deux mouillés et frissonnaient. Le jean de Jack était trempé.

— Il faut qu'on reste secs, dit-il.

Maya hocha la tête d'un air hébété. Jack sortit les combinaisons de survie Gumby en néoprène pour qu'ils les enfilent. Même sans la capuche, et avec le col ouvert, Jack et Maya avaient l'air ridicule.

— On va mourir de froid en costumes de Muppets, plaisanta Jack.

Et ils rirent. C'était vital de rire – dans ce voyage vers la face cachée de la Lune.

Jack prit la main de Maya et la mena jusqu'à la falaise de trois mètres qui se dressait en haut de la plage. Frappant les sédiments meubles de leurs pieds grossièrement chaussés de caoutchouc flasque pour y creuser des prises, ils l'escaladèrent. Au bout de sa sangle, l'appareil photo de Jack se balançait et venait cogner contre son torse. Avec leurs gants à trois doigts, ils agrippèrent les hautes herbes sauvages qui poussaient sur le sol couvert de neige fondue et se hissèrent en tirant la terre par ses cheveux.

En haut, Jack et Maya avaient vue sur l'intégralité de la superficie de cette île sans aucun arbre. De nombreux objets étaient cachés sous des petites masses de neige. Quoi qu'ils fussent, ils ne valaient pas la peine qu'on s'y intéresse. Les habitations de plain-pied penchées faites de planches et de tôle ondulée n'étaient guère plus avenantes. Certaines ne s'inclinaient que de quelques degrés, d'autres avaient les fondations complètement effondrées. Si Maya et Jack éprouvaient de la peur face à cette ville fantôme toute de guingois, ils n'en dirent rien. Le vent se lovait autour d'eux dans le silence, éprouvant leurs silhouettes.

Enfin, Maya redescendit la falaise en glissant, creusant deux grosses gouttières sous ses talons. Ils regagnèrent leur bateau sur la rive sud jonchée de détritus. Jack donna un coup de pied dans une bouteille d'eau écrasée, puis fit rouler, du bout de son autre pied, un applicateur de tampon.

— Dommage qu'on ne puisse pas se nourrir de plastique, dit-il en soupirant.

Maya ouvrit maladroitement le fermoir de la boîte à pêche du capitaine avec ses mains gantées. Soulevant son couvercle, elle vit des cases en bois remplies d'hameçons et de leurres brillants aux couleurs vives.

— Ces eaux abritent de grands bancs de poissons. Colin d'Alaska, morue du Pacifique, hareng, charbonnier. Si on arrive à se nourrir pendant l'hiver, nous, et peut-être quelques autres, on ne sera pas de trop gros fardeaux à accueillir, pas vrai ?

— Et si l'un de nous meurt avant l'autre ?

Maya reposa la boîte et chatouilla la barbe or et roux de son amant avec son nez.

— L'un de nous *mourra* avant l'autre, lui rappela-t-elle. C'est comme ça. C'était comme ça avant UD3, ce sera comme ça après.

— Après ? demanda-t-il en haussant les sourcils. Tu penses à l'opération de défense internationale dont ils parlaient aux informations ? Tu crois qu'ils ont une chance ?

Maya balaya la question d'un geste. Elle demanda à Jack s'il avait déjà vu une limule. Cette espèce était vieille de près d'un demi-milliard d'années. Ses ancêtres avaient survécu à toutes les extinctions de masse précédentes, y compris à la grande extinction permienne qui avait fait disparaître jusqu'à quatre-vingt-seize pour cent de toutes les espèces marines.

— Alors il y a de l'espoir ? demanda Jack. Quoi qu'il arrive ?

Maya se tourna vers l'océan. La vie primitive en était jadis sortie en rampant, puis avait évolué, pour le meilleur et pour le pire. Ça pouvait se reproduire.

— Il y a toujours de l'espoir, dit-elle.

Maya était plus sage et plus forte que toutes les autres petites amies de Jack, avec un rare mélange de douceur et d'âpreté. Elle et Jack formaient un couple improbable. Il avait fallu un brise-glace polaire et une comète pour les faire tomber dans les bras l'un de l'autre. Jack était tellement amoureux d'elle qu'il en était sans voix.

Alors il prit une photo avec son appareil.

— Des photos ? dit Maya en riant. Tu continues ?

— Oui. Je continue.

Les histoires que Jack capturait avec son Nikon formaient aussi l'histoire de sa propre vie. Elles continuaient à être importantes. C'était de cette manière qu'il trouvait du sens à ce qu'il faisait.

— Tu as sans doute dû participer à beaucoup de stages de survie, pas vrai ? demanda Maya.

Jack acquiesça en fronçant les sourcils. Maya était intelligente et sensible, mais lui seul pouvait les maintenir en vie. Il ressentit la peur moite de se trouver en grave danger aux côtés d'un être cher ; c'était une sensation nouvelle.

— Tu as déjà souffert de la faim ? demanda Jack.

— Je sais ce que c'est que d'avoir faim.

Il secoua la tête : ce n'était pas pareil. Quelque chose se brisa à l'intérieur de Jack. Ce n'était pas réel, mais psychosomatique ; c'était son corps, son corps avec ses cicatrices, qui lui disait que cette femme l'avait enfin rendu fragile.

— Il faut qu'on se trouve un abri et qu'on dresse le bivouac, dit Jack. Je sais quoi faire. Il y a aussi de l'espoir pour toi et moi.

Il fit un pas en arrière et prit une photo en grand angle de l'île Engloutie, leur foyer pour la nuit. Il continuerait à capturer l'expérience humaine tant qu'eux, et leurs batteries, tiendraient.

27

BRAVE SOLDAT DES WAYÃPI

Brasilia
Le 24 mai 2011
Congrès national du Brésil

> Le vrai soldat se bat non pas parce qu'il hait ce qu'il a en face de lui, mais parce qu'il aime ce qu'il a derrière lui.
>
> G.K. CHESTERTON

AS-TU DÉJÀ ÉTÉ entouré d'un bleu aussi éclatant ? demanda le père St John d'un air songeur.

Les sols et les fauteuils de cuir de la chambre du Sénat étaient bleu outremer, le même bleu que celui du drapeau brésilien qui tombait mollement au fond de la scène. Assis au premier rang du balcon, le prêtre leva les yeux vers le dôme du plafond qui scintillait comme des écailles de poisson. Le père St John cilla pour refouler des larmes causées soit par un excès de lumière du soleil, soit par un excès de beauté, dans ce bâtiment qui abritait tant d'hommes et de femmes corrompus. Deux membres du Congrès sur trois étaient sous le coup d'accusations criminelles allant de la corruption au meurtre.

— L'architecture de Niemeyer, murmura le prêtre à l'oreille de Gustavo. Un des nôtres.

— Des nôtres ?

— Pardon. Un Brésilien. Niemeyer est né à Rio de Janeiro.

Gustavo ne releva pas. Le prêtre était un Canadien et Gustavo était un Indien wayãpi – ou un indigène – ou autre chose, selon la dénomination que les Brésiliens utilisaient alors. Les deux hommes avaient vécu dans la forêt et sur ses marges dangereuses pendant l'essentiel de leur vie. À soixante-huit ans, le père St John avait encore une chevelure bien fournie, mais intégralement grise. Il avait cessé d'être mince, et avait cette allure un peu empâtée fréquente chez les hommes d'un certain âge, avec une bedaine sur laquelle il reposait ses bras croisés. Ses longues jambes fines étaient noueuses comme des pattes de hocco. Gustavo approchait de la cinquantaine et avait de longs cheveux encore bien noirs, mais sans lustre.

— Est-ce que la liste est prête ? demanda Gustavo.

Les iris pâles du prêtre cessèrent de briller lorsqu'il baissa de nouveau les yeux vers Gustavo pour le regarder avec une sorte de pitié.

— Si je ne te connaissais pas, dit-il en se baissant pour attraper la sacoche de cuir posée contre ses pieds chaussés de sandales, je te dirais de jouir de la beauté partout où elle se trouve. Mais je te connais.

Gustavo avait rencontré le père St John, et tous les livres que le prêtre gardait bien à l'abri des cafards de la jungle, alors qu'il était âgé de huit ans. Un missionnaire évangélique l'avait envoyé trouver un prêtre qui vivait dans une cabane à l'orée d'un village de mineurs. Le missionnaire voulait que Gustavo se fasse baptiser, mais le père St John n'avait aucune envie de convertir un enfant qui ne comprenait pas ce que ça voulait dire. Ce n'était pas un missionnaire, mais il avait une mission. *J'ai entendu le cri de mon peuple*, répétait-il sans cesse. Cette déclaration était à la fois complexe, par ses nombreuses références sous-jacentes, et parfaitement simple. "J'ai entendu le cri de mon peuple" était le titre d'une lettre ouverte signée et publiée par les évêques du nord-est du Brésil en 1973, pour dénoncer les atteintes systématiques aux droits de l'homme. C'étaient aussi des mots que le livre de l'Exode attribuait à Dieu s'exprimant au sujet du peuple d'Israël opprimé. Et c'était, une fois encore, le sentiment du père St John depuis qu'il avait quitté sa terre natale pour répondre à ce cri.

— Le nombre de morts s'élève à neuf cent treize. (Le prêtre sortit une liasse de documents de sa sacoche en soupirant.) On ne peut pas compter les personnes disparues, malheureusement. Uniquement les cadavres.

La Liste des Morts-Vivants était supposée recenser les noms de tous les activistes qui militaient pour les droits des travailleurs, les droits des indigènes, l'agriculture durable et la justice environnementale – et qu'on avait assassinés pour ça. Le chiffre total était gravement sous-estimé ; la forêt avait la mauvaise habitude d'étouffer les cris et d'avaler les preuves. Mais les noms de ceux qui avaient indiscutablement perdu la vie en luttant contre l'appât du gain et la violence formaient une liste irréfutable.

Gustavo lâcha les feuilles sur ses genoux sans y jeter un regard. Les grands nombres le déroutaient toujours, et il connaissait déjà les noms de tous les braves qui n'étaient plus que de l'encre sur du papier. La Liste des Morts-Vivants était conçue pour ceux qui ne savaient pas. Gustavo tourna la tête pour regarder le balcon bondé. Toutes les places assises étaient prises, et il y avait des gens debout dans la galerie du fond. Il avait désiré rencontrer un journaliste pour lui demander de publier la liste, et il n'en attendait pas autant.

— Je n'ai jamais vu autant de journalistes se bouger pour la forêt, fit remarquer Gustavo.

— Ils sont venus pour *toi*, lui assura le prêtre.

Le père St John avait essayé, en vain, de lui faire comprendre ce que représentait un prix Nobel de littérature. Gustavo n'avait pas l'intention de se rendre à Stockholm pour la cérémonie de remise du prix, et il morigénait son ami pour l'optimisme exagéré dont il faisait preuve à son sujet. *Personne n'a autant d'argent que ça, Sinjin*, rétorquait-il en appelant son ami par son nom de famille.

— Si les journalistes sont là pour moi, ça veut dire qu'ils ne sont pas venus pour le vote de la loi sur la forêt ? dit Gustavo.

— Peut-être que si, pour quelques-uns.

Le prêtre était un optimiste, pas un menteur. L'assouplissement des lois qui protégeaient la forêt depuis 1965 était un moment historique. Mais les médias étaient au service du public, et ce même public qui se montrait généralement en faveur de l'environnement dans les sondages élisait également les politiciens corrompus qui se battaient pour l'exploiter et le détruire.

Il y eut un double flash d'appareils photo dans la galerie. Lorsque Gustavo se retourna, un nouveau flash l'aveugla. Le père St John rit en le voyant décontenancé.

— Faudra t'y habituer, dit-il.

Taquiner Gustavo et lui enseigner des choses en le poussant doucement vers l'amour, à tous les sens chrétiens de ce mot, étaient les passe-temps favoris du père St John.

Un sénateur s'avança jusqu'à la tribune. Le père St John se redressa sur son siège et fronça les sourcils.

— Je sais que je dois aimer tous les enfants de Dieu, dit-il, mais celui-ci est un vrai salopard.

Le sénateur fédéral était un riche baron du bétail devenu homme politique ; c'était un membre puissant du Bloc rural. À la tribune, il portait un costume hors de prix, avec un drapeau brésilien en épinglette. Avant de devenir sénateur, il était gouverneur local de l'État du Rondônia, où il portait des vêtements simples et un chapeau de paille. Il voulait se faire passer pour un homme du peuple – plus précisément, un homme des riches éleveurs de bétail comme lui-même.

— *Meus amigos*, dit-il en ouvrant grand les bras à l'adresse de ses homologues sénateurs.

Lorsque, balayant le balcon, ses yeux repérèrent Gustavo, il eut un petit sourire narquois. Gustavo n'avait pas l'habitude d'être vu, surtout par des hommes dans son genre. Il sentit son pouls s'accélérer alors qu'ils se fixaient l'un l'autre avec une haine calculée.

— Je vois d'autres visages blancs qui me jugent de là-haut, dit le sénateur de sa voix rauque.

Il pointa un doigt accusateur vers le père St John, pâle jésuite canadien qui travaillait pour le courant social de son église.

— Ces hypocrites du Nord nous disent de ne pas développer nos terres parce que nous faisons du mal aux Indiens et aux animaux. Mais qui sont-ils, bon sang, pour nous dire ça au beau milieu d'une récession ?

Il rit et leva les mains au ciel.

— Je vais vous dire qui ils sont… ce sont les mêmes qui ont vendu leurs forêts, dépecé leurs animaux, et massacré leurs indigènes. Voilà qui ils sont. Les colonies d'Amérique du Nord se sont bâties sur des terres abreuvées de sang.

Le père St John regardait ses pieds mais ne bougea pas de son siège. Il avait dit à Gustavo que les massacres de ses ancêtres étaient une raison de plus pour lutter contre les massacres d'aujourd'hui – pas une raison de moins.

— Tout le reste de l'Occident a eu le droit de s'enrichir grâce à ses terres, clamait le sénateur. Maintenant, c'est notre tour.

Le parterre déclencha un tonnerre d'applaudissements, ce qui poussa le sénateur à s'enhardir.

— Si l'Amazonie est le poumon du monde, hurla-t-il, alors le monde doit nous payer pour respirer !

Un par un, les sénateurs se levèrent pour crier des bravos et l'applaudir à s'en blesser les mains.

— On a perdu, murmura le père St John.

Il n'avait pas tort, la révision du code forestier fut adoptée à la majorité par les deux chambres législatives, mais, avant le vote, un sénateur se leva et monta prendre la parole à la tribune de façon inattendue. C'était l'ancien ministre de l'Environnement. Il regarda la salle d'un air hébété.

— Il s'est passé une chose terrible, dit-il dans le micro.

Seul un étranger respectueux, comme cet homme, pouvait les appeler José Cláudio Ribeiro da Silva et Maria do Espírito Santo. Pour tous ceux qui les connaissaient et les aimaient, ils étaient simplement Zé et Maria. C'est sous ces noms que le couple s'était présenté aux fidèles de l'Église dans l'État de Pará, en 2008, quand ils avaient commencé à recevoir des menaces de mort. Les terres qu'ils louaient au gouvernement pour y pratiquer une exploitation raisonnée de la forêt subissaient des attaques d'exploitants forestiers clandestins et de producteurs de charbon de bois. Des membres de l'Église engagèrent un avocat pour déposer officiellement des plaintes en leur nom auprès des agences gouvernementales, mais on leur refusa toute protection policière.

Zé refusait de s'enfuir de chez lui, et refusait de céder. Dès qu'il en avait l'occasion, il parlait de la valeur de la forêt vierge, et des ravages qu'on y causait. Il prenait en photos tous les camions qui emportaient des troncs d'arbres tombés dans les forêts en feu et les envoyait par e-mail aussi bien à la police qu'aux journalistes. À peine un an plus tôt, on l'avait invité à parler dans le cadre d'une conférence TEDx, et la présentation qu'il avait faite était visible sur YouTube. Mais à mesure que l'attention médiatique s'étendait au-delà du Brésil pour toucher de plus en plus l'opinion publique internationale, Zé et Maria devenaient des cibles plus importantes.

C'étaient donc Zé et Maria qui s'étaient pris quinze balles. C'étaient Zé et Maria que l'on inhumerait dans des cercueils assortis, les côtés du visage bordés de soie synthétique blanche pour cacher les trous déchiquetés que les assassins avaient laissés en coupant leurs oreilles pour disposer de preuves leur permettant de se faire payer.

— J'aimerais demander une enquête sur le double homicide… commença à dire le sénateur, mais le vacarme des huées du parterre noya le reste de ses mots.

Le père St John restait abasourdi tandis que le reste du public du balcon échangeait des regards sidérés. Gustavo vit le directeur de Greenpeace, qu'il connaissait, assis à cinq places de lui sur la droite, secouer la tête de tristesse, mais non de surprise. Au milieu de tout ce tohu-bohu, le Sénat demanda une suspension de séance. Plusieurs personnes quittèrent le balcon et se dirigèrent vers l'escalier. Un journaliste qui progressait vers l'allée centrale murmura des félicitations à Gustavo pour son Nobel.

Je veux que tu lises un de tes poèmes à mon enterrement, avait dit Zé à Gustavo. *Celui qui parle de ma belle Majesté.*

Le père St John ravala une espèce de gémissement et dit que l'humanité devrait remercier Dieu pour toute la terre qu'il y a sur la planète. Sans cette terre, les visages des morts seraient insupportables.

— Il y en aura d'autres, prévint-il. Et le projet de barrage de Belo Monte sera approuvé la semaine prochaine.

Et comme dégât collatéral, une grande superficie de forêt vierge allait être submergée, dont les terres ancestrales du peuple kayapo. Penché au-dessus de la rambarde métallique du balcon, Gustavo lançait des regards meurtriers en direction des quatre-vingt-un sénateurs qui se trouvaient juste en dessous.

— Quinze balles, dit-il. Quinze. Les doigts de trois mains.

Évidemment cette abondance de balles n'était pas destinée aux deux êtres humains qui venaient de mourir, mais à ceux qui vivaient encore. Elles étaient pour lui, le père St John, et pour toutes les personnes qui résistaient à l'exploitation par les riches et les puissants.

— Nos ennemis engagent des assassins pour faire leur œuvre du diable, dit le père St John.

Gustavo continuait à scruter les hommes qui occupaient le parterre. Il se débarrassait de tout ce qui était étranger à sa mission unique et obstinée : détruire les destructeurs.

— Et ils ne verront jamais l'intérieur d'une prison. Alors que toi, Gustavo, c'est un grand risque que tu cours.

Gustavo finit par se retourner pour regarder le prêtre. Son ami devait avoir vu, au-delà du voile de nausée qui entourait son âme, les envies de meurtre qui en formaient le noyau dur.

Un homme blanc corpulent s'approcha de Gustavo par l'allée centrale. Tout en lui était blanc – ses cheveux, sa barbe, sa chemise en lin, le dessous de ses bras et le bas de ses jambes épaisses. Seuls les coups de soleil rouges qu'il avait au visage et sur le dessus de ses bras apportaient quelques touches de couleur.

— Je fais partie de la Commission intergouvernementale sur le changement climatique, dit l'homme en lui tendant la main. Et j'ai lu tous vos recueils de poèmes.

Gustavo ignora sa main tendue.

— Aujourd'hui, on a eu… une succession de tragédies, reconnut l'homme en laissant sa main retomber le long de son corps. Mais n'est-ce pas pour cela que nous avons besoin de poètes ? La tragédie, c'est votre métier.

La lumière qui tombait du dôme argenté scintillait sur ses lunettes à monture fine.

— Et l'Amazonie n'est pas la seule tragédie, pas le seul champ de bataille du changement climatique, dit-il. Il en existe un autre sur lequel vous pourriez écrire.

Seuls les environnements les plus hostiles à la civilisation humaine, l'Amazonie et l'Arctique, avaient été épargnés – jusqu'à présent – par sa phénoménale capacité destructrice.

L'homme blanc proposait d'emmener Gustavo dans une expédition océanique pour lui montrer les icebergs en train de fondre, les ours polaires qui se noyaient, les plages jonchées de détritus et de guillemots de Troïl faméliques, les villages inuit abandonnés, et la montée des eaux. Il lui tendit une carte de visite, que le père St John prit alors que Gustavo ne bougeait pas.

— Dr Charles Brodie, lut le prêtre à haute voix. Université de Californie, Berkeley. Professeur titulaire de la chaire de la Fondation Turner…

— Appelez-moi Charlie, proposa l'homme.

Une fois qu'il fut parti, le père St John rangea sa carte dans sa poche.

— Ce genre d'expédition te garantirait l'obtention automatique d'un visa américain, murmura-t-il. Une échappatoire à tout ça…

Ils furent interrompus par un jeune homme qui se dirigeait vers eux depuis la galerie. Il s'arrêta dans l'allée, fit une petite révérence respectueuse, et se présenta en portugais comme étant le directeur de la rédaction portugaise du *New York Times*.

— Je couvre surtout un autre vote, reconnut-il, mais le code forestier m'intéresse personnellement. J'essaie de réunir de quoi écrire un article susceptible d'attirer suffisamment de lecteurs pour qu'on le publie.

Gustavo patientait en silence. Il n'avait aucun conseil à donner sur ce qu'il convenait de faire pour que les Brésiliens se soucient de tout ça.

— Une déclaration de votre part serait d'un très grand poids, expliqua l'homme. Elle pourrait, à elle seule, faire la différence.

Gustavo voulait seulement qu'on le laisse pleurer Zé et Maria et bouillonner de haine sans être dérangé, mais il savait que ces activités égoïstes ne mèneraient à rien. Il se leva et hocha la tête à l'attention du directeur de rédaction. Alors qu'ils se dirigeaient tous deux vers l'escalier, un autre journaliste les suivit, armé d'un stylo et d'un bloc-notes. Un autre encore sortit son téléphone et commença à prendre une vidéo tandis qu'ils atteignaient le parterre.

Quelques rares sénateurs étaient sortis pendant la pause, mais la plupart étaient restés pour bavarder ou répondre à leurs e-mails sur leurs ordinateurs portables. Gustavo repéra le sénateur du Bloc rural au milieu d'un gros groupe de comparses. Son visage était une caricature de la compétence et de la fraternité alors qu'ils l'abreuvaient de félicitations au sujet de son discours. Gustavo monta à la tribune et se plaça devant le micro avec une expression qui voulait dire, *Maintenant, c'est mon tour.* D'autres journalistes, de plus en plus nombreux, s'amassèrent en dessous de lui.

Gustavo décrivit l'arrière-goût que laissait une rivière empoisonnée : l'amertume métallique du mercure et la brûlure acide des pesticides. Ce goût, et les poissons flottant à la surface, ne venaient qu'après que vos enfants y avaient déjà bu tout leur content. Gustavo décrivit les hectares de cendres fumantes qui étaient naguère des forêts verdoyantes grouillant de vie animale. La mort de la forêt était aussi la mort des chasseurs-cueilleurs comme les Wayãpi et des personnes qui l'exploitaient de façon raisonnée, comme Zé et Maria.

Il brandit la Liste des Morts-Vivants dans une main et décrivit un tas d'os. S'il y plongeait le bras, il pourrait en sortir la mâchoire de sœur Dorothy Stang, une religieuse américaine qui enseignait l'agriculture durable aux ruraux pauvres qui louaient des terres fédérales. Elle avait été abattue de six balles de revolver – un plein barillet – par un tueur à la solde d'un gros propriétaire terrien. Cette mâchoire était inerte et silencieuse; ce n'était plus une voix vivante militant pour leur cause.

Plongeant encore son bras dans le tas d'os, Gustavo pourrait en sortir le fémur d'un des "cueilleurs de racines" qui rasaient et brûlaient illégalement la forêt. C'était rarement ces hommes qui profitaient. Il était souvent plus facile de les tuer et de les enterrer dans des tombes peu profondes. Dans la mort, ils rejoignaient les zones de forêt morte qu'ils avaient brûlées.

Avant de lire un par un tous les noms de sa liste, Gustavo pensa au sénateur du Bloc rural.

— *Meus amigos*, dit-il en se frappant le cœur avec la liste.

28

FUITE

Amapá, Brésil
Le 3 avril 2019

La seule chose dont Gustavo se souvenait de ce temps de malheur était sa colère – sa colère habituelle, pas la rage aveuglante qui allait le prendre plus tard. Ce qui déclencha cette rage, c'est le panneau qu'il vit sur le bord de la route menant du territoire des Wayãpi à la ville reculée de Pedra Branca do Amapari. Ce panneau disait que ces terres étaient protégées, mais ce n'était en rien conforme à la réalité.

La moitié sud du territoire officiel des Wayãpi se trouvait dans la réserve de Renca, qui abritait la plus grande forêt du monde encore en vie, ainsi que des gisements d'or, de manganèse, de fer et de cuivre. En 2017, le président du Brésil avait essayé d'abolir le statut de réserve naturelle protégée de ces terres, mais en avait heureusement, Dieu merci, été empêché par un juge fédéral. Cette même année, une mine clandestine située à moins de deux kilomètres d'un village Wayãpi avait été fermée. Plusieurs années plus tard, le combat continuait.

— Nos guerriers possèdent des armes à feu, tout comme les Brésiliens, s'écria Tuír, le frère jumeau de Gustavo.

Il était assis sur la banquette arrière de la jeep du père St John ; il clignait des yeux à cause du vent, et repoussait les longues mèches de cheveux qui lui volaient sur le visage.

— Nous avons aussi des arcs et des flèches empoisonnées. Nous sommes des braves et nous lutterons jusqu'à la mort !

Gustavo soupira. Oui, les Wayãpi étaient des braves, mais les fusils que le gouvernement leur avait donnés étaient des antiquités vieilles de plusieurs décennies, et leurs arcs n'étaient pas des vrais arcs, pas comme ceux que les ancêtres façonnaient. Le père St John dit que le gouvernement usait de nombreuses méthodes pour maintenir les villages indigènes sous son contrôle. Cette méthode particulière consistait à commencer par leur offrir des choses du monde moderne : des allumettes pouvant épargner à une famille la corvée fastidieuse de l'allumage d'un feu avec une étincelle ; des vêtements industriels qui leur épargnaient d'avoir à cultiver du coton, à le filer, à le teindre à l'*urucum*, puis à le tisser ; des fusils et des balles – mais seulement en échange de leurs arcs et leurs flèches.

Les villages devenaient dépendants de ces cadeaux à mesure que leurs modes de survie traditionnels sombraient dans l'oubli. Et puis un jour il n'y avait plus d'allumettes, les vêtements étaient en loques, et les fusils à court de munitions. Les Indiens devaient alors se plier aux diktats du gouvernement en regardant, désemparés, les frontières de leurs terres rétrécir.

Gustavo se pencha du siège passager avant pour tendre à son frère un baluchon de vêtements. Ils étaient presque à l'orée du village. Tuír grommela en essayant de trouver les trous de manches de la chemise. Il n'avait pas l'habitude de porter les vêtements des hommes blancs, mais il est vrai qu'il n'avait pas non plus l'habitude de fréquenter le père St John, de monter dans une voiture, ni de se rendre à la petite ville de Pedra Branca do Amapari. Il n'avait certainement pas l'habitude de s'y présenter aux élections municipales.

— Il y a plus d'une façon de mener un combat, lui dit Gustavo. Nous n'aurons pas notre mot à dire vis-à-vis de ce qu'il se passe tant que nous n'aurons pas réussi à faire entrer un Indien au gouvernement.

Il se retourna tandis que Tuír ôtait son pagne pour enfiler un short kaki. Le père St John gardait ses yeux chaussés de lunettes rivés sur la piste difficile qui s'étirait devant, laissant les deux frères continuer à se crier dessus en wayãpi.

— Et pourquoi *toi* t'y vas pas ?

Tuír posa cette question à l'instant même où Gustavo venait de sortir son téléphone pour voir s'il commençait à capter du réseau.

— Il faut que ce soit un Wayãpi qui vit avec notre peuple dans la forêt, répondit Gustavo.

Ce qu'il voulait dire, c'était qu'il fallait que ce soit un *vrai* Wayãpi, et non un Wayãpi qui avait dû quitter leur mode de vie traditionnel afin d'essayer de les aider. Trop souvent, il pensait à lui-même sous son nom portugais, celui qu'un missionnaire lui avait donné en haussant les épaules d'un air de dire, *Et pourquoi pas ?*

— Avec ma poésie, je suis la voix de notre tribu, cria Gustavo. Toi, tu dois être son visage.

Tuír éclata de rire et dit qu'ils avaient le même visage. Il n'était pas très doué avec les métaphores.

— Je fais ma part, insista Gustavo. C'est bien pour ça que c'est *moi* qui reçois des menaces de mort. Pas *toi*.

— Tu te bats pour les *autres* Indiens, répliqua Tuír. Tu te bats même plus pour les Brésiliens que tu ne t'es jamais battu pour les Wayãpi.

Ce n'était pas complètement faux. Gustavo s'était battu pour les droits à la terre des peuples indigènes comme pour ceux des paysans brésiliens. Le père St John répétait constamment que les opprimés devaient s'unir, sans quoi leurs luttes demeureraient sans espoir. Tous les laissés-pour-compte du Brésil devaient dresser un front uni face à la destruction et à l'exploitation par les entreprises forestières, les prospecteurs miniers, les géants de l'agroalimentaire, les magnats de l'élevage et les producteurs de pétrole. Cette lutte emmenait Gustavo loin des terres wayãpi. Elle l'avait emmené rencontrer Chico Mendes, le président du syndicat des récolteurs de caoutchouc, avant qu'il soit assassiné. Elle l'avait emmené rencontrer Zé et Maria quand ils vivaient encore. Elle l'avait emmené à Paris et à Washington DC. Pendant ce temps, les deux fils de Tuír grandissaient et il ne les voyait pas, ne les reconnaissait plus.

Le père St John montra du doigt une station-service devant eux sur le bord de la route. Il devait faire le plein avant d'arriver à sa modeste paroisse, où lui et Gustavo vivaient désormais, quand ils ne voyageaient pas. Il se gara, et les trois hommes descendirent de la jeep. Le prêtre disparut dans la petite boutique pour payer son essence à la caisse.

— Fabrique un vrai arc, dit Gustavo à son frère.

Tuír grinça des dents et secoua la tête. Il dit qu'il ne voulait pas d'arc. Il chassait beaucoup mieux avec un fusil. Il avait besoin d'une arme à feu, maintenant que la faune était devenue beaucoup plus rare.

— Fabrique encore un arc, insista Gustavo. Essaie.

— Tu as oublié combien c'est difficile, dit Tuír. Il faut trouver le bois parfait, près des sources de la Capoeira. Puis le raboter avec l'os de mâchoire d'un pécari à lèvres blanches. Quand on habitait au bord de la rivière Nipukú, il y en avait de pleins troupeaux dans la forêt. Mes fils n'ont jamais vu un seul pécari de toute leur vie…

— Ni un seul vrai arc, ajouta Gustavo.

On ne peut pas enseigner à ses enfants ce que l'on a soi-même oublié.

— Les Wayãpi doivent se souvenir des pratiques de leurs ancêtres… commença Gustavo.

Mais Tuír partit d'un violent éclat de rire, comme pour dire, *C'est toi qui me dis ça ? Toi qui portes des shorts kaki avec un téléphone dans une poche et un portefeuille dans l'autre ?*

De nouveau, Gustavo sentit la colère monter en lui. Lorsqu'ils étaient enfants, personne de leur village n'arrivait à distinguer les jumeaux au premier coup d'œil. Ils ne les distinguaient que quand Tuír se laissait emporter par son caractère explosif, ou quand Gustavo éclatait de rire. Ils disaient que Gustavo aimait rire tellement fort qu'il en tombait à la renverse, mais lui-même ne se souvenait pas d'un temps où il n'était pas triste, résigné ou en colère.

— Bouge pas d'ici, dit Gustavo avant de se détourner de Tuír et de s'éloigner.

C'était une des petites manières que ces jumeaux avaient de se faire du mal ; leur instinct les poussait à rester près l'un de l'autre.

Gustavo était dans la boutique lorsque cela se produisit. Il essayait de lire les petits caractères sur l'emballage d'une nouvelle carte téléphonique. Une seconde, il constatait que ses yeux faiblissaient avec l'âge. La seconde d'après, des balles fracassaient la vitrine de la boutique. Gustavo s'accroupit immédiatement et se boucha les oreilles jusqu'à ce que la fusillade assourdissante s'arrête. Lorsqu'il releva la tête, Gustavo vit le père St John affalé contre le comptoir, sanguinolent et hébété. Gustavo se rua vers lui, en essayant de ne pas déraper sur les éclats de verre. Il tint la tête du vieil homme d'une main pendant que l'autre tâtait son corps en quête de plaies mortelles. Le prêtre gémissait de douleur, mais aucune balle ne l'avait touché, il n'avait que des coupures et des ecchymoses un peu partout. Gustavo regarda par les fenêtres entièrement abattues.

Mon frère!

Quand il se leva d'un bond, le prêtre lui attrapa la jambe. Gustavo la secoua d'un coup sec – une fois… deux fois, avant de parvenir enfin à se libérer de l'emprise du vieil homme. Dehors, des pneus crissèrent. Le temps que Gustavo sorte en courant, un pick-up rouge était déjà en train de disparaître au bout de la route qui menait à la ville. Tuír gisait près de la jeep, le visage vers le ciel, les yeux et la bouche ouverts. Le sang changeait l'orange de son polo en un rouge cramoisi humide. Une de ses oreilles avait le lobe tranché.

Gustavo avait le regard fixé sur ce corps sans vie parfaitement identique au sien. Il croyait se voir lui-même, en train de pousser vers le ciel un regard vide. Les derniers mots qu'il avait lancés au visage de son frère allaient le hanter à jamais. *Bouge pas d'ici*, avait-il dit à Tuír. Et c'est ainsi que son jumeau était mort à sa place.

À bord du Healy, *dans le golfe d'Alaska*
Le 28 décembre
J-35 avant le lancement

Bouge pas d'ici...

Gustavo était resté devant cette station-service. Le temps s'était figé, le piégeant dans un petit fragment de passé, sans volonté de s'en échapper. L'hébétude du choc avait cédé la place à des accès de douleur intense alors qu'il revivait le meurtre et ressentait l'absence de Tuír. Gustavo avait lu tant de poèmes sur les périodes d'immédiat après-guerre dans lesquelles les soldats éprouvaient d'intenses brûlures, démangeaisons ou crampes dans leurs membres amputés. Gustavo éprouvait ces douleurs pour son jumeau manquant, devenu son *moi* fantôme.

Ses moments de deuil plus lucide étaient teintés d'un désespoir amer face à l'inéluctable disparation des Wayãpi. Car comment pourrait-il sauver toute une tribu alors qu'il avait été incapable de sauver son propre frère ? Gustavo restait donc coincé là, dans ce moment d'horreur et de mort. Jusqu'à maintenant.

Il porta un morceau de pain de maïs à sa bouche, mâcha, et déglutit. Puis il mangea une cuillerée de haricots en repensant aux mots d'adieu que lui avait dits son camarade de cabine : *Pour la première fois depuis des siècles, les Wayãpi seront tranquilles, tout seuls, dans la forêt... Jusqu'à ce que la comète frappe ou ne frappe pas.* Jack avait raison. Les Wayãpi n'étaient soudain pas plus condamnés que le reste de l'humanité. En réalité, ils s'en tiraient même mieux ; ils étaient à l'abri dans la forêt, et ils savaient quoi faire pour subsister et pour survivre.

Gustavo mangeait ses haricots avec plus d'appétit à mesure qu'il sentait le fardeau du sauvetage des Wayãpi et de leurs terres s'éloigner de ses épaules – par la grâce d'une comète. Lorsque sa conscience s'ouvrit de nouveau complètement à l'ici et maintenant, Gustavo baissa les yeux et vit que son assiette était complètement vide. Il avait fait un repas entier. Pendant le voyage, tout le monde sur le *Healy* avait encouragé Gustavo à manger davantage – Jack, l'enseigne Ortiz, les membres de ce machin qu'ils appelaient le Comité du Moral – mais maintenant, les choses avaient radicalement changé. Deux garde-côtes durent fouiller les poches de son poncho et de son jean en quête de nourriture volée avant de laisser Gustavo quitter le réfectoire.

Sur le chemin de retour vers sa cabine, Gustavo regarda à travers un hublot et se protégea les yeux d'un coucher de soleil brillant comme de la braise. Il pensa au poète Robert Frost…

Certains disent que le monde périra par le feu,
D'autres, par la glace.

Il y avait le mythe Wayãpi du Grand Feu entraînant la fin du monde, mais Gustavo ne se souvenait pas d'où venait ce feu. Venait-il des cieux étoilés ? Ou venait-il des gens ? Les Wayãpi eux-mêmes avaient volé le feu au jaguar, quand ils étaient encore des animaux et des oiseaux et que le jaguar arpentait la terre sous forme humaine. Avec le pouvoir du feu, les Wayãpi avaient appris à parler ; ils devinrent humains tandis que le jaguar devenait cet animal qui ne savait plus que rugir de colère. Le fait d'être humain était-il intrinsèquement lié à la question du pouvoir ? Quid, dans ce cas, du pouvoir de destruction ?

Une femme passa derrière lui dans le couloir, en se rongeant aux sangs les ongles de quatre doigts. Gustavo ne comprit pas ce qu'elle marmonnait.

Le bateau n'allait pas tarder à jeter l'ancre. Les haut-parleurs, que Jack appelait les tuyaux, diffusaient alternativement des prières tirées du Nouveau Testament et des instructions concernant le matériel et les canots de sauvetage attribués à chacun. Gustavo arriva devant l'entrée du salon de l'équipage et entendit des voix masculines puissantes.

— Le gouvernement a besoin de bons pilotes d'hélicoptère, disait l'une d'elles. Ils en ont envoyé plein en Amérique du Sud. Dans la jungle, il faut pouvoir se poser et décoller verticalement.

Gustavo jeta un œil à l'intérieur et vit quelques hommes assis autour d'une table dans un coin du salon. La voix appartenait à un grand jeune homme du nom de Ned, avachi sur son éventail de cartes à jouer.

— Qui te dit qu'ils en ont encore besoin ? dit un autre homme. Qui te dit qu'il y a encore un gouvernement ? Ça fait près de cinq mois qu'on est en mer.

— La seule chose qui compte, répliqua Ned, c'est l'Opération de défense, sur l'équateur. Le capitaine Weber l'a dit lui-même. Alors *si* cette Opération existe toujours, je serai le pilote d'hélicoptère qui la trouvera.

Ned maudit ses "cartes de merde" et dit qu'il devait aller "pisser un bock". Gustavo recula d'un pas avant que Ned atteigne la porte.

— Vous comptez rejoindre l'Amérique du Sud équatoriale ? demanda Gustavo, presque hors d'haleine.

Le grand garde-côte sursauta et baissa la tête. Ned avait rencontré Gustavo durant une soirée de beuverie sous une aurore boréale. Il s'était montré discret et respectueux en la présence de Gustavo. *C'est la première fois que je rencontre un lauréat du prix Nobel*, avait-il fini par avouer d'un air penaud.

— Eh bien, je vais voler jusqu'à Fort Hood, au Texas, dit Ned après un petit silence. Si cette base existe encore. Notre armée a envoyé des hommes et du matériel vers le Centre spatial européen, en Guyane. J'espère monter dans un avion en partance pour le sud.

— Montrez-moi où vous voulez aller, lui dit Gustavo d'un ton impérieux en dépliant la carte qu'il avait toujours dans sa poche.

Ned se pencha et repéra l'embouchure de l'Amazone, qui dentelait et fissurait le continent comme un rebord de tasse ébréchée. Son index remonta vers le nord le long de la côte, passa la baie de l'Oyapock, et s'immobilisa sur la Guyane.

— Là, dit-il. Je crois.

Gustavo sentit un espoir terrifiant le brûler intérieurement. S'il pouvait croire ce jeune homme – et Gustavo avait depuis longtemps pris l'habitude de suspendre toute croyance – il n'était pas condamné à mourir dans ce lieu froid et stérile. Il avait voyagé jusqu'à l'extrémité neigeuse du monde ; il pouvait désormais rentrer chez lui.

Le capitaine Weber s'arrêta près d'un hublot, en chemin vers l'armurerie. Le brouillard étouffait les premières lueurs de l'aube ; il était difficile de voir où s'achevait le Puget

Sound et où commençaient le brouillard et les nuages de pluie. Weber se réjouissait de cette faible visibilité. Personne à terre ne pourrait voir le *Healy* jusqu'à ce qu'il jette l'ancre près des quais. Il n'était pas utile de s'attirer des ennuis ; ils en auraient bien assez tôt.

Mais ce brouillard compliquait la tâche du pilote. Weber ne pouvait s'empêcher de sourire quand il pensait à Ned Brandt, jeune homme bien charpenté, au regard clair, et d'une profondeur de caractère insoupçonnée. Quand il ne perdait pas sa chemise dans des parties de poker au salon de l'équipage, Ned lisait des romans de Steinbeck en mâchonnant des bouts de viande séchée. À bord, il était le premier à donner un coup de main aux autres membres de l'équipage ou aux chercheurs. Ses longues heures de travail éreintant ne l'empêchaient jamais de sourire ou de faire un commentaire sur la beauté des eaux céruléennes. Les admirant, il avait lui-même prononcé ce mot, *céruléennes*, puis l'avait ponctué en lâchant dans le vent un pet sonore. Weber n'était pas censé avoir d'équipiers préférés, mais il en avait un.

Arrivé à l'armurerie, Weber trouva Ned qui l'attendait, vêtu d'une combinaison de vol. Dès que le *Healy* aurait passé l'entrée de Commencement Bay, il décollerait.

— Bon, c'est un moyen comme un autre pour se défausser d'une dette de jeu, plaisanta Weber, plongeant une main au fond de sa poche à la recherche d'une clé.

Les yeux de Ned se plissaient quand il souriait. Son visage était jeune, mais buriné par les intempéries.

— L'Opération de défense pourrait avoir besoin de moi, lui rappela Ned.

Elle aurait besoin d'un *Je vous salue Marie* plus que de toute autre chose, mais Weber se contenta d'acquiescer.

Ned voulut le remercier encore une fois pour le supplément de carburant, mais ce n'était pas nécessaire. Ned était le seul pilote du bord, alors le carburant qui se trouvait dans le réservoir de l'hélicoptère Dauphin ne manquerait à personne. Weber avait ordonné à ses hommes de le siphonner et de charger le Jayhawk d'autant de jerrycans qu'il pouvait en porter.

— C'est quoi, ton plan B, fils ? Au cas où tu ne trouverais pas de vol de Fort Hood vers le sud, demanda-t-il à Ned.

Mais ils savaient tous les deux qu'il voulait dire *au cas où Fort Hood n'existerait plus.*

Ned répondit qu'il était toujours en train de réfléchir à un plan B. Le capitaine fit une petite moue pincée et acquiesça.

— Monsieur, il y a une chose que je veux que vous sachiez, dit Ned. Quand j'ai choisi cette mission sur le *Healy*, c'est vous que j'ai choisi.

Ned lui tendit la main, mais le capitaine le prit brièvement dans ses bras et tapota son épaule musculeuse.

— Dieu te protège, dit-il. Et maintenant, on va t'armer.

Weber ouvrit le verrou de l'armurerie et souleva un fusil semi-automatique du râtelier.

— On ne parle plus d'ours polaire ou de contrebandiers hostiles, concéda Weber, mais c'est toujours la même règle qui s'applique : Si tu as besoin de tirer, tu tires. Point final.

— Oui, capitaine.

Ned prit le fusil, mais ses yeux remontèrent vers le râtelier.

— Avez-vous décidé à qui vous confierez les autres ?

Weber fronça les sourcils et détourna le regard.

— Je leur conseille de se déplacer en groupe et de se protéger les uns les autres.

Ce n'était pas une réponse, parce que Weber n'avait pas de réponse. Il n'existait aucune façon correcte de distribuer un petit nombre d'armes à un grand nombre d'hommes et de femmes qui s'apprêtaient à risquer leur peau dans l'espoir de survivre. Il avait retourné le problème dans tous les sens, sans réussir à y trouver de solution juste.

— Vous avez dit "je *leur* conseille", dit Ned. Vous n'allez pas tenter de rejoindre la base de Lewis-McChord avec les autres ?

Weber secoua la tête et dit qu'il allait se diriger vers la chaîne des Cascades, et qu'il tenterait sa chance tout seul, comme Ned. Le jeune homme lui renvoya un petit sourire énigmatique.

— Le plus drôle, dans cette affaire, dit Ned, c'est que je ne m'envole pas tout seul.

29

NOUS SOMMES NÉS DE L'AMOUR

Chongqing, Chine
1986

LA MÈRE DE ZHEN n'avait aucune tolérance pour les larmes séchées de sa fille et la honte que les autres faisaient peser sur elle. Elle comprenait que Zhen était une petite fille affligée d'une très légère difformité faciale, et que pour cette raison elle se faisait harceler et humilier comme un élément nocif qu'il convenait d'exclure de la communauté. Mais Zhen était aimée d'une famille qui avait lutté trop longtemps et trop durement pour céder maintenant.

— Les mots ne font pas saigner, lui répéta sa mère. Tu ne sais pas ce que c'est que de souffrir vraiment.

Elle arrêta d'émincer de l'ail pour leur dîner et s'essuya les mains sur son tablier. C'était souvent à ce moment-là que sa mère se mettait à raconter des histoires horribles que Zhen connaissait par cœur mais redoutait toujours – il est vrai qu'elle n'avait que douze ans. Alors qu'elle faisait tout pour se rendre invisible en dehors du refuge de la maison, à l'intérieur, elle commençait à tester sa voix, surtout vis-à-vis de sa mère.

— Tu ne sais pas ce que je sais, dit Zhen doucement. Parce que tu n'es pas moi.

La logique était imparable, mais sa mère eut tout de même l'air choqué. Zhen profita de son silence pour continuer.

— Aucun garçon plus vieux que toi ne t'a jamais traitée de rat bouffeur de merde à cause de ça, dit-elle en lui montrant du doigt sa lèvre supérieure.

Les cicatrices de Zhen s'étaient estompées, mais sa lèvre supérieure était encore légèrement pincée et tordue après la chirurgie reconstructrice.

— Ils n'ont pas tort, reconnut Zhen. Je ressemble vraiment à un rongeur, ou à un lapin, sans les moustaches.

Ce qu'elle ne disait pas, c'était : *Personne ne voudra jamais embrasser cette bouche.*

À l'école, les filles parlaient sans cesse des garçons, mais Zhen devait se contenter de les écouter de loin. Elle portait peut-être le même uniforme qu'elles, mais elle ne faisait pas partie de leur groupe. Elle était différente par tellement d'aspects. Zhen le savait. Elles le savaient. Et le fait de le savoir ne rendait la chose que plus pénible.

Zhen passa devant sa mère et alla dans le salon. Au désespoir de Zhen, les Liu n'avaient toujours pas la télé, contrairement à la plupart de leurs voisins de l'immeuble ; elle trouvait la science, ou la quasi-magie, de la diffusion des images proprement fascinante. Le père de Zhen disait que la famille Liu ne faisait pas de dépenses inconsidérées pour s'acheter des appareils domestiques ; elle investissait dans ses enfants. Zhen avait dû subir deux opérations du visage avant qu'elle soit en âge de s'en souvenir. Son frère Kuo, de quatre ans son aîné, avait reçu des cours privés de langues étrangères pendant ses années de lycée, et il étudiait désormais à

Cambridge. Malgré ces gros investissements, les Liu vivaient confortablement. Le camarade Liu était le directeur de la centrale électrique de Chongqing, et il était très respecté. La famille possédait une jolie table en bois de rose sculpté, avec chaises assorties. Il y avait un sofa dans le salon, des photos encadrées partout sur les murs, et une bibliothèque pleine d'ouvrage reliés qui arboraient des titres tels que *Ingénierie des systèmes électriques*, *Champs et circuits électriques*, *Thermodynamique*, *Calcul différentiel*, à côté des derniers livres de cuisine offerts à la mère de Zhen pour l'inspirer dans la préparation de ses repas utilitaristes.

Zhen plia sa veste sur l'accoudoir du sofa avant de continuer vers un petit couloir. Leur appartement de Chongqing avait deux chambres. Les parents de Zhen dormaient dans la plus grande, et maintenant son grand-père dormait dans la plus petite. Il était venu vivre là un an auparavant, après le décès de sa femme. Ça ne dérangeait pas Zhen de dormir sur le sofa et de ranger ses affaires en piles bien nettes le long du mur du salon. Son grand-père paternel était un héros national, un mathématicien qui avait survécu à la Révolution culturelle en travaillant comme cryptographe pour les services de renseignement de l'armée. De l'autre côté de sa famille, ses grands-parents maternels avaient été professeurs d'université avant de se faire étiqueter ennemis de classe et d'être envoyés dans des *laogai* – ni corps, ni tombe : on ne les revit jamais.

Zhen aperçut un voile de fumée de cigarette devant la porte de la petite chambre. On aurait pu penser que le grand-père de Zhen aimait les cigarettes plus que tout au monde, mais il devait l'aimer elle plus que les cigarettes, parce qu'il les éteignait en les écrasant dans un cendrier en céramique dès qu'elle entrait dans la pièce. Zhen ne se plaignait jamais, mais il savait que la fumée la faisait tousser. Elle frappa à la porte de la chambre et attendit, puis frappa de nouveau. Son grand-père dormait beaucoup ; ses nombreuses décennies de vie l'épuisaient.

Quand Zhen entra dans la chambre à l'atmosphère étouffante, son grand-père était assis sur un des lits jumeaux, le dos maintenu par plusieurs oreillers calés contre le mur. Un édredon matelassé couvrait le bas de son corps mince. Son visage mat était creusé d'un sourire édenté, comme les circonvolutions d'un cerneau de noix. Zhen se rasséréna. Comment pouvait-elle être toutes ces choses laides que ses harceleurs disaient d'elle alors qu'elle vivait dans le giron plein d'amour d'une famille si importante ?

Son grand-père attrapa son dentier sur la table de nuit pendant que Zhen ouvrait son sac à dos et en sortait une fine liasse de feuilles. Elle ne voulait pas lui montrer ce qu'elle faisait à l'école, seulement ses recherches personnelles : des travaux signés Zhen. Son grand-père examina ses dessins techniques en hochant la tête.

— Des pièces de notre horloge murale, dit-il en montrant du doigt les traits de graphite argenté formés par les crayons de Zhen pour représenter des engrenages en plastique.

Elle avait retourné leur horloge face vers le bas pour atteindre le carter de plastique noir relié aux aiguilles des heures, des minutes et des secondes. À l'aide du tout petit tournevis de son père, Zhen avait ouvert le carter et démonté le mécanisme intérieur pièce par pièce. Après les avoir observées attentivement, elle avait dessiné sur une feuille plusieurs de ces pièces à trois fois leur échelle réelle, dans des proportions quasi parfaites. Enfin, elle avait frotté ses épais traits de graphite avec sa gomme pour créer des taches blanches qui imitaient le miroitement de la lumière sur du cuivre, ou la surface sombre et brillante d'un cylindre de batterie.

Lorsque son grand-père lui rendit ses dessins, Zhen alluma la lampe de chevet qui se trouvait à côté d'eux. Elle tapota sa liasse sur la petite table pour en égaliser les bords, puis la leva devant la lampe. Ses feuilles semblaient aussi translucides que des pelures d'oignon blondies à la poêle. Les pièces de l'horloge se superposaient de page en page pour reconstituer leur configuration originelle. Le grand-père de Zhen remarqua même que les dents en plastique de plusieurs engrenages s'inséraient parfaitement les unes dans les autres. Il sourit et embrassa sa petite-fille avec beaucoup de fierté. La puissante odeur de sueur et de vieux tabac forçait Zhen à respirer par la bouche, mais elle serra tout de même fort son grand-père dans ses bras.

— Et l'horloge a marché, quand tu l'as remontée ? lui demanda-t-il.

Il disait souvent à Zhen qu'il n'exprimerait jamais longtemps toute sa satisfaction vis-à-vis de son travail parce qu'elle était jeune, et que c'était le boulot des jeunes d'apprendre et de s'améliorer. Zhen lâcha les fines épaules de son grand-père et se dépêcha de lui faire oui de la tête.

— Et tu l'as raccrochée au mur avant que ta mère remarque ton petit trafic ? ajouta-t-il.

Zhen rit et masqua instinctivement son sourire avec sa main. Quand elle était plus jeune, elle ne se rappelait plus exactement à quand cela remontait, Zhen avait essayé toutes les expressions faciales imaginables devant un miroir. Aussi bien les sourires que les moues ennuyées tendaient les cicatrices qu'elle avait sous le nez et les exagéraient. Suite à cette découverte, elle avait pris l'habitude de couvrir sa bouche à chaque fois qu'elle la sentait s'animer d'une quelconque expression. Cette habitude causait beaucoup de tristesse à son grand-père.

— S'il te plaît, ne cache pas ton sourire, lui redit-il.

Zhen écarta lentement sa main de sa bouche ; elle ne pouvait rien refuser à son grand-père.

— Quand j'étais jeune et fort, j'ai protégé ma famille contre l'Armée rouge tout entière, marmonna-t-il. Et aujourd'hui, je ne peux même pas la protéger contre les connards ordinaires.

Il soupira et pointa un doigt vers ses dessins pour changer de sujet. Le bout de son index se posa sur l'esquisse d'un minuscule cylindre de métal que Zhen ne pouvait démonter sans craindre de le casser.

— Et ça, tu crois que ça contient quoi ? demanda-t-il.

— Le truc qui compte le temps ?

C'était la seule donnée encore manquante de l'équation. Les yeux de Zhen pouvaient suivre le passage du courant électrique qui sortait de la batterie pour se changer en puissance mécanique via un moteur qui animait les engrenages qui faisaient tourner les aiguilles – mais d'où venaient la précision et le contrôle ? Le grand-père de Zhen n'eut pas l'air trop surpris ni trop déçu de voir qu'elle était incapable de lui donner une réponse plus détaillée.

— C'est quoi, le mot écrit sur le cadran ? Il n'y en a qu'un, lui dit-il pour l'aider.

— Quartz ?

Il haussa les sourcils. Zhen avait toujours pensé que c'était le nom de l'entreprise qui fabriquait ces horloges, pas celui d'un minéral qu'elles contenaient ! Elle essaya de lui poser des questions, mais une quinte de toux et de respiration sifflante interrompit les réponses de son grand-père.

— Demande à ton père de te parler des oscillateurs à quartz quand il rentrera du boulot, finit-il par réussir à dire. Je ne peux pas prendre toute la partie marrante pour moi.

Épuisé, le grand-père de Zhen se laissa aller en arrière contre ses oreillers, exposant sa pomme d'Adam noueuse. Il n'avait plus qu'une seule question pour sa petite-fille, la même qu'il lui posait toujours avant de lui caresser doucement l'épaule pour lui faire signe qu'elle pouvait s'en aller.

— Et comment vont tes maths ?

Il avait poussé ses enfants et ses petits-enfants à embrasser la profession utile d'ingénieur pour leur sécurité et leur santé mentale ; les mathématiques pures étaient naguère considérées comme une distraction d'intellectuel bourgeois, et la cryptographie menait à l'obsession et à la folie. Quelles qu'en soient les applications, cependant, les mathématiques étaient la langue universelle. Dans la famille Liu, cette langue était innée ; depuis leur plus jeune âge, ses membres ne la parlaient pas, ils la chantaient à pleins poumons. Zhen assura à son grand-père qu'elle avait de très bonnes notes. Ce n'est que lorsqu'il voulut en savoir plus qu'elle lui avoua que ses notes étaient parfaites.

Arrivant dans le couloir, elle tomba sur sa mère qui se tenait en silence près de la porte de la chambre. Elle pivota et regagna le salon. Zhen la suivit, répétant à voix basse les requêtes de son grand-père au sujet de son thé de l'après-midi et ses commentaires sur le fait qu'il n'y avait pas assez de poivre du Sichuan dans son dernier bouillon de nouilles.

La mère de Zhen se retourna et se planta devant elle.

— Toi, des fois, tu m'énerves, avoua-t-elle.

Zhen baissa la tête, s'assit sur le sofa et sortit des livres et des feuilles d'exercices de son sac à dos. Elle espérait que sa mère la laisserait se concentrer sur ses devoirs – non pas qu'elle eût besoin de concentration. Zhen se faisait souvent réprimander par son professeur de mathématiques parce qu'elle ne rédigeait jamais ses équations, et se contentait d'en donner le résultat. Faire les calculs de tête était beaucoup plus rapide, et lui laissait plus de temps pour réfléchir à d'autres équations, plus intéressantes. Le professeur de Zhen n'était pas stupide au point de l'accuser de tricher, mais il sermonnait souvent la classe sur les dangers de l'arrogance en faisant les cent pas entre les rangées de tables et en s'arrêtant devant celle de Zhen. Il se trompait complètement. Zhen ne prenait aucun plaisir à voir ses camarades peiner pour trouver des solutions qui lui venaient tout de suite. Le fait d'être plus forte que son professeur ne suscitait aucun sentiment de supériorité en elle ; ça la faisait seulement se sentir plus seule.

— Ce n'est pas que je ne me soucie pas de toi, lui dit sa mère d'un ton pressant. C'est que je m'en soucie trop. Quand tu laisses ces petits tyrans te faire du mal, c'est à moi qu'ils en font.

Zhen hocha la tête et déglutit difficilement. Ses yeux la piquaient.

— Tu dois être courageuse, dit sa mère. Porte ton armure de cuir.

Sous la dynastie Zhou, les guerriers tannaient des peaux de rhinocéros séchées pour en faire des armures. La grand-mère qui avait raconté ça à la mère de Zhen avait été déportée pour ne jamais revenir. La mère de Zhen n'avait plus sa mère. Elle n'avait que Zhen.

— Je serai courageuse, promit Zhen à voix haute.

Les yeux sombres de sa mère étaient baignés de reflets de lumière d'un blanc plus pur que Zhen ne pourrait jamais en créer à coups de gomme acharnés.

— Un oscillateur à quartz est un tout petit cristal de quartz taillé en forme de diapason, dit sa mère en reniflant.

Zhen écouta sa mère lui expliquer les propriétés du quartz : soumis à un courant électrique, ce minéral pouvait se mettre à vibrer à un rythme parfaitement régulier, créant un signal électrique d'une fréquence très précise. C'était le module de précision et de contrôle qui lui manquait.

— Les horloges à quartz sont plus précises que les horloges à pendule, qui dépendent de la gravité, qui n'est pas la même dans le fond des vallées et au sommet des montagnes, ajouta sa mère.

Elle sourit et montra le sac à dos de Zhen.

— Je peux voir tes dessins ?

Cette nuit-là, Zhen fut réveillée par une vessie douloureusement pleine. Elle essaya de se rendormir, mais elle n'échapperait pas à un trajet vers les toilettes. Elle glissa ses pieds dans ses chaussons et se leva dans le clair de lune. Marchant à pas de loup, elle entendit des bruits dans la chambre de ses parents. Elle pressa son oreille contre la porte et entendit les grincements et les claquements métalliques d'un poids qui bouge sur un lit en bois doté d'un matelas à ressorts. La voix de sa mère s'adressant à son père était étouffée, mais compréhensible.

— Je veux qu'on offre des cours de langue à Zhen comme on en a offert à Kuo.

Zhen retint son souffle. Le monde qui s'étendait au-delà des frontières de la Chine était encore un mystère exotique qu'elle n'avait commencé à approcher que par procuration. Depuis quelques années, les universités chinoises s'étaient remises à accueillir des étudiants étrangers. Le père de Zhen en avait invité plusieurs à la maison, pour qu'ils enseignent à son fils des langues telles que le russe, l'allemand et l'italien. Sa femme servait le thé à la table en bois de rose, où les cours avaient lieu. Zhen aidait sa mère pour pouvoir traîner dans les parages et écouter les cours. Elle avait l'impression d'être comme son grand-père cryptographe, en mission pour décoder l'ordre secret caché sous ce qui ne semblait être qu'une succession de bruits dénués de sens.

Zhen avait vu quelques films américains. Ils étaient doublés en mandarin, mais tout de même : c'étaient des films *américains* ! Le président Li Xiannian avait été le premier à poser le pied en territoire américain tout juste l'année d'avant. En cette nouvelle ère historique, qui pouvait prédire ce que l'avenir leur réservait alors que la Chine continuait à s'ouvrir sur le monde extérieur ?

— Les cours particuliers coûtent cher, dit son père.

La question de sa mère l'avait pris au dépourvu, et il craignait qu'elle insiste. Il ne la connaissait que trop bien. Elle lui dit que ces cours ne dureraient que deux ans, le temps que Zhen arrive en âge d'aller à l'université. Cette perspective à la fois excitante et terrifiante laissait Zhen bouche bée. Dans deux ans, elle aurait quatorze ans, deux ans de moins que son frère quand il était parti pour l'Angleterre, et quatre de moins que la moyenne des étudiants entrant à l'université. Cette différence d'âge de quatre ans allait-elle rendre ses pairs plus gentils, ou plus cruels ?

— Et je reprendrai le travail, un jour, ajouta la mère de Zhen d'une voix mélancolique.

Elle n'avait pas besoin d'en dire plus. La mère de Zhen, l'autre camarade Liu, avait été ingénieure avant de devenir épouse, belle-fille, et mère de deux enfants. Il était tacitement admis qu'elle reprendrait sa vocation quand ses enfants seraient grands et que son beau-père serait décédé.

— Pourquoi ? demanda enfin le père de Zhen. Pourquoi Zhen aurait-elle besoin d'apprendre des langues alors qu'on n'a pas les moyens de l'envoyer à l'étranger comme Kuo ? Et pourquoi devrait-elle aller à l'université encore si jeune ?

Zhen sentit de la chaleur irradier de ses joues. Son père travaillait tellement dur que la famille de Zhen le voyait à peine. Quand il était à la maison, il essayait de passer du temps avec son père mourant, et d'aller se recueillir sur la tombe de sa mère. Zhen se serait sentie honteuse de l'ennuyer avec ses propres désirs, son propre bien-être ; ça ferait d'elle l'enfant le plus égoïste de tout Chongqing. Zhen ferma les yeux et attendit, inquiète, la réponse de sa mère.

— Parce que Zhen est ma fille, et que je veux ça pour elle.

Elle prononça ces mots comme si le débat était clos. La mère de Zhen était docile et discrète, mais elle savait ce qu'elle voulait – ce qui formait un mélange déroutant. Le matelas grinça ; elle avait dû se retourner sur le flanc, face au mur, mettant un terme à leur conversation.

30

L'ARMURE DE CUIR

Kourou, Guyane
Le 4 mai
H-18 avant le lancement (nouvelle fenêtre de tir)

ZHEN ÉTAIT EN RETARD pour rejoindre le hangar d'assemblage final. Elle avait insisté pour rester à l'infirmerie et veiller sur les derniers soldats chinois ramenés de Cayenne. À peine quelques jours auparavant, deux d'entre eux étaient morts à quelques heures d'écart; leurs organismes n'avaient pas pu lutter contre des défaillances rénales. Zhen leur avait tenu la main et avait écouté leurs derniers mots. Ils n'étaient pas seuls, pour autant qu'il fût possible de ne pas être seul au moment de mourir.

Zhen se rendait à l'infirmerie aussi souvent qu'elle le pouvait, et faisait bien comprendre au personnel soignant que ses soldats étaient importants. Son importance à elle était parfaitement établie. La réputation de Zhen en tant que potentielle sauveuse de l'humanité s'était répandue dans toute l'Opération. Tout le monde la regardait maintenant avec émerveillement et gratitude. Il ne faisait aucun doute qu'elle était la raison pour laquelle les soldats ramenés de Cayenne étaient encore correctement traités, alors que d'autres patients disparaissaient mystérieusement, laissant des brancards vides débarrassés de leurs draps.

— Zhen ! Par ici !

Zhen était à quelques mètres de la sortie lorsqu'elle entendit crier son nom. Elle se retourna et vit un très vieil homme allongé sur un des lits, une perfusion dans l'avant-bras. Son visage commença à lui dire quelque chose lorsqu'elle se rapprocha et qu'il se mit à ressembler aux photos d'un Professeur Tobias Ochsenfeld plus jeune, plus fringant et tout habillé.

— On se rencontre enfin en personne, dit-il. (D'abord sincère, son sourire se fit amer lorsqu'il ajouta :) Aussi décevant que ça puisse être.

Les yeux troubles chaussés de lunettes du Professeur parvenaient encore à produire un regard intense et attentif qu'il dirigeait maintenant sur les cicatrices faciales de Zhen. Celle de gauche était un peu plus courte que celle de droite, tordant sa lèvre supérieure d'à peine quelques degrés. Zhen se trouvait face à un astrophysicien et mathématicien pour lequel elle avait le plus grand respect, et pourtant ses yeux se posaient au même endroit que les yeux de tout le monde.

— Mon visage vous offense-t-il ? demanda Zhen. Contreviendrait-il trop à l'importance que nous accordons à la symétrie comme conséquence de la sélection naturelle ?

Le regard du Professeur s'anima brusquement.

— Vous avez lu mes essais ! s'exclama-t-il. Ah, ça… ça me fait grand plaisir. Si peu de mes pairs s'en sont donné la peine. (Il se tut un instant, comme si c'était une perte de souffle que de prononcer une phrase si évidente, et dit :)

Mais vous êtes belle, évidemment. Toutes les personnes jeunes et en bonne santé sont belles. Elles sont juste trop bêtes pour s'en rendre compte.

Il a dit pairs, songea Zhen. *Il a dit que j'étais un pair et que j'étais belle.* Zhen dut couper court à leur conversation, mais elle fit tourner cette pensée dans sa tête, comme la langue fait tourner sous le palais une bouchée savoureuse. Sortant de l'infirmerie, Zhen inspira longuement l'air nocturne et s'arrêta pour regarder le ciel. Jusqu'à son arrivée en Guyane, elle n'avait jamais vu d'étoiles de ses propres yeux. Avec toutes les lumières et toute la pollution de Chongqing, l'espace se réduisait à des mathématiques et à des images sur des écrans d'ordinateur ou dans des articles scientifiques photocopiés.

Pouvoir scruter le cosmos infini plongeait Zhen dans une espèce d'effroi émerveillé. Elle contemplait cet univers sublime et mystérieux dont la réalité s'étendait encore plus loin que la vision sans cesse plus pénétrante de l'humanité, des particules de matière élusives aux galaxies qui tournoyaient dans les plus lointaines profondeurs de l'espace. Et alors même que Zhen essayait d'étudier les étoiles qu'elle voyait, elles restaient nettes dans sa vision périphérique, mais se troublaient dès qu'elle les fixait directement, délicieusement inconnaissables.

Dewei, le chef de soute, rattrapa Zhen alors qu'elle s'apprêtait à monter dans une jeep. Lui et les deux pilotes du Xi'an Y-20 s'étaient par chance complètement rétablis. Debout devant elle dans une combinaison militaire propre, Dewei avait repris du poids.

— Je suis un bon ingénieur, dit-il en mandarin. Je peux travailler. Je t'en supplie, il faut que je parte d'ici.

Zhen sourit et répondit que le travail de l'équipe du HYCIV était fini. D'autres allaient devoir se charger de la suite.

— Viens, je vais te montrer, ajouta-t-elle en lui faisant signe de monter dans la jeep.

Dewei prit place avec beaucoup d'entrain sur la banquette arrière, à côté de Zhen. En route, elle expliqua que la fusée Ariane avait déjà été acheminée par voie ferrée du bâtiment d'intégration au bâtiment d'assemblage final. *On y est presque!* Leur campagne de lancement en était à son étape ultime: placer le HYCIV dans le dernier étage de la fusée et refermer la coiffe.

Le Casque bleu sur le siège passager prit sa radio pour annoncer leur arrivée. Alors qu'ils se garaient sur le parking devant le bâtiment d'assemblage final, Zhen vit Jin-soo, en combinaison militaire, qui faisait nerveusement les cent pas. Cela faisait longtemps qu'elle ne l'avait pas vu sans son masque, sa charlotte et son costume de lapin de salle blanche. Ses cheveux étaient passés de gris acier à blanc, comme si sa mission avait aspiré la couleur et la vie de chaque fibre. Ils n'étaient plus que des coquilles vides – mais aujourd'hui, ils étaient des coquilles vides *heureuses*.

— C'est presque fini, dit-il, hors d'haleine. Dépêche-toi!

Jin-soo attrapa Zhen par la main et l'emmena vers un bâtiment formé de deux structures rectangulaires adjacentes – l'une fine et haute de près de quatre-vingt-dix mètres, l'autre longue et basse. Dewei les suivit en trottinant dans la partie basse, où ils passèrent par un vestiaire pour se changer. Lorsqu'ils entrèrent dans l'autre partie, Zhen leva la tête pour s'émerveiller de la vue de la fusée Ariane dont le sommet pointait à cinquante mètres. Jin-soo ne laissa guère à Zhen le temps de s'arrêter.

— C'est notre dernière chance de voir le HYCIV, dit-il frénétiquement.

Dewei resta bouche bée au rez-de-chaussée, évitant les ingénieurs qui s'affairaient dans tous les sens, pendant que Jin-soo guidait Zhen vers un monte-charge intégré dans le lacis d'un échafaudage qui s'élevait jusqu'au plafond. Il y avait du métal partout – poutres, grues, marches, et quatre plateformes équipées de garde-corps s'élançant de deux murs opposés vers la fusée qui se dressait au centre. Des ingénieurs en combinaisons blanches s'activaient dans cette infrastructure comme des insectes de plus en plus petits à mesure que Zhen s'élevait vers la plateforme du haut. Elle s'efforça de ne pas regarder en bas tandis que Jin-soo la tirait vers le centre, où la passerelle s'incurvait pour s'enrouler autour d'un côté de la fusée.

Un homme et une femme qui se tenaient dans cette courbe se retournèrent pour saluer Zhen avec beaucoup de respect. Zhen n'avait encore rencontré aucun des Européens de l'équipe d'intégration de la fusée Ariane. L'homme se présenta comme étant Marcel, le directeur du centre spatial, ou de ce qu'était le centre spatial avant qu'il ne devienne l'Opération. C'était un homme de stature imposante avec d'élégantes petites rides autour de ses yeux d'un bleu qui faisait peur. La femme se présenta comme étant Anneke, la directrice adjointe. C'était la femme la plus grande que Zhen eût jamais vue.

— On l'a bien bichonné, dit Anneke en levant son menton puissant vers le HYCIV déjà logé dans le dernier étage de la fusée.

Zhen s'approcha pour le regarder une dernière fois. Elle voyait le haut de la structure rectangulaire de l'engin, avec ses deux antennes à gain élevé qui ressemblaient à des plateaux-repas emballés dans du papier alu. Sur le côté, il y avait le moteur ionique de son *Tianlong*, prêt à propulser le HYCIV dans l'espace en lui faisant gagner un temps extrêmement précieux. Zhen connaissait chaque circuit, chaque centimètre de son assemblage. L'image de l'engin se troubla quand ses yeux s'embuèrent.

— Je rêvais qu'il irait découvrir des traces de vie extraterrestre sur un astéroïde, dit Zhen d'une voix empreinte de nostalgie. Mais son destin sera de détruire une comète.

— Il détruira une destructrice, non ? dit Anneke.

Zhen ne put s'empêcher de sourire. *Si.*

Des bruits de sanglots la firent se retourner. Jin-soo s'était décomposé et n'était plus que larmes.

— Je suis *ébahi*... dit-il entre deux sanglots.

Marcel lui tapota l'épaule en hochant la tête.

— Je me suis découvert meilleur scientifique que même dans mes rêves les plus arrogants. Et c'est un Français qui vous dit ça ! ajouta-t-il en riant. Je crois que nous pouvons tous remercier UD3.

Mais personne n'avait envie de le faire à voix haute. Anneke serra sa main dans la sienne et lui sourit pour lui montrer qu'elle comprenait. Marcel prit sa main avec reconnaissance et la porta à son masque, oubliant le tissu qui lui couvrait les lèvres. *Évidemment*, se dit Zhen. Dans ces circonstances extrêmes, les connaissances devenaient d'intenses amants ou d'intenses ennemis, ou les deux à la fois. Et ils auraient bien tort de se retenir, même si la femme faisait une bonne tête de plus que l'homme, ce que Zhen ne pouvait s'empêcher de trouver un peu gênant.

Marcel donna l'ordre d'abaisser le nez conique de six mètres, suspendu au plafond par une grue. Ils le regardèrent descendre dans un silence qui fut brisé par un bruyant éclat de voix :

— Zhen !

Une seule personne pouvait crier avec une voix si rauque et si râpeuse dans une si grande chambre d'écho : Amy. Zhen prit son courage à deux mains et se pencha au-dessus du garde-corps pour regarder en bas. Les petites silhouettes vêtues de combinaisons paraissaient presque toutes identiques, à l'exception de deux d'entre elles qui lui faisaient des grands gestes. L'une d'elles était Amy, bien sûr. L'autre était probablement Love, l'interprète. Zhen les salua en retour tandis qu'Amy se dirigeait vers le monte-charge.

— Zhen !

C'était Dewei qui l'appelait depuis l'autre bout du rez-de-chaussée.

Tout le monde réclamait son attention. Les émotions brutes de Zhen étaient vives, chaudes et étincelantes, comme un feu d'artifice.

— Zhen !

Debout à côté de la table de lancement mobile, le doigt pointé vers le flanc de la fusée, il trépignait d'excitation. Les techniciens venaient de décoller une pellicule d'autocollant de sa surface blanche brillante, dévoilant trois signes noirs. Le premier était un rectangle noir, mais les deux autres étaient des caractères chinois.

— En général, on demande un délai de six mois pour les décorations, dit Anneke, mais pour cette fois, on n'a pas protesté.

Zhen supposa qu'elle plaisantait, mais n'en était pas sûre.

— Bon, maintenant, vous voulez bien nous dire ce que tout ça signifie ? lui demanda Anneke.

Zhen avait reçu l'honneur de nommer la fusée. Ben Schwartz avait insisté jusqu'à ce qu'elle accepte, et elle avait proposé deux *hànzi*. Le premier représentait une peau de bête étirée, avec une tête cornue en haut, une queue en bas :

革

Le second représentait une carapace de tortue et pouvait signifier armure, coquille protectrice, ou ongles.

甲

Ensemble, ils se disaient *gé jiă*, ou armure de cuir, dans leur traduction française littérale. Zhen expliqua aux Européens que leur engin spatial HYCIV était l'armure qui allait protéger la planète contre UD3, si tout fonctionnait comme prévu.

Ce que Zhen n'expliqua pas, c'était l'importance que ce nom avait pour elle. *Sois courageuse*, disait sa mère quand les insultes pleuvaient sur la tête de sa fille. *Souviens-toi de ça, et enfile ton armure de cuir…*

Et voilà que cette petite fille honteuse était maintenant une femme, et l'héroïne de l'Opération, le *deus ex machina* du Professeur – avec ses cicatrices et tout. Sa mère se dresserait de fierté et exulterait d'un éclatant sentiment de revanche si elle l'apprenait, dans l'hypothèse très improbable où elle serait encore en vie.

Amy sortit du monte-charge au sommet de la plateforme et s'avança vers le groupe, parlant à Anneke et Marcel comme si elle était déjà partie prenante dans leur conversation.

— Zhen a donné un nom à cette fusée, et moi je lui ai donné un drapeau – mais ce n'est le drapeau d'aucune nation. L'Opération est internationale, et, franchement, il n'existe plus aucune nation, ajouta Amy. Ça dépasse tout. C'*est* tout.

Sur la plateforme, tous les regards se fixèrent sur le rectangle noir, le nouveau drapeau de leur opération de défense, et ils y virent un petit cercle découpé exposant la surface blanche de la fusée. C'était la planète Terre au cœur d'un univers tout noir, le tout entouré par le rien.

Amy rejoignit Zhen contre le garde-corps et s'appuya sur son épaule. Zhen était toujours surprise de voir avec quelle facilité et quelle confiance Amy touchait les gens – surprise, et reconnaissante, aussi, du réconfort que ça lui apportait. Elles n'avaient jamais parlé du monde en dehors de la bulle de l'Opération et n'en parleraient sans doute jamais. Le Dr Clayton était allée voir Zhen plusieurs fois pour l'emmener dans un coin calme et lui demander comment elle tenait le coup. Les yeux bleus du docteur entraient en Zhen comme des aiguilles, pour en extraire les sentiments de façon aussi indolore que possible. Mais Zhen ne lui confiait pas grand-chose, préférant concentrer toute son énergie sur l'Opération, dans l'attente de moments comme celui qu'elle était en train de vivre.

Une étroite section du mur coulissa lentement vers le haut, créant une ouverture de la taille d'une fusée, mouchetée d'étoiles. À H-12, Ariane était désormais prête pour glisser sur ses rails jusqu'au pas de tir.

C'était un spectacle tellement majestueux, une étape tellement importante, tellement chargée d'espoir pour la survie d'une humanité qui n'avait d'autre foyer que la Terre, que personne ne vit les membres de l'équipe des Catastrophes sortir du monte-charge et s'avancer sur la plateforme. Amy ne se retourna que lorsque le Dr Clayton posa doucement sa main sur son avant-bras. Amy regarda le gilet de la Croix-Rouge du docteur en clignant des yeux, et comprit ce qui se passait. Elle posa la question qu'elle posait à chaque fois :

— C'est Ben ?

Cette fois, la réponse était oui.

Le 5 mai
T-22 minutes et 43 secondes avant le lancement

Zhen se faufila dans la foule dense de corps en treillis rassemblée dans la salle VIP du bâtiment Jupiter. La climatisation tournait à plein régime pour lutter contre la chaleur de plus en plus grande. La jauge maximale de la salle avait dû être limitée à deux cent soixante-quinze personnes, bien tassées. Seuls les membres haut placés de l'Opération pouvaient entrer, et avoir vue sur la salle de contrôle, de l'autre côté de la grande baie vitrée. Les autres devaient suivre le compte à rebours sur les écrans installés dans tous les bâtiments du centre spatial, ou l'écouter à la radio.

— Poussez-vous !

Zhen se tourna vers l'origine de cet éclat de voix et vit Stan, de l'équipe du HYCIV. Ben l'appelait toujours “Queue de Cheval”, mais là, il arborait une nouvelle coupe, très courte, à la tondeuse. Stan continuait de crier à la foule de laisser passer Zhen. Dès qu'ils se retournaient, qu'ils voyaient ses fines cicatrices, qu'ils comprenaient qui elle était, les gens obtempéraient sans maugréer. Les corps se poussèrent pour lui ouvrir un chemin étroit jusqu'à la baie vitrée. En s'y pressant, Zhen reconnut d'autres visages familiers. Celui de Ziggy, de l'équipe nucléaire, s'illumina d'un grand sourire à son adresse.

— On est si près du but, lui murmura-t-il, les poings tremblants.

Jin-soo la laissa passer sans rien dire, mais il tendit la main pour lui caresser tendrement la joue. Personne n'avait jamais touché Zhen comme ça. Elle dut tourner la tête et regarder devant elle pour garder la maîtrise de ses émotions. Chuck, qui était en train de discuter avec Marcel devant la baie vitrée, lui fit signe de les rejoindre. Son ventre tendait le tissu de sa combinaison. Les deux hommes interrompirent leur conversation et lui offrirent des sourires crispés. Marcel était livide.

— J'ai procédé à plus de cinq cents lancements de la fusée Ariane depuis cette salle, mais je ne me suis jamais senti comme ça. J'ai furieusement envie d'une cigarette.

Zhen regarda la salle de contrôle de l'autre côté de la baie vitrée. Anneke était debout, mais tous les autres Européens de l'équipe de lancement étaient assis en rangs devant des tablettes tactiles, des téléphones, des microphones, des cadrans et des tableaux de commandes. S'étendant au-dessus d'eux sur tout le mur du fond, un écran de dix mètres affichait une mosaïque d'images prises en direct sur des sites différents. Les plus grandes montraient le pas de tir, sous plusieurs angles. Une plus petite en bas à gauche montrait une salle avec une trentaine de personnes assises : l'équipe chargée de l'astronautique. Une autre petite image en bas à droite était presque toute noire, n'affichant que l'heure en temps universel et le compte à rebours.

La salle où se trouvait Zhen vibra soudain d'un léger bruit étouffé venant d'en haut, comme si le ciel se déchirait.

Chuck avait dit à Zhen que l'équipe de la sécurité avait demandé à des chasseurs et à des hélicoptères de patrouiller dans la zone d'exclusion aérienne, au cas où il existerait encore un pays à la fois capable de déclencher une attaque par missiles et suffisamment stupide pour passer à l'action.

— *Excusez-moi**, dit Marcel. Il faut que j'aille vomir.

Dès que le Français fut hors de portée de voix, Chuck s'approcha de Zhen pour la rassurer.

— Ne vous inquiétez pas, murmura-t-il. On enregistre les images du lancement pour Ben. Et pour les livres d'histoire, bien sûr. Ben ne loupera pas tout.

Ben Schwartz s'était effondré à l'instant même où le HYCIV et la fusée Ariane avaient été déclarés prêts pour leur assemblage final. Il respirait, il clignait des yeux, mais ne réagissait plus à aucun stimulus. Les médecins avaient diagnostiqué une catatonie de la comète. Ils ne pouvaient pas faire grand-chose d'autre que le placer sous perfusion et espérer qu'il se rétablisse tout seul.

Chuck dit à Zhen qu'Amy avait enfreint une règle de bonne conduite immémoriale : *On ne tabasse pas le messager.* Le coup de poing qu'Amy avait décoché au Dr Clayton quand cette dernière lui avait annoncé la nouvelle lui avait cassé une dent de devant. Sur le moment, Chuck n'avait pas caché son admiration, et il ne la cachait toujours pas maintenant, alors qu'ils entendaient la voix de clou rouillé d'Amy dans la salle VIP. Zhen vit la foule se scinder en son milieu, en une petite bousculade de coups de coude et d'orteils piétinés. Le Professeur apparut dans son fauteuil roulant, poussé par Amy. Ils devaient venir tout droit de l'infirmerie.

* En français dans le texte.

— Vous êtes tous en train d'interrompre mon processus de mort ! déclara le Professeur à l'attention de chacun.

Mais il ricanait de son propre humour noir. La perfusion de morphine suspendue à son fauteuil n'y était peut-être pas pour rien.

— C'est bon de vous revoir, dit Chuck, soulagé.

— Alors on doit vraiment avoir de gros problèmes, rétorqua le Professeur en s'esclaffant.

Son regard se porta vers la baie vitrée pour aller se poser, au-dessus des rangées de têtes dans la salle de contrôle, sur les images projetées sur le grand écran.

— Regardez-les, dit-il en brandissant sa canne pour les montrer. Mon équipe astronautique ! Comme des pur-sang qui trépignent dans leurs stalles en attendant le coup de feu du départ. Ils n'arrivent pas à croire que leur tour est enfin venu !

Si le lancement se passait bien, et si le nez de la fusée se séparait correctement pour larguer le HYCIV, c'était ensuite à l'équipe astronautique qu'il revenait de lancer l'engin sur sa trajectoire de collision avec la comète UD3, puis de faire exploser ses charges nucléaires contre la cible.

Amy contourna le fauteuil du Professeur, posa une main sur l'avant-bras de Chuck et se pencha vers lui.

— Ça va, dit-elle. Youri et Julie veillent Ben pour moi. Ils seront là s'il revient à lui.

Amy se tourna vers Zhen et parvint à sourire.

— L'armure de cuir, lui dit Zhen.

— C'est vrai, convint Amy. C'est le moment de se montrer durs. On a une putain de fusée à faire décoller.

Les haut-parleurs lui firent écho :

— T moins cinq minutes.

Ils se regardaient les uns les autres et écoutaient les bavardages nerveux qui faisaient vibrer la baie vitrée.

— J'aimerais que Ben soit là, dit Chuck en soupirant.

Le Professeur acquiesça et dit que, malgré toutes les simulations de scénarios de collision que Ben avait pu explorer dans le passé, il n'aurait jamais pu prévoir l'exceptionnelle chaîne d'événements qui leur ouvrait les portes d'un avenir inconnu.

— Ben reviendra à nous, dit Amy avec assurance.

Elle prit Zhen par la main et l'éloigna de la baie vitrée, vers la rangée de chaises placées au fond de la salle. La foule s'ouvrit et deux personnes se levèrent d'un bond pour leur offrir leurs places. C'était à la fois un soulagement et une épreuve terrible que d'être des spectatrices passives maintenant que l'équipe du HYCIV avait terminé son travail. L'Opération était entre les mains de l'équipe de lancement, puis de l'équipe astronautique, puis du destin.

— T moins une minute.

Le silence tomba sur la salle VIP. Amy, d'ordinaire très coriace, attrapa la main de Zhen et la serra bien fort. Elles avaient les yeux rivés sur le compte à rebours affiché à l'écran.

T moins quarante et une secondes.

Zhen murmura à Amy que sa poigne lui faisait mal. Amy baissa les yeux et força l'étau de ses doigts à se desserrer.

T moins huit secondes.

Dans les quelques instants suivants, les opérations s'exécuteraient automatiquement, et l'espèce humaine ne pourrait plus rien faire. Le seul choix qu'il restait à ses représentants se résumait à fermer les yeux ou à les garder ouverts. Zhen garda les siens ouverts, alors même que les flammes crachées par les boosters de la fusée brûlaient des empreintes négatives sur sa rétine.

— Décollage !

La fusée Ariane 5 s'éleva dans le ciel bleu et au-dessus de l'océan. Zhen regardait, tremblant de peur, pendant que son esprit passait en revue tous les motifs de panne imaginables. Ariane largua ses boosters et la coiffe de la charge utile et continua à s'élever sous la poussée de son moteur cryogénique. Ensuite, le dernier étage se détacha et brûla de l'hydrogène afin d'atteindre la vitesse de trente-trois mille kilomètres à l'heure.

Cela commença par un murmure général, des têtes qui se tournent les unes vers les autres, et cela se termina par un vacarme assourdissant de cris et de hourras. Les spectateurs levaient les bras en signe de victoire. Zhen se mit debout sur sa chaise pour voir au-dessus des poings levés. Elle vit le Professeur, qui donnait des coups de canne contre son fauteuil métallique et hurlait pour obtenir l'attention de Chuck. La fusée devait lancer le HYCIV vingt-sept minutes après le décollage. Il était temps que le Professeur rejoigne son équipe astronautique.

Il savait probablement que son corps ne tiendrait pas jusqu'au moment de l'interception de la comète, mais il comptait bien s'accrocher à la vie aussi longtemps qu'il le pourrait. Dès que Chuck passa derrière le fauteuil et commença à le pousser comme un rouleau compresseur à travers la foule, le Professeur sourit. Il souriait tellement que son visage de vieillard semblait sur le point de se fracasser en un million de fragments.

31

¡REZA!

Mexico
Août-février

APRÈS LA DÉCOUVERTE d'UD3, Enrico et ses parents prirent la voiture tous les soirs pour aller à la basilique depuis leur appartement dans un gratte-ciel de Mexico. Les *Je vous salue Marie* étaient adressés à la Vierge de Guadalupe, la sainte patronne des Amériques, et également à saint Médard, le saint que l'on invoquait contre le mauvais temps – on n'avait rien trouvé qui se rapprochât plus d'une collision cosmique. Les prêtres distribuaient des dépliants de prière montrant un aigle volant au-dessus du jeune saint Médard, l'abritant de la pluie.

— Mais les aigles se sont noyés, murmura Enrico.

Il avait lu des blogs scientifiques qui parlaient de plages jonchées de carcasses d'oiseaux noyés rejetées par les vagues. La mère d'Enrico lui intima de se taire. Ses yeux implorants ne quittaient pas le tissu de l'image sacrée de la Vierge suspendue derrière une vitre blindée. Enrico froissa son dépliant de prière et le jeta à leurs pieds ; il n'avait aucune indulgence envers les fausses promesses.

Lorsque la basilique devint trop bondée, la famille d'Enrico resta prier à la maison. La ville abritait déjà vingt millions de personnes dans un pays de cent trente millions d'habitants. Quand une première, puis une seconde estimation de trajectoire furent publiés, les pèlerins catholiques s'y rendirent en masse pour vénérer l'image sacrée. Enrico cessa d'aller à l'école. Son père cessa d'aller à son travail. La voiture blindée qui les attendait tous les matins avait cessé de venir.

Pendant un temps, Enrico se délecta de la merveilleuse nouveauté que constituait le fait de pouvoir passer du temps avec son père, qui était presque un étranger pour lui. Enrico avait dix ans, et était bien meilleur que ses camarades en maths, en sciences et en lecture. Pour frimer, il avait repéré UD3 dans le viseur de son télescope sur le balcon de leur appartement du cinquante-cinquième étage. C'était une tête d'épingle faiblement lumineuse entre Mars la rouge et la grosse Jupiter, reconnaissable à ses rayures.

— Elle paraît loin, dit Enrico, ce qui sembla faire plaisir à son père.

Ensemble, ils allèrent sur Internet et firent des recherches sur le déploiement d'une Opération de défense internationale. On envoyait les meilleurs ingénieurs du monde en Amérique du Sud pour qu'ils conçoivent et construisent un engin d'interception capable de faire dévier UD3 de sa trajectoire. Des avions militaires passaient dans le ciel en direction du sud, comme une longue migration d'oiseaux métalliques.

— Et si cette opération était un leurre ? demanda la mère d'Enrico alors qu'ils regardaient le ciel depuis leur balcon.

Elle ne se donnait pas la peine de murmurer. Ses parents n'essayaient plus de masquer une vérité que tout le monde pouvait voir.

— Un truc organisé juste pour faire semblant, ajouta-t-elle, pour empêcher qu'on s'entretue ?

Le père d'Enrico haussa les épaules. Il trouvait du réconfort dans cette Opération, quand bien même elle s'avérerait incapable de faire dévier la comète.

— Dans ce cas, c'est un mensonge gentil.

— Un mensonge, c'est un mensonge, dit Enrico.

Mais il avait foi en ces ingénieurs, à bord de ces avions, et il avait foi en leur mission. Il croyait au pouvoir de la science depuis qu'il avait vu une de ses propres cellules au microscope, teintée de bleu, gigotant dans la salive. *Ça*, c'était un vrai miracle, et il ne devait rien aux saints.

Lorsque l'électricité tomba en panne, ils perdirent l'air conditionné, l'eau chaude, le four et le micro-ondes, l'accès à Internet, la recharge des téléphones, et la télévision. La mère d'Enrico pleurait sur le canapé, serrant sa télécommande dans sa main. Quelques semaines auparavant, les stars de ses *telenovelas* préférées s'étaient rassemblées pour une veillée de prière télévisée contre la crise mondiale. Chacune à son tour, ces célébrités lisaient des prières imprimées sur des cartes tandis que des extraits de leurs feuilletons défilaient à l'antenne. La mère d'Enrico avait laissé cette chaîne allumée vingt-quatre heures sur vingt-quatre et sept jours sur sept jusqu'à ce que l'écran devienne noir.

— Ils étaient comme mes amis, dit-elle à Enrico. Maintenant ils ne sont plus là, et je suis seule.

— On est là, nous, dit Enrico. Et on est réels.

Elle le prit dans ses bras et soupira dans ses cheveux. Enrico avait hérité de ses fossettes, mais de pas grand-chose d'autre. C'était une reine de beauté à la peau et aux cheveux dorés. Elle avait reçu ses premières demandes en mariage le jour de sa *quinceañera**, mais elle avait patienté. Comme de juste, le père d'Enrico la remarqua lors d'un voyage d'affaires. C'était le président d'une grande banque nationale ; il était de stature frêle, mais impeccablement vêtu d'un costume de lin repassé de frais, et il portait des lunettes à montures fines.

Le mariage, clamait gaiement la mère d'Enrico, était comme sa *quinceañera todos los días*** – mais en mieux. Vous n'aviez plus besoin de verroterie de bal costumé quand vous aviez une bague de fiançailles de trois carats et une ligne de crédit ouverte chez les grands couturiers. Vous n'aviez plus envie d'une fête kitsch dans un hôtel de banlieue quand vous dîniez avec le maire et son épouse dans le quartier de Polanco. La mère d'Enrico disait sans cesse qu'elle vivait dans un conte de fées.

Sauf que la vie n'est jamais un conte de fées, lui répondait toujours le père d'Enrico. Son travail était stressant et lui causait des insomnies. Il encourageait Enrico dans son amour des sciences parce qu'il s'était lui-même imaginé une vie de biologiste de terrain, jusqu'à ce qu'une obligation familiale le pousse vers la finance. *Rêve tant que tu es jeune*, murmurait-il à son fils.

Mais il était difficile de rêver à l'approche de la comète. Sa taille qui grandissait lentement était à la fois terrifiante et trop prévisible pour un enfant de dix ans. Enrico prit son drone dans le placard de sa chambre et sortit avec sur le balcon. Une fois ses lunettes d'immersion sanglées, il pouvait voir sa ville

* Fête des quinze ans. Très important dans la culture latino-hispanique, cet événement marque l'accession au statut de femme des jeunes filles qui le célèbrent.

** Fête des quinze ans tous les jours.

méconnaissable avec les yeux perçants d'un colibri en vol stationnaire. De plus en plus de pèlerins arrivaient chaque jour à la basilique. Les voitures et camping-cars à l'arrêt bouchaient les rues et les voies express. La nuit, des voleurs se faufilaient entre les véhicules et siphonnaient à l'aide de tuyaux et de jerrycans toute l'essence qu'ils pouvaient trouver. Leurs attitudes furtives n'étaient pas nécessaires. Tous les yeux, à l'exception de ceux d'Enrico, regardaient vers l'avenir et cherchaient le salut.

Lorsque les batteries du drone moururent, Enrico braqua son télescope vers la terre plutôt que vers le ciel.

— Alors, on retrouve le goût de l'espionnage à l'ancienne ? lui lança son père.

Il avait toujours détesté ce drone.

Enrico baptisa le quartier Tenteville quand les pèlerins déroulèrent des gros sacs de couchage sur le sol et tendirent des patchworks colorés de draps en guise de rideaux. À la nuit tombée, ils allumaient des bougies de prière. Les regardant du haut de son balcon, Enrico pensait au sanctuaire de lucioles qui se trouvait dans le Tlaxcala, à l'est de la ville. Sauf que les bougies de prière ne clignotaient pas en rythme syncopé ; elles brûlaient de façon continue, illuminant les mains et les visages des fidèles.

La mère d'Enrico le rejoignait la nuit. Elle attendait son tour pour regarder dans le télescope, ou bien elle se penchait au-dessus de la rambarde, secouant la tête dans le courant de vent ascensionnel pour dégager des mèches de cheveux dorées de ses yeux et du coin de ses lèvres généreuses.

— C'est si joli, murmura-t-elle.

Il y avait tellement d'effroi émerveillé et tellement de confusion dans cette affirmation, qu'elle sonnait presque comme une question. Les lumières étaient belles, mais le vent charriait des effluves putrides, et il y avait de l'hystérie dans les échos des prières collectives qui remontaient d'en bas.

Vers la fin du mois de septembre, les dernières bougies des pèlerins s'éteignirent, ne laissant plus que l'obscurité. À peu près à la même période, les systèmes de distribution d'eau potable et d'évacuation des eaux usées cessèrent de fonctionner. Les nouveaux arrivants continuaient à affluer en ville, mais ils n'étaient pas tous convaincus que Dieu les regardait. Les gangs des cartels, qui avaient toujours infesté Mexico, sortirent les mitrailleuses et les machettes. Ils pillèrent ce qu'il restait de nourriture et d'eau aux pèlerins.

La mère d'Enrico cessa d'aller le rejoindre sur le balcon. Elle se retira dans la chambre parentale, où elle priait avec le rosaire de sa grand-mère – d'abord pour sa famille, ensuite pour les pèlerins. Le père d'Enrico restait muet quand il vidait par la fenêtre le saladier dont elle avait fait son pot de chambre.

Les résidents de l'immeuble d'Enrico s'en tiraient tout de même mieux que la majorité des gens. Ils étaient riches, avaient de bons réseaux, et eurent plus longtemps accès à de la nourriture et à des biens qui se faisaient de plus en plus rares. Mais être riche pouvait être dangereux, ce qui n'était pas nouveau. Enrico était toujours accompagné de chaperons armés lorsqu'il s'aventurait au-delà des portes de l'immeuble, et il y avait des vigiles à toutes les fêtes d'anniversaire où il pouvait être invité. En tant que fils unique d'un couple riche et puissant, il constituait une cible de choix.

Enrico aida son père à entasser tous leurs meubles et tous leurs biens dans l'escalier de secours de leur appartement.

Tout, sauf leurs lits et leurs matelas – dans le but de dresser une barricade infranchissable, dans l'hypothèse assez peu probable où quelqu'un se montrerait suffisamment intrépide pour escalader le mur de quatre mètres de haut qui entourait leur immeuble, fracturer la porte blindée du couloir, puis gravir cinquante-cinq étages à pied.

— Mais les voisins ? demanda Enrico. Comment on fait, s'ils ont besoin de notre aide ?

Il pensait à la veuve Padilla Hernandez, qui vivait deux étages plus bas, avec Sancho, son chihuahua. Cette frêle vieille dame avait toujours, dans une poche de son sac, des friandises pour son chien, et dans une autre, des bonbons Pica Fresca pour Enrico.

— Nous n'avons plus de voisins, marmonna son père.

— Et nous, alors ? demanda Enrico.

Il apporta une chaise légère en aluminium du balcon et l'ajouta à la barricade d'objets enchevêtrés.

— On fera comment, pour sortir ?

— On prendra l'ascenseur comme on l'a toujours fait, répondit son père.

— Mais si le courant ne revient pas ?

Le père d'Enrico ne dit rien, tout comme il ne disait rien au sujet de son épouse prostrée au lit, ou des bruits de fusillades qui déchiraient les rues, en bas. Au lieu de répondre, il alla prendre sa bible. Enrico se serra contre son père qui s'assit en tailleur, comme un enfant, dans le salon tout vide. Les verres de ses lunettes étaient sales, mais leur monture en métal brillait tout de même à la lumière de la fenêtre. En tant que directeur de banque, il n'avait jamais eu l'air aussi débraillé, avec sa barbe hirsute, son short de jogging et son débardeur taché de sueur. Ses deux parents, naguère très imposants, semblaient maintenant désespérés, et mortels.

Tout avait été prophétisé, expliqua-t-il à Enrico : la faim, les épées, le sang, et la mort quand les étoiles du ciel tombèrent sur la Terre, comme lorsqu'un figuier secoué par un vent violent jette ses figues vertes… Enrico devint nerveux en écoutant son père lire des versets de l'Apocalypse. Du bout des doigts, il triturait les petits creux laissés dans la moquette blanche par leurs meubles fabriqués sur mesure.

— On fera quoi, quand on n'aura plus rien à manger ? l'interrompit Enrico.

— On priera, lui répondit sèchement son père. Tu ne vois pas ce que je suis en train de te montrer ? Si tu es si intelligent, pourquoi devrais-je tout t'expliquer ?

Son père se releva trop vite et faillit s'évanouir. Il tituba jusqu'à la chambre parentale. Lorsqu'il en ressortit des heures plus tard, ses bras étaient chargés de contenants vides. Quand ils avaient encore de l'eau courante, ils en avaient rempli leur jacuzzi, et tous les contenants qu'ils avaient pu trouver : tasses, verres, bols, vases, bouteilles de détergent, coques évidées d'un étui de lunettes de soleil Chanel, et ainsi de suite. À part le jacuzzi, tous ces contenants étaient désormais vides.

Le père et le fils les transportèrent sur le balcon. Enrico plaça sa tasse porte-bonheur du Cruz Azul Fútbol Club dans un endroit propice, mais ne se donna pas la peine d'espérer quoi que ce soit. La ville pouvait recevoir un centimètre de précipitations mensuelles, peut-être deux s'ils avaient de la chance. Toute cette manœuvre, comme sa mère l'avait dit à propos de l'Opération de défense, n'était probablement qu'un leurre pour le spectacle, pour empêcher que l'on s'entretue.

Enrico se plaignait de ses crampes d'estomac, c'était plus fort que lui. Son père ajouta sainte Monique, la sainte patronne des enfants décevants, à la liste des récipiendaires de ses prières. Quand Enrico se mit à pleurer, son père ne le supporta pas. Il disait toujours que les pleurs étaient l'arme des femmes.

— *No llores*, répondit-il en hurlant aux implorations larmoyantes de son fils. *¡Reza!*

Ne pleure pas, prie !

Il tenta de camoufler ses propres larmes et pointa un doigt vers le plafond. *Prie !* Mais Dieu ne flottait pas dans les nuages. Enrico le savait parce qu'il l'avait cherché avec son télescope. Son père se retira dans la chambre et verrouilla la porte pour de bon. Enrico essaya de prier, mais il ne faisait que réciter des mots. Son esprit était trop libre, et trop obsédé par ses souvenirs de nourriture. À chaque fois qu'il frappait à la porte de ses parents, il obtenait soit du silence, soit des cris.

Dans sa solitude et son besoin de distraction, Enrico retourna vers son télescope. De nuit, il n'avait pas besoin de ses pouvoirs d'agrandissement. UD3 était désormais visible à l'œil nu. Mais Enrico détourna sa lunette des cieux pour la pointer vers l'enfer sur terre. Il vit alors un homme en massacrer un autre à la machette, à grands coups latéraux, comme un batteur de base-ball. Il courut dans le salon, en proie à une crise de hurlements.

Son père ouvrit la porte de la chambre mais n'en sortit pas. Il attendit sur le seuil que les bruits insensés de son fils se calment pour se changer en quelque chose d'intelligible.

— Il faut qu'on les aide ! parvint enfin à dire Enrico.

Ses joues ruisselaient de larmes. D'une main tremblante, il montra le bureau de son père calé contre le mur de la chambre. Il abritait, dans un de ses tiroirs fermés à clé, un revolver magnum dont Enrico n'était pas supposé connaître l'existence. C'était trop tard pour ce pauvre pèlerin sanguinolent, mais ce revolver pouvait sauver le prochain.

— On n'a pas de balles à gaspiller, dit son père.

— Mais il *faut* qu'on les aide.

Le père d'Enrico l'attrapa par le bras, le serrant assez fort pour lui causer des ecchymoses, et le traîna dans la salle de bains adjacente. Le jacuzzi était quasiment vide.

— Économise tes larmes, lui dit son père, avant de retourner à ses prières.

Enrico rampa se cacher sous leur lit, frissonnant. Il n'arrivait plus à refouler les images imprimées dans son cerveau. Il récita des prières, par bouffées très rapides, très hachées. Il ne se passa rien. Il écouta ses parents prier sur le matelas au-dessus de lui. Sa mère murmurait des *Je vous salue Marie*. Son père confessait ses péchés à saint Jude, le saint patron des causes perdues. Il prononçait des mots que personne n'avait envie d'entendre, surtout pas sa famille.

Au matin, Enrico sortit de sous le lit. Les murs de son esprit étaient encore maculés de sang, mais il ne tenait plus en place. Il retourna sur le balcon. Il regarda avec son télescope. À l'ère d'Internet, la plupart des préadolescents en savaient plus qu'ils ne devraient. Enrico avait déjà vu des images de mort et des images pornographiques. Quel jeune garçon mexicain n'avait pas regardé des vidéos de cartels montrant des décapitations à la tronçonneuse ? Mais ces horreurs étaient enregistrées. Par leur nature même, elles s'étaient déroulées dans le passé, et on pouvait les faire cesser d'un clic. Enrico ne les avait jamais regardées jusqu'au bout. C'est ce qu'il faisait maintenant. Une série de haut-le-cœur secs le fit se plier en deux sur la rambarde. Puis le ventre vide d'Enrico s'apaisa. Les heures passèrent. Et puis les jours.

C'est fascinant, les choses auxquelles on peut s'accoutumer. Avec le temps, non seulement Enrico en était venu à pouvoir regarder tous les carnages, mais il n'arrivait plus à en décoller ses yeux emplis de curiosité malsaine. Enrico regarda des gangs mettre Tenteville à sac. Certains pèlerins tombaient à genoux pour prier et demander pitié, mais ça ne faisait que faciliter les grands coups de lame à la gorge ou au visage. Le pire, c'était ce qu'ils faisaient aux jeunes femmes. Qu'arriverait-il à la splendide mère toute dorée d'Enrico si leur barricade n'était pas efficace ?

Les gangs prélevaient les muscles et tranchaient les membres pour les empiler sur des draps ou des sacs de couchage de Tenteville. Ils emportaient la viande et laissaient les entrailles, les os, les têtes et la merde dans les rues. Enrico comprit que ce que ses parents lui disaient quand il était petit était vrai : il y avait des gens qui étaient comme des monstres, rôdant dans le vaste monde, prêts à le dévorer s'il n'était pas prudent.

Une nouvelle odeur se mêlait à la puanteur. Elle rappelait à Enrico les samedis matin, quand il se réveillait alors que sa mère était en train de préparer le petit déjeuner. Elle faisait du bacon et des œufs, avec des haricots noirs et de la sauce piquante, tout en bavardant au téléphone. *Tu ne le poses donc jamais, ce foutu portable ?* lui demandait son père depuis la table du petit déjeuner. Puis il levait les yeux au-dessus des pages du *El Universal* du jour. Il adorait la regarder, et elle, elle adorait comme il la regardait.

Enrico savait qu'il ne devrait pas se mentir. Même gentils, les mensonges restaient des mensonges. Il savait d'où cette odeur de bacon provenait forcément, mais ça n'empêchait pas sa bouche de s'emplir de salive. En un temps où il n'y avait plus de voisins, plus personne pour parler d'une quelconque opération de défense, et plus d'avions dans le ciel, avait-il le droit de manger des humains ? Valait-il mieux mourir comme les pèlerins et aller au paradis, ou les manger et vivre, au risque d'être damné pour toute éternité ?

Une tache floue s'était formée sur l'horizon. Enrico pressa le talon de ses mains sur ses yeux noyés de larmes, mais la tache demeura. Des ondes de chaleur ? Ce n'est qu'en braquant son télescope qu'il vit les hordes plus clairement : des flux sans fin de gens qui pénétraient à pied dans Mexico, par le sud et par l'est. Les habitants désespérés de toute l'Amérique du Sud. Enrico n'était pas armé pour saisir l'ampleur ahurissante des foules que cela représentait, ni à quel point les masses d'*homo sapiens* modernes avaient fini par dominer la planète. Il n'y avait plus de place, et pourtant les foules continuaient d'affluer. Les gangs n'arrivaient pas à tuer assez vite, et ils furent balayés, noyés sous les flots d'êtres humains ayant perdu toute raison. Les cadavres s'entassaient, dégageant une puanteur suffocante. Enrico cessa de respirer par le nez, mais il continuait à la sentir, à en éprouver le goût tout au fond de sa bouche.

Les pèlerins persistaient à se grimper les uns sur les autres, implorant qu'on les délivre. *Trop*, pensa Enrico en secouant la tête pour essayer d'en expulser toutes ces horreurs. *Trop de gens. Trop de tout.* Il s'évanouit. Lorsqu'il rouvrit les yeux, sa joue égratignée contre le ciment, Enrico perçut un petit éclat de lumière. Quatre morceaux de chocolat emballés dans du papier alu étaient expertement cachés dans le dense treillis métallique de la rambarde du balcon.

Tous les ans, le jour de la fête de la Vierge, sa mère cachait des chocolats pour lui. Ceux-là devaient lui avoir échappé. Enrico arracha le papier alu et dévora les morceaux de chocolat d'une seule bouchée. Il inspecta la rambarde deux fois avant que cette pensée ne le frappe : il n'avait pas partagé. Il n'avait même pas eu l'idée de le faire avant qu'il soit trop tard. Faire preuve d'égoïsme n'était pas du tout une bonne façon de remercier la Vierge, dont la peau, sur les tableaux, était couleur chocolat au lait, cette denrée née de l'union entre les peuples indigènes et les conquistadors européens. Ce n'était pas du tout une bonne façon de remercier sa propre mère, la femme qui ne pouvait s'empêcher de choyer son fils précoce en le gâtant de sucreries, de bandes dessinées, de baisers, et d'un drone dernier cri.

Enrico frappa à la porte de la chambre de ses parents et attendit. Elle n'était pas fermée à clé. Son père était assis sur le rebord du lit avec le revolver chargé dans une main. Un nuage passa devant le soleil couchant.

— *Lo siento*, murmura Enrico à sa mère et son père.

Il avait du chocolat aux coins des lèvres. *Je suis désolé.*

Son père cacha l'arme sous les draps tachés de sueur. Il posa un bras décharné sur les épaules décharnées de son fils et se pencha doucement vers lui jusqu'à ce que leurs fronts se touchent. Le pardon n'était pas nécessaire. Enrico était son enfant. Les enfants étaient récipiendaires d'un amour inconditionnel. Même dans un monde qui plongeait son regard dans la bouche du canon, ils demeuraient la clé d'un avenir possible.

Les ressorts grincèrent quand la mère d'Enrico se leva et tituba jusqu'aux fenêtres sur ses jambes flageolantes. Ses doigts se posèrent sur le verre et suivirent la lente descente d'une goutte d'eau.

— Vous voyez ça ? murmura-t-elle.

Était-ce une hallucination ? Ou était-ce de la pluie ? Boire un peu d'eau ne leur offrirait qu'un sursis, mais ce sursis, elle le passerait avec sa famille – pas dans des contes de fées, pas dans une *telenovela* : dans la vraie vie. Un miracle venait d'exaucer la plus simple de ses prières.

32

ON IMPROVISE

Ocate Mesa, Nouveau-Mexique
Le 8 janvier
J-24 avant le lancement

Ned venait de franchir l'extrémité sud des Rocheuses du Colorado, et avait besoin de dormir. C'était la quatrième fois qu'ils devaient s'arrêter pour faire le plein. Ils survolèrent des montagnes boisées et atterrirent sur une haute colline herbue offrant une vue bien dégagée dans toutes les directions. Ils devaient se poser dans des lieux isolés qu'ils pourraient facilement défendre au cas où des assaillants parviendraient à s'approcher.

— Si seulement ce Jayhawk n'était pas si bruyant, dit Ned à Gustavo une fois que les pales de l'appareil se furent immobilisées.

Le bruit attirait l'attention. Des gangs errants de miliciens armés leur tiraient dessus depuis le sol. Des survivants sortaient de leurs cachettes en rampant puis couraient en faisant des grands gestes et en hurlant pour demander de l'aide. Ned dit qu'il n'arrivait pas à s'empêcher de penser à tous ces humains désespérés. Qui plus est, ils rendaient les atterrissages dangereux ; une horde se mouvant rapidement pourrait signer leur fin.

Ned se pencha pour enfiler la bandoulière de son fusil semi-automatique et le laissa pendre à son cou pendait qu'il tournait autour du Jayhawk en levant haut les genoux et en faisant des moulinets avec les bras, pour étirer ses muscles et éviter les crampes. Gustavo avait passé suffisamment d'heures dans la carlingue de l'hélicoptère, allongé près des stocks de combustible et de ravitaillement, pour être bien reposé sans être trop engourdi.

Il sortit sa carte plastifiée des Amériques et repéra la Guyane. Ned avait dit que l'aérodrome de Kourou, leur destination finale, se trouvait au milieu de la côte nord. Gustavo allait devoir marcher vers le sud pour rejoindre le fleuve Oyapock, qui marque la frontière entre la Guyane et l'État brésilien de l'Amapá. Ned avait une boussole dans son gros sac de toile. Il n'en aurait plus besoin une fois qu'ils auraient atterri à Kourou et qu'il se serait mis à la disposition de cette Opération dont il parlait sans cesse. Avec une boussole, Gustavo pourrait s'orienter quand le soleil serait caché par les nuages ou par les denses frondaisons de la forêt vierge.

Une fois que Gustavo aurait atteint l'Oyapock, il le remonterait vers le sud-ouest jusqu'à son confluent avec la Camopi. Il y avait des villages d'Autres Wayãpi à l'endroit où ces deux cours d'eau se rejoignaient. Gustavo avait visité ces villages bien des années auparavant. La langue de ces tribus du nord, qui s'étaient séparées de la sienne à l'époque des Ancêtres, différait de la sienne, mais pas au point qu'il ne puisse pas la comprendre. Gustavo pouvait parler avec les Autres Wayãpi de l'Oyapock. Ils pourraient lui offrir un refuge et même l'aider à regagner ses propres villages wayãpi au Brésil, au bord de l'Amapari.

Gustavo entra dans le ventre de l'hélicoptère pour faire le point sur son ravitaillement. L'eau ne serait pas trop un problème dans la forêt humide, mais la nourriture si. Il espérait qu'ils pourraient récupérer d'autres rations à la base militaire de Fort Hood, au Texas. Lorsque Gustavo sauta à terre, Ned lui dit qu'ils devaient se trouver quelque part dans le nord du Nouveau-Mexique, mais ça ne signifiait rien pour lui. En dehors de la ville de New York, le paysage nord-américain lui était complètement étranger. Il marcha un peu en rond et frissonna sous son poncho. Il était habitué aux forêts chaudes, humides et vertes de l'équateur, mais cette forêt-là était froide, sèche et dorée. Les longs brins d'herbe clairs ne se courbaient pas mais cassaient sous ses pieds.

— Quand est-ce qu'on arrive à Fort Hood ? demanda Gustavo une nouvelle fois.

— Bon sang, on dirait un gamin qui voyage en voiture, se lamenta Ned. Comme je vous ai dit, il nous reste un peu plus de cinq heures de vol et encore deux arrêts pour refaire le plein.

— Et si la base n'existe plus… ?

— Je sais pas, répondit tout de suite Ned. On prie ? On meurt, sans doute. On verra bien quand on y sera. Maintenant rendez-vous utile et sortez les sacs de couchage. Moi, j'ai une bouse d'éléphant à poser.

Les longues heures de vol rendaient souvent Ned grincheux, mais sa meilleure nature ne mettait jamais longtemps à reprendre le dessus. Gustavo prit les sacs de couchage dans l'hélicoptère et il était en train de les dérouler sur un coin de terre nue lorsqu'il entendit Ned gémir. Il courut de l'autre côté de la colline et le trouva debout près des dépouilles couvertes de mouches de deux humains. Leurs habits et leur chair avaient été prélevés, laissant des squelettes tendineux desséchés vêtus de sous-vêtements sales. Gustavo essaya d'évaluer combien de temps ces carcasses avaient pu rester exposées au soleil. De nombreuses traces de pas étaient encore visibles, ainsi que des zones d'herbe écrasée trahissant un combat.

— On peut pas dormir ici, dit Ned. Bon sang. On dirait un couple. Est-ce qu'ils étaient mariés ?

Gustavo se détourna de l'horreur et dit à Ned qu'il avait besoin de dormir.

— Je hais cet endroit, maintenant, déclara Ned.

— Ne gaspillez pas votre haine pour les lieux. Gardez-la pour les gens.

— C'est dans un de vos poèmes ? demanda Ned d'une voix sarcastique.

Gustavo l'ignora et continua à marcher.

— Ils parlent de quoi, au fait, vos fameux poèmes ? demanda Ned tandis qu'ils retournaient vers le Jayhawk. De rêves ? De beauté ?

— De guerre.

Ned renifla bruyamment.

— Ouais, ça m'étonne pas. Quelle guerre ?

— La mienne, dit Gustavo.

Il se glissa dans son sac de couchage pour se tenir chaud mais il resta assis, en éveil. Ned s'étira pendant encore une minute avant de s'allonger. Le fusil pendait à son cou. Gustavo demanda à Ned de le lui passer afin qu'il puisse monter la garde pendant qu'il dormait. Ils n'étaient à l'abri que dans les airs. Gustavo ne voyait aucun danger à plusieurs kilomètres à la ronde de l'endroit où ils s'étaient posés, mais en même temps, il n'avait pas non plus vu les deux cadavres.

Ned ne dit rien ; il abaissa la visière de sa casquette sur ses yeux et les ferma, mais son visage était saisi de tics nerveux. Un silence gênant s'installa, interrompu seulement par les pets étouffés de Ned.

— J'ai vu que vous aviez une bible dans votre sac, dit enfin Ned.

— Vous avez fouillé dans mes affaires ?

— Une fois, répondit-il sans honte. Quand vous êtes allé vider nos bocaux de pisse, à notre dernière escale pour refaire le plein. Vous savez, j'ai été élevé avec ces paraboles. Là-bas, dans l'Oregon.

Gustavo avait lui aussi été élevé avec ces fables, et celles du Peuple des Ancêtres. Tous les peuples semblaient avoir leurs propres mythes expliquant comment ils avaient commencé et comment ils pouvaient continuer à vivre.

— Vous pouvez me parler de la fin ? demanda Ned. Je ne me rappelle pas ce que la Bible dit au sujet de la fin, mais je sais qu'elle en parle. Est-ce que ça se passe comme ça ? Parce que… je ne fais que réfléchir à haute voix, là, mais j'ai bien l'impression qu'on s'est bien éloignés du texte, et qu'on improvise. Je crois qu'on est dans un passage de l'Expédition Donner.

— La quoi ?

— Ce que je veux dire, c'est que si c'est pour finir comme des cannibales sans foi ni loi… Je crois que je n'ai pas envie de faire partie de cet avenir. Non monsieur, je ne finirai pas comme ça.

Par certains côtés, Gustavo avait de la peine pour son camarade. Par d'autres, il le trouvait gâté. La fin n'était pas une menace nouvelle pour le peuple de Gustavo, ni pour aucun des autres peuples qui subsistaient sur ce qu'il restait du monde naturel. La fin n'était pas une menace nouvelle pour toutes les espèces animales en voie d'extinction.

— Vous ne vous êtes jamais demandé si c'était votre tour ? demanda Gustavo, incapable de refouler cette question qui lui brûlait la langue.

— Pardon ?

— Votre civilisation, expliqua Gustavo. C'est peut-être votre tour de mourir et de sombrer dans l'oubli, non ? Cette comète pourrait bien être votre Christophe Colomb. Vos *conquistadores* portugais et espagnols.

— Comment ça, *vos* ? On est dans le même bateau, Gustavo. Le fait que vous ne soyez pas blanc ne suffit pas à…

Mais ce n'étaient pas les races qui traçaient une frontière. Ned ne le comprenait pas, et Gustavo n'avait pas les mots qu'il fallait pour l'expliquer.

— Je vais avoir besoin de votre boussole, dit soudain Gustavo.

Ned renifla de nouveau. Il se lança dans une litanie de reproches que Gustavo s'efforça de ne pas écouter. Il détestait avoir besoin d'aides extérieures. Il détestait avoir besoin de ce pilote, de son hélicoptère et de sa boussole… et aussi du reste de ses rations de nourriture, avec un peu de chance, une fois qu'ils auraient atterri à Kourou.

— Je sais que vous vous servez juste de moi pour le voyage, grommela Ned, mais est-ce que ça vous tuerait de sourire un peu ?

Gustavo soupira, mais s'abstint de dire qu'il riait très souvent quand il était enfant, avant de devoir grandir et s'endurcir très vite.

— Un petit sourire me ferait du bien, ajouta Ned.

Le voyage avait été éprouvant. Ils avaient vu des horreurs indicibles. Ned avait dit à Gustavo qu'il allait arrêter de regarder en bas, qu'il ne *pouvait* plus regarder en bas. Gustavo avait hoché la tête, il comprenait. Pendant des heures, Ned avait gardé les yeux fixés sur l'horizon pendant que Gustavo s'imprégnait des atrocités pour eux deux.

— Je n'arrête pas de penser à ces gens, dit Ned.

Il avait l'habitude de dire des choses très évidentes. Ni lui ni Gustavo ne pouvait arrêter de penser aux visages de ces survivants distordus par leurs hurlements d'appel à l'aide.

— Je n'arrête pas de voir…

— On ne peut pas les sauver, dit Gustavo d'une voix ferme.

Il attrapa la balle écrasée qui pendait à son cou et la serra dans son poing. Il portait le poids de la mort de son frère à son cou. Il n'avait pas besoin d'éprouver de la culpabilité à l'égard d'inconnus.

— Je sais, reconnut Ned. Mais tout de même… Je pense à eux comme je pense à tous les gens du *Healy*. Je me demande ce que sont devenus mon pote Malcolm et le capitaine Weber. Est-ce qu'ils vont bien ? Est-ce qu'ils sont seulement encore en vie ? Et Greg et Matty ? Et votre camarade de cabine, Jack ?

— Il faut vraiment que vous me donniez ce fusil et que vous dormiez, dit Gustavo en s'emportant.

Ned releva la visière de sa casquette et regarda Gustavo droit dans les yeux.

— Vous avez déjà tiré au fusil ?

Gustavo serra la balle écrasée jusqu'à ce que son métal tordu s'enfonce dans la chair de sa paume. La réponse était non et oui. C'était compliqué. Qu'est-ce qui ne l'était pas, à propos de Gustavo ?

— Je n'ai pas eu besoin de tirer au fusil parce que j'ai engagé un *pistoleiro* pour le faire à ma place. J'ai utilisé l'argent de mon prix Nobel pour faire assassiner les assassins de mon frère.

Sidéré, Ned lui demanda de quoi il parlait.

— Ce gros propriétaire terrien, dit Gustavo. Un riche fermier du Mato Grosso, qui avait engagé des hommes pour m'abattre. Il essayait de voler des terres qui appartenaient à des tribus indiennes. J'ai aidé les tribus à manifester, et j'ai appelé des journalistes. Il a essayé de me faire tuer, mais c'est mon frère jumeau qui est mort à ma place. Alors j'ai payé pour ma vengeance. L'argent peut vraiment tout acheter au cœur de la forêt.

Gustavo ne s'était pas sali les mains, et avait fui aux États-Unis pour éviter l'extradition.

— Un prêtre m'a dit que la mort de mes ennemis ne m'apporterait pas la paix, ajouta Gustavo. Mais si, ça me l'a apportée… et je ne regrette rien. Maintenant, donnez-moi ce foutu fusil.

Pendant que Ned dormait, Gustavo serrait leur fusil et pensait à son village et à ses neveux orphelins de leur père. Il prononça ces mots en wayãpi : *Je trouverai un moyen pour revenir jusqu'à vous. Et j'anéantirai tous ceux qui se dresseront en travers de ma route.*

33

STRICTS SURSITAIRES

Kourou, Guyane
Le 8 mai
J-47 avant détonation des charges nucléaires

TROIS JOURS APRÈS le lancement réussi d'Ariane, Love vit un grand homme débraillé qui attendait devant la porte de la Suite royale, son placard à balais au Musée de l'espace. Il portait la même combinaison militaire qu'elle. Sa longue barbe était hirsute, et un de ses verres de lunettes était fissuré de part en part.

— C'est contraire au règlement, dit tout de suite l'homme à Love. Notre mission n'est pas terminée.

Pour appuyer ses dires, ou par simple réflexe paranoïaque, l'homme consulta sur sa montre le compte à rebours avant l'interception et l'explosion nucléaire.

— Dans ce cas pourquoi êtes-vous ici ? rétorqua Love immédiatement.

— Amy Kowalski peut se montrer très persuasive.

C'était vrai. Amy se coucherait aussi devant un camion pour aider une amie, alors même qu'elle attendait désespérément que l'esprit de son amoureux reprenne possession de son corps. Quand Love était venue la voir au chevet de Ben, à l'infirmerie, et lui avait demandé un service – maintenant que l'humanité avait une petite chance de survivre –, Amy avait accepté.

— J'ai besoin que vous retrouviez quelqu'un pour moi, dit Love à l'homme en redressant les épaules et en levant le menton.

Love comprenait les règles de l'Opération : seule comptait la mission. Il n'y avait pas de place pour la famille, le pays, la religion, l'idéologie. Il n'y avait même pas de place pour penser à soi-même. Love s'était pliée docilement à ces règles, et maintenant, elle les brisait. Mais elle n'obtiendrait pas ce qu'elle voulait si elle s'abandonnait à son immense culpabilité.

— Elle s'appelle Rivka Shulman. Blanche, aux cheveux bruns bouclés, aux yeux marron. Elle vit dans le Bronx, mais elle sous-louait un appartement à Harlem. Ses parents vivent dans l'Upper West Side. Elle s'est peut-être réconciliée avec eux… vous devriez peut-être noter tout ça, non ?

Love s'avança jusqu'à se planter à moins d'un mètre de l'homme. Elle l'observa attentivement, sous la grosse barbe et les cheveux en bataille, sous le regard morne derrière l'épaisse fissure du verre.

— Troy Andrews, dit-elle enfin. Vous avez changé.

Ce n'était plus l'homme élégant au grand sourire fraîchement débarqué du siège new-yorkais de l'ONU.

— Il vaut mieux se souvenir de son foyer et de sa famille tels qu'ils étaient avant, dit-il d'une voix douce. Croyez-moi.

Troy passa devant elle et se dirigea vers l'escalier.

— Vous allez la chercher ? cria Love.

D'une voix lasse et triste, mais ferme, Troy répondit sans se retourner :

— Votre petite amie est morte, Love.

Mais ce n'étaient que les mots d'un seul homme. Love secoua la tête. *Non, pas Rivka.* Elle courut rattraper Troy et pivota pour lui bloquer le passage.

— Vous voulez savoir ? dit Troy en soupirant. C'est ce que tous les gens veulent… jusqu'à ce qu'ils sachent.

Mais Love était prête à frapper Troy jusqu'à ce qu'il lui dise la vérité si elle devait en venir à ça. Il le vit dans ses yeux. Troy serra les poings, prêt à se battre, puis respira profondément et dit ce qu'il savait.

— New York était une zone sinistrée, comme les autres grandes villes…

Ceux qui pouvaient s'enfuir s'étaient enfuis. Les autres, dit Troy, étaient restés à l'abandon, sans plus aucun service. Une fois tous les points de vente et tous les restaurants pillés, il n'y avait plus rien pour nourrir plus de huit millions de New-Yorkais naufragés au milieu du béton. La violence était omniprésente. Les forces de police locales s'étaient effondrées parce que leurs agents avaient cessé de répondre à leur devoir pour rester chez eux et protéger leurs propres familles. Les services municipaux et les chaînes d'approvisionnement s'étaient également effondrés à mesure que de plus en plus de gens cessaient d'aller au travail, terrorisés par l'explosion du nombre d'homicides. Et ce n'était que le début.

— Nous sommes restés en contact avec le siège de l'ONU tant qu'ils avaient encore de l'électricité, dit Troy.

Manhattan s'était barricadé et avait réussi à se protéger de l'essentiel de la violence qui se déchaînait dans les autres arrondissements. Des troupes y ont été parachutées au mois d'octobre, et ses habitants ont pu être soulagés pour ce qui est du ravitaillement et d'une certaine restauration de l'ordre public, mais ça n'a pas duré longtemps.

La bouche de Love bougeait sans qu'aucun son n'en sorte. Elle finit par réussir à dire d'une voix très faible :

— Je ne savais pas…

— Vous n'aviez pas besoin de savoir. Vous étiez plus heureuse comme ça.

Troy baissa la tête et dit qu'il était désolé. Il avait l'air sincère, bien malgré lui ; il avait l'air de ne plus avoir beaucoup de tristesse à offrir.

— On a perdu le contact avec le siège quand ils n'ont plus eu de courant à cause de l'ouragan. C'est à peu près à ce moment-là que l'accident a eu lieu.

— Quel ouragan ? Quel accident ?

Troy cligna plusieurs fois des yeux.

— Il y a eu un accident nucléaire pendant un ouragan sur la côte Est, dit-il lentement. Nos drones ont détecté des niveaux de radiation très importants autour d'une centrale du Connecticut. On a localisé l'explosion.

En cas de panne de courant, expliqua Troy, une centrale nucléaire fonctionnant sur ses générateurs de secours ne dispose que d'une fenêtre limitée pour mettre son réacteur à l'arrêt. Il n'était pas surprenant qu'il y ait eu un problème sur un des nombreux réacteurs nucléaires proches de la côte, étant donné les circonstances : une grande partie des employés avaient abandonné leurs postes après que de plus en plus de policiers chargés de la protection des centrales eurent abandonné les leurs ; ceux qui restaient avaient l'esprit obscurci par des angoisses existentielles ; ils devaient penser que le monde allait de toute façon être anéanti par une comète tellement grosse que son impact ne laisserait aucun survivant ; et la vie des opérateurs et de leurs familles était menacée par l'état de violence généralisée aggravé par les conséquences terribles de l'ouragan.

— Ce sont les vents qui ont causé le plus de problèmes… (Troy se tut un instant, puis il reprit :) Enfin, autant accuser l'ouragan, dit-il. C'est toujours plus facile.

Troy contourna Love et atteignit le haut de l'escalier. Love émergea brusquement de son état de sidération hébétée pour sprinter vers Troy et se ruer sur lui. Elle agrippa le tissu de sa combinaison. Il avait l'air de s'attendre à cette réaction, et d'être seulement surpris par sa rapidité et sa puissance.

— Je veux savoir, dit Love d'une voix rauque. Je veux tout savoir.

— Mais non. Ma propre femme et mes deux enfants…

— Je me fiche complètement de vous ! aboya Love.

En cet instant précis, c'était parfaitement vrai. Elle ne se souciait que de Rivka. Troy plissa les yeux et se libéra de son emprise.

— L'ouragan a entraîné de violents vents du nord, le long de la côte, dit-il. Ces vents auraient poussé les nuages radioactifs vers le sud, donc vers la base de Fort Bragg, en Caroline du Nord. C'est la plus grande base militaire du pays. Ils ne pouvaient pas se permettre de laisser cela se produire.

Troy secoua la tête et dit que le gouvernement avait ordonné à des pilotes d'aller ensemencer les nuages, au-dessus du sud du Connecticut, du sud-est de l'État de New York et du nord du New Jersey, de particules d'iodure d'argent pour que les pluies collent toutes les radiations mortelles au sol. Love ferma puissamment les yeux et secoua la tête avec violence. *Non, pas Rivka. Non!* Troy prit son déni pour de l'incrédulité.

— Que croyez-vous que les Russes aient fait après l'accident de Tchernobyl ? demanda-t-il. Pour préserver Moscou et les grandes villes du nord-est, ils ont sacrifié tous ceux qui vivaient au sud-ouest. Ils ont déversé les retombées sur les petites villes de Gomel et de Novozybkov sous la forme de pluies noires radioactives…

— Taisez-vous ! hurla Love.

Troy tourna la tête, blessé, et dit à Love de ne pas gaspiller sa pitié. La saison des ouragans était passée depuis longtemps. Le printemps approchait, et à l'heure qu'il était la plupart des habitants de New York étaient morts de faim. Ceux qui survivaient encore n'avaient pu qu'employer les pires moyens.

— Ils n'ont rien eu à manger pendant des mois et des mois, murmura Troy. Rien que la chair sur leurs os, si vous pouvez compter sur ça. Certains ont compté sur ça. Ils se sont dit que la morale, ça ne leur faisait aucun bien. Ça ne nourrit pas son homme.

Love ne bougea pas et ne dit rien quand Troy fila devant elle et descendit les marches quatre à quatre. Elle l'entendit crier alors qu'il était presque en bas.

— Finissez cette mission. C'est notre seul espoir.

Le 2 juin
J-22 avant détonation des charges nucléaires

À plusieurs reprises, Love dut s'arrêter de farfouiller dans son vieux sac déchiré pour se plier en deux, le souffle haché. Lorsqu'elle ne parvint plus à retenir ses larmes, elle se recroquevilla en chien de fusil sur le sol de son placard à balais et elle hurla. Dans la vie de Love, les au revoir avaient toujours été définitifs. Depuis l'époque où elle vivait dans son orphelinat à Nairobi, les membres de son entourage avaient tous eu une date d'expiration qu'ils connaissaient aussi bien que leur nom.

À l'âge de dix-sept ans – âge approximatif fondé sur une date de naissance attribuée après coup – elle s'était préparée à quitter son seul foyer, comme l'imposait le règlement. Elle avait fait son sac, avec ses vêtements d'emprunt et les romans étrangers que les nonnes lui avaient donnés. Toutes les saintes mères s'étaient réunies à la porte de l'orphelinat, et murmuraient des prières en toutes sortes de langues : swahili, anglais, français, espagnol et allemand. La voix de sœur Ellen s'éleva au-dessus des autres. Elle avait tenu Love dans ses bras alors qu'elle était encore bébé, juste après la mort de sa mère biologique. C'était même elle qui l'avait baptisée, en lui donnant un nom qu'elle espérait capable de forcer le destin à se montrer plus doux à l'égard d'une pauvre orpheline.

Avant que Love ne se mette en chemin vers l'arrêt de bus le plus proche, sœur Ellen avait posé une main sur son épaule. Elle savait que Love avait souffert sous leur toit, malgré leur vigilance. Envoyer une adolescente affronter le monde toute seule était comme la pousser dans la gueule du lion, mais elles n'avaient guère le choix. *Ouvre ton cœur chaque fois que tu peux le faire sans risque*, lui avait murmuré sœur Ellen. *Laisse entrer la lumière…*

Sœur Ellen pensait peut-être à Jésus. Elle pensait peut-être à un mari, au Kenya, et à leurs enfants à venir. Il est fort peu probable qu'elle ait pensé à une juive pétillante, brillante et sexy de l'Upper West Side, aux grands yeux marron, à la chevelure volumineuse et au grand cœur. Mais ce fut précisément cet être que Love laissa entrer, et elles s'étaient toutes deux prélassées quelque temps dans leurs lumières mutuelles.

Love essuya ses yeux et son nez au revers de la manche de sa combinaison avant de l'enlever. Elle avait brusquement envie de se sentir comme une personne, comme elle-même. Après avoir farfouillé jusqu'au fond de sa valise en quête de ses bijoux enchevêtrés, Love vit la casquette de base-ball des Mets qu'elle avait volée dans l'armoire de Rivka le soir de son départ de New York. C'était le seul souvenir de sa compagne qu'elle avait pu garder.

Love caressa les lettres orange brodées et pensa à Rivka : son sens de l'humour piquant, son sourire et son rire, la plénitude ample de son corps, cette façon qu'elle avait de cajoler Love pour la faire sourire. Le soir où Love avait abandonné Rivka pour rejoindre l'Opération, il n'avait pas été question d'amour. Laissé dans le non-dit, il était là quand elle avait posé son cran d'arrêt sur l'oreiller de Rivka avant de sortir désarmée de leur appartement du Bronx. Love avait trouvé *love*, l'amour auquel elle aspirait depuis qu'on lui avait donné son nom.

Love dévala deux volées de marches l'oreille ornée d'une boucle faite d'une perle et d'une plume, celle qu'elle avait portée le jour de son arrivée en Guyane. Elle traversa le hall du Musée de l'espace en courant, jusqu'à la porte d'entrée où Zhen et Amy se faisaient leurs adieux. Et là, comme à chaque fois, elle se rendit compte qu'elle aimait les gens au moment même où elle était sur le point de les perdre.

— Pardon, je n'étais pas sûre de pouvoir faire ça, marmonna Love, avant de s'éclaircir la gorge.

Zhen attendait patiemment. Elle avait enfin changé sa blouse blanche contre une combinaison militaire et des chaussures à coque d'acier qui avaient l'air trop grandes.

— Je veux t'offrir quelque chose, dit Love en posant la casquette de base-ball sur la tête de Zhen. Même si tu ne ressembles pas beaucoup à une supportrice des Mets.

Zhen lui demanda de traduire.

— Ça veut dire que t'as l'air ridicule, expliqua Love. Mais ça protégera ton visage du soleil.

Elle régla les clips en plastique sur sa nuque.

— De toute façon, elle te va mieux qu'à moi, murmura Love en mandarin.

Zhen demanda à Love pourquoi elle n'avait jamais porté cette casquette elle-même. Love répondit qu'elle non plus n'était pas vraiment supportrice des Mets, mais plutôt supportrice d'une supportrice.

— Elle appartenait à quelqu'un de très important pour moi, qui veillera maintenant sur toi, ajouta Love. Quelqu'un que j'aimais.

Ses doigts montèrent une dernière fois effleurer la broderie de la casquette. Depuis qu'elle était adulte, Love se sentait ambivalente vis-à-vis de la religion, mais elle avait toujours cru aux fantômes – aux mauvais comme aux bons. Zhen sourit et se tourna vers un Asiatique qui l'attendait à l'arrière d'une jeep. Il hocha la tête lorsqu'elle montra sa casquette du doigt, mais ne lui renvoya pas son sourire. Lorsque Zhen se retourna vers les deux femmes, son propre sourire s'était changé en un rictus de peur.

Love sentit brusquement un grand vide dans ses tripes : la familière culpabilité du survivant. L'Opération s'était débarrassée de la moitié de son personnel. Love en était encore sous le choc – elle qui était pourtant quelqu'un de méfiant. Mais il était difficile d'argumenter contre le fait qu'il n'y avait pas assez de nourriture. L'Opération avait laissé tomber la moitié de ses héros pour sauver l'autre moitié, nécessaire à l'achèvement de la mission. Love était un des très rares interprètes choisis pour demeurer dans ce nouveau format de l'Opération qu'on appelait officiellement Le Strict Nécessaire. Chuck, Jin-soo, le Professeur et le reste de l'équipe astronautique restaient aussi pour piloter le HYCIV sur sa trajectoire d'interception d'UD3, lancer le premier impacteur et le faire exploser à la surface de la comète, puis guider la seconde charge nucléaire jusqu'au fond du cratère. Tous les autres agents de l'Opération allaient rejoindre le groupe de ceux qu'on surnommait officieusement les Stricts Sursitaires.

Love ouvrit la bouche, mais elle peinait à exprimer les tempêtes d'émotion qui se déchaînaient en elle. Au lieu de se forcer à parler, elle prit Zhen dans ses bras. C'était au moins une chose qu'elle pouvait faire. Zhen passa ses mains dans le dos de Love et la serra très fort.

— J'ai le droit de pleurer, maintenant, pas vrai ? demanda Amy à Zhen.

Elle éclata en sanglots avant d'attendre la réponse. Amy faisait toujours ce qu'Amy choisissait de faire. Zhen l'étreignit ensuite, et Amy laissa sa tête tomber sur son épaule. Love regarda le haut de son crâne – des cheveux bruns gras et banals qui se changeaient en blond platine – se secouer de chagrin.

— Ramène-nous Ben, dit Zhen à l'oreille d'Amy.

Amy hocha la tête et grimaça, mais ces mots la poussèrent à se redresser, et à essuyer son nez et ses yeux qui coulaient. Pour Love, Amy n'avait cessé de devenir de plus en plus belle à mesure que se succédaient les journées de folie.

— Promis, convint Amy. Je l'ai vu me regarder l'autre jour. Il m'a vraiment regardée, je l'ai vu dans ses yeux, je vous le jure. Ben reviendra, comme ton ami Cheung est revenu. Et je serai là quand il le fera.

La voix rêche d'Amy était le seul son qui faisait bouger Ben et lui faisait cligner les yeux, comme un rêveur qui cherche à se réveiller.

— Mais *toi*, Zhen, qu'est-ce que tu vas devenir ? s'écria Amy. Tu as peut-être sauvé cette putain de planète, et pourtant tu t'en vas.

Zhen prit les mains d'Amy et de Love dans chacune des siennes.

— Pas moi, dit-elle en leur offrant un sourire brave. *Nous.*

Étant donné le statut de Zhen et sa contribution à l'Opération, elle et son ami Dewei furent les derniers agents non-essentiels à se faire démobiliser. Ils reçurent tous les deux un sac à dos avec une généreuse quantité de matériel : rations de nourriture, eau, trousse de premiers secours avec pénicilline, cachets contre le paludisme, pastilles de purification d'eau, moustiquaires, sac de couchage, etc. Zhen en était reconnaissante. La plupart des démobilisés n'avaient eu droit qu'à une gourde d'eau. Cependant, transporter des biens pour lesquels des gens pouvaient être prêts à tuer était dangereux en soi.

Zhen vit le checkpoint sud du périmètre de l'Opération s'approcher au loin. Il lui semblait qu'il ne s'était passé que quelques jours depuis la dernière fois qu'elle l'avait vu, en route vers l'aéroport de Cayenne, et non les mois dont elle n'avait gardé que peu de souvenirs à force de travailler jusqu'à l'épuisement. Le cœur de Zhen se mit à battre vite, et ses mains devinrent moites. Le temps était une chose si relative, surtout quand vous n'en aviez pas. *Vais-je mourir aujourd'hui ?*

Sa jeep se gara devant la barrière du checkpoint, où cinquante soldats français se tenaient groupés en une masse noire avec des chiens qui aboyaient.

— Ne laissez pas ces chiens nous approcher ! cria Zhen.

Elle voyait que Dewei était aussi terrifié qu'elle. Ils méritaient un peu de dignité. Presque immédiatement, les maîtres-chiens tirèrent sur leurs laisses jusqu'à ce que leurs bêtes disparaissent dans la masse. Zhen se tourna vers Dewei et hocha la tête. Il descendit de la jeep et hissa son sac à dos sur ses épaules, puis aida Zhen à endosser le sien. Les soldats français se montrèrent humbles et navrés, mais fermes, en expliquant leur rôle. Se tournant vers Dewei, Zhen dit en mandarin : *Ils disent qu'on n'a pas le droit de revenir.*

Livide, il acquiesça.

— Mademoiselle Zhen !

Le cri venait du périmètre. Un soldat en treillis camouflage courait vers elle le long de la clôture barbelée, le canon de son fusil pointé vers le sol.

— Mademoiselle Zhen, attendez!

Il s'arrêta devant elle, haletant. Il avait un drapeau américain cousu sur son uniforme. Son fusil était plus gros que les autres, avec un long canon fin et une lunette de visée.

— Mademoiselle Zhen, nous n'avons jamais eu l'occasion de nous rencontrer, dit-il entre deux respirations, mais je faisais partie de l'équipe des forces spéciales, à Cayenne. Je suis le sniper qui…

Ses yeux étaient cachés par des lunettes de soleil, mais son visage se tourna légèrement vers Dewei.

Zhen traduisit pour lui: *C'est l'homme qui t'a sauvé la vie.*

Dewei ouvrit la bouche et recula d'un pas. Il s'inclina devant le soldat avec son lourd sac à dos. Le soldat s'inclina en retour d'un petit mouvement nerveux. Ce devait être difficile de se faire remercier pour avoir tué un homme.

— Jusque-là, la matinée est plutôt belle, avança le sniper. On n'a pas eu besoin de tirer, et la route est globalement dégagée. Globalement.

Il dit cela très sincèrement, mais avec une bonne dose de pitié. Lorsque Zhen lui demanda ce qu'était une vilaine matinée, il commença par dire une chose, puis se ravisa et en dit une autre.

— Comment va Amy? demanda-t-il.

Zhen se força à sourire.

— Elle est solide.

C'était douloureux pour elle. Elle n'allait pas tarder à s'effondrer. Zhen fit un signe de tête aux soldats français qui tenaient la barrière. Elle était aussi prête qu'elle le serait jamais.

— Démobilisation !

Leurs cris retentirent d'abord en français et anglais. Puis des interprètes en poste le long de la clôture les traduisirent dans une multitude d'autres langues. Les soldats français ouvrirent la barrière manuellement et s'écartèrent pour laisser le passage. Zhen ne bougea pas. Dewei saisit sa main tremblante et la tira doucement vers l'avant. Ni l'un ni l'autre n'espérait aller très loin ni vivre très longtemps.

— Et ne vous inquiétez pas pour ces deux-là, dit le sniper en faisant un signe de tête en direction de la route. On les a démobilisés il y a une heure. L'un d'eux est encore en état de choc.

Zhen regarda la route et vit deux silhouettes distordues par les ondes de chaleur. Une grande silhouette était assise sur le bitume, pendant qu'une silhouette plus petite la tirait par le bras pour tenter de la relever.

— Je croyais que nous étions les dernières personnes non-essentielles qu'il restait ? demanda Zhen.

— Sans doute, répondit le sniper, mais le dernier avion en provenance de Fort Hood a atterri ce matin. Avec à son bord plusieurs psychiatres et neurologues. Ils ont eu un mal de chien à les retrouver dans tout ce bazar, mais ils feraient n'importe quoi pour aider le Dr Schwartz et tous les autres atteints de catatonie. (Il pointa un doigt vers les silhouettes.) Ceux-là, c'est des traînards de l'avion. Tant que les démobilisés se tiennent à distance, on n'a pas besoin de les abattre, dit-il d'un ton très terre à terre avant de coller son œil à sa lunette pour mieux regarder les deux silhouettes.

Zhen frissonna, puis soupira. Elle serra fort la main de Dewei et l'emmena vers l'avant. La barrière se referma tout de suite derrière eux.

— Je suis encore là pour vous couvrir, cria le sniper, mais Zhen ne se retourna pas.

Des porte-voix se mirent à hurler et les firent sursauter. Un interprète leur criait des consignes en mauvais mandarin. Ils devaient continuer à avancer. Zhen marchait aussi vite qu'elle le pouvait avec son chargement. Au bout d'un petit moment, les deux silhouettes floues se solidifièrent en deux hommes portant des sacs de couchage. Le plus petit et le plus vieux des deux avait une peau plus sombre et des cheveux longs. Il avait l'air vaguement asiatique, mais ce n'était certainement pas un Chinois han. Le jeune homme blanc à terre avait une barbe et un air à moitié sidéré, à moitié fou, qui se changea en un sourire lorsqu'il vit Zhen.

— Les Mets sont des gros nuls ! cria-t-il.

Zhen lâcha la main de Dewei et porta la sienne à sa tête pour toucher la casquette que Love lui avait donnée.

— Est-ce que les gardes vous ont parlé de moi ? demanda le jeune homme en cessant de sourire.

— Ils ont dit que vous deviez dégager, répliqua Zhen. On doit tous dégager, ou ils nous tireront dessus.

Sur ce, le petit homme prit le grand homme par le bras et essaya encore de le faire se lever. Il paraissait conscient du danger imminent, mais son ami ne bougeait pas d'un pouce. Dewei s'approcha pour l'aider. Il attrapa le jeune homme par sa ceinture de cuir, puis cala ses deux pieds et se pencha en arrière pour faire contrepoids avec les masses combinées de son sac à dos et de son corps ; il avait toujours été un bon chef de soute. Le jeune homme à terre s'inclina et finit par se lever. Ses yeux n'avaient jamais quitté le checkpoint.

— Si je pouvais seulement leur reparler… marmonna-t-il en regardant le périmètre de fil de fer barbelé, de soldats et d'armes chargées de balles réelles.

Il se mit à marcher en direction du checkpoint. Dewei hurla et l'attrapa par le sac de couchage sanglé sur ses épaules. L'homme poussa sur ses jambes de toutes ses forces, mais ne parvint qu'à faire quelques mètres de plus. L'homme plus âgé cria et décocha un coup de poing à la tempe de son ami pour l'étourdir. Zhen laissa tomber son sac et courut les rejoindre.

— Ne tirez pas ! cria-t-elle en direction des soldats.

Des centaines d'yeux les regardaient. Des centaines de voix crièrent *Halte au feu !* les unes aux autres. Zhen était toujours importante, même hors du périmètre de l'Opération. Elle s'approcha du jeune barbu jusqu'à ce que son visage soit juste en dessous du sien.

— Vous. Devez. Arrêter ! cria-t-elle.

Il n'y aurait aucune discussion, lui promit-elle, juste des tirs. Le visage du jeune homme s'effondra brutalement, sous le coup de la compréhension et de l'épuisement.

— Mais j'ai fait tout ce chemin…

Zhen lui dit qu'elle et Dewei étaient venus d'encore plus loin, de l'autre bout de la planète, mais que ça ne changeait rien. L'Opération n'avait plus besoin d'eux.

— On doit partir, dit-elle.

Le jeune homme laissa Zhen le tirer dans l'autre sens, suivi de près par son ami et par Dewei. Ils marchèrent en silence sur le bitume jusqu'à ce qu'ils ne voient plus la clôture du périmètre de l'Opération, seulement les soldats isolés postés tous les cinquante mètres le long de la route.

— Cette route va vers Cayenne, au sud-est, dit Zhen en tendant le doigt vers la ligne clairsemée de soldats, avec, au loin, une jeep de patrouille dont les haut-parleurs hurlaient des mises en garde. Il ne faut pas qu'on reste sur cette route. Je le sais. J'ai vu ce qui s'y passe.

Le petit homme leva les yeux vers le soleil puis tendit le bras vers la droite, vers le sud. Il retira ses chaussures en cuir et ses chaussettes et les laissa derrière lui sur le bitume avant de s'avancer sur l'herbe sèche. L'homme plus jeune le suivit. Par-dessus son épaule, il se tourna vers Zhen et Dewei et leur fit signe de les suivre.

Dewei regarda Zhen en plissant le front.

— On ne peut pas faire confiance à ces hommes, murmura-t-il.

Dewei avait raison. Mais l'un de ces deux hommes était très grand et très fort. Et l'autre avait un but et un lieu ; alors qu'il se fondait dans l'ombre de la forêt, il avait l'air d'être chez lui. Zhen était une petite urbaine qui s'était vue mourir à l'instant même où l'Opération l'avait démobilisée. Les deux hommes qu'elle avait devant elle représentaient au moins une forme de rebondissement, un pas de côté par rapport à ce destin.

Zhen prit Dewei par la main et l'éloigna de la route qui menait à Cayenne. Dewei la suivit en secouant la tête. Il la suivrait n'importe où, lui dit-il, mais, tout de même, ça ne lui plaisait pas. Le groupe marcha dans la forêt jusqu'à atteindre un cours d'eau, probablement un affluent du fleuve Kourou. Il était trop large pour qu'ils puissent le traverser à pied, alors ils suivirent ses méandres jusqu'à trouver un petit pont.

Sur la rive opposée, Zhen vit plusieurs maisons de bois construites sur pilotis. L'une d'elles se dressait à moins de quinze mètres du pont. Le tas de cadavres n'était visible qu'à mi-chemin du pont. Zhen se figea. Dewei se retourna vers elle et lui adressa, sourcils levés, un regard interrogateur. Il était trop occupé à surveiller les deux hommes qui marchaient devant eux, et n'avait pas vu les dangers qui les entouraient. Incapable de parler, Zhen ne put que tendre le doigt. Les deux hommes finirent de traverser le pont, mais seul le grand s'arrêta pour regarder, bouche bée. Zhen vit tout son corps soupirer et ses épaules s'affaisser devant la scène atroce. Certains des cadavres étaient des petits enfants.

Zhen se força à traverser le pont, mais refusa de s'approcher pour regarder de plus près. Dewei vint se poster à côté d'elle pour lui barrer la vue jusqu'à ce que le grand homme revienne vers eux.

— À mon avis, ces maisons ont déjà été complètement pillées, dit-il. Ça expliquerait la famille dont les cadavres pourrissent en tas, là.

Il cala ses mains sur ses hanches et prit quelques respirations.

— Vous avez des armes ? demanda-t-il en fixant soudain Zhen dans les yeux. Ces enfoirés de l'Opération m'ont pris mon fusil avant de me recracher sur la route.

Zhen secoua la tête.

— Bon, il me reste mon couteau de chasse, dit l'homme. Et une boussole. On peut peut-être s'aider les uns les autres. Parce que si on reste à découvert, on meurt. Et si on se cache dans la forêt, on aura besoin de *lui* pour rester en vie.

Il montra son ami, qui s'était enfin arrêté, loin devant, pour se retourner et les regarder, l'air agité.

— Au fait, je m'appelle Ned.

— Qu'est-ce qu'il dit ? murmura Dewei en mandarin.

Les yeux de Zhen s'égarèrent sur le tas de cadavres empilés près des pilotis de ce qui fut leur maison. Ces cadavres avaient naguère des noms, eux aussi.

— Que pouvons-nous faire pour vous, Ned ? demanda Zhen en anglais.

Il soupira, puis il hocha la tête et alla droit au but : Ned et son ami n'avaient presque plus rien à manger.

— Alors on vous donnera de la nourriture, dit Zhen, et votre ami nous guidera dans la forêt… pour aller où ? Pour faire quoi ?

— Il nous trouvera de l'eau potable, dit Ned en reprenant du poil de la bête. Il cherche une rivière bien précise qui nous mènera jusqu'à un gros village. Là, il y aura à manger. Ils ont des potagers, ils pêchent, ils chassent. Et il y a beaucoup de villageois. On y sera à l'abri.

— Et puis ensuite ?

— Et puis ensuite on *ne meurt pas*, dit Ned en levant les bras au ciel. Du moins pas aujourd'hui, et pas demain. Qu'espérez-vous de plus ?

Zhen acquiesça ; elle n'avait pas de meilleur plan et vivait en sursis de toute façon. Elle tendit la main, comme on le faisait dans les films occidentaux, ce qui fit ricaner Ned. Ils se serrèrent la main pour sceller leur accord, et se mirent en marche vers le petit homme.

— C'est bon, Gustavo ! cria Ned à son ami. On vient tous avec toi. Eux, ils partagent leurs rations, moi, je t'ai amené jusqu'ici. À ton tour maintenant.

Le dénommé Gustavo se retourna vers Zhen et Dewei et secoua la tête. Ned l'attira à l'écart pour une brève discussion tout en murmures nerveux. Ned finit par crier :

— Bon, tu veux arriver au village en vie, oui ou non ?

Gustavo poussa une bordée de jurons à l'adresse de lui seul. Les premiers sortirent en anglais, mais ils basculèrent vite dans une langue étrange que Zhen n'avait jamais entendue.

— On marche vers le sud, ordonna-t-il. Et ne me ralentissez pas !

Il se détourna d'eux et refusa de les regarder dans les yeux pendant des jours.

34

SANS LA FORÊT

Guyane
Le 9 juin
J-15 avant détonation des charges nucléaires

SE FAUFILANT entre les troncs d'arbres, levant haut les genoux pour franchir les broussailles, attentif aux dangers, Gustavo ouvrait la marche. Les Wayãpi étaient à l'aise dans les sous-bois avec leurs pieds agiles et leurs gros orteils puissants. Leurs plantes de pieds étaient plates et durcies par les cals, mais pleines de grâce lorsqu'ils marchaient en équilibre sur un tronc d'arbre pour franchir un cours d'eau. Celles de Gustavo s'étaient trop attendries, mais elles se durciraient avec le temps.

Il imprimait un rythme de marche rapide que les autres ne pouvaient suivre. Plus ils le ralentissaient, plus il avait de mauvaises pensées, comme celle qui lui disait que deux personnes pourraient survivre plus longtemps sur le quota de rations qu'ils se partageaient en quatre tous les soirs. Gustavo brûlait de rejoindre l'Oyapock et de retrouver son peuple, mais sans se trahir lui-même, sans devenir un homme qui tuerait ses propres amis dans leur sommeil. Il devait se rappeler sans cesse qui il était vraiment, se le rappeler comme une prière ou un chant chamanique.

Je me souviens du père St John. Je me souviens de notre église à Pedra Branca. Je me souviens d'avoir écrit des poèmes sur cette guerre que nous perdions…

Avant de rencontrer ce prêtre, pensait Gustavo, *avant que je prenne le nom portugais de Gustavo, j'étais Wanato des Wayãpi de l'Amapari. Je me souviens que je savais ce que le Peuple des Ancêtres savait : comment allumer un feu, comment battre une liane dont la pulpe étourdit les poissons dans la rivière. Je me souviens de tous les arbres, de toutes les plantes, de tous les animaux. Je me souviens de toutes les étoiles qui illuminent le ciel…*

Wanato sentit une odeur de brûlé. Il baissa les yeux vers les plantes nues de ses pieds en mouvement. Elles étaient noires de cendres. Le groupe ne tarda pas à atteindre une vaste clairière où les buissons avaient été brûlés pour ne laisser que de piquantes racines brisées, à perte de vue. Ce lieu qui arborait naguère toutes les nuances de vert, ce lieu qui résonnait de la riche musique de la faune, n'était plus fait que de souches noircies et de silence.

Wanato avança plus prudemment sur cette terre dévastée et demanda à Ned de regarder la boussole. Ils devaient marcher en gardant le cap au sud autant que le terrain leur permettait de le faire. Voyant que Ned ne lui répondait pas, Wanato se retourna, et vit ses trois compagnons figés sur place, ébahis par l'ampleur de la destruction.

— C'est rien, ça, leur cria Wanato. Allez, on avance.

En dehors des bateaux, les premiers véhicules motorisés que Wanato avait vus quand il était enfant étaient des engins de terrassement – et il en avait hurlé de terreur.

Je me souviens que mon nom est Wanato et que je suis un Wayãpi, psalmodia-t-il dans sa tête. *Je me souviens de la raison pour laquelle mon peuple ne tue pas les papillons…*

Un jour, il y avait très longtemps de cela, le père de Wanato avait demandé à son fils : *Pourquoi les Wayãpi ne tuent-ils pas les papillons ?* Le jeune garçon n'avait pas eu de mal à lui répondre. *Parce que les papillons protègent les lianes qui arriment le ciel au sol et le font tenir au-dessus de nos têtes.* Dans les dernières lueurs du feu mourant, le père de Wanato avait hoché la tête et lui avait demandé ce qu'il s'était passé quand le Peuple d'Avant avait tué tous les papillons. C'était à l'époque où le monde était neuf et les Wayãpi étaient comme des enfants. *Le ciel tomba dans l'obscurité*, murmura Wanato. *Le Peuple d'Avant ne pouvait plus chasser…* Les mots sortaient si vite que Wanato en vint à haleter vers la fin de l'histoire alors que le héros Yaneya faisait fermenter le *caxiri* et invitait son peuple Wayãpi à boire, chanter et danser jusqu'à ce que le soleil se lève à nouveau.

Le 23 juin
J-1 avant détonation des charges nucléaires

Ils ne couvraient pas suffisamment de distance au cours de leurs journées de marche. Wanato laissait son imagination galoper et essayait de faire advenir son futur par la seule force de sa volonté. La splendide femme de son frère serait la première à poser les yeux sur lui, décida Wanato. Elle aurait un choc en le voyant émerger de la forêt à l'issue de la quête la plus éprouvante de sa vie. Il aurait peut-être besoin de lui chuchoter son nom pour lui assurer qu'il n'était pas son frère jumeau et que le monde n'était pas complètement sens dessus dessous. Le mort n'avait pas ressuscité, mais l'égaré était de retour. Wanato tendrait la main vers elle tandis que des larmes glisseraient sur leurs joues. Une fois qu'elle aurait retrouvé ses esprits, elle le prendrait dans ses bras et gémirait de joie.

À ce moment-là, le reste de la famille accourrait vers eux. Sa vieille tante poserait ses mains tremblantes sur ses épaules. Elle aurait besoin de le toucher pour croire au miracle de son retour dans le giron chaud et gras de la terre depuis l'océan de glace de son pôle septentrional. Et les fils de son frère – à les voir, ils auraient pu être ses propres fils – s'assiéraient près de Wanato devant le feu et écouteraient ses histoires de neige et de glace, de bateau de métal aussi grand qu'un village, d'un preneur d'images prénommé Jack, et d'un hélicoptère volant qui l'avait emporté dans les airs pour le ramener chez lui. Au fil des jours et des nuits, il pourrait combler le vide que son frère avait laissé et gagner la famille qu'il n'avait jamais eue…

Wanato repéra une plante grimpante familière et courut examiner son emprise étouffante autour d'un tronc mort. Le temps que les autres le rattrapent, Wanato souriait.

— La morve de l'oiseau japu, dit-il en anglais en montrant la plante du doigt.

Il leur dit que c'était comme cela qu'elle s'appelait en wayãpi. À l'époque du Peuple d'Avant, l'oiseau japu s'était mis à pleurer et ne s'était arrêté que lorsque la forêt entière avait été couverte de sa morve.

— C'est dégueulasse, dit Ned.

Mais la dureté du visage de Wanato s'adoucissait à mesure qu'il identifiait de plus en plus de choses familières.

— Ça fait combien de temps qu'on marche comme ça, Wanato ? lui demanda Ned avant de le dévisager, les dents serrées.

Wanato n'avait jamais compris l'obsession de l'homme blanc pour le comptage des choses. Quelle importance pouvait avoir le nombre de jours qu'ils avaient passés dans la forêt ? Cela changeait-il quoi que ce soit de le savoir ?

— Vingt et un jours, répondit tout de suite Zhen.

Elle ne le dit pas d'un ton accusatoire, alors même qu'ils mouraient de faim et qu'ils étaient très mal en point. Leur peau était luisante de sueur, et les cloques causées par les piqûres d'insectes suceurs de sang faisaient enfler leurs articulations. Une des paupières de Zhen était tellement gonflée qu'elle ne pouvait plus l'ouvrir. Les hommes étaient torse nu, exposant leurs cages thoraciques aux côtes saillantes, leurs colonnes vertébrales noueuses et leurs omoplates anguleuses.

Le petit groupe avait suivi Wanato pendant des jours et des jours (vingt et un, selon Zhen) en lui étant silencieusement reconnaissant pour son énergie et pour sa connaissance de la forêt. Wanato percevait les mouvements d'un serpent venimeux là où ils ne voyaient qu'un vieux tas de feuilles. Il voyait les larges feuilles cireuses dans lesquelles on pouvait transporter les braises d'un feu, ou que l'on pouvait façonner en entonnoir pour faire glisser l'eau de pluie droit dans les gourdes. Le soir, Zhen et Dewei avaient généreusement partagé leur nourriture en petites portions égales, jusqu'à ce qu'il n'y en ait plus. Maintenant, cela faisait longtemps que leurs ventres étaient vides ; leurs forces et leur moral commençaient à défaillir.

Ned rattrapa Wanato en boitillant. Il trébuchait tellement souvent que Zhen et Dewei restaient à ses côtés pour pouvoir le retenir par les bras avant qu'il ne s'effondre. Souvent, ils avaient chu durement, entraînés par le poids du grand Américain.

— Je sais que tu es content d'être de retour chez toi, dit Ned prudemment, mais on va mourir si on ne mange pas.

Wanato avait été en colère quand ils avaient quitté la route pour s'enfoncer dans la forêt. Il ne voulait pas avoir à se soucier de garder trois autres humains en vie. Mais il devait la sienne à Zhen et à Dewei ; c'était grâce à leurs rations qu'ils avaient tous pu survivre jusque-là. Et il devait à Ned son retour sur ses terres. La reconnaissance de Wanato était infinie et, à dire la vérité, en ses moments de patience, il trouvait le jeune homme attachant. Wanato ne voulait pas abandonner ces trois êtres tant qu'il pourrait faire autrement. Il leur devait bien ça. Et il se devait de s'offrir à lui-même la tranquillité d'esprit qui venait avec la certitude d'avoir tout fait pour eux.

— On a besoin d'un nouveau plan, dit Ned à Wanato.

— Non. Même plan. On rejoint l'Oyapock, dit Wanato. On n'est pas loin. Si tu veux que je tienne la boussole…

— Hors de question. C'est moi qui déciderai quand t'en auras fini avec moi.

— Alors assure-toi qu'on va bien vers le sud, dit Wanato en se remettant en marche.

Le lendemain, juste avant le crépuscule, Ned fit une chute et refusa de se relever. Zhen et Dewei essayèrent de le remettre sur pied, mais il ne bougea pas. Wanato revint sur ses pas et s'accroupit près de lui.

— Laissez-moi, dit doucement Ned.

Il donna la boussole à Wanato sans le regarder dans les yeux. C'était peut-être de la honte, ou peut-être s'était-il toujours attendu à ce qu'on l'abandonne et qu'on le laisse mourir. Zhen ne parvint pas à lui faire dire grand-chose tandis qu'ils étaient tous les quatre assis dans les sous-bois, trop épuisés pour faire fuir les moustiques à coups de claques. Le soleil se couchait derrière les frondaisons.

— C'est presque la fin du jour, dit enfin Ned à Zhen.

Ce devait être plus facile de lui parler à elle. Il y avait en elle une sorte de douceur qui invitait à se livrer.

— Vous devriez continuer tant qu'on y voit encore, dit Ned d'une voix presque implorante.

Zhen dit des mots en chinois à Dewei, qui acquiesça.

— On va rester ici avec Ned jusqu'à demain matin, dit-elle à Wanato. Tu peux y aller.

Ils le libéraient tous les trois de sa culpabilité. Wanato regarda la boussole, puis regarda ses pieds et leur donna un ordre silencieux. S'il attendait encore, s'il essayait de dire adieu, il ne pourrait pas faire ce qu'il avait à faire. Wanato se leva et se mit en marche avec tout ce qu'il lui restait de forces. Il ne se retourna pas mais il sentit leurs regards sur son dos.

Je ne pouvais pas les sauver. Combien de fois avait-il pensé ça ? Y croirait-il jamais ?

Wanato continua à avancer en se concentrant uniquement sur la faim qui essayait de sortir de son ventre à coups de griffes. La famine ne reconnaissait aucun ami, aucun parent, aucun amant, seulement sa propre souffrance. Wanato se concentrait si fort qu'il manqua de trébucher et de se fouler la cheville sur quelque chose de rond à moitié recouvert par la végétation. C'était un autre élément familier de la forêt : une grosse coque. Wanato la ramassa et regarda la forêt autour de lui. Et il vit un groupe des plus grands arbres de toute l'Amazonie.

Wanato se précipita d'où il venait, serrant la coque contre son torse. Dès qu'il eut réussi à retrouver assez de souffle, il cria le nom de Ned. Zhen hurla en réponse dans le lointain, guidant Wanato vers sa voix. Lorsqu'il les retrouva, Ned se plia en deux pour camoufler ses larmes. Wanato dut s'accroupir.

— Je peux te sauver, murmura-t-il à Ned.

L'Américain le prit dans une étreinte tremblante.

— Il faut juste marcher encore un petit peu, dit tout de suite Wanato. Je te promets.

Il prit la main de Ned, la força à s'ouvrir, et y déposa la coque dure.

— C'est quoi, ce truc ?

Ned leva les yeux pour les planter dans ceux de Wanato et y vit une nouvelle excitation, un nouveau sentiment d'urgence qui le fit se lever sur ses jambes flageolantes, puis essuyer ses larmes. Wanato ouvrit la marche, suivi de Zhen et de Dewei, puis de Ned, qui avançait en titubant et en se rattrapant aux troncs. Ils atteignirent le groupe d'arbres dont les troncs s'élevaient au-dessus de la canopée. Les coques fibreuses jonchaient le sol à leurs pieds. Wanato se servit du couteau de Ned pour scier le haut de l'une d'entre elles et en sortir une grosse noix oblongue aux deux extrémités pincées.

Ned se jeta à terre.

— Des noix du Brésil ! s'exclama-t-il.

Ned avait l'air de ne pas savoir s'il devait sourire ou pleurer de soulagement. Il fit l'un et l'autre pendant que Wanato décortiqua la noix avec le couteau, puis la lui lança. Se tenant un peu à l'écart, Wanato continua à lancer les noix du Brésil les unes après les autres. Il devait éviter de se faire prendre dans l'étreinte éperdue de gratitude de Ned avant d'avoir donné à son ami la nourriture dont il avait si cruellement besoin. Dewei s'inclina en signe de reconnaissance lorsque Wanato lui lança une noix non décortiquée, puis il lui rendit la pareille en lui lançant une noix qu'il venait de décortiquer lui-même à l'aide de son petit canif. Le jeune homme était habile avec les outils.

— Les noix du Brésil ne sont pas du tout des noix, bredouilla Ned en reniflant. Ce sont des graines. Allez y comprendre quelque chose.

Wanato avait fini par bien connaître Ned : sa nature obstinée, son humour, ses embarras gastriques – mais ce qu'il admirait le plus chez lui était son empathie et sa capacité d'émerveillement en toutes circonstances.

— Tu devrais lire de la poésie, lui dit Wanato, sans avoir la moindre idée de comment il pourrait faire une telle chose dans leur situation.

Les noix du Brésil (qui étaient bien des graines) étaient huileuses au toucher et délicieuses au goût. Zhen dit qu'elle avait perdu le compte de combien Wanato et Dewei en avaient distribuées, tellement elles étaient bonnes. Sans cesser de s'activer, Wanato fronça les sourcils.

— Les Wayãpi ne comptent que jusqu'à quatre, lui dit-il. Après, on appelle ça "beaucoup".

Zhen rit et cacha son sourire derrière sa main.

— Je vois que nous avons énormément de choses à nous apprendre l'un l'autre, dit-elle.

Wanato la regarda et se figea. Il y avait toujours eu tant de choses à enseigner et à apprendre, mais si peu de gens pour écouter. Wanato avait passé sa vie d'adulte à se heurter, où qu'il se tourne, au mur de l'ignorance, et il avait presque fini par abandonner.

— Leçon numéro un de nous, les Wayãpi, dit-il en tendant le bras vers le groupe d'arbres. Sauvez ces arbres !

À l'époque d'avant la comète, il était illégal de détruire des noyers du Brésil, parce que leurs noix étaient un bien d'exportation très profitable. Mais, à elles seules, les lois ne suffisaient pas à protéger ces arbres et leur fragile écosystème. Les noyers du Brésil ne produisaient de noix que dans les zones de forêt vierge où prospérait la bonne espèce d'insectes pollinisateurs. Ils ne parvenaient à se reproduire que là où les agoutis pouvaient manger leurs graines avec leurs dents de rongeurs acérées, et en enterrer d'autres pour plus tard.

Sauver les noyers du Brésil était une leçon que ses défunts amis Zé et Maria connaissaient bien. Il y en avait un sur les terres fédérales que le couple exploitait. Zé l'avait baptisé Majesté pour son immense splendeur, et avait un jour repoussé des bûcherons clandestins avec un fusil quand ils avaient tenté de prendre possession de ces terres. Il y avait une guerre entre la Grande Machine Affamée d'un côté et Majesté, l'arbre de la vie, donneur plutôt que preneur, de l'autre.

Wanato revoyait Zé – chez lui, tout était large : son visage, ses yeux, son nez, son sourire, les chapeaux qu'il portait et les touffes de cheveux gris qui en dépassaient – en train de lui offrir un dessin de Majesté pour la couverture de son recueil de poèmes. Wanato revoyait Zé à la fin de son intervention à la conférence TEDx, avant qu'il ne remercie le public et qu'il ne quitte la scène. Il avait dit : "Tout est entre nos mains, et l'avenir est devant nous. À nous de décider."

Meus amigos, marmonna tristement Wanato, et il porta une autre noix à sa bouche. *Mes amis…*

Leurs ventres gonflèrent et commencèrent le travail de digestion de ces noix riches en protéines, graisses et fibres. Ned lâchait des pets et grognait à propos de son ventre tendu. Ils n'auraient pas pu se remettre en marche même s'ils l'avaient voulu. À bonne distance des noyers et des coques qui en tombaient, ils s'allongèrent et se calfeutrèrent deux par deux sous les moustiquaires qui empêchaient les insectes et les cafards de leur courir sur le visage.

— On a eu tellement de chance, murmura Zhen. Tant de gens vont mourir de faim. Des millions. *Des milliards.*

— Tous ceux qui sont restés dans les villes, reconnut Wanato.

Il se souvenait de la première fois où il était entré dans une ville quand il était jeune homme. Il y avait plus de gens à Macapá qu'il ne s'imaginait qu'il pût en exister sur la planète. Il demanda au père St John : *Qu'est-ce qui nourrit tous ces gens ?* Il ne connaissait que les forêts, les fermes rurales, et même les villages reculés avec leurs potagers et leurs poules qui couraient partout. La ville, elle, n'avait aucun moyen de produire à manger, du moins aucun moyen visible.

— Vous feriez mieux de vous taire et de dormir, les deux bavards, plutôt que de casser l'ambiance, grogna Ned.

Wanato ne savait pas combien de temps s'était écoulé lorsqu'il se réveilla et démonta la moustiquaire. Zhen était déjà debout, alerte, et regardait en haut. Par les ouvertures de la canopée, elle voyait du ciel bleu.

— J'ai compté les jours et les heures, déclara Zhen sans cesser de regarder le ciel, jusqu'à T moins zéro pour la détonation de la charge nucléaire de notre engin spatial.

— On y est ? murmura Ned en faisant de gros efforts pour déchiffrer l'expression mystérieuse de Zhen. La comète va nous tomber dessus ? C'est la fin ?

La forêt était étrangement silencieuse. Les insectes et les grenouilles se taisaient tous et attendaient. Il y eut un éclat de lumière qui imprima sur leurs rétines une image qu'ils s'efforcèrent d'effacer en clignant des yeux. Dewei se redressa en position assise et ouvrit la bouche, mais Zhen lui fit signe de se taire.

— Vous sentez ça ? murmura-t-elle.

Wanato sentit des vibrations dans sa poitrine, sur ses tympans. Soudain, des traits de feu déchirèrent des pans de ciel au-dessus de la canopée. Des feuilles, des branches et des insectes tombèrent en pluie depuis très haut au-dessus d'eux.

— Des météores ! s'exclama Zhen en un souffle. Ce sont des fragments de la comète. On l'a eue !

D'autres météores formèrent des traînées de feu en direction de l'horizon. Ned pencha la tête loin en arrière.

— J'espère que tu l'as bien senti passer, enfoirée ! cria-t-il vers le ciel en riant, en pleurant.

Wanato regarda le firmament se voiler sous l'effet de ses larmes. Comment ne pouvait-il pas être reconnaissant à l'égard de cette comète, maintenant qu'on l'avait déviée ? UD3 avait réussi là où il avait échoué ; elle avait apporté la destruction qui pouvait sauver les peuples indigènes et leurs forêts de l'extinction, si seulement ils arrivaient à se souvenir de leurs modes de vie traditionnels. Elle avait aussi mis un point d'arrêt à une civilisation qui ne faisait que s'empoisonner ; elle avait sauvé l'humanité d'elle-même. Rien, dans ses rêves les plus fous, n'aurait pu s'avérer plus efficace.

Lorsque la pluie de météores cessa, le ciel entier se para d'une lumière étrange, assez puissante pour projeter des ombres.

— Vous voyez cette aurore ? demanda Zhen dans le silence. Ce sont des particules chargées produites par l'explosion nucléaire qui interagissent avec le champ magnétique terrestre. À l'heure qu'il est, la comète aurait déjà dû frapper la Terre. Elle a été déviée.

L'aurore faisait penser à un coucher – ou peut-être un lever – de soleil sur une autre planète.

— Ce n'est pas la fin, dit Zhen à Ned, la gorge nouée. C'est notre deuxième chance.

Elle leva les poings au ciel. Après coup, elle dit qu'elle avait senti tous les participants de l'Opération et tous les survivants sous le même ciel luisant lever leurs poings serrés en criant, multitude s'unissant dans la victoire.

Lorsqu'ils se remirent en marche avec toutes les noix du Brésil qu'ils pouvaient transporter, l'étrange lumière s'était estompée pour laisser place aux étoiles familières. Libérés de la souffrance de la famine, libérés de la peur de la mort et d'un anéantissement imminent, ils pouvaient pour quelque temps éluder les questions difficiles et juste profiter de la vie. Ils plaisantaient et ils souriaient. Zhen raconta au groupe des histoires à propos de l'Opération et de l'engin spatial qu'ils avaient construit tous ensemble. Lorsque Ned écarta un rideau de lianes en fleur, des centaines de petits papillons s'égaillèrent dans les airs. Zhen poussa un cri de surprise et applaudit, émerveillée. Dewei trouva quant à lui une colonie de champignons dorés et de forme évasée qui poussaient sur une souche en voie de décomposition.

— Gustavo ! Manger ! Manger !

Le jeune homme était maintenant capable de prononcer leurs noms et d'aligner plusieurs mots en anglais. Dewei montra la colonie de champignons du doigt, très désireux de plaire à leur guide, mais Wanato secoua la tête. Ned demanda si ces champignons étaient vénéneux. Wanato haussa les épaules et dit qu'il savait seulement que le Peuple des Ancêtres ne les mangeait pas.

— Pour des chasseurs-cueilleurs, votre Peuple des Ancêtres, ils faisaient vraiment les difficiles, grogna Ned.

Wanato haussa encore les épaules et sourit. Ses ancêtres pouvaient se permettre de faire les difficiles quand ils savaient façonner des arcs et des flèches aux pointes empoisonnées, faire pousser du manioc sur des terrains ingrats, gratter la peau toxique de ses racines et les mettre à tremper pour faire le *caxiri*, ou des galettes, ou du gruau… il y avait tant de choses que le Peuple des Ancêtres savait faire.

Arrivés au midi de cette journée sèche, ils n'avaient pas trouvé le moindre cours d'eau et leurs gourdes étaient vides. Sauvés d'une souffrance, ils en sentaient une autre poindre, la faim cédant la place à la soif. Wanato sut qu'ils devaient trouver de l'eau dès qu'ils se mirent à descendre un terrain en pente douce.

— Tu veux bien m'enlever cette ridicule casquette des Mets ? dit Ned à Zhen d'un ton cassant.

Ils souffraient tous de terribles maux de tête à cause de la déshydratation. Zhen s'arrêta pour pencher légèrement la tête et réfléchir, puis répondit seulement :

— Non.

Mais elle ne bougea pas. Ils s'immobilisèrent tous.

— Et maintenant quoi ? demanda enfin Zhen à Wanato. On devient quoi, nous trois ? On vit chez toi et ton peuple jusqu'à ce que la situation soit suffisamment sûre pour qu'on quitte la forêt et qu'on rentre chez nous ?

Wanato acquiesça, mais il avait ses doutes. Il ne savait pas si le monde pourrait un jour redevenir assez sûr pour Zhen ; il ne l'avait jamais été pour les Wayãpi.

D'après le Peuple des Ancêtres, les Wayãpi étaient perpétuellement en fuite. Fuyant les épidémies, les massacres, les esclavagistes et les missionnaires, ils avaient migré vers le nord le long des grands cours d'eau et s'étaient divisés au fil de leurs affluents. Certaines familles, comme celle que dirigeait le père du père du père de Wanato, avaient remonté les affluents du rio Jari jusqu'au cœur des forêts qui allaient devenir l'État brésilien de l'Amapá. D'autres Wayãpi continuèrent vers le nord jusqu'à l'Oyapock, à la frontière de ce qui allait devenir la Guyane. La plupart de ces Autres Wayãpi s'installèrent au confluent de ce grand fleuve et de la Camopi, mais des rumeurs parlaient aussi d'autres tribus, des tribus secrètes qui se cachaient de tous les dangers.

Alors que Wanato continuait à progresser vers le sud avec Ned, Zhen et Dewei à sa suite, qui prenaient soin de marcher sur ses pas bien choisis, il commença à sentir l'inquiétude le gagner. Les Autres Wayãpi de Guyane allaient-ils se souvenir de lui ? Allaient-ils accepter les trois étrangers qu'il avait pris sous son aile, ou allaient-ils recourir à la violence ?

Wanato n'en voudrait pas aux villageois de se défendre contre ce qu'ils percevaient comme une menace. Les contacts avec les envahisseurs étrangers aboutissaient souvent à la mort et à la destruction – mais pas toujours.

Les arrière-grands-mères de Wanato étaient des petites fillettes quand une expédition scientifique avait trouvé leur village. C'était avant que ne commencent les contacts avec les chercheurs d'or et les représentants du gouvernement. Cet événement demeura mémorable parce qu'il était dominé par une curiosité qui n'avait rien à voir avec l'appât du gain et les massacres. Les étrangers ne répandirent pas de maladies et ne volèrent rien dans le village. Au lieu de cela, ces hommes bizarres – épuisés, et souffrant probablement de paludisme – leur présentèrent des perles de verre de toutes les couleurs et des sourires fatigués. En échange, les Wayãpi offrirent deux coiffes ornées de splendides plumes d'aras macao et de toucans, ainsi que plusieurs flèches. Le lien qu'ils tissèrent ce jour-là demeura bref, mais ne fut jamais brisé.

Les étrangers souhaitaient continuer à descendre le rio Jari à bord de leurs canoës. De nombreux Wayãpi les regardèrent partir avec leurs arcs bandés. Les étrangers leur adressèrent des gestes d'au revoir, mais gardèrent leurs fusils à portée de main. Personne n'était naïf, mais personne ne voulait non plus tirer et tuer une chose qui suscitait l'émerveillement. Ils choisirent de rester attentifs, et d'attendre. Et c'est ainsi que, derrière la peur et la méfiance qui sous-tendaient toute nouvelle rencontre avec des non-Wayãpi, il pouvait y avoir un petit espoir de voir l'émerveillement retenir les flèches des guerriers et l'emporter sur tout le reste.

Lorsque Wanato entendit un bruit d'eau vive, il partit au petit trot et trouva une rivière, mais ce n'était pas l'Oyapock. Ned le rattrapa et hurla de joie. Ils remplirent tous les quatre leurs gourdes et y plongèrent des pastilles de purification. Wanato laissa les autres se reposer sur le rivage pour s'en aller explorer les environs. Peut-être avaient-ils encore une journée de marche intense pour rejoindre l'Oyapock, mais peut-être pas. Cette rivière était-elle l'Eureupousine ? Wanato ne l'avait jamais vue, mais il savait qu'elle devait se trouver dans les parages.

La végétation devenait plus dense et griffait la peau de Wanato. Il arriva dans une petite clairière et vit un arbre avec un épais toit de feuilles de palmiers tressées obscurcissant ses branches. Wanato comprit qu'il était en train de contempler une hutte de chasseur au moment même où un Wayãpi pénétra dans son champ de vision avec un arc bandé et une flèche pointée droit sur son cœur. Wanato se figea, saisi, et s'émerveilla de cet authentique arc wayãpi et de cette flèche empennée de plumes d'ara macao rouge sang. Le pagne de l'homme était fait de coton grossièrement tissé et teint à l'extrait d'*urucum*.

Les tribus qui sont restées secrètes, pensa-t-il. *Elles se sont cachées au plus profond de la forêt et ont entretenu le souvenir de la fabrication des arcs à la manière du Peuple des Ancêtres.*

Wanato savait que ce guerrier le reconnaissait à la fois comme un Wayãpi et un envahisseur. Il ne réfléchirait pas plus de quelques secondes pour prendre sa décision. Il pouvait décocher sa flèche et tuer l'envahisseur, protégeant les membres de son peuple et leur mode de vie dans la forêt. Ou il pouvait choisir de s'émerveiller et tenter de créer un lien humain au-delà de leurs différences.

Wanato sourit puis éclata d'un rire plein de joie qui le fit presque tomber à la renverse alors qu'il se délectait de ces quelques secondes de stase où deux futurs possibles pouvaient coexister.

35

RÊVES

Deuxième Âge Sombre
Parc national des North Cascades, État de Washington

POUR LA TROISIÈME FOIS ce jour-là, le capitaine Weber tomba et perdit la vue. La chaîne des Cascades vira au noir, piqueté de points de lumière flous et erratiques.

On y est, pensa-t-il. *C'est ici que je tombe et que je ne me relève pas.*

Weber mourait de faim. Les terres entourant les banlieues de Tacoma avaient été rasées de toute végétation, comme ravagées par des nuages de sauterelles plutôt que par des humains affamés tentant de digérer de l'herbe et des feuilles. Weber avait vécu sur les rations du *Healy* jusqu'à ce qu'il parvienne à s'échapper de la ville et à trouver des lacs d'eau douce. Avant d'offrir la boîte à pêche de son grand-père, il y avait prélevé quelques leurres et quelques lignes, et il était très bon pêcheur, mais cela faisait des jours qu'il n'avait rien pris. Il savait que de nombreux survivants étaient devenus cannibales par nécessité, mais il ne pouvait se résoudre à découper de la chair sur des cadavres humains.

On pouvait perdre le sens du monde, de la religion, de l'idéologie, de l'amour et de l'espoir, mais s'accrocher tout de même au sens que l'on se donnait à soi, même s'il se fondait sur toutes ces choses perdues.

C'est comme ça que l'étranger trouva Weber : effondré à côté de son sac, l'air hébété. Le délire était un phénomène courant chez les humains qui vivaient et mouraient dans ce que l'on appela bientôt le Deuxième Âge Sombre.

— Vous êtes un garde-côte, pas vrai ?

La voix de l'inconnu venait d'un point situé à une vingtaine de mètres. Weber se retourna et banda ses muscles épuisés dans l'attente d'un combat qu'il perdrait. L'inconnu tenait un fusil semi-automatique et portait un treillis camouflage de civil.

— Mon père a servi chez les garde-côtes, dit l'inconnu en montrant l'uniforme crasseux de Weber.

Une paire de jumelles légères pendait au cou de l'homme. Il devait avoir lu les lettres blanches brodées sur la poitrine de Weber qui épelaient les mots GUARDE-CÔTE tandis qu'il le suivait dans la forêt.

— Enseigne de vaisseau de première classe. Il a toujours eu de la reconnaissance envers les garde-côtes pour l'avoir protégé du Vietnam. Ah, désolé. Ça doit vous mettre en rogne d'entendre des trucs comme ça. Je ne voulais pas vous offenser.

Weber attendait – de se faire tuer, de se faire prendre dans une embuscade, de se faire voler son sac… L'inconnu s'avança prudemment de plusieurs pas dans la terre meuble. Il était trapu et portait une ceinture dont il n'avait pas besoin. Comment pouvait-il avoir tant de chair et tant de graisse sur les os ? Comment ?

— Par…

Weber se racla la gorge puis essaya de parler à nouveau. Cela faisait des semaines qu'il n'avait pas entendu sa propre voix.

— Pardonnez-moi, monsieur, mais pourriez-vous me dire où je peux trouver quelque chose à manger ? Je suis trop faible pour marcher.

L'inconnu hocha la tête, comme pour lui dire que ça sautait aux yeux. Sa main gantée ne bougea pas de la crosse de son fusil.

— Vous allez où ?

— Je cherche ma famille, dit Weber. Ils ont quitté la banlieue de Seattle pour aller dans les parcs nationaux. J'étais en mer quand tout ça… (Il était trop épuisé pour développer.) S'est produit.

— Être à bord de ce bateau vous a sans doute sauvé les fesses. Du moins au début, dit l'inconnu. Peu de gens ont pu survivre tout seuls pendant tout ce temps.

Ses yeux tombants se plissèrent.

— Je vois bien que cet uniforme a été fait pour quelqu'un de votre taille, mais si vous devez m'accompagner, je dois quand même vérifier. Attendez-moi ici.

L'inconnu laissa Weber frissonnant dans la boue. Il aurait été absurde d'essayer de ramper à la recherche d'une cachette. Pour trouver sa famille, Weber devait survivre. Pour survivre, il avait besoin de nourriture. Et s'il avait besoin de nourriture, il avait besoin de cet inconnu corpulent. Une pluie froide se mit à tomber tandis qu'il attendait en priant. Il avait perdu le compte des jours, mais ce devait être le début de l'automne à en juger par les nouvelles couches de neige que l'on voyait dans les montagnes.

Weber entendit un bruit de moteur au-dessus du crépitement de la pluie, et vit un pick-up apparaître, doté de grosses roues tout-terrain. Il remontait lentement la pente en slalomant entre les pins. L'inconnu s'arrêta et sauta à terre du côté conducteur. Sa main droite serrait toujours son fusil, mais sa gauche tenait une bobine de cordelette en nylon qu'il lui lança d'un revers négligé.

— Faites-moi un nœud de chaise.

Weber regarda la cordelette, puis l'inconnu.

— Si cet uniforme des garde-côtes est vraiment le vôtre, vous saurez faire, expliqua l'homme. Sinon, ça signifie sans doute que vous avez volé ces fringues et ce matériel, et je me verrai forcé de gaspiller une balle.

Weber ramassa la bobine et fit un nœud de chaise, les mains tremblantes.

— C'est parfait. Sans rancune, hein. On ne peut pas tolérer quelqu'un qui aurait tué un officier pour prendre son identité. C'est contre les lois de la guerre, pas vrai ?

Weber fit un nœud plat puis un nœud de jambe de chien pour faire bonne mesure.

— Maintenant, ce n'est plus que pour la frime, marmonna l'inconnu. Venez.

Weber se leva et s'évanouit. Lorsqu'il reprit conscience, l'inconnu le tenait par le creux de son bras. Weber était sûrement moins lourd qu'un épouvantail.

— Je vous tiens, dit l'homme. Plus que quelques pas.

Il aida Weber à s'asseoir sur le siège passager puis retourna chercher son sac. Il était beaucoup plus léger que le jour où il était descendu du *Healy*. Il ne contenait plus qu'une gourde à moitié pleine d'eau de lac, une boussole, une trousse de premiers secours, une paire de chaussettes de rechange, un allume-feu de survie, un poncho imperméable et un couteau. Weber était parti avec une lampe-torche qui lui permettait de se déplacer la nuit et de se cacher le jour. Ce petit appareil lui avait certainement permis de rester en vie, jusqu'à ce que ses piles s'épuisent.

L'inconnu prit place sur le siège conducteur et se pencha vers la droite sans quitter Weber des yeux. Sa main gauche se serra en poing. Weber retint sa respiration. Le nez de l'homme était piqueté de gros pores, et ses narines poilues se crispèrent sous l'effet de la puanteur que Weber dégageait. La boîte à gants du pick-up s'ouvrit. Lorsque l'inconnu se redressa sur son siège, Weber sentit quelque chose tomber sur ses cuisses. C'était une barre de céréales.

Les mains de Weber s'activèrent fiévreusement, mais il ne parvint pas à ouvrir l'emballage en plastique argenté. L'inconnu dut le lui prendre, l'ouvrir d'un coup de dents, et le lui relancer. Weber avala la barre en deux bouchées, presque sans mâcher. Il se lécha les doigts en versant des larmes silencieuses, pleurant à la fois pour la nourriture qu'il venait d'ingérer, et parce qu'il n'y en avait pas assez.

Le moteur du pick-up rugit. Ses essuie-glaces traçaient de lents arcs sous la bruine. En un mouvement semblable, Weber essuya ses joues barbues humides du revers de la main.

— Merci pour la nourriture. Je m'appelle Weber, ajouta-t-il, parce que c'était tout ce qu'il avait à offrir en échange.

Les yeux de faucon de l'inconnu allaient et venaient entre la forêt devant eux et le passager sur sa droite. Ils repérèrent les aigles argentés sur les pointes de col de Weber.

— Plus personne ne se soucie de nos noms, capitaine.

Il étudia le visage taillé à la serpe de Weber. Sous la crasse et le désespoir, il devait avoir deviné le fantôme d'un homme digne.

— Vous auriez plu à mon père. Vous êtes ce qu'il voulait devenir. Mais ça veut peut-être dire qu'il vous aurait détesté ? Qui sait ?

L'inconnu avait un accent du Nord, un accent rural, et il faisait traîner ses *o* comme un Canadien. *Whooo knooows* – qui sait ?

— Ce que je sais, capitaine, c'est que vous auriez dû rester sur votre bateau.

Les lèvres de Weber s'animèrent en silence pour former le mot *Healy*. Le nom de son navire était *Healy*, brise-glace des garde-côtes US. Les jours que Weber avait passés dans ses expéditions polaires semblaient des rêves paisibles envahis par les glaces. Dans la nouvelle réalité, tous les jours précédant la comète et sa déviation faisaient penser à des rêves.

Le navire de Weber avait jeté l'ancre au cœur de l'hiver. Les hommes d'équipage et les chercheurs s'étaient organisés en petits groupes décidés à marcher vers la base interarmées Lewis-McChord, pendant que Weber partait tenter sa chance tout seul. Il avait très peu de visibilité dans cet épais brouillard, mais il avait entendu une femme crier au loin. Au lieu de courir vers elle, il avait détalé dans la direction opposée. En temps de guerre, Weber n'aurait jamais abandonné son équipage. Mais ce n'était pas la guerre. C'était de la survie en pleine apocalypse, et c'était inhumain.

Le pick-up descendait lentement en zigzaguant entre les arbres, écrasant des jeunes pousses sous ses roues monstrueuses. Le lac Chelan apparut au loin derrière les arbres, opalescent sous le brouillard matinal. Quand il était petit,

Weber venait camper dans cette vallée, et se baigner dans ce lac. Par beau temps, sa surface reflétait le ciel à la perfection. “Le pays de Dieu”, voilà comment son père appelait le Parc national des North Cascades. Ça ne l'était plus.

Weber ouvrit la bouche lorsqu'ils atteignirent la route goudronnée qui longeait la berge sud-ouest du lac Chelan. Les routes, ça voulait dire des gens ; les gens, ça voulait dire danger. Il avait trébuché sur trop de cadavres recouverts par la neige. Weber se dit qu'il devait y avoir une explication au fait que cet homme bien nourri s'aventure comme ça seul au-devant du danger. Même armé jusqu'aux dents, il courait de grands risques.

— Vous alliez où ? demanda Weber.

— Par une si belle journée, je faisais la route des vins.

Weber lâcha un petit hoquet de rire, les surprenant tous deux. L'inconnu lui renvoya un sourire en coin. Ils passèrent à côté d'unc Buick abandonnée sur le bord de la route, le réservoir d'essence ouvert.

— Vous êtes à la recherche de proches ? lui demanda Weber. Comme moi ?

L'homme ne répondit pas tout de suite. Sa bouche s'anima nerveusement, il prononça deux mots, puis il se tut. Il cherchait peut-être une autre blague, ou un mensonge.

— J'étais à la recherche d'une femme, finit-il par admettre en haussant les épaules. Et puis j'ai vu votre uniforme entre les arbres, et ça a éveillé ma curiosité. Les survivants viennent au lac quand ils n'ont plus de réserves d'eau. Moi, j'en ai plein, alors… je me suis dit que j'aurais peut-être maintenant plus de chance dans ma recherche de l'âme sœur que je n'ai pu en avoir par le passé. Je suis le nouveau Brad Pitt, figurez-vous.

Weber ne pouvait s'empêcher de penser à sa femme, Karen. Elle approchait de la cinquantaine, mais était toujours attirante. Lors des pique-niques d'été, ses longues jambes bronzées faisaient tourner les têtes d'hommes bien plus jeunes. Il essaya d'expulser ces pensées de son esprit.

— Je peux mettre la radio ? demanda Weber pour changer de sujet.

— Vous ne capterez rien. Ça fait bientôt un an qu'on capte peau de balle. Pas de radio, pas de télé, pas d'Internet. C'est le black-out complet.

— Mais c'est comme ça que ça pourrait se faire, non ? Comme ça que les survivants, les survivants dotés d'humanité, pourraient communiquer pour se retrouver les uns les autres ?

— J'en sais rien. À vous de me le dire.

— Très bien, alors je vous le dis. Les ondes radio seraient un bon moyen.

Elles avaient été l'espoir de Weber depuis qu'il avait vu l'étincelante pluie de météores dans le ciel d'été – ces traînées enflammées de glace, de poussière et de roche arrachées au corps d'une comète géante – qui voulait dire qu'il pouvait de nouveau y avoir de l'espoir pour les créatures de Dieu. Weber demanda à l'homme s'il pensait que les choses pouvaient encore revenir à ce qu'elles étaient avant le passage de la comète. L'inconnu haussa les épaules.

— Je ne suis pas sûr que les choses aient tant changé que ça. On a juste arrêté de *faire semblant* d'être civilisés, c'est tout. On a perdu nos manières policées et nos gadgets électroniques, mais on a toujours été des animaux, au fond. On luttait encore les uns contre les autres pour la survie – on le faisait juste selon un ensemble de règles plus complexes et plus subtiles. Je veux dire, je n'avais jamais tué personne avant UD3, mais ça ne signifie pas que je n'avais jamais eu envie de le faire.

Weber ne dit rien. Il se demandait s'il fallait vraiment souhaiter que les choses redeviennent ce qu'elles étaient, après tout. Peut-être vaudrait-il mieux qu'elles fussent complètement différentes ? Meilleures ? Ou, à tout le moins, plus sages ? Il fixait la route qui s'étirait devant eux et vit ce qui ressemblait à un tronc humain éviscéré – une cage thoracique avec une colonne vertébrale. Cela continuait à attrister Weber de penser qu'aucune de ces victimes n'était jamais correctement inhumée.

— On roule vers le sud, dit Weber. Mais moi, je montais vers le parc des North Cascades.

— Je dirais plutôt que vous étiez en train d'aller nulle part à vitesse raisonnable. Je vous emmène chez moi. Un repas chaud ne vous fera pas de mal. Et un bon bain. Vous puez.

Son visage était brusquement très sérieux.

— Attachez votre ceinture, ordonna-t-il.

Un groupe d'hommes hagards marchait le long de la route. Ils portaient de lourdes bouteilles d'eau en plastique qu'ils lâchèrent sous l'effet de la surprise. L'un d'eux alla se planter au milieu de la route en faisant de grands gestes. Ses cris, le tissu rouge de sa parka, ses gestes frénétiques : tout en lui hurlait *Stop !* Mais le pick-up fonça droit devant, accélérant à plus de cent quarante kilomètres à l'heure. L'inconnu au volant avait les dents serrées ; il avait fait son choix.

Weber se crispa. Il n'était pas partisan de l'inaction morale, mais il n'avait aucun moyen de savoir si l'homme à la parka rouge leur voulait du mal. Les temps avaient changé ; de nombreuses actions horribles pouvaient être justifiées. Weber ferma les yeux, mais aucun choc atroce ne vint troubler ses prières silencieuses. Lorsqu'il se retourna, l'homme à la parka rouge titubait sur le bas-côté. Il avait dû bondir se mettre à l'abri à la dernière seconde.

— Content qu'on ne l'ait pas renversé, dit Weber en expirant longuement.

L'inconnu poussa un grognement et parla des dégâts qu'un cerf avait déjà causés à l'avant de son pick-up. Ils restèrent tous les deux silencieux pour le reste du trajet.

Le claquement de la portière conducteur le réveilla. Weber se redressa d'un coup, mais il était sanglé sur son siège par une ceinture de sécurité. C'était déjà le crépuscule, et la bruine avait cessé. Weber regarda par le pare-brise la silhouette sombre de l'inconnu qui s'approchait d'une clôture en grillage de trois mètres de haut surmontée de trois rangées de rouleaux de fil barbelé qui se découpaient sur le ciel comme une dentelle.

Une partie de la clôture coulissa lorsque l'homme la poussa à l'aide de ses bras et de ses épaules charnus. Il reprit le volant et passa le portail phares éteints.

— C'était une prison ? demanda Weber.

— Non. C'est chez moi. Ces barbelés, c'est pour empêcher les gens d'entrer, pas de sortir.

Weber n'en voulut pas à l'homme de couper le contact et de prendre les clés le temps d'aller refermer le portail.

Ils descendirent une longue piste étroite et sinueuse. Lorsque la végétation s'éclaircit, Weber commença à entendre les pneus crisser sur du gravier. Devant eux, à quarante mètres, se dressait un bâtiment, comme une forteresse contemporaine aux hauts murs de béton. Sur son toit, une grande antenne parabolique se découpait sur des nuages roses et violets. Une porte de garage en métal constituait la seule ouverture du mur qui leur faisait face.

— C'est là que je me prélasse, reconnut l'homme.

Il leva la main et appuya sur quelque chose derrière son rétroviseur. La porte du garage monta et se plia par pans en s'insérant dans le mur.

— Comment… dit Weber. Comment se fait-il que vous étiez si préparé ?

— C'est drôle, dit l'homme d'un air sérieux.

Il appuya doucement sur l'accélérateur.

— Je m'étais préparé pour toutes les autres raisons qu'on peut imaginer. Attaque terroriste, faillite financière générale, épidémie d'Ebola… mais une putain de comète ? Bon sang mais c'est une blague ou quoi ?

Weber hocha la tête et lâcha un petit rire las. Selon l'angle sous lequel on la considérait, UD3 était soit la moins drôle des choses dans une gamme infinie de choses pas drôles – soit hilarante.

Le pick-up s'arrêta, et la porte du garage se referma. Weber détacha sa ceinture dans le noir complet.

— Attendez un instant, chuchota l'homme.

Des lumières s'allumèrent au plafond.

— Bon Dieu, dit Weber en un souffle.

— Non, c'est pas le bon Dieu. C'est de l'énergie fournie par des panneaux solaires, dit l'homme d'un air satisfait.

Grâce à la barre de céréales et quelques heures de sommeil, Weber parvint à marcher sans qu'on l'aide. Il put suivre son hôte d'un pas traînant. L'homme arriva à la porte et alluma une petite lampe-torche fixée au bout de son fusil.

— Je n'allume pas la lumière là où il y a des fenêtres, marmonna-t-il. Ça pourrait les attirer.

Il éteignit le plafonnier et ouvrit la porte. Weber essaya de se repérer grâce au mince faisceau de la torche qui suivait les mouvements du canon. C'était une scène surréaliste, comme dans un des jeux vidéo en vision subjective qu'il avait vus dans le salon de l'équipage de son bateau. L'inconnu traversa la première pièce et se posta au bord de son unique fenêtre. Il attrapa ses petites jumelles et balaya la pénombre, dehors. Weber prit un instant pour regarder autour de lui. La pièce n'était pas meublée, mais était encombrée de piles d'objets un peu partout : appareils électroniques, vêtements, armes. Les semelles de Weber glissaient sur une couche de crasse.

Les deux hommes traversèrent deux autres pièces avant d'arriver à une cuisine sans fenêtres avec une table et des chaises en bois. L'inconnu aida Weber à s'asseoir et alluma la lumière du plafond. Éblouis, ils clignèrent tous les deux vivement des yeux pendant quelques instants. L'électricité. Comment Weber avait-il pu ignorer ses miracles quotidiens ?

L'inconnu sortit son trousseau de clés cliquetant et ouvrit la porte de sa cave. Fusil et torche à la main, il disparut dans l'escalier. Weber regarda la cuisine autour de lui. Il vit un poêle en fonte sur pieds avec son gros tuyau qui montait au plafond. Au-dessus et en dessous des placards, les murs étaient nus.

Lorsque l'homme remonta, il tenait deux boîtes de conserve serrées d'une main sur sa poitrine. Son autre main tenait le fusil, l'index près de la détente. Weber ne fit aucun mouvement brusque. Son estomac grondait comme une timbale.

— Je sais, dit l'homme. Y en a pas pour longtemps.

Il lâcha son fusil et le laissa pendre à sa sangle. Il y avait un ouvre-boîte sur le plan de travail de la cuisine, à côté d'un vieux collier pour chien. Weber aurait ouvert la boîte avec ses dents, comme la bête affamée qu'il était. Le seul fait de penser à la nourriture était insoutenable. Il avait besoin d'une distraction.

— Vous avez un chien ? demanda Weber en serrant les poings pour empêcher ses mains de trembler.

Il regretta tout de suite d'avoir posé cette question. Les gens mangeaient leurs animaux de compagnie, et ils piégeaient et mangeaient tous les animaux sauvages qu'ils pouvaient trouver.

— J'*avais* un chien. Je n'en ai plus.

Le silence de Weber dut trahir sa pensée.

— Je ne l'ai pas mangé, dit l'homme d'un ton sec en enlevant ses gants. Il est mort il y a deux ans. Je l'ai enterré derrière. Dans un de ses trous.

— Je suis désolé.

L'homme secoua la tête, comme pour se libérer de cette pensée, et vida des haricots en sauce dans un bol.

— Quelque chose me dit que ça ne vous dérangera pas de manger froid, dit-il en apportant le bol et une cuiller à table.

Weber prit le bol des mains de l'inconnu et le porta à sa bouche grande ouverte.

— Doucement, dit l'homme d'un ton prévenant. Mangez aussi lentement que vous le pouvez. Doucement ! Vous risquez de…

Vous étouffer. Weber toussa jusqu'à ce que des larmes coulent sur son visage rougi. Dès qu'il put de nouveau respirer, il mangea le reste des haricots en sauce à la cuiller. Le métal grinça contre la céramique. L'hôte de Weber était déjà en train d'ouvrir la seconde boîte. Il lui servit son contenu puis s'assit à la table. Les yeux de Weber s'embuèrent de nouveau après qu'il eut fini son deuxième bol, mais sous l'effet cette fois d'une immense gratitude. Comment pourrait-il jamais remercier l'homme qui se trouvait face à lui ? Il nettoya le reste de sauce avec son doigt et le lécha.

— Vous êtes la première personne à qui je parle, avoua l'inconnu. Vous savez, depuis que j'ai perdu tout contact.

Weber se racla la gorge. Si c'est de parler que cet homme avait besoin, Weber serait plus qu'heureux de chanter pour son dîner. Il posa des questions, écouta les réponses. L'homme était une sorte d'expert en cyber-sécurité, domaine dans lequel une dose constante de paranoïa pouvait représenter un avantage concurrentiel. Sur le *Healy*, Weber et le reste de l'équipage utilisaient l'expression "avant la comète" pour parler de la vie ordinaire d'avant ce mois d'août, mais cet homme disait "avant que je perde tout contact". Il devait déjà vivre comme un reclus qui ne parlait aux autres humains que par satellite, via des e-mails, des blogs, des transferts d'argent et des tchats en direct.

— Vous ne vous sentiez pas seul ? demanda Weber.

— J'étais en contact permanent avec les gens.

— Mais jamais en personne.

L'homme haussa les épaules.

— Je ne me sentais jamais à ma place avec les gens. Je préférais Jax.

— Qui ça ?

— Mon chien. Il s'appelait Jax.

Weber esquissa un sourire.

— Je croyais que plus personne ne se souciait des noms.

L'homme réfléchit aux mots que Weber venait de lui adresser.

— Andrew, dit-il en lui tendant la main.

La main de Weber était sale, mais Andrew la serra. Il n'était pas du genre à apprécier qu'on le touche, alors il se força et fit durer la poignée de main.

— Êtes-vous chrétien, Andrew ?

Il tira sa main de celle de Weber.

— Nan, je fais juste ce que je peux pour le bien des garde-côtes. C'est ce que mon père aurait voulu.

Les yeux de l'homme s'arrêtèrent soudain sur le visage de Weber.

— Vous ne retrouverez pas votre famille, dit-il d'une voix triste. Je sais que ce n'est pas ce que vous voulez entendre. Et ce n'est pas une chose que je suis censé dire. Mais c'est la vérité.

Les yeux bleus de Weber s'abaissèrent.

— Voilà, je l'ai dit, poursuivit l'homme. Mais, demain, quand vous repartirez, vous pourrez oublier que je l'ai dit. Si besoin.

Il se leva et alla mettre des bûches et du petit bois dans le poêle. Il y avait assez d'eau dans la marmite pour que Weber y trempe une lavette et nettoie la terre et la sueur accumulées au cours de ses vaines recherches. Quand l'eau vira au gris, l'homme alla remplir la marmite à une pompe de puits et la remit à chauffer.

Cette nuit-là, Weber dormit le ventre plein sous le toit d'un inconnu. Il rêva à sa femme et à ses enfants. Il rêva d'aigles planant dans la brise. Il rêva des enfants du futur, nés en une ère inconnue qui serait ce qu'ils en feraient.

Au matin, Weber se souvenait de ses rêves et avait oublié la vérité.

36

DEUX COUPS EN L'AN 4 AC

Deuxième Âge Sombre
Pedra Branca Do Amapari, Brésil

ON FRAPPA à la porte de la chambre de Zhen après la prière du dimanche. Comme prévu, Gustavo se tenait dans le couloir du premier étage, un sac de toile en bandoulière. De nombreuses voix montaient du rez-de-chaussée, où les habitants de Pedra Branca do Amapari discutaient entre les travées de bancs en bois ou bien emmenaient leurs conversations à l'extérieur pour se dégourdir les jambes.

Gustavo assistait généralement aussi bien à la prière qu'au conseil municipal qui suivait peu après. Mais la prochaine saison humide approchait. Elles s'annonçaient toujours par des bourrasques de vent violent, suivies de pluies constantes qui pouvaient durer un temps allant jusqu'à un quart du calendrier solaire. Les inondations rendaient les déplacements très difficiles, aussi bien pour les amis que pour les ennemis. Gustavo devait regagner les terres des Wayãpi tant que la piste était encore praticable à pied.

— Ned sera bientôt prêt, marmonna Gustavo.

Il échangea un petit sourire avec Zhen. Ned était très populaire auprès des gens du village. Les grands-mères lui faisaient signe de se baisser pour pouvoir lui faire des baisers sur la joue. Les hommes lui donnaient des tapes sur l'épaule. Les femmes rougissaient, et leurs enfants levaient les bras pour qu'il les soulève haut dans les airs. Ned ne comprenait pas la plupart des choses que tous ces gens lui disaient en portugais, mais il souriait et il hochait la tête. Quand venait l'heure de se tenir les mains pour les prières de groupe, les siennes étaient grandes, puissantes et chaleureuses.

Le regard de Gustavo dériva au-dessus de l'épaule de Zhen pour aller se poser sur l'intérieur de la chambre. Elle fit un pas de côté et l'invita à entrer attendre leur célébrité locale. Gustavo hésita sur le seuil. Cinq mois plus tôt, il avait hésité pareillement avant de décider de s'entasser avec Ned dans sa vieille chambre à l'autre bout du couloir pour laisser à Zhen cette chambre plus grande dotée de plusieurs fenêtres. Elle appartenait jadis à un prêtre canadien, un homme qui avait élevé Gustavo comme son fils. Le père St John était en déplacement à l'étranger quand l'annonce de la collision imminente avec la comète UD3 avait causé une telle panique que la plupart des compagnies aériennes avaient annulé tous leurs vols. Personne ne savait ce qu'il était devenu, comme tant d'autres humains naufragés loin de chez eux.

Zhen ouvrit le tiroir du haut d'une commode en bois, dans laquelle elle avait soigneusement rangé les affaires du prêtre, mais Gustavo ne voulait pas les emporter avec lui, et regarder les photos encadrées était "trop douloureux". Au lieu de ça, Gustavo se dirigea vers les étagères de livres qui couvraient une partie du mur du fond. Ses doigts passèrent sur des rangées de dos reliés de cuir et s'arrêtèrent sur trois espaces vides laissés par des livres manquants. Gustavo devait avoir mémorisé l'agencement de la bibliothèque du prêtre, parce qu'il nomma les poètes en question.

Zhen tendit le bras vers un fauteuil et une table près de la fenêtre. Deux livres étaient posés sur la petite table ronde. C'étaient deux exemplaires du même recueil de poèmes, mais l'un était en anglais, la langue maternelle du poète, et l'autre en portugais. Zhen les avait comparés vers par vers tandis que les "Ave Maria" chantés lui remontaient depuis l'église, en bas.

— Tu aideras Ned, avec le portugais ? demanda Gustavo.

— On s'aide l'un l'autre.

C'était on ne peut plus vrai. Malgré les différences d'âge, de genre, de culture, de nationalité, de personnalité et de tout le reste, Ned était le plus proche compagnon de Zhen – la seule famille qu'il lui restait.

— Tu transmettras notre amour à Dewei ? demanda Zhen à Gustavo. Et tu lui diras qu'on lui dit au revoir ?

Gustavo acquiesça, tête basse. Pendant un temps, tous les quatre, ils avaient formé une famille, dans le village wayãpi d'Aramirã. Ils avaient emprunté des haches aux villageois et ils s'étaient construit une maison sur pilotis, avec des murs de bois et un toit de chaume. Gustavo avait tout de suite abandonné ses habits occidentaux pour porter le pagne, ou le *tanga*. Dewei et Ned l'avaient imité au bout d'une semaine passée à transporter des planches et à suer dans leurs vêtements. *Cette humidité me tue*, avait dit Ned à Zhen. *Et j'ai l'impression d'être beaucoup trop chic. Comme un grizzly qui se baladerait en costume de soirée.* Il fallut des mois à Zhen avant qu'elle ne finisse par se promener avec juste un carré de coton noué autour de la taille comme un sarong, et elle regretta tout le temps qu'elle avait passé à être mal à l'aise à cause de la chaleur.

Quand ils eurent fini de construire leur maison, Gustavo épousa presque aussitôt la veuve de son frère, et emménagea dans sa propre maison. Les trois autres n'eurent plus qu'à suspendre leur hamac à l'un des quatre coins, et s'efforcer de gagner leur place dans le village. Ned et Dewei ne chassaient pas avec les Wayãpi. Ils étaient trop maladroits dans la forêt, et faisaient fuir le gibier ; ils ne savaient pas tirer à l'arc et étaient incapables de participer aux traques sans trébucher sur la végétation. Alors ils aidèrent à brûler, essarter et biner des petites parcelles pour faire des potagers.

Quant à Zhen, elle se joignit aux autres femmes dans leurs corvées sans fin. Elles se baignaient avant l'aube, avant les hommes, pour ne pas être des "femmes fainéantes" aux yeux des hommes. Elles cultivaient les jardins, préparaient le manioc, en faisaient de la farine avec laquelle elles confectionnaient des galettes qu'elles faisaient sécher sur leurs toits de chaume. Les femmes s'occupaient également des feux, elles vidaient le gibier et les poissons, et faisaient cuire leur chair. Elles brassaient même le *caxiri* avec du manioc et leur salive, pour les beuveries du village. Les femmes travaillaient du matin jusqu'au soir tout en portant des bébés et en leur donnant le sein, ou en protégeant des jeunes enfants des scorpions, des fourmis rouges, des grands arbres aux pouvoirs chamaniques, et du rio Amapari, où le grand anaconda, Maître des Eaux, rôdait.

Dewei épousa bientôt une jeune Wayãpi et demanda à Ned de l'aider à se construire une maison. Lui et Gustavo vivaient auprès de leurs nouvelles familles, mais ils trouvaient du temps pour être avec Zhen et Ned. Tous les quatre, ils s'étaient sauvés les uns les autres de la mort, et ils avaient assisté ensemble au sauvetage *in extremis* de leur planète. Ce n'était pas une chose qui s'oubliait.

Zhen et Ned continuèrent à vivre ensemble. Les cycles naturels avaient remplacé le cours linéaire du temps du monde moderne qu'ils connaissaient jadis. Il y avait la naissance et il y avait la mort, le lever du soleil et le coucher du soleil. Il y avait les soirées autour du feu sous un ciel plein d'étoiles et la luisante Voie lactée. Il y avait la douleur des dents gâtées, des coups de soleil sur le dos moucheté de taches de rousseur de Ned, et des plaies sous leurs plantes endurcies, mais il y avait aussi la satiété que procuraient les galettes tièdes et la sensation d'apesanteur que vous aviez lorsque vous dormiez dans un hamac. Il y avait la saison sèche, puis la pénible saison des pluies qui détrempait le monde, et le retour de la saison sèche. Trois années de ce cycle passèrent au village wayãpi avant le premier raid.

Quarante et un Wayãpi furent tués, deux jeunes filles disparurent, et un quart des jardins du village furent pillés lorsqu'une bande d'envahisseurs brésiliens vint voler rapidement toute la nourriture qu'ils pouvaient transporter avant de repartir par l'unique route menant des terres tribales à la ville reculée de Pedra Branca do Amapari. Cent huit Wayãpi moururent d'une maladie qui se répandit comme une traînée de poudre en l'espace de quelques jours. Le système immunitaire des Wayãpi n'était pas adapté pour lutter contre les maux des grandes populations.

Le deuxième raid sur le village d'Aramirã eut lieu six mois plus tard, et fut encore plus meurtrier. Gustavo avait endossé le rôle de chef, comme son père et son frère jumeau l'avaient fait de leur vivant. Il ordonna qu'on brûle tous les cadavres, wayãpi comme brésiliens. Malgré ces mesures, il y eut une autre épidémie.

Gustavo déclara fermement que ces assaillants n'étaient pas des habitants de Pedra Branca. Il devait s'agir de complets étrangers migrant des villes de Macapá et Santana, au sud-est, près de l'estuaire de l'Amazone. Cela faisait des décennies, avança Gustavo, que les habitants de Pedra Branca vivaient en paix avec les Wayãpi, même s'ils n'avaient aucun contact entre eux. Ils se connaissaient, et des humains ne pouvaient pas frapper à coups de machette des gens qu'ils connaissaient. (Zhen et Ned s'avouèrent l'un l'autre avoir des doutes à ce sujet. Les humains pouvaient le faire, et le faisaient parfois.)

Gustavo s'était juré qu'il ne quitterait jamais son peuple une fois qu'il l'aurait retrouvé, mais voilà que ce peuple se voyait, de nouveau, gravement menacé par le monde extérieur. Après le troisième raid, il décida de se rendre à la ville où il avait passé l'essentiel de sa vie pour voir ce qu'elle était devenue et ce que l'on pouvait faire au sujet de ces assaillants qui devaient forcément passer par là.

Ned et Zhen ne pouvaient pas laisser Gustavo affronter le danger seul. Dewei, lui, décida de rester au village. Sa femme venait d'accoucher. Dewei avait déjà laissé deux enfants derrière lui, en Chine, pour prendre un aller simple vers une mission top secret en Amérique du Sud. Quand la vie vous offre une chance de salut, vous la prenez et vous ne la lâchez pas.

— Ah, Zhen est là ! cria Ned depuis le couloir de l'étage. Encore en train de se cacher dans sa chambre à l'heure de la prière.

Il sourit, dévoilant deux rangées de dents brillantes sur le fond de son épaisse barbe sombre. Ned se délectait de ce qu'il appelait "coller la honte à Zhen parce qu'elle sèche la prière". Zhen rappela à Ned, une fois de plus, qu'elle ne se cachait pas. Elle était chinoise ; le communisme était la seule religion autorisée. Sur ce, Zhen essaya de changer de sujet, comme elle le faisait toujours lorsqu'elle devait protéger son athéisme des assauts de son ami adorable.

— Merci de nous avoir accueillis chez toi, dit Zhen à Gustavo en descendant l'escalier de l'église avec lui.

Mais Gustavo secoua la tête.

— Mon chez-moi a toujours été chez les Wayãpi. Cette ville, c'est le chemin sur lequel j'ai été *appelé*. Celui sur lequel le père St John a lui aussi été appelé. Une mission, ce n'est pas un chez-soi.

Mais ça pouvait l'être. L'Opération avait été à la fois la mission et le chez-soi de Zhen. C'était là que ses compétences avaient atteint des sommets qui l'avaient médusée.

Gustavo avait déjà dit au revoir à peu près à tout le monde, mais plus d'une centaine d'habitants s'étaient quand même réunis dans la rue devant l'église pour lui souhaiter bonne route. Il n'y avait entre eux aucune affection naturelle, parce que Gustavo n'était pas Ned, mais il y avait du respect et une profonde reconnaissance pour tout ce qu'il avait fait pour leur restituer leur communauté.

L'église se trouvait à l'autre bout de la ville, à moins de deux kilomètres de la piste qui menait aux terres des Wayãpi. Zhen, Gustavo et Ned marchaient de front sur les pavés de la rue déserte. Avant la comète, cette ville était constituée à parts égales de terrains agricoles s'étirant tout autour de bâtiments regroupés le long de la route principale et dans un coude du rio Amapari. Quatre ans et demi après la déviation, soit au milieu de l'an 4 AC – comme Ned avait baptisé le nouveau calendrier, "AC" signifiant "Après la Comète" –, les bâtiments municipaux, les magasins et les maisons étaient presque tous à l'abandon. De nombreux habitants avaient été tués pendant des raids, et un nombre encore plus grand d'entre eux étaient partis s'installer comme fermiers aux marges de la ville.

Les seules familles qui vivaient dans les bâtiments longeant la route étaient dirigées par des hommes comme Ned, qui travaillaient pour la milice locale. C'étaient les seuls postes que les habitants étaient disposés à financer via des impôts sur leurs récoltes de riz, de maïs, de haricots, de manioc, d'ananas, d'oranges, de bananes et de melons. C'était un travail très dangereux, mais très respecté, et il permettait de vivre.

Zhen se souvenait de la première fois où, tous les trois, ils avaient pénétré dans certains des bâtiments désaffectés, cinq mois auparavant. Par chance, ils avaient fait le trajet jusqu'à Pedra Branca vêtus d'habits occidentaux, et pouvaient respirer à travers leurs manches, même si la puanteur de la mort leur donnait des haut-le-cœur. Ils avaient ensuite marché jusqu'aux terres agricoles les plus proches, et vu à peu près la même chose : des familles entières massacrées, cadavres gisant là où ils étaient tombés. *Ils ne se battent pas ensemble*, avait murmuré Gustavo de façon presque inaudible. *Alors ils meurent par petits groupes. Le temps que les autres s'enfuient.*

Sur ce, Gustavo avait couru jusqu'à son église et trouvé la clé cachée qui en ouvrait la porte, exactement à l'endroit où le prêtre l'avait laissée. Gustavo avait fait sonner les cloches jusqu'à ce que les habitants quittent leurs fermes et viennent s'attrouper dans la rue. Ils avaient prié pour le retour du prêtre et de leur Dieu. Les voilà qui se retrouvaient avec un poète, une ingénieure et un pilote sans avion. De nombreux habitants pleurèrent de déception.

Gustavo ne se laissa pas aller au désespoir. Il convoqua le premier conseil municipal. Il y avait tellement de monde que tous les bancs étaient pleins, et les gens s'amassaient dans la rue. Gustavo leva la voix afin qu'elle porte loin et dit aux habitants que s'ils ne résistaient pas, s'ils ne se défendaient pas, ils mourraient. Les pillards iraient de ferme en ferme, et, supérieurs en nombre, ils auraient le dessus sur chacune des familles. Les habitants avaient besoin d'une milice qui patrouille dans la ville et fasse sonner les cloches de l'église en cas d'attaque. Là, tous les hommes devaient accourir pour se battre. S'ils ne s'associaient pas, ils étaient condamnés.

— Êtes-vous sûrs de vouloir rester à Pedra Branca? demanda soudain Gustavo à Zhen et Ned.

Ils hochèrent vigoureusement la tête sans cesser de marcher, et échangèrent un regard de compréhension mutuelle.

— Je te suis tellement reconnaissant, dit Ned avec beaucoup de sincérité. Toutes les personnes que j'ai pu rencontrer dans les vingt-sept premières années de ma vie sont sans doute mortes… Je ne suis en vie que grâce à toi et aux autres.

Les Wayãpi étaient les plus nobles des peuples qui leur avaient sauvé la vie à chaque tournant. Le guerrier qu'ils avaient rencontré au bord de l'Eureupousine n'avait pas décoché sa flèche. Il appartenait à une tribu inconnue, mais il comprit suffisamment les mots de Gustavo pour savoir qu'ils cherchaient à rejoindre l'Oyapock. Il marcha même une demi-journée avec eux pour les guider dans la bonne direction, puis il pointa droit devant lui en fronçant les sourcils d'un air qui n'avait pas besoin d'être traduit : *Quittez ces terres et n'y revenez jamais.*

Une fois que les quatre compagnons eurent atteint l'Oyapock, ils le remontèrent jusqu'à un village "d'Autres Wayãpi", comme Gustavo les appelait, sur la rive nord, côté Guyane. C'était au mois de septembre après la déviation de la comète, et ils étaient de nouveau affamés. Les Autres Wayãpi se souvenaient de Gustavo, et l'accueillirent, lui et ses amis, sans rechigner. Gustavo, Zhen, Ned et Dewei mirent une semaine à recouvrer leurs forces et panser leurs ampoules. Les Autres Wayãpi tissèrent des paniers en feuilles de palmes dotés de sangles d'épaule faites en écorce. Ils les chargèrent de nourriture qui se conservait bien : des bananes et du *kwaky*, un gruau granuleux à base de farine de manioc. Ils emballèrent même bien soigneusement des braises fumantes dans une feuille de palmier cireuse pour qu'ils puissent emporter du feu dans leur périple vers la rive sud de l'Amapá, au Brésil. Il leur fallut encore un mois pour atteindre Aramirã.

— Je suis *infiniment* reconnaissant. Mais je ne suis pas fait pour la vie au village, dit Ned. Cette vie est bonne pour toi, Gustavo. Et pour Dewei. Mais pas pour moi. Et pas non plus pour Zhen.

Ned faisait deux mètres – ou "six pieds, quatre pouces", comme il tenait à le préciser lorsqu'ils se disputaient au sujet du système métrique. Sa peau était pâle et couverte de poils sombres. Les Wayãpi le regardaient en montrant du doigt sa barbe très fournie, sa poitrine, ses cuisses et ses mollets poilus. Les noms des Wayãpi adultes étaient considérés comme des informations privées, et ils les gardaient soigneusement secrets. Beaucoup d'entre eux avaient des noms ou des surnoms brésiliens auxquels ils préféraient répondre. Gustavo ne s'appelait pas vraiment Gustavo, mais c'est comme ça que tous les villageois l'appelaient. Ned ne tarda pas à se voir attribuer un surnom bien à lui.

Comment est-ce qu'ils m'appellent ? demanda-t-il à Gustavo en montrant un groupe d'hommes assis sur un rondin près d'un feu. Gustavo lui traduisit immédiatement : *Grand Moche. C'est ton surnom.* Ned fut interloqué. *Pourquoi m'appelez-vous comme ça ?* demanda-t-il directement aux hommes. Gustavo traduisit ses mots en wayãpi. Un des hommes répondit sans sourciller et Gustavo traduisit pour Ned. *Il a dit, "Les Brésiliens sont tous moches." Je sais que tu n'es pas brésilien, Ned, mais les envahisseurs ont porté tellement de bannières différentes au fil des générations. C'est juste plus simple de vous mettre tous dans le même panier, parfois.*

Ned fit savoir qu'il était un mélange d'ascendants écossais, allemands et norvégiens. (Même si, Zhen devait le reconnaître, il aurait tout aussi bien pu être un Neandertal de l'ère glaciaire quand on le comparait physiquement à ces Amérindiens.) Et puis, ajouta Ned d'une voix plus forte, il avait dû participer à un stage de formation sur la diversité et l'inclusion avec d'autres agents du corps des garde-côtes – stage que ces Wayãpi avaient visiblement séché.

Après cet épisode, Ned disparut pendant quelques jours. Gustavo et Dewei commencèrent à s'inquiéter, mais Zhen leur demanda de lui accorder un peu de temps tout seul dans la forêt. Elle avait compris, avec un petit pincement au cœur, que Ned – mâle blanc américain sportif et bien proportionné – n'avait jusqu'à présent jamais été considéré comme un étranger laid. Et chez ces Wayãpi au patrimoine génétique homogène si parfaitement adapté à un environnement si parfaitement opposé au sien, Ned ne serait jamais autre chose.

Ils atteignirent une station-service à la sortie de la ville.

— Je déteste cet endroit, dit Gustavo.

Il toisa la boutique abandonnée et les pompes à sec comme on toise un ennemi. Zhen savait que c'était là que le frère jumeau de Gustavo s'était fait assassiner. Elle et Ned ne dirent rien tandis qu'ils continuaient à marcher. Ils avaient tous perdu leurs familles d'origine, et seul le temps pouvait adoucir cette douleur.

Le revêtement d'asphalte s'arrêta bientôt, et ils poursuivirent leur marche sur une piste de terre rouge déboisée de part et d'autre qui tranchait la forêt comme une immense plaie en direction des terres des Wayãpi. Ouverte puis abandonnée dans les années 1970, quand le gouvernement brésilien était tombé à court d'argent, la piste s'arrêtait juste avant le village. Cela avait préservé les Wayãpi les plus reculés, alors que d'autres tribus s'étaient trouvées exposées au monde moderne et avaient été anéanties.

Gustavo s'arrêta et enleva son T-shirt. Zhen et Ned se détournèrent pour lui offrir un peu d'intimité le temps qu'il se déshabille intégralement et fourre ses vêtements dans son sac de toile. Lorsqu'ils se retournèrent, Gustavo avait noué une ficelle de coton autour de sa taille et drapé deux carrés de tissu rouge, un devant, un derrière.

— Je ne crois pas que vous subirez d'autres attaques pendant les pluies et les inondations, dit Gustavo, mais restez attentifs.

Ned était déjà en train de faire semblant d'épousseter une de ses épaules. Gustavo lui adressa un demi-sourire, mais regarda les cicatrices rose et violet que Ned avait aux avant-bras et aux biceps. Les plus profondes étaient piquetées de petits points noirs aux endroits où Zhen avait tenté de les suturer à l'aide de l'aiguille courbe et du fil de suture de sa trousse de premiers secours. Les cicatrices cachées sous sa chemise étaient encore plus grandes. Au moins, les plaies s'étaient refermées sans trop s'infecter, permettant à Ned d'être prêt pour l'attaque suivante.

— Essaie de rester du bon côté du couteau, dit Gustavo d'une voix amicale en levant les bras pour étreindre le plus brave des guerriers.

Ned lui rendit son étreinte avec force et ferma les yeux un bref instant. On ne savait jamais quand on reverrait quelqu'un, ni si on le reverrait un jour. Gustavo serra Zhen dans ses bras et promit de revenir à la ville à la fin de la saison des pluies. Elle et Ned regardèrent le dos de Gustavo qui s'éloignait sous le soleil de midi. Ses longs cheveux étaient encore parfaitement noirs, tandis que ceux de Zhen arboraient quelques mèches gris acier. Il leur avait dit que les cheveux des Wayãpi étaient toujours tout noirs : noirs au berceau, noirs au tombeau.

Avant la nuit, Gustavo arriverait à son village, rendu plus sûr depuis que la petite ville de Pedra Branca s'était unie pour repousser les assauts des pillards en provenance du sud-est. Le village de Gustavo abritait sa femme, jadis femme de son frère mais désormais plus veuve. Il abritait ses neveux qu'il avait adoptés comme ses fils. Ce village abritait tout ce que Gustavo avait jamais voulu avoir.

Au crépuscule, un visiteur vint frapper à la porte de la chambre de Zhen, au-dessus de l'église. Zhen avait utilisé son pot de chambre quelques minutes à peine avant d'entendre les coups. Elle essaya de respirer par le nez pour évaluer le degré de puanteur. Privés du confort moderne, ils se trouvaient de nouveau confrontés à leur nature animale – nez à nez avec elle.

— Zhen ?

C'était Ned qui venait rendre les recueils de poèmes qui manquaient à la bibliothèque du prêtre, maintenant que la nuit était tombée. Ned devait ensuite prendre son poste dans la milice pour assurer le quart de nuit, mais il s'attarda quand même.

— Je, euh, en venant prendre un livre, j'ai jeté un coup d'œil à ton petit nid, là, dit-il d'un air gêné en montrant un coin de la pièce où Zhen avait entassé des téléphones et des ordinateurs portables, des radios-réveils, des antennes de voiture, des fils électriques et divers autres objets, tous recouverts par une bâche en plastique.

— Mon nid ? répéta Zhen.

Elle fit un grand sourire, sans mettre sa main devant sa bouche pour cacher ses cicatrices.

— Mais oui ! Mon nid de *xǐquè* !

— De quoi ?

— De *xǐquè*. C'est un oiseau. Ce sont d'étranges collectionneurs. Je crois qu'ils tapissent leurs nids de petits objets brillants.

— Des pies ? proposa Ned.

Zhen acquiesça et dit que ce mot lui semblait juste, mais qu'elle n'était pas sûre.

— J'ai un service à te demander, dit Zhen en s'en souvenant soudain. Il y a une grande antenne satellite en haut du toit d'un bâtiment. J'aimerais que tu me la prennes sans te casser le cou.

Ned applaudit, tout excité.

— Bien madame. Tu crois qu'il reste des satellites qui marchent ?

— Comme tu le dis toujours, il n'y a qu'une seule façon de le savoir.

Ned rit et dit que oui, il disait vraiment ça.

— Tu crois que quatre ans, c'est suffisant pour que notre merveilleuse race humaine ait eu le temps de se ressaisir ?

— Non, reconnut Zhen. Mais un jour, peut-être ? Je me demande bien à quoi ça pourra ressembler. À quelque chose que l'on a déjà vu dans une des civilisations du passé ? Ou bien est-ce que ce sera radicalement nouveau ?

Zhen soupira en essayant de feuilleter mentalement ce qu'elle savait des millénaires passés. Les choses avaient très souvent mal tourné, elle devait le reconnaître, mais elles avaient aussi souvent bien tourné. Comment pourraient-ils œuvrer pour le bien sans refaire toutes les mêmes erreurs ?

— Peut-être qu'un jour, quand on se sera vraiment ressaisis, dit Ned, j'aiderai le Dr Zhen Liu à aller là où on a le plus besoin d'elle ?

Mais ils étaient au cœur de la forêt la plus reculée de la planète. C'était une barrière naturelle qui les protégeait de graves dangers, mais c'était aussi une barrière qui bloquait le chemin du retour vers ce qui était jadis la civilisation moderne. Ils avaient franchi cette barrière une fois, mais ils avaient Gustavo pour guide, les villages wayãpi des rives de l'Oyapock pour refuges, et ils avaient eu beaucoup de chance de ne pas mourir de faim en chemin.

— Ils auront besoin de quelqu'un comme toi. Qui qu'*ils* soient, poursuivit Ned. Mais le voyage sera très dangereux. Tu auras besoin de moi, et j'aurai besoin d'une mission. Tu as joué l'héroïne. À mon tour maintenant.

— Mais tu es déjà un héros, dit simplement Zhen.

Ned baissa la tête. Le fait qu'il n'oppose pas de protestation faussement modeste signifiait qu'il savait que c'était vrai. Zhen se dirigea vers le coin de la pièce et souleva la bâche qui recouvrait sa collection. Ses doigts la démangeaient de toucher ces objets. Bientôt…

L'ingénieur en chef de l'Opération pensait toujours l'avenir en termes de scénarios. Pour Zhen, son nid de pie en possédait plusieurs. Scénario 1, au pire, Zhen jouirait de petits moments de nostalgie en caressant et tripotant ces appareils comme autant de vestiges d'une grande aventure humaine. Scénario 2, Zhen réussirait à fabriquer deux radios à courte portée, permettant à la ville d'alerter le village Wayãpi en cas d'attaque. Scénario 3, le plus optimiste, Zhen réussirait à fabriquer une radio suffisamment puissante pour que ses ondes aillent rebondir sur l'ionosphère, et elle pourrait alors se mettre à l'écoute de signaux éventuels. De Ben Schwartz, d'Amy Kowalski, de Love Mwangi, de Jin-soo Lee et de tous les autres. L'Opération de Défense contre la Comète UD3 avait accompli sa mission, mais y avait-il des survivants qui pourraient se rassembler et monter une opération visant à recréer un monde nouveau ?

Ned s'accroupit à côté de Zhen et prit un téléphone à la batterie complètement vide.

— Dans *L'Île aux naufragés*, le personnage du professeur fabrique une batterie avec des noix de coco, de l'eau de mer, des petites pièces de monnaie et je ne sais plus quoi d'autre, des épingles à cheveux, un truc comme ça.

— Quoi ?

— Je plaisante, se hâta de dire Ned. Désolé pour la référence à la pop culture américaine. Ce que je voulais dire, c'était, *Imagine ce que tu pourrais faire avec tous ces machins que tu as là !* Dewei disait que tu étais un génie capable d'accomplir l'impossible. Tu l'as fait pour l'Opération.

— Je n'ai pas sauvé la planète grâce à mes neurones, dit Zhen. Je l'ai sauvée grâce à la diplomatie.

L'air interloqué de Ned la fit glousser de rire.

— *Deus ex machina*, murmura Zhen en rougissant brusquement. C'est comme ça qu'ils m'appelaient…

ÉPILOGUE

Deuxième Âge Sombre
Île Atka, Alaska

AU BOUT DU COMPTE, la civilisation moderne ne s'effondra pas à cause d'une comète, mais à cause de sa menace. Personne ne savait dans quelle proportion la population humaine avait pu diminuer sous le Deuxième Âge Sombre. Les seules informations venaient de chasseurs et de pêcheurs, qui parlaient tous des mêmes épreuves. Les complications lors des accouchements faisaient des ravages, et la mortalité infantile était très forte. Ces dangers-là étaient presque des signes de chance, parce qu'ils ne concernaient que les personnes fertiles. J'eus la chance de naître tôt. Ma mère eut encore plus de chance. Elle me disait que ses hanches généreuses s'étaient enfin montrées bonnes à quelque chose.

Je n'ai ni frère, ni sœur. Mes deux parents affirmaient que c'était pour le mieux. Ma mère disait que ça aurait été trop difficile de nourrir un autre enfant. Mon père disait qu'il ne voulait pas risquer de perdre sa femme. De toute façon, ce n'était pas un choix. Ma mère était jadis une scientifique. Elle me disait que l'eau de pluie n'était pas pure. Elle avait seulement l'air de l'être, parce que je ne pouvais pas voir les produits chimiques et les polluants avec mes yeux. Ma mère disait qu'elle en sentait le goût, et récitait souvent ce dicton du Monde Connu : *On récolte ce que l'on a semé.*

Mais moi, je ne connaissais rien d'autre ; l'eau avait goût d'eau. Le Monde Connu me restait inconnu, à moi comme à tous les enfants nés dans la nuit ; il n'existait que pour les survivants. Les mauvais jours, les réfugiés de la comète sur l'île Atka faisaient des cauchemars, souffraient de stress post-traumatique, et sombraient même dans la catatonie. Les bons jours, certains chantonnaient des mélodies de chansons populaires, parlaient d'équipes de sport professionnel et d'émissions de télé-réalité. *Vous vous rappelez ?* demandaient-ils en faisant glisser un doigt sur leur paume grande ouverte, déroulant des fils d'actualités sur des smartphones imaginaires. Certains faisaient même semblant de conduire des voitures imaginaires en faisant semblant d'envoyer des textos imaginaires pour finir par aller se fracasser dans un carambolage imaginaire. Ma mère avait un autre dicton du Monde Connu : *Les vieilles habitudes ont la vie dure.*

J'adorais écouter les gens parler du Monde Connu. Pendant les longues nuits de l'hiver alaskien, les membres de notre communauté se rassemblaient en général dans le gymnase de l'école, pelotonnés les uns contre les autres sous des peaux de phoques, à la lueur des lampes à huile qui brûlaient à nos pieds. Les autres enfants faisaient du bruit, mais je restais bien calme pour écouter. Ma mère disait que j'étais comme mon père, Jack, observateur au regard acéré qui prenait jadis des images photographiques. Elle me demandait si je prenais des photos dans ma tête quand elle me voyait fixer quelque chose. *Qui sait ?*

Les adultes parlaient de démocratie, d'Internet, d'esclavage, de guerre et de paix, de la Constitution, de livres, de pièces de théâtre, de chansons et de disques d'or, de films, de poèmes et de musées où étaient conservées bien à l'abri les productions humaines. Ma mère me donnait des cours de science et de chimie. Mon père me parlait de photographie, de journalisme, d'histoire et de propagande. Leurs récits devinrent mes récits.

J'avais onze ans quand le Message dans une bouteille fut rejeté sur les rives de l'île Atka. Le message était écrit en russe, langue que personne ne parlait, mais c'était la première fois que nous avions des nouvelles d'humains ayant survécu ailleurs que dans les îles Aléoutiennes. Le Message fut notre seul sujet de conversation pendant de nombreuses lunes. Qu'allait-il se passer lorsque des poches de survivants entreraient en contact les unes avec les autres ? Que voulait-on devenir en sortant de la nuit ?

Il paraît que chaque nouvelle ère rêve la suivante. Mes parents s'interrogeaient souvent à voix haute pour se demander si notre avenir n'était peut-être pas si inconnu que ça ; peut-être savions-nous tous exactement ce qu'il devait être, si seulement nous pouvions le prendre à bras-le-corps et accepter d'abandonner les conforts du passé – les conforts égoïstes du passé. Lorsque de nouveaux dirigeants seraient élus, lorsque de nouveaux dictateurs et chefs de guerre auraient fini de tracer leur chemin de sang jusqu'au sommet, lorsque de plus en plus d'enfants verraient le jour dans une époque où rien n'était jamais acquis – alors le temps serait venu de décider quoi faire de cette deuxième chance. Nous pouvions mourir de nos décisions et de nos erreurs, ou vivre pour raconter nos histoires.

DERNIÈRES PARUTIONS

Keith McCafferty, *Le Baiser des Crazy Mountains*
James McBride, *Deacon King Kong*
Amity Gaige, *Sous nos pieds l'océan*
Piergiorgio Pulixi, *L'Île des âmes*
David Vann, *Komodo*
James Carlos Blake, *Vies et morts de Stanley Ketchel*
Giulia Caminito, *Un jour viendra*
Peter Swanson, *Huit crimes parfaits*
Rye Curtis, *Kingdomtide*
David Heska Wanbli Weiden, *Justice indienne*
Edward Abbey, *En descendant la rivière*
Larry McMurtry, *Les Rues de Laredo*
Elliot Ackerman, *Le Passage*
Benjamin Whitmer, *Les Dynamiteurs*
Andy Davidson, *Dans la vallée du soleil*
Tiffany McDaniel, *Betty*
Keith McCafferty, *La Vénus de Botticelli Creek*
William Boyle, *L'Amitié est un cadeau à se faire*
Alex Taylor, *Le Sang ne suffit pas*
John Farris, *Furie*
Joe Wilkins, *Ces montagnes à jamais*
Lea Carpenter, *Rouge, blanc, bleu*
Peter Swanson, *Vis-à-vis*
Mesha Maren, *Sugar Run*
James Crumley, *Le Canard siffleur mexicain*
Craig Johnson, *Dry Bones*
James McBride, *Le Vent et le Lion*
Pete Fromm, *La Vie en chantier*
Mark Haskell Smith, *Coup de vent*
Kent Wascom, *Les Nouveaux Héritiers*
Pete Farris, *Les Mangeurs d'argile*
Samuel Western, *Canyons*
Keith McCafferty, *Les Morts de Bear Creek*

Cet ouvrage a été imprimé sur du papier
dont les fibres de bois proviennent
de forêts durablement gérées

IMPRIM'VERT®

CET OUVRAGE A ÉTÉ COMPOSÉ PAR ATLANT'COMMUNICATION (VENDÉE)

ACHEVÉ D'IMPRIMER SUR ROTO-PAGE
PAR L'IMPRIMERIE FLOCH À MAYENNE
EN AVRIL 2021
POUR LE COMPTE DES ÉDITIONS GALLMEISTER
13, RUE DE NESLE
75006 PARIS

DÉPÔT LÉGAL : MAI 2021
1re ÉDITION
N° D'IMPRESSION : 98021
IMPRIMÉ EN FRANCE